〔清〕錢謙益　撰集
許逸民　林淑敏　點校

列朝詩集

第十册

中華書局

列朝詩集目録

丁集第十二

徐記室渭 一百七十一首

袁儀制中道九十一首

丁集第十三之上

舊

丁集第十三之下

丁集第十四

吴山人夢暘五十九首

吴居士鼎芳八十二首

列朝詩集丁集第十二

震川先生歸有光二十一首

有光字熙甫，崑山人。九歲能屬文，弱冠盡通六經、三史、六大家之書，浸漬演迤，蔚爲大儒。嘉靖庚子，舉南京第二人，爲茶陵張文隱公所知。其後八上春官不第。讀書談道，居嘉定之安亭江上，四方來學者常數十百人。海内稱震川先生，不以名氏。乙丑舉進士，除長興知縣，用古教化法治其民。每聽訟，引兒童婦女案前，刺刺吴語，事解立縱去，不具獄。有所擊斷寢息，直行其意。大吏多惡之。有蜚語聞，量移通判順德。隆慶庚午入賀，新鄭、内江雅知熙甫，引爲南京太僕寺丞，留掌制敕，修世廟實録。熙甫宿學大儒，久困郡邑，得爲文學官，給事館閣，欲以其間觀中秘未見書，益肆力於著作，而遽以病卒，年六十有六。熙甫爲文原本六經，而好太史公書，能得其風神脉理。其於六大家，自謂可肩隨歐、曾，臨川則不難抗行。其于詩似無意求工，滔滔自運，要非流俗可及也。當是時王弇州踵二李之後主盟文壇，聲華烜赫，奔走四海。熙甫一老舉子，獨抱遺經於荒江虚市之間，樹牙頰相搘拄不少下。嘗爲人文序，詆排俗學，以爲苟得一二妄庸人爲之巨子。弇州聞之曰：「妄誠有之，庸則未敢聞命。」熙甫曰：「唯妄故庸，未有妄而不庸者也。」弇州晚歲贊熙甫畫像曰：「千載有公，繼韓歐陽。余豈異趨，久而自傷。」識者謂先生之文至是始論定，而弇州之遲暮自悔爲不可及也。熙甫没，其子子寧輯其遺文，妄加改竄。賈人童氏夢熙甫趣之曰：「亟成之，少稽緩塗乙盡矣。」刻既成，賈人爲文祭熙甫，具言所夢，今載集後。季子子慕，字季思，以鄉舉追贈待詔。冢孫昌世，字文休，與余共定熙甫全集者也。嘉靖末，山陰諸狀元大綬官翰學，置酒招鄉人徐渭文長，入夜良久乃至。學士問曰：「何遲也？」文長曰：「頃避雨士人家，見壁間懸歸有光文，今之歐陽子也，回翔雒誦，不能捨去，是以遲耳。」學士命隸卷其軸以來，張燈快讀，相對嘆賞，至於達旦。四明余翰編分試禮闈，學士爲具言熙甫之文意度波瀾，所以然者，熙甫果得雋。熙甫重生平知己，每叙張文隱事輒爲流涕。豈未有以文長此事聞於熙甫者乎？爲補書之於此。

南旺

嗟我南行舟，日夜向南浮。今日看汶水，自此南北流。帝都忽已遠，落日生暮愁。當年宋尚書，廟貌崇千秋。丈夫苟逢時，何必無大猷。嘆我學禹貢，胸中羅九州。杖策空去來，令人笑白頭。嘗疑伯顔策，毋乃非令謀。洪範天錫禹，大道衍箕疇。五行有汩陳，三事乃不修。鯀堤日以興，百川失其由。不見徐房間，黄河載高丘。

沛縣

泗水抱城堙，東去日瀰瀰。豐沛至今存，漢事已千春。嗟我亦何爲，獨嘆往來頻。封侯不可期，白日坐沉淪。每見沛父老，旅行泗水濱。空傳泗水亭，井邑疑未真。城外緑楊柳，高簾懸風塵。猶有賣酒家，王媪幾世親。高廟神靈在，英雄却笑人。

自徐州至吕梁述水勢大略

黄河漫徐方，原野層波生。萬人化爲魚，凜然餘孤城。僅見沮洳間，簷楹半頹傾。日月照蛟室，風波棲蜑氓。侵薄連群山，浩蕩煙霞明。山迴時復圓，盂盎涵光晶。忽然睹開豁，天末翠黛横。此來頓覺異，日在江湖行。吕梁遂安流，泯泯無水聲。狼牙没深沉，一夜走長鯨。三洪坐失險，蛟龍不能争。乃知房村間，尚未得瀉傾。如人有疾病，腹堅中膨脝。空役數萬人，績用何年成。

鯉魚山

鯉魚山頭日，日落山紫赤。遥見兩君子，登岸問苦疾。此地饒粟麥，乃以水蕩潏。水留久不去，三年已不食。今年雖下種，濕土乾芽茁。因指柳樹間，此是吾家室。前月水漫時，群賊肆狂獝。少弟獨騎危，射死五六賊。長兄善長槍，力戰幸得釋。因示刀箭痕，十指尚凝血。問之此何由，多是屯軍卒。居民可矜，本爲饑荒迫。軍賊受犒賞，乃以賊殺賊。吾行淮徐間，每聞邳州卒。荆楚多剽輕，養亂非弘策。賄仍交密。以此一月間，頗亦見寧謐。二人既别去，予用深嘆息。披髪一童子，其言亦能悉。民賊猶窟。徐沂兩兵司，近日窮剿滅。軍賊選驍健，叱呼隨主帥。民賊就擒捕，時或有奔逸。其中稍黠者，通亦何敢，爲此强驅率。始者軍掠民，以後軍民一。民聚軍勢孤，民復還劫卒。鯉魚山前後，遂爲賊巢

鄆州行寄友人

去年河溢徐房間，至今填閼之土高屋顛。齊魯千里何蕭然，流冗紛紛滿道邊。牽挽小車載家具，穴地野燒留處處。丈夫好女乞丐不羞耻，五歲小兒皆能媚跪起。賣男賣女休論錢，同牀之愛忍棄捐。相攜送至古河邊，回身號哭向青天。原田一望如落鴉，環坐蹣跚掘草芽。草芽掘盡樹頭髡，歸家食人如食豚。今年不雨已四月，二麥無種官儲竭。近聞沂泗多嘯聚，鄆州太守調兵食愁無計。烏鴉群飛啄人腦，生者猶恨死不早。自古天下之亂多在山東，况今中扼二京控引江淮委輸灌注於其中。王會所圖，禹貢所供，三吴百粤四海之會同，若人咽喉不可以一息而不通。使君宣力佐天子憂民恫，深謀遠慮宜一知其所終，無令竹帛專美前人功。

甲寅十月紀事二首

滄海洪波蹙，蠻夷竟歲屯。羽書交郡國，烽火接吴門。雲結殘兵氣，潮添戰血痕。因歌祈父什，流淚不

堪論。

經過兵燹後，焦土徧江村。滿道豺狼跡，誰家鷄犬存。寒風吹白日，鬼火亂黄昏。何自征科吏，猶然復到門。

乙卯冬留別安亭諸友

黽勉復行役，殷勤感故知。悠悠寒水上，獵獵朔風吹。彈雀人多笑，屠龍世久嗤。往來誠數數，公等得無疑。

丙辰自南宫下第還避倭往來無定居親交少至獨有一二同志時來問學

江鄉卜築又城闉，春去秋來似雁臣。總是寂寥揚子宅，如何更有問奇人。

讀佛書

天竺降靈聖，利益其在此。雪山真苦行，九惱尚纏己。非徒食馬麥，空鉢良可耻。紛紛旃茶女，謗論或未已。不知手指中，猶出五獅子。

自海虞還阻風夜泊明日途中有作

百里見青山，言旋諒非徐。風波仍水宿，龍蛇驚夜居。明發尤慘淡，川途尚修紆。水駛凌方約，雲寒日未舒。彌亘多芳草，寂歷少畋漁。寒光冒明湖，朔風轉高墟。舊事成往跡，餘生惟讀書。古人不可見，歲暮安所如。

壬戌南還作

半月困漳衛，今旦望鄒嶧。景風時迎舟，積水不盈尺。行路日淹留，歸思逾急迫。昔往冒飛雪，今來見秀麥。蘊抱無經綸，徒旅空絡繹。西苑方呈兎，東郡亦雨鯽。番禺有假號，建州乃充斥。奈何唐堯朝，不用賈生策。玄文故幽處，巵蠟益潤澤。天命苟無常，人生實多僻。去去勿復言，牧豕在大澤。

淮上作

長淮餞落日，圓光正如赭。傾紅注流波，殊景不可寫。淮水自西流，黄河從北下。併合向東行，終年無停瀉。哀此千里客，春至復已夏。獨立空惆悵，所與晤言寡。

瓊州張子的與余同年俱爲縣令江南子的自建德改當塗今入覲又改滎縣一歲中三易縣居京師旅寓相近以詩爲別

嶺表生異人，始興最開先。余公亦崛起，屹屹天聖間。聖代丘文莊，富學邁昔賢。憶余童丱時，嘗聽家君言。吾郡有桑生，恃才頗輕儇。公見即識之，進獎席每前。夫人出佩玉，珍饌羅綺筵。當時吐哺風，與古能比肩。公文根理要，不肯事纖妍。奈何浮薄子，輒爾論議喧。子的來公鄉，年往志愈堅。共余曲江宴，面帶鯨海顏。問公石屋在，世業存遺編。君今爲縣吏，宦轍如郵傳。廟堂亦無意，何以不少憐。使君自天來，萬里往復旋。君才豈不辦，古道多屯邅。嘆息時所尚，爲廢循吏篇。

奉託俞宜黄訪求危太樸集并屬蔣蕭二同年及長城吴博士

昔年宋學士，嘗稱太朴文。獨力撑頹宇，清響薄高雲。余少略見之，諷誦每欣欣。淡然玄酒味，曾不涉世氛。如欲復大雅，斯人真可群。苟非知音賞，宋公安肯云。嗟乎輕薄子，狂犬方狺狺。惜哉簡帙亡，家篋少所藴。徒爲嘗一臠，盈鼎未有分。四賢宦遊地，博達多前聞。爲我一咨訪，庶以慰拳勤。

鄭家口夜泊次俞宜黄韻因懷昔年計偕諸公

飛沙竟日少光輝，浪急風高月色微。爲憶含桃催物候，尚淹行李未春歸。吴歌獨自彈長鋏，楚製堪憐著短衣。來往常經鄭家口，當時同伴共來稀。

淮陰舟中晚坐寫懷二十四韻

清浦輕風渡，赤日微雲遮。昨問圯橋履，今即下邳街。淮酒市醽醁，楚音雜琵琶。二麥吐新穗，百草敷繁葩。紛披盈廣陌，離蕤被平沙。寂寂坐向晚，悠悠思轉加。先皇昔在宥，世道尚亨嘉。朝廷制作盛，公卿議禮嘩。庶僚或登庸，諸生多起家。蹇拙遭時廢，荏苒謝年華。不得寄一命，空慚讀五車。迨乎鴻羽漸，幾將龍馭遐。暫有青雲望，奈何白髮髿。黽勉小縣吏，奔走大府衙。循己常黯黯，看人方呀呀。何地棲鸞鳳，並處混龍蛇。世途行益畏，吾生固有涯。萬事已如此，一官豈足賒。行矣歸去來，莫使微名污。平泉記草木，寢丘任菑畬。補亡綴貍首，考古注君牙。期以餘日月，方將攬雲霞。自是性所適，良非爲世誇。苟無愧尼父，或可俟侯芭。

贈星人胡竹軒

竹軒曉星晷，解剝究玄理。試以厮養卒，一一見出處。予欲老江干，因君忽奮起。戒塗上帝京，老驥思千里。吾豈富貴徒，此意共誰語。君來訪我時，冰雪躡穿履。風吹漆紗巾，使我常念汝。

磧砂寺

望見石柱立，知是招提址。蓮宇已燹蕩，土墻何迤邐。淡淡遠天色，梅花帶寒雨。溪迴竹樹交，風吹鳥雀起。日暮湖波深，蒼茫白雲裏。

十八學士歌

十八學士誰比方，争如瑚璉登明堂。立本丹青褚亮贊，至今遺事猶焜煌。有隋之季天壞坼，英雄草昧皆侯王。真人揮霍静區宇，遂偃干戈興文章。天策弘開盛儒雅，群髦會萃皆才良。丈夫逢時能自見，智謀藝術皆雄長。惜哉嘉猷亦未遠，風流猶自沿齊梁。吾讀成周《卷阿》詩，吉士藹藹如鳳凰。能以六典致太平，遠追二帝軼夏商。唐初得士宜比跡，胡爲致治非成康。中間豈無河汾徒，唵遏師門竟不揚。吁嗟房杜已如此，何恨薛生先蚤亡。

奉酬馮太守行視西山闕隘次宋莊見棄田有作

雲代摶胡兵，千里羽書亟。戒鄰畏明牧，循山轉危躓。通谷數行周，在所皆行至。獫狁雖匪茹，中國亦有備。所悲《雲漢》詩，餘黎靡孑遺。今歲洪水割，懷襄頗不異。巨浪落高崖，排蹙萬石墜。周原昔膴膴，一朝化磧地。野老向天哭，前古所未記。迢迢孤嶺絶，習習陰風吹。月明清霜白，虚館不成寐。何計恤疲氓，賦詩以言志。往往展卷讀，紙上見殘淚。昔聞《舂陵行》，今人豈軒輊。余亦忝禄食，空爾徒嘆愧。

題異獸圖

昔年曾讀《山海經》，所稱怪獸多異名。仲尼删《書》述《禹貢》，九州無過萬里程。摶木青羌何以至，伯益所疏疑非真。西旅底貢召公懼，作書訓戒尤諄諄。周史獨著王會篇，睢盱百怪來殊庭。載筆或是誇卓犖，傳久孰辨僞與誠。雖然宇宙亦何盡，環海之外皆生人。陰陽變幻靡不有，異物非異亦非神。曾聞漢朝進扶拔，唐時方貢來東旌。壹角馬尾出絶壁，緑毛忽向人間行。近代所聞非孟浪，往往史牒皆有徵。今之畫者何所似，毋乃誕漫不足憑。考古圖記豈必合，任情意造皆成形。畫狐似可作九尾，赤首圜題隨丹青。嗚呼！孰謂解衣盤礴稱良史，不識騶牙與麟趾。

徐記室渭 一百七十一首

渭字文清，更字文長，山陰人。十餘歲，仿揚雄《解嘲》作《釋毁》。爲諸生十餘年，胡少保宗憲督師浙江，招致幕府，管書記。海上獲白鹿二，少保屬文長草表，并他幕客所撰，郵致所善某學士。學士以文長表進，上覽之大説，益寵異少保。少保亦以是益重文長。督府勢嚴重，文武將吏莫敢仰視，文長戴敝烏巾，衣白布浣衣，非時直闖門入，長揖就坐，奮袖縱談。幕中有急需，召之不至，夜深開戟門以待。偵者還報，徐秀才方眤飲，大醉叫呶，不可致也。少保聞顧稱善。文長知兵，好奇計，少保餌王、徐諸虜用間鈎致，皆與密議。當是時，上方崇禱事，急青詞，當國者謂文長文能當上意，聘致之。文長知與少保有郤，弗應。少保下請室，文長懼及，發狂，引巨錐剚耳，刺深數寸，流血狼籍。又以錐擊腎囊，碎之，皆不死。妻死，輒以嫌棄婦，又擊殺其後娶者，論死繫獄，憤懑欲自殺。張宫諭元忭力救乃解。南遊金陵，北走上谷，縱觀邊塞阸塞，屬虜營帳，貰酒悲歌，意氣豪甚。與寧遠諸子遊，皆兒子畜之。入京師，館宫諭邸舍。宫諭悛悛引禮法，久之心不樂，時大言曰：「吾殺人當死，頸一茹刃耳。今乃碎磔吾肉！」遂病發，棄歸，楗户不見一人。挾一犬與居，絶穀食者十年。人問之曰：「吾啖之久，偶厭不食，無他也。」宫諭死，白衣往弔，撫棺大慟，不告姓名而去。諸子追及之，哭而拜諸塗，小垂手撫之，不出一語。十年裁此一出耳。貧甚，鬻手以食，有書數千卷，斥賣殆盡。幬筦破敝，藉藁以寢。年七十三卒。文長貌修偉白晳，音朗然如唳鶴，中夜呼嘯，有群鶴應焉。讀書好深思，自謂有得於《首楞嚴》、《莊》、《列》、《素問》、《參同契》諸書，欲盡斥注家膠戾，獨標新解。草書奇偉奔放，畫花草竹石超逸有致。嘗言：「吾書第一，詩二，文三，畫四。」有《闕編》、《櫻桃館》諸集。文長譏評王、李，其持論迥絶時流。文長殁，王、李之焰益熾，無過而問焉者。後三十餘載，楚人袁中郎遊東中，得其殘帙，示陶祭酒周望，相與激賞，謂嘉靖以來一人。自是盛傳於世。周望序其集曰：「文長文類宋、唐，詩雜入於唐中、晚。自負甚高，於世所稱主文柄者，不能俯出遊其間，而時方高談秦、漢、盛唐，其體格弗合也。然其文實有矩度，詩尤深奥，往往深於法而略於貌。古之窮士如盧仝、孟郊、梅堯臣、陳師道之徒所爲，或未能遠過也。」中郎則謂其胸中有一段不可磨滅之氣，英雄失路託足無門之悲，故其詩如嗔如笑，如水鳴峽，如鍾出土，如寡婦之夜哭，羈人之寒起。當其放意，平疇千里，偶爾幽峭，鬼語幽墳。微中郎，世豈復知有文長！周望作文長傳，謂中郎徐氏之桓譚，詎不信夫！

與楊子完步浣紗溪梁有懷西施之鄉

明月照江水，截梁與子步。當時如花人，曾此照鉛素。江流不改易，月亦無新故。薄雲淡杪林，晴沙泛寒露。借言伊人閨，應在煙生處。

泛舟九曲

老王亂青冥，皇天夜遺蜕。餘骨散九州，頭顱此焉寄。人視萬劫餘，天意一夕計。遊艇沸滄波，仿佛熱營衛。亭午入數折，冲然元氣閉。縣峰昇羽人，毛竹倚仙姊。鬬波齒牙盡，生死齟腭内。世人不解奇，但識世間事。示之帝所遺，惟以溪山睇。

丙辰八月十七日與肖甫侍師季長沙公閱龜山戰地遂登岡背觀潮

白日午未傾，野火燒青昊。蠅母識殘腥，寒唇聚秋草。海門不可測，練氣白於搗。望之遠若遲，少焉忽如掃。陰風噫大塊，冷艷攔長島。怪沫一何繁，水與水相澡。玩弄狎鬼神，去來準昏曉。何地無恢奇，焉能盡搜討。

沈參軍 青霞。

參軍青雲士，直節淩邃古。伏闕兩上書，裸裳三弄鼓。萬乘急宵衣，當廷策强虜。借劍師傅驚，駡座丞相怒。遺幗辱帥臣，籌邊著詞賦。截身東市頭，名成死誰顧。

入燕三首

董生抱利器，鬱鬱走燕趙。賤子亦何能，飄然來遠道。行止本無常，譬彼雲中鳥。朝飲西園池，暮宿北林杪。感事復懷人，生年苦不早。欲弔望諸君，跡陳知者少。垂首默無言，春風秀芳草。

荆卿本豪士，漸離亦高流。舞陽雖少小，殺人如芟苗。眇然三匹夫，挾燕與秦仇。悲歌酒後發，涕下不能收。猛氣驚俗膽，奇節招世尤。見者徒駭顧，那能諒其由。我生千載後，緬兹如有投。時違動自安，忽作燕京遊。短褐入沽肆，酒至思若抽。念彼屠與販，零落歸山丘。皇皇盛明世，六轡控九州。七首蝕野土，廣道鳴華輈。寸規不可越，安用軻之儔。我思遠及之，曠若林與鶩。鳳鳥不可得，蒼鷹以爲求。

大鵬奮南徙，豈爲北海籠。越鳥不逾南，見與胡馬同。自愧無垂雲，搏彼滄溟風。猶能勝鴝鵒，與濟相始終。上林多喬枝，萬羽亦足容。匝樹繞不栖，翻附南飛鴻。春冬遞遷謝，倏忽兩月中。卧席不得暖，來往何憧憧。

刈圃

草蘖始一寸，及壯丈有餘。豈直藪即帶，兼以館蚊胥。夜熱不可寐，寧止不露居。竊恐值此輩，股髀遭其咀。就中擬厥罪，蚊也尤其渠。其他不出境，惟此遠追趨。穿幃眇紈麈，打撲不勝劬。更番以迭進，安得盡屠誅。聚響苦不震，萬觳啾嬰雛。工者攬夢寐，一夕百起呼。蚊孽固莫逭，草實主其逋。呼童問腰鐮，不用安所須。薙此忽如掃，一翅不得儲。譬彼塞垣莽，往往伏戎胡。打冰燒其荒，窟穴空妖狐。莫謂野人賤，刈圃非雄圖。

白鵬　錢子易書，故曰王孫，蓋鏐之後也。

野性悦鳥魚，客寓尚籠致。正如好竹人，借居亦栽莳。鵬鳥自南來，貿入西河里。王孫好法書，籠以易吾字。墨絲繡雪衣，緑罽作襠帔。有時囀喉中，鷺若翂雲際。日夕湖水波，秋樹葉微紫。送客不出門，白玉掃長彗。

越王峥寺有僧歐兜蜕

伯圖既灰寒，衲蜕亦禪冷。都付塑工泥，迅矣千秋瞬。我來植桃花，有似蝶遺粉。一宿歸去來，晨齋飽蔬筍。

柳元穀以所得晉太康間冢中杯及瓦券來易余手繪二首

券文云：「大男楊紹從土公買冢地一丘，東極闞澤，西極黄滕，南極山背，北極於湖，直錢四百萬。即日交畢，日月爲證，四時爲伍。太康五年九月廿六日對共破剪，民有私約如律令。」詳玩右文，似買於神，若今祀后土義，非從人間買也。二物在會稽倪光簡冢地中，於萬曆元年掘得之。地在山陰二十七都應家頭之西。尚有一白磁獅子及諸銅器，銅器出則腐敗矣，獅尚藏光簡家①。

① 原注：「閩有黄兎窑，杯紋色似之，然非也。杯有柄，似蕈。」

遥思冢中人，有杯不能飲。孤此黄兔窑，伴千三百稔。券鏹四百萬，買地作衾枕。想當不死時，用物必弘甚。尊罍羅寶玉，裏襪賤繡錦。豈有纖纖指，捧此鍛泥蕈。存亡隔一丘，華寂迥千仞。活鼠勝死王，斯言豈不審。

古人笑不飲，此説豈無見。五斗叫劉伶，哀來淚如霰。嗟彼太康子，冢中亦杯坫。固知好飲徒，無咽可澆噍。杯出黄土中，忽復受傾灌。譬彼避秦人，乃不知有漢。我欲學盧充，詣市賣金碗。庶幾遇小姨，知是崔氏玩。

送蘭公子　阿翁學師也。揚州人。

耶溪芹藻色，相伴秋荷老。公子趨重來，傷心那可道。會日苦無多，相别一何早。八月廣陵濤，一葉渡殘照。

燕子磯觀音閣

青山如美人，樓觀即奩妝。若無一片妙，鏡麗苦不昌。兹石一何幸，值此江中央。上乘巨構支，下集帆與檣。朱碧得水鮮，鳧雁拂波光。煙霧不見海，神去萬里長。我與三友俱，兼以僮僕雙。日西買市飯，半道謝驢韁。歸來乏燈燭，微雨霑我裳。沽酒不成醉，頽然倒方牀。猶夢立閣中，遥觀大魚翔。

治家二首

馬血爲轉磷，人血爲野火。何爲松柏間，赤輪陟如跛。人言鬼炬微，神者赤而大。騶導向空馳，填雲盛旗馬。枯冢僻且荒，來遊則云那。我欲往詢之，恐即無可話。隔河聞於菟，黄犢夜在野。一夫呼以馳，炬滅松露瀉①。

明器夜爲人，幽宫盡婚婿。此事容有之，要非是常紀。嘗聞掘冢徒，自言習見鬼。齒骨滿百年，比次作泥委。水銀築長河，魚膏燈玉几。苦作沙丘儀，未免劫時毁。客有明月珠，一夕失所在。黄金飾櫝箱，洵美亦何濟。

① 原注：「夜觀野火於松間，故云云。」

俠客

結客少年場，意氣何揚揚。燕尾茨菰箭，柳葉梨花槍。爲弔侯生墓，騎驢入大梁。

道堅母哀詞

道堅母在時，隨我遊五洩。適當大雪辰，衣濕不能熱。道堅解衣我，絮厚百銖綿。云是母氏慈，每出必紉綴。有婦非不勤，母自嗜㩆拮。去此不五春，母與子長别。子來屬哀篇，忽值天雨雪。春候思桑條，秋至感鳴鵙。念昔濕衣裳，命管忘好拙。

送劉君

南雁正北歸，君今復南去。羽族如避炎，君胡故觸暑。嗟哉失路人，安所避辛苦。而我亦同之，臨歧淚如雨。

上冢

吾叔邵武公，當年與我翁。雙陪閩蜀守，竹馬走兒童。歸來知幾日，相繼歸窀穸。黄泥閉雪髭，欲會那可得。叔家城北居，高棟亦雕題。邀賓夕駐馬，爲母日烹鷄。一朝桑海换，不能保子孫。負薪冢上道，養鴨水邊村。我今六十五，仍高破角巾。年年上爺冢，每每到孫家。孫家留我坐，孫婦辦湯茶。以我上冢牲，啖孫且滿引。繞籬黄蝶飛，抽籬高碧笋。起視簷西東，分簷住蜜蜂。問蜂窠幾許，四十還有餘。窠窠如不敗，勝我十畝租。

往馬水口宿煙蘿陀庵

昔從良涿行，兹山在雲際。昨夕宿兹山，雲乃出衣袂。四徒夾一輿，兩膝拳至鼻。一里轉百盤，鋸牙不得直。結葦以爲廬，削木冒金髻。夜鐘但超懸，晨鷄聊一嘒。巉巖既高騫，巑岏復孤厲。回思燕趙時，築城遏胡騎。安得盡如斯，脱甲開户寐。

陰風吹火篇呈錢刑部

陰風吹火火欲然，老梟夜嘯白晝眠。山頭月出狐狸去，竹徑歸來天未曙。黑松密處秋螢雨，烟裏聞聲辨鄉語。有身無首知是誰，寒風莫射刀傷處。關門懸纛稀行旅，半是生人半是鬼。猶道能言似昨時，白日牽人説兵事。高幡影卧西陵渡，召鬼不至毗盧怒。大江流水枉隔儂，馮將咒力攀濃霧。中流燈火密如螢，饑魂未食陰風鳴。髑髏避月攫殘黍，幡底颯然人髮竪。誰言墮地永爲厲，宰官功德不可議。

楊妃春睡圖

守宫夜落胭脂臂，玉階草色蜻蜓醉。花氣隨風出御墻，無人知道楊妃睡。皂紗帳底絳羅委，一團紅玉沉秋水。畫裏猶能動世人，何怪當年走天子。欲呼與語不得起，走向屏西打鸚鵡。爲問華清日影斜，夢裏曾飛何處雨。

射雁篇贈朱生

去年射雁黄浦口，三軍進酒齊爲壽。今年射雁復何處，海船停沙大桅竪。君本臨洮豪傑士，漢時六郡良家子。作客羞爲堂下人，射生慣落雲中羽。腰間束矢插兩房，連年驅賊如驅羊。轅門待士近不薄，朝來歸興何洋洋。丈夫有遇有不遇，去留之間向誰語？

八月十五日映江樓觀潮次黄户部

魚鱗金甲屯牙帳，翻身却指潮頭上。秋風吹雪下江門，萬里瓊花捲層浪。傳道吴王度越時，三千强弩射潮低。今朝筵上看傳令，暫放胥濤掣水犀。

述夢

伯勞打始開，燕子留不住。今夕夢中來，何似當初不飛去。憐羈雄，嗤惡侶，兩意茫茫墜曉煙，門外烏啼淚如雨。

二馬行

誰家兩奴騎兩驄，誰是主人云姓宗。朝來暮去夾街樹，經過煙霧如遊龍。問馬何由得如此，淮安大荳清泉水。胸排兩嶽横難羈，尾撒圓球驕欲死。陽春三月楊柳飛，騎者何人看者稀。梅花銀釘革帶肥，京城高帽細褶衣。馬厭豢養人有威，出入顧盼生光輝。去年防秋古北口，勁風吹馬馬逆走。對壘終宵不解鞍，食粟連朝不盈斗。將軍見虜飽掠歸，據鞍作勢呼賊走。士卒久已知此意，打馬追奔僅得彀。天寒馬毛腹無矢，飢腸霍霍鳴數里。不知此處踏香泥，一路春風坐羅綺。

觀獵篇并序

王將軍邀予觀獵，時積雨初霽，飛走者避匿。予從將軍諸騎士牽狗出太平門，抵海寧沙上。頃刻馳百餘里，不見一雉兎而還。乃割所攜鮮，飲月唐寺中。

茅刀割水嬌紅茜，風偃寒梢卧長堰。青林疏樹隔荒墳，白水茫茫看不見。將軍本是北平豪，記得依稀身姓曹。怕向揚州作貴客，慣從下澤騍鳴鑣。萬里秋郊平似衖，千騎圍中一是我。箭叫餓鴟，龍騰快馬。趁鹿逐獐，解絛掣鎖。耳後生風，鼻頭出火。自來此州，殺賊不暇。皂雕氣銷，韓盧魄墮。昨見儒生，衣長履大。入揖令公，揮金不謝。抽筆制詞，彎弓輒射。住釋挾屠，刲牛食鮓。外枯中腴，無所不可。促騎請邀，徵徒出野。牽犬莫遲，見兔輒打。儻遇大兕，一發斷髁。爲先生壽，引滿十斝。健兒跪領將軍言，翻身上馬去如煙。寶刀映日不足數，角巾受風真可憐。淺草平堤水痕聚，萬蹄避水移家去。沙擁肥鳌掠岸飛，絲牽小豸當空乳。漢將窮追路欲闌，胡家甌脱避何難。今朝立馬祁連上，不見匈奴一騎還。

畫鷹

閩南縞練光浮膩，傳真誰寫蒼厓鷙。生相由來不附人，緑韝空着將軍臂。八月九月原草稀，百鳥高高兔走肥。煙中斂翼遠不下，節短暗合孫吴機。此時一中貴快意，深林燕雀何須避。惟將搏擊應凉風，誰貪飽鸞矜山雉。昨見少年向南市，買鷹欲放平原轡。凡才側目飽人喂，不似畫中有神氣。夜來鴟梟作精魅，安得放此向人世，秋風一試刀棱翅。

贈歌者

東風吹雨楊花落，清歌細繞鳴鐘閣。斗酒將傾客不來，白日斜飛晚雲薄。回腰欲舞不得舞，試買羅衫倩誰估？

正賓以日本刀見贈歌以答之

昨者吕君兄弟留余飲，旬日盡是陳遵解投轄。有如前日桐鄉之圍無吕君，却是睢陽少南人。吕君虎腰額虎額，萬櫓梯城雙臂格。幕府廳前脚打人，夜報不周崩一壁。飛甓雨下完孤城，張巡不死南人生。五千步馬隨朱纓，手指東海鳴金鉦。解刀贈我何來者，斷倭之首取腰下。首積其如刀有餘，爲壽兄前人一把。是日别君霰飛子，佩刀騎馬三十里。夜眠酒家枕刀醉，夢見白猿弄溝水。把鞘還驚未脱底，電母回身不敢視。黑夜横分芒碭蛇，清秋碎割咸陽璽。歷個乃脱介俚，世間實物稀有此。方蟬道人窮莫比，掛壁穿之蒯緱耳。人言寶刀投烈士，吕君何不持之向燕市。荆軻聶政猝難致，五陵七貴家家是。報恩結義從此始，却以投余據何理。雄心如君莫可擬，用以投余良有以。夜夜酣歌感知己。

錦衣篇答贈錢君德夫

嘯蹙風雲悲下雨，丈夫自是人中虎。罵座曾喧丞相筵，槌鼓終埋江夏土。南州有士氣不羈，應科赴召靡不爲。闈中幕下豈所志，有託而逃世莫知。西河高士雙眼碧，閲人多矣金在石。獨許文章可將兵，到處降旗出城壁。渭也聞之笑開口，渭才敢望諸君後。小技元羞執戟人，雄心自按調鷹手。古來學道知者希，今世誰論是與非。嘯歌本是舒孤抱，文字翻爲觸禍機。君不見，沈錦衣。

石門篇贈邵大佩

君不見邵大佩，家住石門天所買。兩峰挾漢扶太陽，十里爲波到滄海。見君四明西郭外，主人樓居清水帶。一夜高論懸河流，四壁古文蠹魚壞。却説邵君赤城客，挾策從師歲三改。緑袖青衿美少年，騎龍策鳳專相待。邵君斂衿如欲前，自言家住石門邊。仙人不去桃花洞，霞氣時流芳草筵。須臾抱筆加我手，邀我題詩進我酒。

賦得百歲萱花爲某母壽

二十年前轉眼事，憶共郎君醉城市。阿母烹鷄續夜筵，夜深燭短天如水。我母當時亦不嗔，郎君過我亦主人。兩家酣醉無日夜，壇愁甕怨杯生菌。祇今白首二十載，我母不在爾母在。八十重逢生日來，雙扉況復門庭改。我今破網未番然，兩翅猶在彈丸邊。郎君長寄書一紙，阿母多應贊一言。上壽誰人姓張者，圖裏萱花長不謝。阿母但辦好齒牙，百歲筵前嚼甘蔗。

天　壇　高皇乘此馬夕月，今誤用之爲郊。白雀事見《酉陽雜俎》。

張公當時騎白雀，下與高皇共斟酌。一從九鼎向幽燕，碧壇空鎖琉璃斫。古松舊柏黑成迷，緑瓦從中一雉飛。揚雄不得陪郊祀，空憶當年執戟時。龍駒遠自施羅來，開平已死無人騎。却付羽林誰健兒，壓沙五石緩其蹄。真人雄心老更雄，月中自控赴齋宫。四十八衛萬馬中，一塵不動五里風。黄柏太苦蔗太甘，盛時文字忌新尖。當時作頌卑枚馬，付與金華宋景濂。

十六夜踏燈與璩仲玉王新甫飲於大中橋之西樓

樹枝畫月千條絃，十五不圓十六圓。掛向酒樓簷外邊，南市好燈值底錢。大中橋上遊人坐，不飲空教今夜過。紅脂在口香在樓，那能一箇到爐頭。青衫白馬無聊甚，望斷黄金小鈿鞦。

淮陰侯祠

荒祠幾樹垂枯棗，黄泥落盡朱旗纛。花梱漆粉綴鬚眉，猶是登壇人未老。半生作計在魚邊，才得河堤老婦憐。誰知一卷長竿去，唾取真王秖五年。暗中朱碧知誰是，濁水渾魚每相似。當時密語向陳豨，更誰傳向他人耳。丈夫勳業何足有，爲虜爲王如反手。提取山河與别人，到頭一鑊悲烹狗。

寫竹贈李長公歌

山人寫竹略形似，秖取葉底瀟瀟意。譬如影裏看叢梢，那得分明成个字。公子遠從遼東來，寶刀向人拔不開。昨朝大戰平虜堡，血冷轆轤連鞘埋。平虜之戰非常敵，御史幾爲胡馬及。有如大酋之首不落公子刀，帶冑諸君便是去秋阮遊擊。不死虜手死漢法，敗者合死勝合優。公子何事常憂愁，一言未了一嘆息，雙袖那禁雙淚流。却言阿翁經百戰，箭鏃刀鋒密如霰。幸餘兄弟兩三人，眼見家丁百無半。往往彎弓上馬鞍，但有生去無生還。衹今金玉光腰帶，終是銅瓶墜井幹。兼之阿翁不敢説，曾經千里空胡穴。武人誰是百足蟲，世事全憑三寸筆。山人聽罷公子言，一蝨攻腰手漫捫。欲答一言無可答，只寫寒梢捲贈君。

劉總戎國輓章應乃子索

子言和戎非翁志也。第八言不死於婦之手也。

胡塵不動天山没，胡兒拽馬求漢物。壯士收翎綴皂雕，將軍射雁嬉青鶻。修髯三尺别沙場，苗葉金槍插在窗。閑將馬革不得裹，羞向紅妝泣數行。雁門昔有李將軍，公亦提符守雁門。數奇數偶梟盧等，必得封侯有幾人。

琴高圖爲李勳衛賦

天上神仙塞紫虚，人間毛穎不勝書。乍聞弄玉騎青鳳，又見琴高跨赤魚。千年古素粘蝴蝶，蒼濤高處擎紅頬。不知儂是畫中人，欲請波臣後鱗鬣。

漁樂圖

都不記創於誰，近見湯君顯祖，慕而見學之。

一都寧止一人遊，一沼能容百網求。若使一夫專一沼，煩惱翻多樂翻少。誰能寫此百漁船，落葉行杯去渺然。魚蝦得失各有分，蓑笠陰晴付在天。有時移隊桃花岸，有日移家荻芽畔。江心射鱉一丸飛，葦梢縛蟹雙螯亂。誰將藿葉一筐提，誰把楊條一綫垂。鳴榔趁獺無人見，逐岸追花失記歸。新豐新館開新酒，新鉢新姜搗新韭。新歸新雁斷新聲，新買新船繫新柳。新鱸持去换新錢，新米持歸新竹然。新楓昨夜鑽新火，新笛新聲新暮煙。新火新煙新月流，新歌新月破新愁。新皮魚鼓悲前代，新草王孫唱舊遊。舊人若使長能舊，新人何處相容受。秦王連弩射魚時，任公大餌刳牛候。公子秦王亦可憐，秖今眠却幾千年。魚燈銀海乾應盡，東海腥魚臘盡乾。君不見近日倉庚少人食，一魚一沼容不得。白首渾如不相識，反眼輒起相彈射。蛾眉入宫驥在櫪，濃愁失還未必失。自可樂兮自不懌，覽兹圖兮三太息。噫嗟嗟樂哉！愧殺青箬笠。

漂母非能知人特一時能施於人耳觀其對信數語可見而古今論者胥失之予過其祠感而賦此

男兒偃餓淮陰上，老嫛一飯來相餉。自言秖是哀王孫，誰云便識逢亭長。秦項山河一手提，付將隆準作湯池。稱孤南面魂無主，萬古争誇漂母祠。

穀日大雪口號二首 客南京。

穀日之雪一何大，一尺一半自昨夜。望中飛絮已迷天，安得猶窺鳳城瓦。横街十丈滑如油，短驢難踏轉生愁。江邊總有梅花發，詩客應無一箇遊。晴天好驢穩如坐，鵝眼黄邊祇十箇。今朝百箇不教騎，早起懷人午將過。此時觀中楊道人，三四黄冠擁火盆。東邊殿閣高無數，笑指瑶池白玉京。

雪中騎驢訪某道人於觀追憶曩日棲霞之約

昨日雪深驢没蹄，今日雪晴驢可騎。此時去訪楊道士，青天猶壓楊花垂。太平門外雖多景，莫妙梅花水清冷。栖霞有約不得行，孤負千峰老鴉頸。

沈叔子解番刀爲贈二首

沈子報仇塞外行，一詫便得千黄金。買馬買鞍意不愜，更買五尺番家鐵。鏤金小字半欲滅，付與碧眼譯不出。細瓦廠中多狐狸，京師夜行不敢西。叔子佩之祇一過，黄蒿連夜聞狐啼。今年我從上谷行，中丞遺我聊癸庚。買驢南歸祇兩旬，祇愁馬上逢黄巾。叔子見我無所仗，解刀贈我行色壯。畢竟還從水道歸，掛在篷窗兩相向。一日十拔九摩挲，鞘影鱗鱗入向河。須臾報道漁罩外，電脚龍騰五尺梭。

知君本有吞胡氣，太白正高秋不雨。白蛇五尺自西來，出匣不多飛欲去。佩此刀，向遼陽，土蠻畏死爲君降。閼氏縱有菱花鏡，斷却蝤蠐那得妝。君如佩此向上谷，而翁之死人共哭。黄酋亦重忠義人，一見郎君悔南牧。河套雲中盡虜庭，君如佩此去從軍。不須血染鋒邊雪，但見旗褰馬上雲。看君眼大額廣長，有如日月掛扶桑。君有寶刀君自佩，解刀贈我不相當。

寄鄺績溪仲玉爲錢氏門人

績溪縣亦神州赤，聞君作簿無魚食。誰能嚼肉過屠門，瘦殺鸞棲一枝棘。近來二哥自縣來，覽君詩帙羨君裁。高情欲併崔松館，别體尤工漢柏臺。文成一綫今將斷，錢翁老死寒灰散。十年半夜急傳燈，西來衣鉢君應管。莫言小釜烹鮮魚，莫言牛刀割隻鷄。真儒不揀啼兒抱，主簿同安是阿誰？去年别君天真館，我猶縛翅君飛遠。祇今縛解翅不長，無由一奮來溪畔。司馬功高舊主人，君真父母匪邦鄰。墳頭松檟今何似，匣裹弓刀暗却塵。由來壯士悲羅雀，我亦因之感死鵵。今來已是十餘春，金錢銀錢不一緡。我復何辭公不嗔，會須上冢拊愁雲。一哭裂却石麒麟，下來與君談苦辛。

四張歌張六丈七十

開元之唐有張果，乃云生長陶之唐。師漢帝者張子房，子房之後有張蒼。張蒼之齡百餘許，老無牙齒祇吃乳，夜夜枕前羅十女。子房辟穀祈不死，先師黄石公，後約赤松子。張果騎驢驢是紙，明皇藥果杯酒裹。果齒焦黑如漆米，起取如意敲落之，新牙排玉光如洗。三郎驚倒謂玉環，我欲别爾渡海尋三山。玉環淚落君之前，梨花春雨不得乾。緊彼三仙人，是君之祖君是孫。今年己丑臘嘉平，正君七十之生辰。三祖消息雖寥寥，桃仁傳種還生桃。況君作詩句多警，又如爾祖張三影。三影詩翁八十餘，此時特娶如花姝。正宜七十張公子，夜夜香衾比目魚。

十月望十二月朔百舌群鳴連日臘朔之夜雷電徹曉大雨兩月鄉村人來説虎食人經秋不去

萬曆十八年十二月之朔，百舌聲聲叫如昨。如朋喚友互答應，乃是氣機使然諾。百舌小鳥爾，顳頊使之敢不聽。雷電本大物，蟄藏已久矣。何爲十一月，徹曉殷殷令人驚。電入我窗兩三劃，我疑是燈還未滅。起看燈花已落油已乾，始知是電耳非關燈之殘。氣候變遷亦常事，山林老翁閒料理。十月十一月，連月苦大水。十二月來還未止，猛虎食人如食豕。百物價高寧倍屣，我亦左聽右出耳。信知十説九是詭，不飲不啖拚已矣。賓來賓去無將迎，擕榼提壺見好情。譃談不把蒼毛麈，偶語惟禁白玉京。几筵屏帳無家火，鞋襪衣衫多補丁。噫嘻吁！百鳥之語誰能解，百舌鳴冬或報瑞。年來世事怪，反常常反怪。安得公冶來，爲鳥譯出令人快。我所解者提胡盧，枝頭勸我鄰家沽。提胡盧，不知吾，少青蚨。

銅雀妓

重泉鎖玉燕，閟燭繞金蛾。君銷陵柏土，妾斷偃松蘿。薦夢無雲雨，留香别綺羅。願爲銅雀瓦，生死託漳河。

琉球刀　時客常山。

單刀新試舞，雙劍舊能輪。雨過腥聞血，風旋雪裹身。對環歸思動，掛壁蒯緱塵。醉後時横看，終當贈與人。

春日過宋諸陵二首

藁葬未須憐，生時已播遷。威儀非舊典，世代是何年。過客悲山鳥，王孫種墓田。回看隴頭樹，似接汴京煙。

落日愁山鬼，寒泉鎖殯宫。魂猶驚鐵騎，人自哭遺弓。白骨夜半語，諸臣地下逢。如聞穆陵道，當日悔和戎。

金客

君是鄴兒非，黄鬚短褐衣。單身亡命去，虜首賣錢歸。業曠家人棄，門寒結客稀。自知終有用，窮巷且藏機。

賦得戰袍紅

時少保公得瑣瞎刺製袍，命賦。

海罽染啼猩，征袍製始成。春籠香共疊，夜帳火俱明。自與鶉旗映，還宜蟒繡縈。戰歸新月上，脱向侍兒擎。

嚴先生祠

碧水映何深，高蹤那可尋。不知天子貴，自是故人心。山靄消春雪，江風灑暮林。如聞流水引，誰識伯牙琴。

懷陳將軍同甫

時鎮滇，漢鑿昆池於長安，而將軍親見於滇，成一笑矣。

飛將遠提戎，翩翩氣自雄。椎牛千嶂外，騎象百蠻中。銅柱華封盡，昆池漢鑿空。雁飛真不到，何處寄秋風。

初入京瞻宫闕

城中夷夏極，天上帝王家。西内宸居逼，南都鼎地賒。烏啼御溝柳，象散閣門花。昨到貧方朔，封書載幾車。

聚法師將往天台止其徒玉公庵中余爲留信宿 玉芝

欲向天台去，先爲剡水尋。秋行萬山出，夜宿一庵深。燕語調花氣，猿啼帶講心。年年梁石興，送爾益沈吟。

哀周鄭州沛二首

莫以拘攣輩，交攻放達偏。窮如知老後，樂似欠年前。匣藻鮫俱泣，園花石共遷。傷心能幾輩，教我不潸然。

雪涕尋前誼，敲門憶昨晨。梟盧呼未歇，蝦蟹醉仍頻。日者過荒館，霜顛破角巾。飄零霎如此，昨日故將軍。

賦得風入四蹄輕四首

雷總戎嘗騎千里馬，風掣其衣，僅存襟背，又云趙總戎亦然，故三章云。

駿馬四蹄風，形容有杜公。一塵不動外，千里颯然中。白草連天靡，蒼鷹蹋翅從。檀溪不須躍，隨意過從容。

愛妾換初酬，將軍驀紫騮。颸颸衹聞響，陣陣不禁秋。練影難長曳，房星易一流。路旁看不細，多是失回頭。借將從虎物，并去翼龍腓。戌削才辯櫪，崩轟已破圍。寒呼隨踠起，黑旋裹鞍飛。曾聽將軍說，雙雙碎鐵衣。赤驥本龍精，行時不是行。看遲八尺影，過急一團聲。帶烙成騂死，嘶鹽了此生。孫陽何處是，淚盡大行程。

道場山贈棲雲禪者

古塔臨空寶閣欹，雲峰上去路逶迤。山田穫稻僧人出，湖水行舟落葉移。風静鳥翔施飯石，日斜魚聚放生池。遠公心地元無住，却共飛雲此住持。

君從

君從閩海下南昌，正值中官降玉皇。龍號真人親拜斗，繡衣使者自焚香。壇中祝壽千官滿，宫裏傳幡兩道長。不是薄遊江海客，何由得睹此輝光。

九重

九重憂隱德如湯，禱祀壇傍夜有光。旱魃正逢周甲子，神君俱集漢明堂。繡成幡蓋虹雙引，掛定琉璃水一行。聞説詞臣咸萃止，抽毫拂素侍君王。

保安州　寄青霞沈君。

終軍憤懣幾時平，遠放窮荒尚有生。兩疏伏階真痛哭，萬人開幕願横行。朝辭邸第風塵暗，夜度居庸塞火明。縱使如斯猶是幸，漢廷師傅許誰評。

奉送同府潘公募兵廣東二首

使君佐郡儼行春，開府知名下令新。手挈萬金收死士，身藏半綬見鄉人。部分卷甲趨春雨，弩矢成行夾畫輪。引向轅門投謁罷，試看主客集魚鱗。

親承節命遠徵兵，暫侍高堂錦服明。横海舊多經戰士，狹斜新識少年名。宿依山店樵蘇寂，行負藤于結束輕。來往莫須愁道遠，明春專待破番營。

寓穿山感事

荒城臨海一山圍，何事東方滯衮衣。曉日每看牙將集，秋風自送遠人歸。霜寒戍草嘶征馬，潮落江門露釣磯。欲請長纓何處是，且尋酒伴扣荆扉。

從少保公視師福建抵嚴宴眺北高峰同茅大夫沈嘉則

晉公雅望復英姿，坐領樓船遠視師。夜半自平淮蔡日，秋深同上華山時①。軍營列岸江全繞，騎火穿林席屢移。却説陪遊賓從美，不妨帳底有風吹。

① 原注：「昌黎侍裴晉公征淮蔡，偕遊華，題名。」

與客登招寶山觀海遂有擊楫岑港一窺賊壘之興謹和開府胡公之韻奉呈

滄海遥連雉堞明，登臨喜共幕賓清。千山見日天猶夜，萬國浮空水自平。不分番夷營別島，願圖方略至金城。歸來正值傳飛捷，露布催書倚馬纓。

宿長春祠夜半朱君扣榻呼起視月

長春明月夜闌干，起視當眉尺五間。千里林光俱浸水，一杯江氣亦浮山。似聞隔岫吹長笛，欲唤真官語大還。忽憶廣寒清冷甚，有人孤佩響珊珊。

恭謁孝陵正韻　漢高仿佛皇祖，而以少文終其身，故五云然。是日陵監略陳先事。

二百年來一老生，白頭落魄到西京。疲驢狹路愁官長，破帽青衫拜孝陵。亭長一杯終馬上，橋山萬歲始龍迎。當時事業難身遇，馮仗中官説與聽。

答贈盛君時飲朝天宫道院

長安道院一牽裳，司馬筵中再舉觴。柿葉學書才不短，杏花插鬢意何長。蘂沉緑醑家厨釀，霜折紅蕉道觀房。坐裏黄冠三兩輩，醉來相與説先皇。

宫人入道　明月，宫女名。

昭陽隊裏混鉛華，垂老參師日半斜。不向秋風怨團扇，却教明月進琵琶。朝留楚簟身爲雨，夜繡茅君綫作霞。見説緱山閒姊妹，尚論恩寵舊誰家。

李長公邀集蓮花峰

馬水雄關天畔開，貂儲暇日更登臺。高山似爲遮胡設，折磴偏能勒騎迴。杯杓催時嚴黑雨，琵琶隔座攪輕雷。須臾捲地寒風急，似送荆卿易水來。

邦憲死　朱氏而俠。

遠從黄浦白波邊，淚盡枯魚黑索前。共許相逢還幾度，詎知此别即千年。白楊樹下多風起，廣柳車中少客眠。見説吴門塘上曲，才歌高士即潸然。

送鄭職方

高皇寶鼎北平遷，羽衛猶屯萬竈煙。養虎最宜防猝餓，調鷹莫更使多眠。長江水緑千矛閃，大樹旗紅一的縣。匹馬不嘶穿壘過，知君此際氣翩翩。

贈遼東李長君都司

公子相過日正西，自言昨日破胡歸。寶刀雪暗桃花血，鐵鎧風輕柳葉衣。百口近來餘幾個，一家長自出重圍。禪關夏色炎如此，聽罷凄霜雜霰飛。

徐　州　將登黄樓，問棗下之婦。

今歲青青隴麥稠，去年河水過堤流。無家不自波中出，有鱉都經樹杪遊。棗葉雙扉詢翠袖，柳根一面護黄樓。泗州潭底獼猴老，不信今還鎖泗州。

駕歸自閱群望於衢恭賦 三月三日。

桃李晴曛禁苑煙，鑾輿新幸北郊旋。團花韈軩蒐春日，細柳旌旗拊髀年。一道甲光將雪借，千群馬色截雲鮮。誰兼將帥爲天子，共喜文皇九葉玄。

壽吴宣府

近來宣府息烽埃，臺吉求生款鎮臺。笑引雙椎胡女拜，傳呼萬帳令公來。艾年佩鶻寧非早，薇省垂魚不待推。報與江南春信道，題詩寄處隴梅開。

燕子樓

牡丹春後惟枝在，燕子樓空苦恨生。昨淚幾行因擁髻，當年一顧本傾城。分爲翡翠籠俱老，訝道泉臺伴不成。猶勝分香臺上妾，更無一個哭西陵。

駕幸月壇群望西街

玉露清秋湛碧空，金輿夕月引群工。紅雲自結龍文上，彩仗如移桂影中。壁畔常儀端捧𩰫，郊西新魄正垂弓。布衣久分華山侶，笑向歸驢墮晚風。

九月十六日遊南内值大風雨歸而雪滿西岫矣　石橋魚龍百族，巧甚，云是西洋物，乃三寶太監取歸者。

寶樹瓊臺夾梵輪，星壇月宇詎非神。從來天上遊俱夢，説向人間恐未真。風雨故梢銅網翼，魚龍欲活石橋鱗。尋詩正是迴驢處，忽面西山雪照人。

聞都督再遷山西武寧

胡牀雪夜斗牛裘，親待回探夜不收。薊比咽喉此爲最，山西將帥爾稱優。千金粉面捐廝養，百鞘朱提買絡頭。倒死瀟攔姑諾諾，大宛終敗匿驊騮。

自坌道走居庸雪連峰百仞横障百折銀色晃晃故來撲人中一道亦銀鋪也坐小兜冒以紅氈疲騾數頭匣劍笈書相後先冰氣栗洌肌粟畾畾如南夏痱瘗苦吟凍肩倍聳憊甚矣却贏得在荆關圖畫中浮生半日

昨夜飛花苦不多，朝來起視白峨峨。一行裘帽風中去，半日關山雪裏過。銀髻望夫高入漢，玉屏隨客折成河。中間一道明如綫，四角紅氈擁數騾。

重修乾清宫成迎慈聖再御　輔臣用此題選翰庶，時予客京師，漫賦。

閶闔重新紫極熙，姬姜再御寶輧移。慈顔既近趨承易，聖體猶冲保護宜。鳥换歌筵前日曲，花繁輦路舊時枝。一人奉養兼天下，大孝鴻名萬古垂。

讀文信公仙巖祠集焚弔

每疑天意不分明，枉殺呼天問屈平。諸葛既難扶後主，廬陵何用産先生。停舟此夜艱危地，出户當年嘆息聲。腦子不靈尤怪事，竟將腔血灑燕京。

寄上海諸友人

雙魚歲晚渡江津，筍飯純羹又换春。棄印可望天上客，射書元屬海東人。天愁夜幕鈴偏急，柵暗緣藤鼠正巡。湖水萬重蘭芷隔，因君還上佩芳身。

清凉寺云是梁武臺城

蕭梁臺殿一灰飛，薺麥清明雉兎肥。壞榜幾更金刹字，饑魂應爛鐵城圍。東來鏡折龍潭水，北去蘆長燕子磯。千古興亡真一夢，隔江閒數暮鴉歸。

蘭亭次韻　相傳蕭翼竊《蘭亭記》掀閲，百花一時盡開。

長堤高柳帶平沙，無處春來不酒家。野外光風偏拂馬，市門殘帖解開花。新觴曲引諸溪水，舊寺巖垂幾樹茶。回首永和如昨日，不堪悵望晚天霞。

某君見遺石磬

泗上歸來動隔年，親提浮磬與泠然。一除梵版裁雲俗，再扣哀鸝繞竹圓。老去固難腰似折，貧來直到室如懸。閒窗重理當時架，數杵香殘客話邊。

伍公祠

吴山東畔伍公祠，野史評多無定時。舉族何辜同刈草，後人却苦論鞭尸。退耕始覺投吴早，雪恨終嫌入郢遲。事到此公真不幸，鐲鏤依舊遇夫差。

岳公祠

墓門朱戟碧湖中，湖上桃花相映紅。四海龍蛇寒食後，六陵風雨大江東。英雄幾夜乾坤博，忠孝誰家俎豆同。腸斷兩宫終朔雪，年年麥飯隔春風。

訪李峋嶁山人於靈隱寺

時被繫七年暫放。先是寓杭，年少，暇則扁舟湖上，故有末句。

峋嶁詩客學全真，半日深山説鬼神。送到澗聲無響處，歸來明月滿前津。七年火宅三車客，十里荷花兩槳人。兩岸鷗鳬渾似昨，就中應有舊相親。

某伯子惠虎丘茗謝之

虎丘春茗妙烘蒸，七碗何愁不上升。青箬舊封題穀雨，紫砂新罐買宜興。却從梅月横三弄，細攪松風炧一燈。合向吴儂彤管説，好將書上玉壺冰。

錢王孫餉蟹不減陳君肥傑酒而剥之特旨

鯫生用字换霜螯，待詔將書易雲糕。併是老饕營口腹，省教半李奪螬螬。百年生死鸕鷀杓，一殼玄黄玳瑁膏。不有相知能餉此，止持齏脯下村醪①。

① 原注：「文待詔却唐王黄金數笏，而小人持一篭糕索字，内之。」

上督府公生日詩并序

嘉靖己未秋九月廿有六日，恭逢督府胡公之生辰，於是文武吏士及鄉大夫士若耆舊賓客，以公自鎮撫以來，功在東南者實大且遠，乃相與各抱其所有，以爲公長久祝。而公於今年春夏之交，受諸道告捷之後，奏凱天闕，戢兵海隅，民物熙和，甸宇清廓，惟兹嘉誕，適屆其時，萸菊交芳，天日俱朗，旌旗應爽氣而彌肅，鐃吹協商飈而並遠，慶者雲集，萬衆一辭，比之往昔，益爲隆盛。某小子叨沐寵榮間，嘗一佩筆操鉛以奉侍幕下，雖愚賤少文，不敢自附於衆人之後，至於仰清光，祝久遠，其心固無異於衆人也。謹撰長篇一首，凡百句，奉伏門下，以充獻壽之禮。自知拙陋，無所發抒，然慕戀恩私，欣喜盛事，自不能已於言耳。

遠曙輕籠海色蒼，凉飈新薦菊英黄。清秋此日逢華誕，繡褓當年繞異香。地與人文增氣象，天爲王國產禎祥。壯猷未老如方叔，秘略曾傳似子房。初捧兵符分虎竹，再銜使命馭龍驤。森羅島嶼諸夷會，鎖鑰門庭一面當。刁斗不傳人自樂，牙旗欲動勢偏揚。雄豪定遠遥辭漢，寬大汾陽近在唐。管領華夷新士馬，掃平吴越舊封疆。曾先突騎重圍裏，親式鳴蛙大道旁。已遣嚴兵營細柳，更教長劍倚扶桑。三承寵錫恩何渥，一受深知德愈光。定有姓名題御扆，每勤賞賜到遐荒。千齡素質雙麋鹿，五色奇毛兩鳳皇。國有昌符臣協吉，家承嚴訓子徵良。田單下狄親鳴鼓，姬旦居東久缺斨。屢觸歊炎辭羽蓋，轉巡郊野憩甘棠。軍中作氣頻投石，陣裏籌機捷探囊。敞日轅門標大纛，浮天水寨集餘皇。雕弓並月名繁弱，寶劍衝星出豫章。幾處名香迎馬首，數群長鬣夾車箱。量兼滄海涵諸島，身作長城障一方。

萬里星辰羅北極，百番貢道出東洋。曹彬賜劍權偏重，庾亮登樓興合狂。引至偏裨堅誓約，邀還賓佐據胡牀。鯨鯢久已封京觀，翡翠行看出越裳。詎止芳名流簡册，還將偉績著旂常。功成淮蔡應趨闕，路涉燕齊好待糧。將相位兼勞出入，君臣道合致平康。山城令節茱萸發，高宴華軒錦綺張。日照花明諸樂作，風吹帳啟衆賓藏。鶴鳴浪響聞天漢，芝燦浮光到羽觴。競取良辰占上壽，復欣嘉會嗣重陽。樹聯月桂輝花萼，斗近天河挹酒漿。黑齒呈歌須譯問，文身獻舞傲專場。地連玄嶠仙常集，候傍黄鐘日漸長。共以精誠抒華祝，况兼佳麗屬錢塘。鯫生本住山陰裏，浪跡疑乘海畔航。城下釣魚懷漂母，堂前結客憶周郎。未逢黄石書誰授，不墜青雲志自强。抱玉已憐非楚璞，吹竽那識動齊王。幸因文字蒙徵檄，時佩菅毫侍瑣廊。綦履東西魚共麗，戎衣左右雁俱翔。縣知陳阮時遊魏，豈乏鄒枚並寓粱。博採燕昭期致駿，曲存宣父愛非羊。衆人國士階元別，知己蒙恩心所量。自分才難堪記室，人疑待已過中行。構成燕雀猶知賀，報取瓊瑶未可償。偶值高門掛弧矢，且賡小雅賦桑楊。却慚未協宫商調，莫並當筵巧奏簧。

督府明公新膺加廕　加太子太保、左都御史。一子廕錦衣千户。

連天滄海抱江洲，節鉞東臨今幾秋。早遣通儒招粵尉，遠傳片檄到蠻陬。寇當劇處連營破，酋若逋時舉族收。萬里華夷馮控制，一方文武備咨謀。獻俘不用陳兵見，對客頻聽借箸籌。名將始知今亦有，元勳豈獨古難酬。近銜丹詔恩何渥，遥領青宫秩更優。幕捲共瞻新換服，旗開尚見舊縣斿。春濤拍海風俱息，夜柝鳴邊月正流。建業既趨功可讓，太原未下賞還留。蘭臺本取銀章綰，鶴禁誰扶寶輦遊。將帥併兼儲副託，封章應掌百寮糾。召公遺烈由孫顯，曹瑑英風與父儔。世禄永延盟帶礪，屬車前導護宸旒。東山久已淹姬旦，南服從來用武侯。燕頷果封終入漢，鬯卣將錫定於周。軍書羽集裁偏暇，湖水冰涵望盡浮。翠幰行堤花繞樹，錦箏停曲鳥窺樓。幾年載筆承英盼，四海爲家祇浪投。授簡真慚稱記室，逢人交慶識荆州。追陪有分塵清宴，著述無能付短謳。即擬漢家麟閣上，看題姓字最高頭。

蛙聲

紅芳緑漲緑連天，夾岸蘼蕪匝澗灣。別有鼓吹喧渡口，不教蚯蚓叠陽關。殷郎咄咄書空易，漢吏期期奉詔難。華苑公私猜典午，蓽門佶屈課殷盤。連營甲卒枚前鬨，塞寺沙門咒後餐。蟾蜍借月暗何謂，科虬縈波字與翻。蒲潦溽蒸號太酷，梅風飄蕩控宜寒。使車南詣雕題譯，貝葉西來鴃舌彈。金響俠徒丸盡落，珮垂戰士怒彌殷。諧語就答方乞半，孤雛隔乳未啼殘。韓馮枕荷愁喧寐，戴勝降桑許聒眠。利口嗇來傀喋喋，薄言鉦罷鼓闐闐。咽競笳烏不得曉，雜沸蓮露幾時圓。迢迢來度天姬帳，閣閣迴驚釣者船。摇繁藻鏡驅成瀫，韻碎菱絲詎可穿。寄語草深瓜爛處，急呼即且備蚿憐①。

① 原注：「《本草》：『蛇所居有爛瓜氣。』《莊子》：『蚿憐蛇。』」

數年來南雪甚於北癸未復爾人戲謂南北之氣互相换似賈人帶之往來理或然歟邊塞不易雨而今每潦十九韻

陰陽北去隨南客，雨雪南來自北天。雨爛胡弓知幾歲，雪高越瓦已三年。偶然盡海迷遼鶴，不是登橋聽杜鵑。吠犬從今無一處，喘牛必問有諸賢。明明日向彤雰暗，杳杳璣籠紫霧懸。羲氏輪膏埋壁屑，滕公河水瀉銀錢。銛鋒插戟包難見，深阱穿泉粉愈填。萬里蕭條昏井邑，千家凌奪失園田。疑花宿誤群歸羽，折竹真催幾個圓。鼻醋釃寒先慣吸，羹鹽調劑未堪煎。傾危作兎當山頂，摶控成獅向日邊。借皎肥身灰象飽，吹柔害物素猫拳。綿針絮刺俱叢棘，玉瓣銀筒假淤蓮。陽德盡閼閶闔上，陰威直到祝融顛。華亭羽冀漫天久，上蔡鷹盧獵野偏。伍員江長潮正怒，三閭沙白骨新捐。稀如尸蟲穿雲去，細似繩蠅點壁旋。急舞魚鱗明扂跋，繁遮蝗陣暗霄騫。袁安卧苦僵猶得，解縉尸埋醉可憐。萬事豈俱埋得盡，有時終露髑髏兎。

次夕降摶雪徑滿鵝鴨卵余睡而復起燒竹照之八十韻

把炬循除立斷藜，鵶驚彈雪宿卬底。終宵有許垂鵝伏，片刻應能没馬蹄。一一劈分舒闊掌，團團捲擲碎霜梨。紅場盡海毬争打，白鷺横江荻未棲。崩屋塌簷支正急，窺窗入竇倚相睽。後飛輕薄高難下，先引威稜導且齊。隔歲窖藏猶霰雹，群兒想象入狻猊。瓣觚出六摧桃李，瑞舛過三黨稗稊。博浪金椎狙擊遍，彌天白蠹殺機提。鸞髟鵠赭吹毛盡，竹哭梅啼到骨披。穿重解深三窟兎，侵多不剩一丸泥。暗隨鵬翼長沙拍，亮誤鷄司短曙啼。灰盡挑殘寒夜火，袍誰脱與故人綈。流蘇既縞堪鈎掛，粉的渾綿向鏡低。風絮謝娘難可擬，煙蘆舡客幾成迷。公孫被幞凉如鐵，子母蚨緡瀉若澌。獸徑易漫麋散迹，獵弓難放麝香臍。岩俱周處南山額，毳盡蘇卿北海羝。鮫室百窗簾蛤蚌，羌胡一國水玻璃。饑脾苦逼長安殍，酸鼻寒凄宰相醯。葉尹如捐棺可玉，麻姑未老海堪梯。洪厓走汞流松外，穆滿量珠賞竹西。緑鬢取裁髽髻様，金釵都換柰花鎞。儒齏瓦甕鹽艱糝，俠啖屠門蒜大齏。蝙蝠假仙搖石乳，蚺蛇馮膽攬銀堤。將紉作蓋俱成羽，取綴爲裘盡是麑。鷹隼攫身功奪狗，牛羊埋角罪歸鼷。軒轅鏡色飛橋頂，歐冶鐔霜掣劍溪。蕩漾乾坤成玉合，紛紜翳膜刮金篦。楊妃暗粉玄宫發，卓氏綦巾皓首齊。此際胡雲黄滿塞，當年梁簡赤曾題。霽微未必清鐘磬，灑急如堪付鼓鼙。紅袖共斟將共若，錦囊須佩却須奚。寒郊瘦島吟成蟄，暖肉肥肌屏作閨。漸離荆卿僵易水，趙王代娣冷摩笄。瑶枝上漢參雲霧，銀鬣行天賭駃騠。併是凌寒貞歲柏，不同趨熱媚權烓。親淹上國裘曾敝，眼見金吾騎總緹。盡領熊羆供掃拂，别從雉兎較罟罘。高培糞梗團成菌，柔仿山毛嫩作荑。肖慘睢盱夔罔兩，塑嬌咽項女蝤蠐。妝塗恨少施肌髮，刻畫争先解佩觿。何事井噴煩蜥蜴，衹馮陰焰颭虹霓。瓠犀璀璨排嫣齒，榴子齟齬墮老齯。解襯紫騧鮮豹犢，俄穿翠豹化貂袿。宫奩鏡暖因椒瑾，塞壁刀斜謝鷫鷞。木稼怕官謡雜讖，草乾愁牧馬頻嘶。媧皇煉石霄猶漏，帝女燒鉛杼懶擠。凍霤尖持燕匕首，明窗塵射魏刀圭。睥睨釘斷于闐帶，沙礫礱刓令尹圭。連日大酺粲盡掬，傾筐堆白取如攜。騎都爛漫靡羊胃，庖坦縱横解犢膔。燕頷不醒頹錦帳，蛾眉邀醉叠金樽。即堪楚曲流宫徵，必唤齊傖許滑稽。蕩甲摇犀明練組，長雕大鏃拭弧鉀。孤煙罷突真三日，破釜懸臍僅一黳。水木騎羊來代遞，滕封弄雨各訶詆。心憂掘閲衣麻矣，狂走芄蘭帶悸兮。雯爾黄腸溲鼠屓，俄然白骨葬鯨鯢。爲燈跋燭須臾滅，沃錠消瑯項刻賫。公向蒼儀騰皓潔，竟忘赤地混緇黧。隨飈過越迎闟吠，度葉爲花帶鳥棲。蜂蛺誤猜堪蜜蠟，清明才斷正餳㶸。西池萬里吹黄竹，東郭雙瓽研赤鞮。想見穹酋鳴立圜，親看牀足縮趺蠵。恰妨青帝迎春仗①，無救朱炎病夏畦。壓取剛條俱偃偃，試尋勁草但萋萋。幾時千仞消凌蟬，何處雙桑赫海鯢。形虎似鹽虚晉俎，調梅無味枉商鑴。蝗蝝未必沉三尺，甲拆先應了一刲。莊語夏冰蟲定怪，趙衰冬日襖争徯。風偏助勢長成練，月總輸光不到犀。履薄有人愁墜谷，乘危無盡上埋奎。豈無黄道亭葵藿，翻以丹心許蒺藜。火急寄言青女道，添霜啼殺伯勞兒②。

① 原注：「時近立春。」

② 原注：「何喬遠曰：『險澀倔强，韓、蘇後復見田水翁。』」

龕山凱歌六首　爲吴縣史鼎庵。

短劍隨槍暮合圍，寒風吹血着人飛。朝來道上看歸騎，一片紅冰冷鐵衣。

紅油畫戟碧山坳，金鏃無光入土消。冷雨凄風秋幾度，定誰拾得話今朝。

七尺龍蟠皂綫絛，倭兒刀掛漢兒腰。向誰手内親捎得，百遍衝鋒滚海蛟①。

無首有身祇自猜，左啼魂魄右啼骸。馮將老譯傳番語，此地他生敢再來。
旗裹金瘡碎朔風，軍中吮卒有吳公。更教厮養眠營竈，自向霜槽喂鐵驄。
夷女愁妖身畫丹，夫行親授不縫衫②。今朝死向中華地，猶上阿蘇望海帆③。

① 原注：「宋時海寇名滚海蛟。」

② 原注：「倭衫無縫。」

③ 原注：「其地阿蘇山最高。」

内子亡十年其家以甥在稍還母所服潞州紅衫頸汗尚漬余爲泣數行下時夜天大雨雪

黄金小紐茜衫温，袖摺猶存舉案痕。開匣不知雙淚下，滿庭積雪一燈昏。

凱歌贈參將戚公

戰罷親看海日晞，大酋流血濕龍衣。軍中殺氣横千丈，并作秋風一道歸。

望夫石

海天萬里渺無窮，秋草春花插髻紅。自送夫君出門去，一生長立月明中。

宴遊爛柯山四首

萬山松柏繞旌旗，少保南征暫駐師。接得羽書知賊破，爛柯山下正圍棋。

偏裨結束佩刀弓，道上逢迎抹首紅。夜雪不勞元帥入，先禽賊將出洄中。

群凶萬隊一時平，滄海無波嶺瘴清。帳下共推擒虎將，江南秖數義烏兵。

帷中談笑静風塵，秖用先鋒一兩人。萬里封侯金印大，千場博戲綵毬新。

武夷山一綫天

雙峽凌虚一綫通，高巔樹果拂雲紅。青天萬里知何限，也伴藤蘿鎖峽中。

入武夷尋一綫天道中述事二首 行渴，得巖嫗，乞茗。

花落花開隔水津，棧梯茅屋總堪鄰。扁舟若不尋歸路，便是武陵深處人。

乞得瓊漿一碗新，沿溪行盡渴生塵。雲英秖在桃花下，不肯呼來見外人。

雪中訪嘉則於寶奎寺之樓店

山徑尋君重復重，小樓百尺卧元龍。安窗偏向梅花角，去映江天雪數峰。

武林館中與徐仁卿同宿因贈三首 徐號天峰，武義諸生也。徐千斤。

樓上張燈倒瓦卮，自居東面喚人陪。須臾據案言兵事，鬖帽偏欹横兩眉。

近來選士愛軀長，共説君家貌不揚。醉後忽呼高枕睡，虎頭斜倚黑繩牀①。

長説邊關好試材，幕中進止自須裁。連宵一騎重圍裏，不見鈞州王秀才②。

① 原注：「徐額骨似虎。」

② 原注：「時王邦直爲虜所害。」

夏相國白鷗園二首

白鷗池水拍天平，相對瓊樓入太清。試問歌臺生草處，當時曾許外人行。

詞客登臨信筆裁，每於花謝笑花開。請觀世上看花者，曾見花開不謝來？

閶門送别

送到閶門日已西，自將光景比烏栖。平生不解依枝宿，今日翻成繞樹啼。

寄徐石亭

聞道名園盛牡丹，豪家歡賞到春殘。自憐亦具看花眼，種菜澆畦不得看。

上谷歌四首

少年曾負請纓雄，轉眼青袍萬事空。今日獨餘霜鬢在，一肩輿坐度居庸。

遥憶前朝己巳年，六龍此去未南旋。黑雲敢作軍中孽，莫怪區區一也先。

個個健兒習戰車，重重壁壘鐵圍賒。盡教上谷長千里，衹用中丞兩臂遮。

昨向居庸劍戟過，今朝流水是洋河。無數黄旗呵過客，有時青草站鳴駝。

宣府教場歌

宣府教場天下聞，個個峰巒尖入雲。不用弓刀排虎士，天生劍戟擁將軍。

胡市

千金赤兔匿宛城，一隻黄羊奉老營。自古學棋嫌盡殺，大家和局免輸贏。

邊詞十三首 並客燕時到馬水口及宣府之作。

四壁龍門鐵削圍，枉教鄧艾裹氈衣。莫言虜馬愁難度，即使胡鷹軟不飛。

牙兵個個是熊羆，别選奇才養作兒。試看陣雲穿急處，一團蜂子擁人飛。

墻頭赤棗杵兒斑，打棗竿長二十拳。塞北紅裙争打棗，江南白苧怯穿蓮。

立馬單盤俯大荒，提鞭一一問戎羌。健兒衹曉黄臺吉，大雪山中指帳房。

十八盤山北去賒，順川流水落南涯。真馮一堵邊墻土，畫斷乾坤作兩家。

黄酋墮馬已成擒，漢卒争功被脱身。魂魄至今留黑石，兜鍪連歲落魚鱗①。

葛那頸險斷胡刀，驀手攀頦按得牢。歸向鏡中嫌未正，特搓過左一絲毫②。

沙門有姊陷胡娃，馬市新開喜到家。哭向南坡氈帳裏，領將兒女拜袈裟。

漢軍争看繡裲襠，十萬彎弧一女郎。唤起木蘭親與較，看他用箭是誰長③。

長纓辦取鎖嬌嬈，馬上纖腰恐不牢。好把鴛鴦靴上腦，倩誰雙縛馬鞍轎。

女郎那取復梟英，此是胡王女外甥。帳底琵琶推第一，更誰紅頰倚蘆笙。

老胡寵向一人多，窄袖銀貂茜叵羅。遞與遼東黄鷂子，側將雲鬢打天鵝。

姑姑花帽細銀披，兩靨胭梨灑練椎。個個菱花不離手，時時站馬上胭脂。

① 原注：「黑石堡，所禽地也。得其胄，上之朝。」

② 原注：「葛那，宣府之降胡。」

③ 原注：「此下六首並俺答甥女事。」

上谷邊詞四首

胡兒住牧龍門灣，胡婦烹羊勸客飡。一醉胡家何不可，祗愁日落過河難。

風吹乾草没沙泥，嚙草奔風馬自蹄。却問駱駝何處去，大酋隨獵未曾歸①。

胡兒處處路傍逢，別有姿顔似慕容。乞得杏仁諸妹食，射穿楊葉一翎風②。

駱駝見柳等閒枯，虜見南醪命拚殂。倒與鴟夷留一滴，回韁猶作卯兒姑③。

① 原注：「以上坐史夷帳中作。史、車二姓屬夷。」

② 原注：「虜最嗜糖纏杏仁。」

③ 原注：「北諺云：『駱駝見柳，達子見酒。』又夷言磕頭爲卯兒姑。」

琉璃河

水怪從來畏鐵鐺，十尋鐵棒壓流橫。風雷自古無迴避，也截蛟龍別處行。

送林某

野客年來百事休，也憐歌板去難留。若爲化作沿江柳，直管鶯聲到岸頭。

漫曲

聞道張家燕子樓，青羅小帽急梳頭。花枝誰肯先春老，無奈風吹雨打愁。

畫兩僮枕帚而睡疑是寒拾應人索詠

人間何日不塵生，掃到何年掃得清。輸與天台雙行者，睡彎苕帚午鷄鳴。

畫高嶺莫行僧衆

知是峨眉第幾盤，客僧愁宿日低山。頭陀指與煙生處，祇隔紅霞四五灣。

王元章倒枝梅畫

皓態孤芳壓俗姿，不堪復寫拂雲枝。從來萬事嫌高格，莫怪梅花着地垂。

畫梅時正雪下

誰寫孤山伴鶴枝，早春窗下索題詩。今朝風景偏相似，是我尋他雪下時。

竹

昨夜窗前風月時，數竿疏影響書幃。今朝拓向溪藤上，猶覺秋聲筆底飛。

水仙雜竹

二月二日涉筆新，水仙竹葉兩精神。正如月下騎鸞女，何處堪容食肉人。

郭恕先爲富人子作風鳶圖償平生酒肉之餉富人子以其謾己謝絶之意其圖必立遭毁裂爲蝴蝶化去久矣予慕而擬作之噫童子知羨烏獲之鼎不知其不可扛也雖然來丹計粒而食乃其報黑卵必請宵練快自握亦取其意之所趨而已矣每一圖必隨景悲歌一首並張打油叫街語也亦取其意而已矣録六首

柳條搓綫絮搓綿，搓够千尋放紙鳶。消得春風多少力，帶將兒輩上青天。
我亦曾經放鷂嬉，今來不道老如斯。那能更駐遊春馬，閒看兒童斷綫時。
縛竹糊腔作鳥飛，崩風墜雨爛成泥。明朝又是清明節，鬭買錫糖柳市西。
江北江南紙鷂齊，綫長綫短迴高低。春風自古無憑據，一任騎牛弄笛兒。
村莊兒女競鳶嬉，憑仗風高我怕誰。自古有風休盡使，竹腔麻縷不堪吹。
春來偏與老人仇，腰脊如弓項領柔。看鷂觀燈都好景，正難高處去抬頭。

扇圖

渺渺平沙四望通，天涯雙樹立秋風。畫工不解寒鴉意，寫入隋堤緑柳中。

畫躍鯉送人

鱗鬣不殊點額歸，丰神却覺有風威。不添一片龍門石，方便凡魚作隊飛。

湯遂昌顯祖一百三十五首

顯祖字義仍，臨川人。生而有文在手，成童有幾庶之目。年二十一，舉於鄉。嘗下第，與宣城沈君典薄遊蕪陰，客於郡丞龍宗武。江陵有叔，亦以舉子客宗武，交相得也。萬曆丁丑，江陵方專國，從容問其叔：「公車中頗知有雄駿君子晁、賈其人者乎？」曰：「無逾於湯、沈兩生者矣。」江陵將以鼎甲畀其子，羅海内名士以張之，命諸郎因其叔延致兩生，義仍獨謝弗往，而君典遂與江陵子懋修偕及第。又六年癸未，與吴門、蒲州二相子同舉進士，二相使其子召致門下，亦謝弗往也。除南太常博士，朝右慕其才，將徵爲吏部郎，上書辭免。稍遷南祠郎，抗疏論劾政府信私人塞言路，謫廣東徐聞典史，量移知遂昌縣。用古循吏治邑，縱囚放牒，不廢嘯歌。戊戌上計，投劾歸，不復出。辛丑外計，議黜，李本寧力争：「遂昌不應考法，且已高尚久矣。」主者曰：「正欲成此君之高耳。」里居二十年，年六十餘始喪其父母，既葬，病卒。自爲祭文，遺令用麻衣冠草履以斂，年六十有八。義仍志意激昂，風骨遒緊，扼腕希風，視天下事數着可了。其所投分，李于田、道甫、梅克生之流，皆都通顯有建豎。而義仍一發不中，窮老蹭蹬。所居玉茗堂，文史狼籍，賓朋雜坐，鷄塒豕圈，接迹庭户，蕭閒詠歌，俯仰自得。道甫開府淮上，念其窮，遺書相迓，義仍謝曰：「身與公等比肩事主，老而爲客，所不能也。」爲郎時，擊排執政，禍且不測，詒書友人曰：「乘興偶發一疏，不知當事何以處我？」晚年師盱江而友紫柏，翛然有度世之志，胸中塊壘陶寫未盡，則發而爲詞曲。《四夢》之書，雖復留連風懷，感激物態，要於洗蕩情塵，銷歸空有，則義仍之所存略可見矣。嘗謂我朝文字以宋學士爲宗，李夢陽至琅琊，氣力强弱，巨細不同，等贋文爾。萬曆間，琅琊二美同仕南都，爲敬美太常官屬。敬美唱爲公宴詩，不應。又簡括獻吉、于鱗、無美文賦，標其中用事出處及增減漢史唐詩字面，流傳白下，使元美知之。元美曰：「湯生標塗吾文，異時亦當有標塗湯生者。」自王、李之興，百有餘歲，義仍當霧雺充塞之時，穿穴其間，力爲解駁，歸太僕之後一人而已。義仍少熟《文選》，中攻聲律，四十以後，詩變而之香山、眉山，文變而之南豐、臨川。嘗自叙其詩三變而力窮，又嘗以其文寓余，以謂不蘄其知吾之所已就，而蘄其知吾之所未就也。於詩曰「變而力窮」，於文曰「知所未就」，義仍之通懷嗜學，不自以爲能事如此，而世但賞其詞曲而已，不能知其所已就，而又安能其知所未就，可不爲三嘆哉！義仍有才子，曰士蘧，五歲能背誦《二京》、《三都》，年二十三，死客白下。次大耆，才而佻，然有父風。次開遠，以鄉舉官監軍兵使，討流賊死行間。開遠好講學，取義仍續成《紫簫》殘本及詞曲未行者悉焚棄之。大耆實云。幼子季雲，亦有儁才。

南旺分泉

依陰發泉壑，開陽盛雲雷。揮珠即橫厲，弭枻暫徘徊。神媪膏雲落，天孫瀵雨開。唯王資轉輸，畫地此縈迴。涓涓連衛潞，灑灑注河淮。高牂刺雲日，橫篙傲山崖。鮮冰敵陽至，神木斬陰來。浮吹徹終夜，飛艫常千枚。珠粒山東泉，藿肉江南財。當知禹貽厥，宜歌帝念哉。

答丁右武稍遷南僕丞懷仙作

斯人負高概，情藝藹紛饒。觸邪注冠影，雅志在公朝。衣服近吾身，有如裘與蕉。升蕉有凉燠，寒裘終不凋。斯人乃可去，將無念霜朝。西迴太行軸，南縱廣陵橈。有客從瑯琊，從君獨酌謡。巾帶若山人，玉鉤横在腰。他人富貴媚，斯人貧賤驕。山中讀道書，玉女時相嬌。但令有真骨，數至自飄颻。靈阿發昭輝，逸駕動鳴椒。雲冥深秀資，霞延仙隱標。庶反山中駕，聊用倚逍遥。

過太常博士宅

太常東署中，五年足棲集。南風多爽塏，春梅未湫濕。兒子此生成，琴書此敦習。逼迫徙詹事，後者來何急。出門别井竈，致詞如欲泣。臨去幾回首，向後恒過入。昔作主人居，今向賓階揖。已悲題字滅，稍呀新堂葺。觸跡有思存，循年真悵悒。舊隸猶瞻叩，比鄰都問及。坐深難可留，簷庭去猶立。百年渾似此，前人互通執。弱心誠自嗤，懷來非可戢。

赴帥生夢作有序

丁亥十二月，予以太常上計，過家。先一日，帥惟審夢予來，相喜慰曰：「帥生微瘦乎？」則止。予以冠帶就飲，帥生別取山巾着予，甚適予首，嘆曰：「人言我兩人同心，止各一頭，然也。」嗟乎！夢生於情，情生於適。郡中人適予者，帥生無如矣。乃即留酌，果取巾相易，不差分寸，傍客駭嘆。記之。

青雲覆嘉林，明月映珠津。理絶有連氣，况乃在人倫。歷落帥生姿，禮食先一旬。採擷極玄史，詞賦落瑞璘。我生弱冠餘，良遊非撫塵。子爲膳部郎，予入南成均。今上歲丙子，再見集庚辰。前後各傾展，言笑日温新。家能造清酒，兒能娱父賓。昔是新相知，今爲舊比鄰。上計邊越來，醉我鳳城春。笑詎不下樓，安知誰縉紳。契闊四五年，流思月相巡。予滿太常秩，子罷思江綸。日夕夢我歸，入門魂魄親。交手無别言，但問瘦何因。冠帶即延酌，易我以山巾。尺寸了不殊，形影若可循。世人言我汝，同心徒異身。今看巾幘交，益知頭腦勻。説夢未終竟，報我及城闉。歲寒冰雪中，松心竹有筠。三嘆此何時，滅没旁人嗔。眼觀一堂内，夢見千里人。見交等形隔，卧託乃疑神。素車尚前語，迷途猶見遵。况我見爲人，分明江海濱。立語卒不盡，且坐留飲醇。易巾果所宜，夢與形骸真。盍簪此爲契，彈冠安足陳。

京察後小述

邑子久崖柴，長者亦搖簸。含沙吹幾度，鬼彈落一箇。大有拊心嘆，不淺知音和。參差反舌流，倏忽箕星過。幸免青蠅弔，厭聽遷鶯賀。賤子亦如人，壯心委豪惰。文章好驚俗，曲度自教作。貪看繡夾舞，貫沓花枝卧。對人時欠伸，説事偶涕唾。眠睡忽起笑，宴集常背坐。敢有輕薄情，祇緣迂僻過。一命淹陵署，六歲逢都課。浮躁今已免，不謹前當坐。有口視三緘，無心嗔八座。骨相會偏奇，生辰或孤破。吾心少曲折，古人多頓挫。脱落慕仙才，點掇希王佐。咄咄竟何成，冉冉誰能那。

三十七

我辰建辛酉，肅皇歲庚戌。初生手有文，清羸故多疾。自脱尊慈腹，展轉太母膝。剪角書上口，過目了可帙。家君有明教，太父能陰騭。童子諸生中，俊氣萬人一。弱冠精華開，上路風雲出。留名佳麗城，希心遊俠窟。歷落在世事，慷慨趨王術。神州雖大局，數着亦可畢。了此足高謝，別有煙霞質。何悟星歲遲，去此春華疾。陪畿非要津，奉常稍中秩。幾時六百石，吾生三十七。壯心若流水，幽意似秋日。興至期上書，媒勞中閤筆。常恐古人先，乃與今人匹。

懷帥惟審郎中戴公司成

著冠須訪戴，脱冠須訪帥。磊磊一心人，離離十星歲。戴公入山水，淡跡分明昧。喜霑清悟姿，不惜沉冥醉。帥生能造酒，酒色清如菜。高談常夜分，哀歌忽雷潰。兩君真晉人，土性有癡慧。相見即相親，了非心所解。如雲墮江光，顛倒影在内。心歡常若玆，日月亦清快。重來斷清嘯，不復可人在。彭撇事詩酒，挪拏坐巾帶。帥生煙霧中，戴公江海外。但想即成笑，寄書亦何賴。

顧膳部宴歸三十韻 時大水，饑。

年深情易盈，春闌氣方燠。齋房常自清，登臨每傷獨。同人風義生，命我春酒熟。新雨道無人，越歌山有木。甚設苦難常，爲期省相速。適往才張具，且坐遺巾服。行棋過格五，點局殘花六。豆間依古禮，坐次隨年録。素盞溢芳温，青蔬雜蘭菊。無事極脂膏，風斯映明淑。心清笑則雅，興洽談逾穆。留連清夜沉，偶嘆春年肅。河北人猶流，江南子初鬻。行人深掠食，縣官粗賦粥。杏花差有畔，苦草正無幅。黄星春不死，青歲鳥猶宿。微禄幸三飽，清齋休五肉。秀麥候皇明，妨粢悵神牧。一入同向隅，諸兄須仰屋。凡百關天運，有萬依王福。江湖初繞霤，神州方蕴櫝。舉白但歡展，辭觴敢顰蹙。滅燭步除陰，明月隱深竹。風庭猶數杯，淋浪居末逐。金柝夜沉沉，玉街清琭琭。還齋深思餘，倚檻端居伏。風露藹延和，華桐暗相馥。岸幘且輕首，啜茗殊清目。側看星尾遲，遠聽鳴鷄速。向署首明祠，靈妃方捧祝。

離合詩寄京邑諸貴 良會今乖。

琅玕豈不珍，玉屑竟誰飯。檜樹鬱冬皋，木葉辭秋苑。衿曲自悠悠，衣帶日趨緩。乘月望風霄，人遥尺書斷。

雨花臺所見

冉冉春雲陰，鬱鬱晴光瑩。取次踏青行，發越懷春興。拚知天女後，如逢雨花剩。宜笑入香臺，含顰出幽徑。徙倚極煙霄，徘徊整花勝。隨態驚蝶起，思逐流鶯凝。美目乍延盼，弱腰安可憑。朝日望猶鮮，春風語難定。拎翠豈無期，芳華殊有贈。持向慧香前，爲許心期證。如何違玉纓，沈情擊金磬。

黄岡西望寄王子聲

白露滴江城，江聲繞秋至。心賞不在兹，幽芳渺難寄。木葉號蟬悲，水荇潛鱗戲。日氣淡芙蓉，雲陰生薜荔。棲棲王子情，默默楚人思。未及湘累醒，且共蓬池醉。遥松起暝色，虚竹驚寒吹。物往年序遷，情存風景異。樵歌歸影遲，新月忽在地。

讀張敞傳

長安多偷兒，數輩老爲酋。居家皆温厚，出從僮僕遊。遂有長者名，閭里咸見優。小偷時轉輪，酋長日優遊。安知畫眉人，一朝來見收。

相如

相如美詞賦，氣俠殊繽紛。汶山鳳皇下，琴心誰獨聞。陽昌與成都，貴賤豈足分。子虚乃同時，飄然氣凌雲。卧託文園終，不受世甞氛。清暉緬難竟，遺書《封禪文》。知音偶一時，千載爲欣欣。上有漢武皇，下有卓文君。

部中鶴

曲臺雙白鶴，日賦十餐錢。良爲升合資，留滯江海年。傳呼卿出入，引吭飛舞前。軒墀看鶴人，時與小翩躚。鳳皇猶可飼，安得羽中仙。

錦衣鳥

太常東署門，連垣接親衛。中有怪大鳥，好作犬號吠。悲嘯無時徙，吉凶須意對。非有伯勞沈，良無子規廢。開天殺人處，陰風覺沈昧。

胡克遜

人言西北邊，有獸名爲遜。性不喜獸鬬，逡巡解其困。獵者知如此，設鬬日馴近。相愁來解紛，陰遭此人刃。食肉寢其皮，似貉花文嫩。西州貴將吏，茵褥厚常寸。狒狒笑何憫，猩猩啼莫恨。此獸仁有禮，錯莫身爲殉。世有麒麟皮，爲鞹復何問。

宿浴日亭因出小浪望海

爲郎傍星紀，江湖常久居。倏忽過南海，扁舟掛扶胥。隱隱岸門青，杳杳天池虛。培塿濬凌歷，氣脈流紆徐。潮迴小洲渚，龍鱗勒溝渠。於中藏小舟，其外懸日車。雲影蒼梧來，咸池相卷舒。孟冬猶星河，淡月露人裾。陰陽蕩揮霍，精色隱踟躕。濯足章丘餘，沐髮扶桑初。清輝臨湑盤，若木鮮芙蕖。西顧連崦嵫，東眺極扶餘。小浪亦莞爾，大波始愁予。呑舶自呑吐，樓櫓成煙墟。飛金出熒火，明珠落鯨魚。吾生非賈胡，萬里握靈糈。晻靄羅浮外，傳聞仙所廬。玉樹如冬青，瑶枝若栟櫚。陽烏不日浴，晝夜更扶輿。丹穴亦不炎，好風常相噓。白水月之津，一飲饑渴除。徐聞汝仙尉，去此將焉如。

達奚司空立南海王廟門外

司空暹羅人，面手黑如漆。華風一來覲，登觀稍遊逸。戲向扶胥口，樹兩波羅蜜。欲表身後奇，願此得成實。樹畢顧歸舟，冥然忽相失。虎門亦不遠，決撇去何疾。身家隔胡漢，孤生長此畢。猶復盼舟影，左手翳西日。嗔匈帶中裂，嶵巃氣噴溢。立死不肯僵，目如望家室。塑手一何似，光景時時出。墟人遞香火，陰風吹崒嵂。上有南海王，長此波臣秩。幽情自相附，遊魂知幾馹。至今波羅樹，依依兩蒙密。波聲林影外，簷廊暝蕭瑟。

麗水風雨下船棘口有懷

石城雙水門，落日遠江介。春潮風雨飛，暮寒洲渚帶。流雲蒼翠裏，緒風簫鼓外。分披悟曾歷，合沓迷新屆。宿霧緬餘丘，生洲隱遥派。地脈有虧成，物色故明昧。曲折神易傷，幽清境難會。江花莞流放，岸草凄行邁。不見林中人，自撫孤琴對。

答姜仲文

白日不可常，孤雲亦何媚。萋芳淡遊子，流泊世所棄。事去息交久，書來喜君至。愛日生寒姿，停雲起高翅。經營二三月，颯遝豈遑避。驚看就長揖，道故如失志。相聞善爲樂，相見乃憔悴。爲文寧自傷，情多或爲累。感君珍重意，承眶不能淚。在沼魚何樂，先秋葉難翠。長歌聊復聲，短袖時一戲。今日眼中人，何年心上事。

遥和諸郎夜過桃葉渡 有本事。

諸公紛紛去何所，隔岸熒熒高燭舉。若非去挾秦家姝，定是將偷邛市女。一從西蜀老王孫，千騎東方總不論。也乏使君呼共載，也無遊女解宵奔。無緣此屬翩連去，飄飄曄曄知何處。翠納香奩夜著人，絳蠟清笙幾回曙。當時我亦俊人群，情如秋水氣如雲。有酒誰家惜酣暢，饒花是處怯離分。如今兩鬢籠紗帽，輕煙澹粉何曾到。眼看諸公淹夜遊，心知此事從誰道。衙齋獨宿清漢斜，燈影籠窗半落花。拚不風流長睡去，却持殘夢到他家。

送前宜春理徐茂吴

西湖徐君美如此，眇眇東來渡江水。微飈木葉江波生，皓露芙蓉秋色死。秋色連山客早悲，倍憶離鴻江月時。舊郡鈐陽醉煙柳，動道宜春春不宜。豫章城西江水滿，片雨疏花石蘭館。獻賦誰知錦組文，題書直道珠盈碗。一别蒼洲間白雲，金臺暑路忽逢君。祇合飛冤填北海，那堪解愠出南薰。芳皋幂靂辭青瑣，及子風流度江左。孤亭水樹别留人，别道煙霞須着我。我邊知我若逢君，卿處相卿自有人。無事南湖催送槳，扁舟小婦好隨身。莫嫌小婦恒隨從，茗碗香罏朝夕供。風雨離騷秋暮行，荃蘭墨妙連舟重。去去西湖簫鼓陳，香絲艷粉逐年新。不惜風流頻取醉，君來看見六朝人。

夜聽鄧孺孝説山水

終日他鄉作遊子，到處不曾離屋底。鄧生爾時何許來，罷酒彈燈説山水。君家最近三茅君，我家貫看罏峰雲。山水眼前人不住，遥山遠水復何云。

聽説迎春歌

帝里迎春春最近，年少尋春春有分。可憐無分看春人，忽聽春來閒借問。始知簾户即驚春。夾道妝樓相映新。樓前子弟多春目，樓上春人最着人。

送俞采并示姑熟子弟

采，故叔白鹿生，賢豪人也，悲之。

遊子常年風性高，生龍地主垂干旄。絳帳後堂延弟子，春裝别墅擁賢豪。何處山川不留飲，何處風光能薦寢。花落時黏縹緑箋，杯翻祇污蒲桃錦。爾時閭井多歡娱，爾家弟兄猶讀書。長星出天十年内，經過舊地百不如。江上更番起戍隊，河南學館今蕪廢。地主才高落網羅，門生産盡歸闤闠。君家少父識人稀，白鹿騰空人事非。頻年落第常留醉，幾夜浮橋獨送歸。此情此日堪憐處，故人上官得陵署。從今見憶直須來，幾日相過那便去。春酒春燈花月深，離愁今夕動春心。親知報李非無玉，直笑栽桃未有陰。

送臧晉叔謫歸湖上時唐仁卿以談道貶同日出關 并寄屠長卿江外。

君門如水亦如市，直爲風煙能滿紙。長卿曾誤宋東鄰，晉叔詎憐周小史。自古飛簪説俊遊，一官難道減風流。深燈夜雨宜殘局，淺草春風恣蹴球。楊柳花飛還顧渚，箬酒苕魚須判汝。興劇書成舞笑人，狂來畫出挑心女。仍聞賓從日紛紜，會自離披一送君。却笑唐生同日貶，一時臧穀竟何云。

吹笙歌送梅禹金 感嘆龍君揚郡丞、沈君典太史、姜孟穎明府。

紫夾春衣可曾絮，絲竹西州可曾去？秋水微波木末亭，秋花半菊吴陵署。從官迫欝有三年，似汝驕奢留幾處。邀歡託宿故言寒，罷酒更衣幾愁曙。新林小婦寄書來，一種風流許君據。朝落鉛華妾自知，夜拂蘭幬君不御。梅生開書欲長跪，託道留連在山水。即知遊子幾曾遊，自説美人詎知美。先時拾翠凌陽池，憶汝吹笙出桃李。天涯此日龍使君，世上何人沈太史。已覺叢殘姜令非，空驚綽約梅生是。津途變化裁十年，光響消浮衹千里。潮水長看三往還，交態今誰一生死。何況青眉并皓齒，美酒銷憂衹如此。

署客曹浪喜

今冬寒多忽作暖，羊脂臘酒青磁碗。達曙留連歌笑言，蓮花漏水今宵短。點燭侍兒熏繡衾，新綿細帖令人懶。始怪明星出不低，何來曙鳥啼都滿。疏窗小竹真蕭瑟，淺帳寒梅動疏散。客省經知無印開，祠曹報説添人管。北闕雲霞青鬢疏，南朝煙月歸心款。鐘鼓空思長樂宫，江山别築忘憂館。四十頭顱君不知，爲看年來衣帶緩。

榆林老將歌 寄萬丘澤。

榆關將軍紫花額，自言能拂雙枝戟。登臺望虜識風塵，度磧尋營知水脈。娶妻胡女能胡言，盜馬與官多得錢。石州雖殘虜多死，榆林獨出兵氣全。頃緣互市邊籌假，市馬與軍非善馬。牽過倒死即須償，就中更有難言者。餘閒老將學耕耘，後來兒子不能軍。但願英雄不生虜，兜零無火更何云。

邊市歌

中興漢水天飛龍，天街月氣何雄雄。已深吉囊占河曲，偏多俺答嘯雲中。二十年中俱老死，分頭住牧多兒子。一從先帝許和戎，盡説銷兵縱行李。也知善馬不能來，去去金繒可復回。未愁有虜驚和市，且是無人上敵臺。别有帳中稱寫契，解誘邊人作奸細。上郡心知虜騎熟，西州眼見孤軍綴。也先種色何紛紜，五千餘里瞰胡群。不説遼邊小王子，殺降前後李將軍。

江東歌

三山江上翠崔峨，草緑風煙春氣和。天宫繚繞金陵麓，人家映帶秦淮河。迴廊屈曲通晴雨，馳道流離瑩月波。南中富樂風塵少，天下娛遊子弟多。悠悠滿目經時歲，忽忽盈懷阻嘯歌。意氣周郎三國盡，文情庾信六朝過。江南丈夫會早夭，春心不飲蕩如何。

夏州亂

夏州判軍如互堡，迫挾藩王磔開府。賀蘭山前高射天，花鳥池南暗穿虜。前年通渭血成壕，天上太白愁烽高。不信秦人阮翁仲，鑄金終得鎮臨洮。

黎女歌

黎女豪家笄有歲，如期置酒屬親至。自持針筆向肌理，刺涅分明極微細。點側蟲蛾摺花卉，淡粟青紋繞餘地。便坐紡織黎錦單，拆雜吴人綵絲致。珠崖嫁娶須八月，黎人春作踏歌戲。女兒競戴小花笠，簪兩銀篦加雉翠。半錦短衫花襈裙，白足女奴絳包髻。少年男子竹弓弦，花幔纏頭束腰際。藤帽斜珠雙耳環，纈錦垂裙赤文臂。文臂郎君繡面女，並上鞦韆兩摇曳。分頭攜手簇遨遊，殷山沓地蠻聲氣。

歌中答意自心知，但許昏家箭爲誓。椎牛擊鼓會金釵，爲歡那復知年歲。

重過石城埭

石城二十四花樓，江南置酒飛花愁。在處胭脂久零落，不知冠蓋能風流。拾翠江邊猶記否，含笑含顰送君酒。滿目秋光無盡時，自折蓮塘花下藕。

送安卿

明星祠前夜通火，此外祠官閉壇坐。白日風塵横直遊，只似安卿無不可。安卿此時三十餘，未三十時金陵居。去今十年始相見，當時太學今何如。當時禮樂從寬政，三山陌上繁華盛。莫言槐市富簪裾，且説蘭房雜衣鏡。五陵年少宿青臺，一歲煙花幾度開。驕驄逐處尋人去，鸚鵡排門唤客來。是日新妝殊可動，高樓大道連雲棟。别有妖姬不見人，動是安卿出迎送。迎如新月送如雲，個人貪着茜紅裙。揚州大舸歌將去，天下風流妒殺君。爲問佳人近佳否，桃葉渡江此來久。詢知此地舊繁華，不似從前盛花柳。花柳迎春不貯春，舞榭妝樓貼向人。亦知遊子偏多病，未許逢人即道貧。安卿詩人亦畫史，翩翩世上佳公子。釣魚巷曲水亭幽，隔水平衢入花裏。世路蕭疏君得遊，一行作吏祇關愁。春色明年亦如此，昨日悲秋今憶秋。秋盡雲寒菊有花，吴山惠水是君家。不惜秋光與君酌，水氣城陰生暮霞。人生對酒莫咨嗟，月露光陰判不賒。有興調琴就明燭，隨宜拂袖枕烏紗。君不見胡繡衣，陳寶鷄，此時但附要離家，何曾一醉太常泥。一醉城頭烏夜情，滿船燈火送安卿。不憂清客隨潮去，自有諸郎能夜行。

送鄭見素遊江東

艷艷春墀發花朵，寂寂春寒試燈火。人日何人清夜沈，玉茗堂前風月可。向昔登高平遠間，滿目滄浪無土山。就中有人鄭君美，學富文清幽意閒。信美閒遊動千里，如花攬結金陵子。但聞春草爲春生，幾見情人爲情死。采葛成衣秋奈何，看朱成碧春又過。冉香亭下神姑酒，忽忽江臯離恨多。

寄嘉興馬樂二丈兼懷陸五臺太宰

爲郎苦遲去官早，歷落鄉關罷倫好。忽忽神遊京洛春，泣向五臺原上草。馬翁祇似扶風人，樂生當作望諸君。卧想少遊何可得，拜築高堂曾一聞。世局風流長似此，曾見英雄長不死。江山歲月老閒身，風雨魚龍動君子。沙井闌頭初卜居，穿池散花引紅魚。春風入門好楊柳，夜月出水新芙蕖。往往催花臨節鼓，自踏新詞教歌舞。青春索向酒人拋，白髮拚教侍兒數。煙雨樓前煙雨迷，鴛逗湖邊鴛逗啼。但取風光足留賞，越西還勝大江西。

河林有酌

風亭移石竹，爲客正開襟。宿鳥過殘雨，吟蟲傍積陰。胡心人不淺，秋色夜方深。便合丘中去，相招鳴一琴。

送客歸岳州

楓隱號蟬急，林開放鷁輕。柳煙眠際穩，江月醉餘清。夜色遥湘渚，秋陰冷岳城。還憐洞庭水，漁笛與歌聲。

初入秣陵不見帥生有懷太學時作

佳人遲暮思何其，直是郎潛世不知。世路未嫌千日酒，才情偏愛六朝詩。入門便坐從炊黍，上榻横眠聽解頤。獨怪過江愁欲死，眼前秋蟹要人持。

送王比部供奉採藥扶侍太夫人歸粤比部故侍御殿中

白雲司發桂花叢，彩袖承親碧海東。潘岳宴林逢令節，沈郎行藥正秋風。先抽美草占年樂，盛取菖蒲益帝聰。並道春祠惟坐嘯，也能符遣及花驄。

答君東天津夜泊

津館蒼茫别未曛，滿簷秋色爲思君。風生積海連山霧，月落長河半樹雲。欲睡動尋千日酒，憐香真惜十年薰。如何咫尺關南道，秖似江空與雁聞。

送劉子極歸餉蘭州

劉生西笑出蘭州，餉道封軺即晝遊。雁勢連雲侵嶽影，蟬聲隔樹見河流。龍門泛雪誰邀賞，騎省吟秋我獨留。生長羌中慣横笛，落梅疏柳詎關愁。

虞淡然在告

璁瓏浮闕定星光，河漢風清有報章。秋水岸移新釣舫，藕花洲拂舊荷裳。心深不滅三年字，病淺難銷十步香。剩有閒情堪弄月，西湖竹色未應凉。

寄右武滁陽

奉常東署黯離居，賓從逢君興有餘。夜館聽歌迴騎曉，春城中酒落花初。山當拄笏時看馬，客過濠梁獨羨魚。最是隔江楊柳色，鄉心那惜數行書。

平昌得右武家絶决詞示長卿各哽泣不能讀起罷去使寄張師相感懷成韻

哀響秋江迴雁聲，雨霜紅葉淚山城。年來漢網人難俠，老去商歌客易驚。貝錦動迎中使語，衣冠誰送御囚行。長平坂獄衝星起，可是張華氣不平？

卧邸寄帥思南

卧病高齋倚葛巾，陌頭何地着清真。晝長門簿添過客，夜短窗紗減侍人。西郡酒泉那可乞，南城冰井復無因。惟堪夢裏期心賞，竹箐花溪過酉辰。

寄樂石帆儀曹

鶯逗湖南煙雨慳，吴江夜語孤舟閒。山深薄酒易醒醉，天遠輕梟難往還。作縣真如懸度國，遷官欲似飛來山。子公帝城能憶否，下馬常眠雙樹灣。

即事寄孫世行吕玉繩二首

平昌四見碧桐花，一睡三餐兩放衙。也有雲山開百里，都無城郭凑千家。長橋夜月歌攜酒，僻塢春風唱採茶。即事便成彭澤里，何須歸去説桑麻。

偶來東浙繫銅章，祇似南都舊禮郎。花月總隨琴在席，草書都與印盛箱。村歌曉日茶初出，社鼓春風麥始嘗。大是山中好長日，蕭蕭衙院隱焚香。

達公舟中同本如明府喜月之作

世外人應見面難，一燈高興石門殘。生波入檻浮春淺，細雨横舟濕夜寒。彼岸似聞風鐸語，此心如傍月輪安。不知天上婆娑影，偏照恒河渡宰官。

過安福舊邸口號

宦學新移近禮闈，行經舊邸思依依。飛簾巷口人曾拂，舞轡街心馬似歸。粉障自尋題處跡，薰爐重對護時衣。歸家少婦迎門問，妝閣簾閒燕可飛。

遣夢

休官雲卧散仙如，花下笙殘過客餘。幽意偶隨春夢蝶，生涯真作武陵漁。來成擁髻荒煙合，去覺搴帷暮雨疏。風斷笑聲弦月上，空歌靈漢與踟躕。

送劉參藩寄問東莞覃見日盧海疇諸子

曲江春老賦停雲，病淺臨風一送君。暫有公桊宜對酒，那堪孫楚即離群。高餐露菊逢秋盡，細語霜鐘入夜分。更折梅花問耆舊，羅浮清隱最相聞。

前廣昌令胡君仲合白塔小飲

眼裏金臺不可登，江天一醉幾年曾。欹巾曲檻過鳴雨，躧步斜陽到塔棱。詠逐蟾流開夕帳，坐分蟲語暗秋燈。談交亦自風塵好，獨宿孤遊也未能。

送費師之寄兆卿

未須裘馬去翩翩，風物名家自儼然。數幅輕羅留結苧，一杯芳草寄題箋。青衫客散河橋柳，暮雨春歸寒食天。定向林間呼小阮，荷湖新着釣魚船。

送艾太僕六十韻　太僕以乙科爲郎，論江陵起復戍，起南鴻臚。

世閥高臨汝，衣冠起岳州。精靈華蓋曉，氣脈洞庭秋。江漢稱才子，瀟湘託好逑。儒林蒼玉滿，郎署白雲悠。是日江陵相，長星寓縣愁。禮嫌金革變，權誤墨縗留。奮筆含香勇，衝冠執法羞。燕臣隨伏闕，楚客竟爲囚。御挺驚魂落，丹墀濺血流。動傳天詔獄，分作鬼投幽。遠竄逢群魅，銷冤失爽鳩。秦城將急杵，漢黨欲窮鉤。淚濕條支盡，身拚井鬼休。扶顏依枸杞，作語向氂牛。洗雪人難待，迷陽運忽周。機權還太乙，氣色隕蚩尤。詔旨須人望，恩波許自由。玉關歸鳥道，青海發龍湫。遂作雲雷起，還令湘漢浮。法星低照蜀，明月遠通倍。復有東門恨，難爲西塞憂。猿鳴初黯淡，鶴怨轉夷猶。龍影迴江郭，巴雲護岳樓。文章霑入霧，富貴起隨漚。天在山難畜，王明井必收。九河原曲直，百煉肯剛柔。光禄徵能就，陪臺出似遊。蒼梧蟠帝寢，芳樹繞潮溝。典客高情映，祠郎清燕酬。如雲瞻鸑鷟，似雪耻蜉蝣。好以清琴弄，時將白簡抽。似緣參世業，不惜偶人儔。下秩依園廟，齋心隔冕旒。時時分羽籥，一一聽鳴球。署色朝霞起，祠陰宿鳥啾。才情空荏苒，耆舊得優遊。翰墨飛長紙，壺觴引薄脩。忘年過灑落，浹歲語綢繆。受命同嘉橘，孤株感若榴。看松高蓋偃，援桂晚枝樛。世事留黄閣，公才尚黑頭。乞歸丹疏入，言佩尺書投。岩望宜專坐，朝銓且七騶。離心眷蘭菊，别韻起梧楸。冠蓋鴻臚道，干旌白鷺洲。月卿爭祖席，雲從識仙舟。岸草摇清篋，江花點敝裘。行藏燕市古，出入楚門修。去欲蒐戎乘，行將詠德輶。鳳洮鳴鏑滿，雲朔羽書稠。汧渭秦非子，河源漢列侯。羌胡形欲詭，將相語猶偷。馬縠經年減，燕金幾處求。和戎虚漢物，贈策豈吾謀。太白朝芒角，崆峒宿踐蹂。英雄懷玉劍，形勢惜金甌。老亦趨千里，今何問一丘。駿圖周罔得，戎議傅咸優。並事今吴趙，長流舊沈鄒。群公心赤苦，高爵歲華遒。未必參帷幕，看君展一籌。

萬侍御赴判劍州過金陵有贈 君以邊事論政府行。

紫氣通華嶽，黄圖辟草萊。地遥金柱接，天廣玉門開。雪嶺燕支逼，湟池曳落迴。安攘餘上策，駕御失雄猜。世數嗚沙積，風煙壘壁摧。奸闌嫌説劍，斷道怯行枚。倍有金繒去，毫無善馬來。市和虚内帑，買爵富中臺。醉吏囊誰問，疲儒轂浪推。虜王迎後佛，胡婦戲前媒。席暖戈猶枕，盟寒塹欲灰。飲河清渭赤，食月白星災。萬里城危蹙，三公綱數恢。借籌沉漢幄，折檻起雲臺。字挾披肝苦，章飛戰血哀。叫閽心展轉，卧閣語徘徊。鬼謁能煬日，神奸不畏雷。繡衣翻遠影，封事委浮埃。墉隼掀難下，臺烏落未回。敵人乘障舞，壯士隔河咍。朝露商君藥，章江蜀漢材。燕磯朝鴂語，牛渚夜星陪。色笑誰雙枕，心知且一杯。燭開燕黯淡，車入劍摧頹。角韻寒吟徹，鷄聲暗舞催。春王回斗柄，月將在河魁。冰雪陰將解，風雲氣似培。秦中初折柳，江外與題梅。去色連雲棧，歸心灩澦堆。參軍髯自好，灑灑絶倫才。

初發瑶湖次宿廣溪 别吴十一舅隆八弟。

病瘦那臨鏡，清虚欲衣綿。春糧三月外，伏枕一秋偏。吉日將行色，殊方或勝緣。暑過新雨薄，氣逐晚雲鮮。堂上行猶怯，低窗寢似便。命飄危葉起，相濕死灰然。君子能無瘧，良醫幸有全。月窗催藥杵，雲户隱書箋。氣弱難扶餞，裝輕得漾船。斑斕垂地泣，葱鬱舊塋憐。故故隨摇曳，悠悠獨泝沿。金堤斜照落，瑶水暮風旋。客夢初移枕，勞歌始扣舷。外家依廣下，中國向窮邊。盱贛江連峽，雷瓊海隔天。滄浪誰莞爾，歧路欲潸然。星謫郎官遠，心知宅相賢。賦詩耆舊引，樽酒樂人傳。鳩祝人難老，鵬扶尉欲仙。山川彌望積，丘壑幾時專。

秋日西池望二仙橋

池上映秋光，登臨愛夕陽。鏡中蒲柳色，衣上芰荷香。聽雨初留屐，當風一據牀。猗蘭延客語，高菊以鄰芳。紫翠連山暝，晴陰隔水凉。坐看人世小，仙馭白雲鄉。

相圃新成十韻示諸生

禮樂在平昌，諸生立射堂。山形君子似，地脉聖人傍。四獸風雲合，三龜日月良。天門馳直道，星舍翼迴廊。半壁新泉暖，成帷舊木蒼。嘗聞殷曰序，如見孔子墻。遠意桑蓬色，清歌蘋藻香。修容隨抗耦，射策擬穿楊。有鵠求臣子，爲侯應帝王。同科非爾力，得雋乃吾祥。

奉寄李蒼門諫議并呈省院諸公二十韻

漢壁藍光遠，秦關紫氣深。寶蓮開華嶽，仙樹出咸林。夕拜連封事，宸遊費雅箴。國家方有道，天地得無心。震位遲佳氣，西師急好音。數災山少木，厥貢土惟金。漸覺風謡苦，長看日氣祲。繭絲抽欲老，仗馬噤難任。地大誰爲政，天高汝作霖。英奇才世出，虚薄病年侵。愧見同門友，愁聞倚柱吟。越中隨奏計，朝下愜攀尋。繡轡凌朝踐，清尊薄夜斟。賞新喧散帙，懷舊默霑襟。自合王喬履，誰分子賤琴。羈孤魂莽蒼，朝集意蕭森。路盡求牽復，春多肯幸臨。子牟留魏闕，陶令去江潯。報玖將遺珮，彈冠擬合簪。桑榆如薄照，蘭菊待分陰。

登獻花巖芙蓉閣

木末芙蓉出，花巖草樹齊。陵高諸象北，江白數峰西。

遷祠部拜孝陵

寢署三年外，祠郎初報聞。臣心似江水，長繞孝陵雲。

恩平中火

海氣層雲盡，山煙遠燒浮。孤臣隨早晚，一飯是恩州。

南海浴日亭拜長至

孤臣遥浴日，滄海亦書雲。願得扶桑影，年年奉聖君。

雁山迷路

借問採茶女，煙霞路幾重。屏山遮不斷，前面剪刀峰。

廣陵偶題二首

歲月隔人去，風塵可自如。偶然流淚處，翻着舊時書。
忽忽知何意，悠悠向此方。却知新涕淚，還是舊衣裳。

有友人憐予乏勸爲黄山白嶽之遊

欲識金銀氣，多從黄白遊。一生癡絶處，無夢到徽州。

信陵君飲酒近婦人

魏國乃爲累，萬古悲公子。世上無神仙，英雄如是死。

司馬德操謂龐德公妻子作黍元直欲來

世亂難爲士，存身各有致。鹿門一輩人，未測語何事。

黄金臺

昭王靈氣久疏蕪，今日登臺弔望諸。一自蒯生流涕後，幾人曾讀報燕書。

廣陵夜

金燈颯颯夜潮寒，樓觀春陰海氣殘。莫露鄉心與離思，美人容易曲中彈。

病酒答梅禹金

青樓明燭夜歡殘，醉吐春衫倚畫闌。賴是美人能愛惜，雙雙紅袖障輕寒。

江宿

寂歷秋江漁火稀，起看殘月映林微。波光水鳥驚猶宿，露冷流螢濕不飛。

即事

漢家七葉珥金貂，不見松陰嘆緑苗。却嘆江陵浪花蕊，一時開放等閒消。

七夕醉答君東

玉茗堂開春翠屏，新詞傳唱《牡丹亭》。傷心拍遍無人會，自掐檀痕教小伶。

八月三日得月亭夜宴有感而作

多情多病莫多愁，纖月風亭得乍遊。我亦池塘當户好，斷雲城郭夜侵樓。

題東光驛壁是劉侍御臺絶命處

哀劉泣玉太淋漓，棋後何須更説棋。聞道遼陽生竄日，無人敢作送行詩①。

① 原注：「先是過客題詩哀劉侍御者，遍滿驛壁，義仍書此詩，後人遂絶筆。瞿元立爲余誦之。與今集本互異。」

朔塞歌二首

白道徐流過五重，青春繡甲隱蒙茸。歸驄莫緩遊鄉日，噪鵲長看小喜峰。

獨上偏頭笑一回，娘娘灘上繡旗開。金珠不施從軍婦，順義夫人眼裏來。

胡姬抄騎過通渭

渭南兵火照城山，十八盤西探馬還。似倚燕支好顔色，秋風欲向妙娥關。

送賣水絮人過萬州

江西水絮白輕微，殘臘天南正葛衣。見説先朝曾雨雪，檳榔寒落凍魚飛。

鸚鵡賦

隴西千里向平原，西笑時時緑羽翻。不似禰生終見殺，止因能作世人言。

憶光孝寺前看蕉花作

拜朔臺前春色深，碧雲江上幾沉吟。霏紅膩緑蓮花女，抽盡芭蕉一卷心。

嘆卓老

自是精靈愛出家，鉢頭何必向京華。知教笑舞臨刀杖，爛醉諸天雨雜花。

始興舟中

石墨畫眉春色開，有人江上寄愁迴。轉風灣底曾迴燭，新婦灘前一詠梅。

辛丑大計聞之啞然

孫劉要使不三公，點滓微雲混太空。比似陶家栽五柳，便無槐棘也春風。

哭梅克生

眼裏衡湘一个無，文情呑漢武呑胡。錦衣躍馬吾何泣，十載窮交在兩都。

望者兒

清遠樓中一覺眠，雨鶯風燕乍晴天。年來愛作團欒語，不得中男在眼前。

達公來別云欲上都

艇子湖頭破衲衣，秣陵秋影片雲飛。庭前舊種芭蕉樹，雪裏埋心待汝歸。

歸舟重得達公船

無情當作有情緣，幾夜交蘆話不眠。送到江頭惆悵盡，歸時重上去時船。

忽見繆仲淳二首

屏風叠裏雁初迴，灧灧湖天片月開。紫柏去時春色老，可中還有到人來。

數滴瓶泉花小紅，絲絲襌供翠盤中。秋光坐對蒲塘晚，一種香清到色空。

宗望酒中言别

久客逢秋心易傷，新聲還此盡離觴。休將半路梅花嶺，夢斷相思玉茗堂。

送張伯昇世兄入燕

伯昇，予師前郡丞太倉起潛公子也。

斷帆秋水送將歸，滿目黄花細雨飛。淚盡報恩惟一劍，要離冢上血霑衣。

上巳燕至

一回憔悴望江南，不記蘭亭三月三。花自無言春自老，却教歸燕與呢喃。

先寒食一日同張了心哭王太湖袁翰林

張衡愁處起離情，不見黄州王子聲。絮酒隻鷄千載事，楚天明日是清明。

雨　蕉

東風吹展半廊青，數葉芭蕉未擬聽。記得楚江殘雨後，背燈人語醉初醒。

讀錦帆集懷卓老

世事玲瓏説不周，慧心人遠碧湘流。都將舌上青蓮子，摘與公安袁六休。

送王孔憲越遊懷中郎

赤日行天豈去時，山陰殘雪夜何之。飄花漱石寒如許，曾見袁家五洩詩。

飲青來閣即事二絶

城南煙色遠萋萋，高宴城隅日未低。最是一春撩落處，鞦韆斜月畫樓西。

東南山色翠逶迤，日照西陵上酒遲。看罷鞦韆微有恨，不敲方響出紅兒。

臨章樓聞越舸且別悵然二首

臨章樓畔唱歌頻，亂颯花枝記飲巡。定去揚州須説與，相憐還是故鄉人。
亂帆秋影半江樓，燕語滄涼傍客舟。便去揚州且明日，故鄉今夜有人留。

聞滇貴道阻問瑞芝中丞二首

金沙原與蜀通津，路出黔陽千里塵。何事不教東一綫，蘭滄千古爲他人。
鬼氣臨參不肯降，時時兵甲問南邦。天開貴竹當雄楚，地擁西臺接麗江。

偶　作

兵風鶴盡華亭夜，彩筆鸚銷漢水春。天道到來那可説，無名人殺有名人。

官　閣

蘭歌滅燭暗逢迎，檻倚紅梅發艷輕。半醉捲簾春雪裏，竹厨煴火夜分情。

少小

少小詞場得浪名，白頭文字總忘情。若非河嶽驅排盡，定是煙花撥捩成。

口占奉期建安三月三

排比新聲接舊歡，重門初燕語春寒。心知日暮能留客，明月西園是建安。

送楊吉父伍念父鄉試二首

明遠樓前湖水連，月中相對兩蒼然。姮娥既有長生藥，未必全將與少年。

友聲相喚出河津，伐桂丁丁向月輪。大有少年那薄倖，姮娥須惜老成人。

撥悶偶懷江陵相以下八公

總教拋却宦情何，忽自悲傷忽笑歌。半百年來遷客裏，數家開閤不曾過。

漫書答唐觀察四首

嶺外梅殘鬢欲星，孤琴搖拽越山青。祇言姓字人間有，那得題名到御屏。

縣小河陽花遍開，金盤露冷醉人來。也知不厭山公啟，解事長虧女秀才。
蘭署江南花月新，封書才上海生塵。心知故相嗔還得，直是當今丞相嗔。
一疏春浮瘴海涯，五年山縣寄蓮花。已拚姓字無人識，檢點封章得内家。

寄謝餉部遼左二首

插漢窺關事欲多，遼陽當已失紅羅。寧前直鈔開原路，止隔三岔一渡河。
中郎萬里寄軍儲，海餉登萊似國初。若道全遼堪郡縣，祇消家令幾行書。

書金史後

滄桑長共此山河，却爲中原涕淚多。看到幽蘭軒裏事，依然流恨似宣和。

病中答繆仲淳

不成何病瘦騰騰，月費巾廂藥幾楞。會是一時無上手，古方新病不相能。

與李太虛

少年豪氣幾時成，斷酒辭家向此行。夜半梅花春雪裏，小窗燈火讀書聲。

別謝耳伯

深尊明燭意何窮，漸喜南行背朔風。吴粤去來將萬里，人情多在絶交中。

送別劉大甫

欲別悲歌鷄又鳴，白頭無計與劉生。恩仇未盡心難死，獨向田横島上行。

柳絲樓感事二首

殘日西樓映粉紅，畫眉吹蹙柳條風。重來攀折人何處，腸斷千絲一笛中。
一年春事賞心同，千里湘皋曲未終。別恨乍隨帆影去，柳條眉暈半絲風。

關南上橋寺候黄觀察善卿殯不至漫占催裝詩奉呈挽唱諸君子

薤露將晞早食前，如何報説五更天。因風寄與鷄鳴枕，則爲長眠廢短眠。

送豐城陸郡博廉州

雷陽曾此佇征槎，歲月郵前溪路斜。尚有湖頭雙雁至，數程猶未到天涯。

花朝

百花風雨淚難銷，偶逐晴光撲蝶遥。一半春隨殘夜醉，却言明日是花朝。

送商孟和

曾見春箋小韻清，曲中傳道最多情。西江大有多情客，不得江東一步行。

四月八永安禪院期超無

清朝不見小彌天，竹塢炊茶過午煙。解是雨花新浴佛，諸天誰供洗兒錢。

問李生至清

麻姑山水蔚藍天，醉墨横飛倚少年。却被倒城人笑煞，太平橋畔野僧眠。

附見　李生至清三首

李生至清，字超無，江陰人。少負軼才，跅弛自放。年十二，負笈遊四方，友其名人魁士。遇里中兒輒嫚駡，或向人作驢鳴，曰：「聊以代應對耳。」里人噪而逐之。年二十，來依余，結隱破山，居三年別去，剃髮於堯峰。余以姚少師姊語規之，未幾果蓄髮，韎韐從戎。復棄去，薄遊江外，謁義仍於玉茗堂，髡髮鬖鬖，然時時醉眠伎館。義仍作詩諷之，所謂「倒城太平橋」者，皆臨川構欄地也。江上富人，與超無有連，超無醉後唾駡富人若圈牢中養物，多藏阿堵爲大盗積耳。富人被盗，疑超無畜健兒爲之。縣令遣尉搜超無篋衍，書尺狼藉，所與往還皆一時勝流。令指其冠，嘆曰：「此物戴吾頭不久矣。」鍛煉具獄，坐超無爲盗，謀曲殺之以自解。超無在獄中，飛書賦詩，唾駡縣令、富人蜚語間人。令益恨且懼，令獄吏撲殺之。李生恃才横死，身填牢户，要爲臨川通人所共嘆息。録臨川贈詩，遂牽連及之，無使其無聞也。超無有《問世集》，臨川爲序，載《玉茗堂集》中。

虞山别受之短歌有序

萬曆戊申春，余自臨川訪義仍先生，還江上，將擔簦北遊，别受之於虞山。與何子季穆夜集履之，之覽鳳軒，受之即席賦詩，贈余云：「總爲廉纖世上兒，漂零千里一軍持。胸中塊壘三生誤，脚底嶙峋五嶽知。使酒浪抛居士髮，佯狂真插羽門旗。遊燕莫問中朝事，紫柏龍湖是汝師。」余爲之擊節高歌，感激流涕，口占短歌奉酬，兼以爲别。人生如空中鳥，迹越北燕南，滅没萬里，今夜一尊，知非長别。他日寓書臨川，以吾二人詩示之。

幽期不爲春風殢，十里桃花千里淚。無計饑寒欲賣天，有時骯髒能翻地。交知半窮亦半老，呼鷹走馬恨不蚤。是處離魂殉緑波，十年姓氏萎青草。越人病吟楚人泣，長歌歌罷謀長别。才子心花筆下生，旅人愁蕊燈頭結。悲風噫雲雲化鬼，睍簾欲嚙詞人紙。青眼高歌能送予，眼中臨川與吾子。

别唐君俞

别是人間催老物，窮爲我輩絶交方。相思最苦長安月，不照離人夜半牀。

題畫寄鄒公履

一帶雲山如夢裏，片帆别處不分明。傷心衹説寒塘柳，泣雨啼煙送我行。

帥思南機四首

機字惟審，臨川人。隆慶戊辰進士，爲南膳部郎，謫彰德同知。萬曆甲午，進《平西夏頌》，詔付史館，稍遷南刑部郎。移疾歸，進《兩京賦》，出知思南府，論劾免官。惟審與湯義爲友，長於義十餘歲。惟審爲郎，義入南成均，晨夕過從，故有「着冠須訪戴，脱冠須訪帥」之詩。惟審罷思南，卒，其子從龍事義甚謹。義長子殤於南都，哭之詩曰：「泉臺帥伯堪依止，爲道從龍一片心。」兩家交誼可知也。惟審有《臨川四俊》詩，爲湯孝廉顯祖、謝秀才友可、曾秀才粤祥、吴公子拾之。湯詩則以惟審爲首。惟審多讀古文奇字，好詞賦，擬古《二京》及諸篇什僅存瞥魄，要爲淹雅名士。曾、吴詩皆不傳。

友可名庭諒，與其弟曰可名庭贊皆舉進士，宦皆不達。義仍晚歲以詞賦傾海内，而二謝著作庸猥，爲時所輕，友可心不能平，嘗語予曰：「湯生少遊賤兄弟間，賤兄弟讀《文選》，湯生亦讀《文選》。」余笑應之曰：「詞人讀《文選》，正如秀才讀《四書》，看作手何如耳。」餘姚孫鑛論近代文章家，稱能爲六朝者，曰湯某、謝某，世人耳食如此，無怪乎友可之自負，刺刺不休也。

送客寓清凉寺一首 世傳舊有胭脂井。

水殿清幽歌管餘，今朝化作梵王居。後庭花謝胭脂冷，猶自凉風薄綺疏。

秋雨三首

畏景常欣秋候至，秋深蕭瑟又堪傷。楚山落木初悲客，巫峽啼猿正斷腸。土鼓迎寒蟲織苦，金風嘯律雁飛忙。那堪寂寞荒齋裏，雨滴梧桐夜未央。

秋仲淒淒雨脚垂，那堪秋杪益如絲。登樓氣色朱華盡，閉户雲深碧蘚滋。鳩雀凝陰猶自化，蠨蛸掛牖正堪悲。遥憐江海羈人淚，却慮邊陲胡馬馳。

擬峴臺前新水盈，憑高廓落盡秋聲。地藏炎熱乘陽極，人善憂思感氣清。四運偏宜傷宋玉，五悲猶復類盧生。纏躔處藹紛相似，欲學冲虚一魄營。

袁庶子宗道四首

宗道字伯修，公安人。萬曆丙戌會元，選庶吉士，授編修。歷官春坊中允，至右庶子。年四十有二，以光廟東宫舊學贈禮部侍郎。有二弟，曰稽勳宏道、儀部中道。所謂「公安三袁」者也。伯修在詞垣，當王、李詞章盛行之日，獨與同館黄昭素厭薄俗學，力排假借盗竊之失。於唐好香山，於宋好眉山，名其齋曰「白蘇」，所以自别於時流也。其才或不逮二仲，而公安一派實自伯修發之。伯修論本朝詩云：「弇州才却大，第不奈頭領牽掣，不容不入他行市，然自家本色時時露出，畢竟非歷下一流人，晚年全效坡公，然亦終不似也。」余近拈出弇州晚年定論，恰是如此，伯修可謂具眼矣。

和東坡歧亭戒殺詩

三日不飲酒，無異蝸亡汁。一日不食肉，有似魚離濕。放箸倏已空，一飽竟何得。口腹我所緩，性命彼甚急。渾沌笑蚶蠣，暗弱欺鶏鴨。血色蝕刀䃺，腥煙蒸帷幂。不思味報至，鐵網火洞赤。一念懺積愆，黑業立化白。譬如遇赦囚，鉗鋏换冠幘。戒力殞虚空，魔王盡哭泣。世典不戒殺，竺書縫其缺。採毛可薦神，烹葵堪邀客。斷殺從此始，無令冤垢集。

詠懷效李白

人各有一適，汝性何獨偏。愛閑亦愛官，諱譏亦諱錢。一心持兩端，一身期萬全。顧此而失彼，憂愁傷肺肝。人生朝露促，世福誰能兼。裴相豈不達，髮白方壯年。北窗高卧人，垂老缺朝飡。良無丘壑貴，安有火食仙。陵谷且難平，稊米寧不然。一毛附馬體，安問缺與完。角者奪其齒，飛者不能潛。鵬飛不笑鷃，夔行不愛蚿。爾莫信爾意，兩粥擁衾眠。

同惟長舅讀唐詩有感

數卷陳言逐字新，眼前君是賞音人。家家櫝玉誰知贋，處處抽龍總忌真。再舍肉黥居易句，重捐金鑄浪仙身。一從馬糞《巵言》出，難洗詩家入骨塵。

雪中共惟長舅氏飲酒

盆梅香裏倒清巵，閒聽群烏噪凍枝。飽後茶勛真易策，雪中酒戒最難持。鑪心香燼灰成字，紙尾書慵筆任欹。共話當年騎竹事，如今雙鬢各成絲。

袁稽勳宏道八十七首

宏道字中郎。萬曆壬辰進士，除吴縣知縣。縣繁難治，能以廉静致理。逾年，稱病，投劾去。遍遊吴會山水，作《錦帆》、《解脱集》。改京府學官國子博士，遷禮部儀制郎。歸卧柳浪湖上，凡六年。以清望推擇，改吏部。繇文選考功，遷稽勳郎中。移病休沐，不數月卒於家，年四十有三。萬曆中年，王、李之學盛行，黄茅白葦，彌望皆是。文長、義仍嶄然有異，沉痼滋蔓，未克芟薙。中郎以通明之資，學禪於李龍湖，讀書論詩，横説竪説，心眼明而膽力放，於是乃昌言擊排，大放厥辭，以爲「唐自有詩，不必《選》體也；初、盛、中、晚皆有詩，不必初、盛也；歐、蘇、陳、黄各有詩，不必唐也；唐人之詩，無論工不工，第取讀之，其色鮮妍如旦晚脱筆研者；今人之詩，雖工，拾人飣餖，才離筆研已成陳言死句矣；唐人千歲而新，今人脱手而舊，豈非流自性靈與出自剽擬者所從來異乎？空同未免爲工部奴僕，空同以下皆重儓也。」論吴中之詩，謂先輩之詩人自爲家，不害其爲可傳，而詆訶慶、曆以後沿襲王、李一家之詩。中郎之論出，王、李之雲霧一掃，天下之文人才士始知疏瀹心靈，搜剔慧性，以蕩滌摹擬塗澤之病，其功偉矣。機鋒側出，矯枉過正，於是狂瞽交扇，鄙俚公行，雅故滅裂，風華掃地。竟陵代起，以凄清幽獨矯之，而海内之風氣復大變。譬之有病於此，邪氣結轖，不得不用大承湯下之，然輸瀉太利，元氣受傷，則别症生焉。北地、濟南，結轖之邪氣也。公安，瀉下之劫藥也。竟陵，傳染之别症也。餘分閏氣，其與幾何？慶、曆以下，詩道三變，而歸於凌夷熸熄，豈細故哉！小修序中郎詩云：「《錦帆》、《解脱》意在破人執縛，間有率易游戲之語，或快爽之極，浮而不沉，情景太真，近而不遠，要亦出自靈竅，吐於慧舌，寫於銛穎，足以蕩滌塵坌，消除熱惱。學者不察，效顰學語，其究爲俚俗，爲纖巧，爲莽蕩。烏焉三寫，弊有必至，非中郎之本旨也。」余録中郎詩，參以小修之論，取其申寫性靈而不悖於風雅者。學者無或操戈公安而復噓王、李之燼，斯道其有瘳乎！

古荆篇

年年三月飛桃花，楚王宫裏鬬繁華。雲連蜀道三千里，柳拂江堤十萬家。丹樓繡幌巢飛燕，青閣文窗起睡鴉。鴉歸燕語等閒度，不記江城春早暮。東風香吐合歡花，落日烏啼相思樹。王孫挾彈郢門西，少年借客章臺路。少年嬌嬌名都兒，雕鞍朱勒黄金羈。採桑陌上青絲籠，紅粉樓中《白紵》辭。白紵緑水爲君起，青春環珮如流水。東城絲管接西城，相府豪華壓朱邸。俠客飛鷹古道傍，佳人賣笑垂楊裏。垂楊二月隱朱樓，家家宴喜樓上頭。綦舄喧闐朝送酒，管絃嘈雜夜藏鈎。繁絃急管夜初闌，惜花少女怨春殘。桃花灎灎歌成血，蘭炷漫漫火送寒。曉風楊柳菖蒲浦，秋月梧桐金井欄。秋月春花無斷絶，門前郁李九迴折。願作陽臺雨後雲，誰憐洛水風中雪。陽臺洛水夢空長，那似倡家玳瑁牀。選得東家佳姊妹，却延西第好兒郎。織成錦席迷蝴蝶，種得青梧棲鳳凰。遊人戀戀無窮已，踏遍江城春萬里。祇解賓從集似雲，那惜年光去如矢。花開花落迴生愁，郢樹鄢雲幾度秋。霍氏功名成夢寐，梁王臺館空山丘。榮枯翻復竟何言，昨宵弱水今崑崙。無人更哭西州路，有雀還登翟氏門。漢恩何淺天何薄，百年冠帶坐蕭索。昔時噓氣成煙雲，今朝失勢委泥礫。青娥皓齒嫁何人，金牀玉几爲誰作？已矣哉！歸去來。楚國非無寶，荆山空有哀。君看《白雪》《陽春》調，千載還推作賦才。

擬宫詞七首

玉殿蓮籌夜未央，内人傳旨出昭陽。朝來剛赴西宫約，莫遣經筵進講章。

宜春苑裏日初斜，三百妖童校麗華。韎韐戎衣朱鬣馬，不知若個是官家。

百子池頭九子萍，美人雙照月棱青。宫槐葉落春如水，誦得《蓮花》兩卷經。

阿監當頭送好音，羊車行處載鸞衾。朝來領取鋪宫例，御帕親封少府金。

彩仗龍旌拂曙輕，朝朝東閣坐先生。皂囊久積言官奏，分付金璫取次行。

金衣滑滑攪春眠，白髮中官進簡編。天子自臨宣示帖，美人親碾校書箋。

一般春色有枯榮，十樹櫻桃九樹生。拾得青梅如彈子，護花鈴下打流鶯。

傷周生

溪頭曾見浣春紗，珠箔於今天一涯。紫陌重邀千寶騎，青樓無復七香車。美人南國空湘水，處子東鄰是宋家。記得西廊香閣裏，瓶花長插一枝斜。

客有贈余宫燭者即席同劉元定方子公丘長孺陶孝若賦之

刻鳳含魚吐春焰，衹擬蓬萊天上見。緑綈方底散青煙，一朝别却宫雲面。不照明璫翠步摇，書帷自剪讀《離騷》。捍撥春雷罷不聞，細雨珠花滴小槽。韓家燈檠夜相伴，離離朱粉煙黄卷。瓦瓶石臼竹方牀，上有羅文折角硯。莫道不如宫裏時，高齋守盡蘭心茜。邯鄲才人嫁厮養，猶勝閉置閒宫殿。柏梁宴罷霞成堆，昆明池底夜珠來。紅膏自羶不得近，阿監但掃沉香灰。汗花凝滴雪珠膩，蜀葵紛濕青蟲醉。一石酒盡尚留髡，扇婢瓮兒爛熳睡。燭龍傳語九微光，輸盡婪杯老閒吏。

紫騮馬

紫騮馬，行且嘶。願爲分背交頸之逸足，不願爲追風絶景之霜蹄。霜蹄滅没邊城道，朔風一夜霜花老。縱使踏破天山雲，誰似華陰一寸草。紫騮馬，聽我歌。壯心耗不盡，奈爾四蹄何！

郊外水亭小集三首

山自蕭森澗自寒，却憐勝地在長安。桐陰恰好當窗覆，柳色終宜近水看。已倦呼兒猶問酒，不情逢客强加冠。湘江亦有幽居處，多少芙蓉憶釣竿。

幽篁戛戛坐來清，懶慢都無對客情。戲水鷗雛分浪出，趁巢烏母曳枝行。堂前羯鼓人三爵，花下彈棋鳥一聲。紅藥青軒如夢裏，幾年塵傍馬頭生。

清歌裊裊兩妖童，尼酒題詩興轉工。拾翠女來虚檻外，分蔬人立小畦中。落花撲面都如雪，密樹宜亭不礙風。怪得夜來鄉夢好，穿雲直入武陵東。

秋　閨

秋色透羅幃，寒芳片片飛。蛩吟生暗壁，螢火度空機。閨月流新照，簾霜換故衣。征鴻與蕩子，同去不同歸。

别王百穀

河上清霜雁字斜，西風匹馬又天涯。錦帆涇繞郎官舍，冠子橋通處士家。好事每供梅月水，清齋長試穀前茶。東鄰不是無姝子，眼底何人解浣紗。

虎　丘

一片千人石，瑩晶若有神。劍光銷不盡，留與醉花人。

春江引

溪瀲瀲，草茙茙。野桃露滴珊瑚紅，花氣曉醒魚子浪。柳枝晴扇麥苗風，美人羅袖撲香蕊。科斗旋旋丁子尾，百舌欲止復銜人，一聲滴溜芳溪裏。

皇甫仲璋邀飲惠山

東風吹水浴平沙，鸂鶒鸕鷀滿釣槎。去日翟公猶有客，到來潘岳已無花。溪鱗呷雨層層浪，山碓舂雲處處家。白石青松如畫裏，臨流乞得惠泉茶。

和萃芳館主人魯印山韻

愛看幽鳥曝新陽，每遇嘉陰即倒觴。盡日竹煙消酒去，有時鶯語入簾長。春塘雨過波紋亂，花塢風回蝶翅香。行到碧橋深柳處，一帆涼月滿吴航。

小婦别詩

弱柳輕帆快送人，巫山原是女兒神。願隨潑火清明雨，洗却錢塘十里塵。

廣陵别景昇小修

搔頭幾日見新絲，二月河橋上馬時。長短官街驚夢鼓，高低楊柳罥腸枝。江煙一擔充行李，流水三叉各路歧。北地南天千萬里，青巾白帢幾人知。

淮安舟中二首

别思抽如緒，醒醒也不休。觸篷風自語，砑櫓浪相揉。野釣空舟側，荒窑古渡頭。微官真可笑，諺語拾姜猴。

空郊不可行，積礫與蒿平。菌耳懸枯木，燒痕入古城。按圖知舊壘，認柳識郵程。一望淮陰墓，令人百感生。

淮陰侯祠

淮陰云：「解衣衣我，推食食我。」

秋郊兔盡韓盧窘，三尺青蛇捲鋒穎。到手山河擲與人，却向雌鷄納腰領。英雄桎足歸羅網，辯士舌端空來往。本將衣飯畜王孫，未許肝腸敵亭長。一局殘棋了項秦，五湖西子白綸巾。貪他一顆真王印，賣却淮陰跨下人。

經下邳

諸儒坑盡一身餘，始覺秦家網目疏。枉把六經灰火底，橋邊猶有未燒書。

擬古樂府有序

樂府之不相襲也，自魏、晉已然。今之作者無異拾唾，使李、杜、元、白見之，不知何等呵笑也。舟中無事，漫擬數篇，詞雖不工，庶不失作者之意。

飲馬長城窟

長城水嗚咽，夜夜作鬼語。問子何代人，防胡舊軍旅。冤魄滯孤魂，不得歸鄉土。白水洗白骨，瘢盡水酸楚。多洗成黑流，水性毒於蠱。立馬古戰場，長嘶待天雨。

長安有狹斜行

按金駒，立長溝，枇杷落盡茱萸秋。山西女兒帕勒頭，面上堆粉鬢堆油。二十五絃彈箜篌，猩紅衫子葡萄紬。笑問南妝如此不？

妾薄命

落花去故條，尚有根可依。婦人失夫心，含情欲告誰。燈光不到明，寵極心還變。袛此雙蛾眉，供得幾回盼。看多自成故，未必真衰老。辟彼數開花，不若初生草。織髮爲君衣，君看不如紙。割腹爲君餐，君咽不如水。舊人百宛順，不若新人駡。死若可迴君，待君以長夜。

相逢行

行行即曲巷，曲巷多蒿草。窗路掠蛛絲，讀書歲月老。壁上棨啟圖，手裏黄石編。當盡三時衣，不直數緡錢。兒女無褌著，常時煨故紙。稅地植桃花，十樹九樹死。君莫悲腐草，腐草發光耀。玄霜畏冬青，白髮傲年少。

悲哉行

石馬立荆棘，荒城叫老狸。昔時冠帶人，唯有鶴來歸。宿志慕長生，朋黨盡刺譏。父母不我容，碧海三山飛。朝牧老君龍，暮守劉安鷄。仙家歲月長，桃子三垂枝。歸來見荒冢，半是孫曾碑。城池百易主，族里無從知。古人悲夜繡，今我亦似之。白骨不可語，鶴歸空爾爲。

門有車馬客行

門有車馬客，錦襴烏紗巾。寒毛接短鬢，絲絲沙與塵。問子何勞勞，上書西入秦。八年始一命，官卑不救貧。冒霜揖槐柳，望灰拜車輪。一身百糾縳，形如一束薪。手纏不自解，利刃寄他人。蔗與蘗同餐，雖甘亦苦辛。

京洛篇

煌煌京洛城，朱衣喧廣道。白首賤書生，驢韉挂詩草。懷刺謁恩門，門卒相輕眇。十上十不達，登街顏色槁。叠身事貴公，習諛苦不早。罩眼一寸紗，茫茫遮人老。

蝦䱇行

蝦䱇出潢潦，道逢東海使。魚服而介身，呷浪以相戲。物微恐見侵，跳波争努臂。東陂招能兄，西溪喚螺弟。水蟲萬餘種，各各條兵議。聚族鼓鱗鬣，不能當一嚏。

升天行

乘赤霧，鞭鸞轍。路逢王子晉，玉簫吹已折。織女弄機絲，餘緯爛霄闕。下土蟣蝨民，誤喚作雌霓。張翁老且耄，舉止多媟褻。侍仙三萬年，不曾見隆準。真人多竄左，天狐慘餘孽。羲御失長鞭，牽牛嘆河竭。

棹歌行

妾家白蘋洲，隨風作鄉土。弄篙如弄針，不曾拈一縷。四月魚苗風，隨君到巴東。十月洗河水，送君發楊子。楊子波勢惡，無風浪亦作。江深得魚難，鸕鷀充糕臛。生子若鳧雛，穿江復入湖。長時剪荷葉，與兒作衣襦①。

① 原注：「『魚苗風』、『洗河水』皆長年語。」

青縣贈潘茂碩

竹葉遮人吏，公移祇坐銷。印牀生木耳，廨含長蔬苗。貧邑多詩料，閒官有醉僚。一城不數武，容得幾科條。

梨花初月夜

梨花疏點貼窗流，斜月笙簫處處樓。醉裏不知花是影，隔紗驚喚小揚州。

天壇三首

空壇深净駁琉璃，秃髮簪冠老導師。銅沓金塗秋草裏，如今不似世宗時。

碧翁難道是無情，分合千年議不成。不得寧居天亦苦，古來多事是書生①。

仙苑桃花朵朵香，曾于天上看霓裳。劉郎老去風情減，閒把音容問太常。

①原注：「李後主呼天爲碧翁。」

昌平道中

庵前乞得老僧茶，一派垂楊十里沙。烏籠白籃憑揀取，麝香李子枕頭瓜。

得舍弟徐州書

佳人生死不知聞，辜負梨花一面雲。昨日宫羅新裁剪，爲伊留得半拖裙。

劉常侍水軒

竹藥崩沙岸，槐根出釣磯。捲簾山放入，打果雀驚飛。護樂添新幕，抛毬换短衣。倦來觀洗馬，轆絡盡珠璣。

戊戌初度二首

禪燈灩灩雪玻璃，貝典將來戒小妻。客裏羈情籠野鴿，鄉中春夢閱山鷄。灰心竟日疏《莊子》，彈舌清晨誦準提。無限長林無限羽，一枝那復計高低。

閒居心似夾冰魚，雪裏輪蹄亦自疏。研酒和來香泛帖，瓶花吹落濕霑書。艱深乍覺詩如讖，消散方知道是虚。一卷雜華繙未了，被人邀得過僧廬。

羅隱南王章甫小集齋中說舊事偶成三首

漢江秋净石粼粼，黄鶴樓高不見塵。今日樓臺歸劫火，眼中猶聚上樓人。

萬瓦如鱗繡作堆，别山重見秃翁來。晴川閣下南條水，一日同君蕩幾回。

珠樓曲曲貯仙娃，一帶風窗十里沙。記得中和門外路，女墻東去是他家。

入超化寺水村去密二十

頹巒壘谷瀉溪光，石上題名尚李唐。竹葉送陰遮古寺，稻芒隨水出山莊。一林過雨蘆花白，半壁疏雲栗子黄。猶記西風紅蓼裏，桐槽載網入瀟湘。

十六夜和三弟

涼月如霜鑒薄帷，空杯無計覓糟醨。買燈聊復歡兒女，弄筆粗能遣歲時。花火每攢騎馬客，蠟光先照走橋姬。少年樂事今無幾，近老方知此興衰。

暮春同謝生汪生小修遊北城臨水諸寺至德勝橋水軒待月時微有風沙

無才終是樂官閒，何地何賓不解顔。乍疊乍鋪風裏水，半酣半醉霧中山。御溝板落金鱗出，宫樹花翻乳燕還。綫緑疏黄是處有，泥人真自勝姬鬟。

送君超還武陵

山水心情謝永嘉，斷溝殘石漸盈車。高齋是處鴉栖壘，娃閣頻分燕作家。袖裏新書驚惠子，卷中逸事困張華。烏藤白帢仙仙去，知入桃源幾樹花。

和小修

薊州新酒白石缸，空雲影澄鴨頭江。露梢千縷撲斜窗，黄笙藤枕夢吴艭。葛絺小眼如雲涼，星河放教萬尺長。

和江進之雜詠四首

山亭處處掣胡牀，不獨遊忙睡亦忙。官況易消如暴水，癡兒難長似黄楊。巖花盛日求長假，石榻開時見古方。擲却儒紳與巾子，添將冰水注茶湯。

盆池清淺薄苔封，弱竹叢叢个影重。殘帙有蕓猶被蠹，空闌無蕊亦招蜂。西山鬱鬱蓁蓁氣，講閣朝朝暮暮鐘。箬葉數筐書尺五，岕茶新寄自吴儂。

藤葉常懸四五葩，閒隨方罫過鄰家。西廂託疾東廂假，南寺聽經北寺茶。蝶老花闌如倦客，天清雲薄似飛紗。姬衫典盡瓶猶餒，學把緡錢託畫叉。

六尺莎階九尺廬，玄毫白楮任生疏。花前屢泛擯愁酒，架上聊存引睡書。蘄細竹紋如浪滑，吴綃寒緯似雲舒。幽窗一枕騰騰去，煉佛求仙事總虚。

繁臺張昭甫給諫竹居王孫邀飲留别

白果青蔬勞遠程，高臺傾矣曲池平。沙田似雪耘枯冢，柿子如丹綴土城。古跡有無遺宋岳，監門應否識侯生。欲知别後愁多少，試檢霜毛添幾莖。

宿朱仙鎮

秋高夜鐸冷空庭，草木猶疑戰鐵腥。地下九哥今悔不，六陵花鳥哭冬青。
羯胡歲歲括金錢，稱侄稱臣也枉然。馬角不生龍蜕冷，酸心直到犬兒年。
青驄挽斷緑楊絲，寒食西湖祭酒時。第六橋頭香十里，桃花風起叠琉璃。
祠前簫鼓賽如雲，茹泣争劖弔古文。一等英雄含恨死，幾時論定曲將軍①。

① 原注：「野史載曲端事，甚烈。」

柳浪館二首

遍將藍沈浸春顔，風柳鬖鬖九尺鬟。鶴過幾回沉影去，僧來時復帶雲還。閒疏滯葉通鄰水，擬典荒居作小山。欲住維摩容得不，湖亭才得兩三間。

一春博得幾開顔，欲買湖居先買閒。鶴有累心猶被斥，梅無高韻也遭删。鑿窗每欲當流水，詠物長如畫遠山。客霧屯煙青箇裏，不知僧在那溪灣。

坐王章甫水明樓 漢陽。

巒光設色淺深間，萬瓦鱗鱗鑒碧灣。孤塔自來當沔口，高僧相過説廬山。常時杯底沈黄鶴，每就堂中乳白鷴。南北精藍青比比，蒲團纔得箇人閒。

瀑　布

寒空日夜摩幽緑，霧縠龍綃披幾束。銀灣截斷牽牛人，鞭起眠龍駕天轂。帝宮酒暖澆愁春，雲汁茫茫瀉清渌。夜寒霜重玉女驕，袖裏金匜向地覆。湘娥手挈瀟湘來，雪魄雲魂鬭不足。炎官不到落星城，六月人間呵凍玉。

久雪忽晴喜而有作

殘花殘木總精神，纔見寅年一日春。柳態美如新櫛髮，山容親似遠歸人。閒追老衲三餘輩，更踏冰池五六巡。江郭早須騎馬出，旋呼稚子覓頭巾。

放言效白三首

賢愚富貴且憑他，山上髻鬟柳上蛾。鐵網試撈穿海月，漁舟任載過頭波。齊肩大士辭葷久，禿髮中書感事多。船上老郎江口女，咿啞容易得成歌。

鸞靴争説上場難，衫袖郎當且自看。世路兩平三仄嶺，人情八折九迴灘。胸中毛女霞千片，石上王喬藥一丸。夢去幾番登嶽頂，扶桑清水浴頳盤。

高人竊欲比無功，閒把心情託去鴻。《易》象有時輸瓦卜，騷材兼不廢淫風。謀生拙似銜冰鶴，觸事剛如蝕木蟲。莫放大鵬天上去，恐遮白日駭愚蒙。

柳浪初正 有僧寄山子。

旋睎白髮號衰翁，舊業今緣次第空。山鳥乍聞新格磔，峽僧遥寄小玲瓏。坐消纖雨輕陰日，閒踏疏黄淺碧風。收拾方橋與蘭槳，待看紅蕚慢流中。

别龍君超君御兄弟

青鞋不破武陵春，歸去西風一面塵。荷葉山頭聞杜宇①，桃花源上别秦人。深村稻熟泉當户，廢苑茶香寺作鄰。可是無花無地主，秖緣無計得分身。

① 原注：「余村居名荷葉山。」

桃花流水引四首 花源棹返，幽思縈懷枕上，夢中如有所得，命曰《桃花流水引》，亦仙家《竹枝詞》也。

華陽巾子碧絲環，紫府簾前舊押班。阿母筵頭争一擲，醉中輸却小蓬山。

夜深仙犬吠花關，私過雲英與玉環。天上看來偷律重，玉桃一顆謫人間。

掃斷紅霞陌上塵，青鸞白鳳集仙真。吹笙搗藥皆厮品，要作蓬山罵坐人。
光碧堂前催賜衣，少年天女弱腰圍。而今花樣新奇甚，不用銀河織錦機。

託龍君超爲覓仙源隱居詩以寄之

雲石村中且卜廬，憑君爲買一峰餘。全栽芝菊爲疆界，盡寫雲嵐入券書。門對仙童澆藥地，巷通毛女浣花渠。閒中每愛天台去，好與劉晨間屋居。

竹枝詞四首時阻風安鄉河中

一溪才順一溪灣，一尺才過一丈還。船子已愁箭括水，兒童又指帽兒山①。
蘆花枝上水痕新，南市東村打白鱗。只在梁山山背面，梁山何苦不離人。
武溪葱翠獨稱梁，正望黄山一點蒼。三日風頭兩日雨，謝公昨夜拜梁王②。
儂家生長在河干，夫婿如魚不去灘。冬夜趁霜春趁水，蘆花被底一生寒。

① 原注：「諺云：『黄山戴帽，必風雨。』河名一箭河，水勢甚急。」
② 原注：「黄山有謝公祠，梁山神即漢梁松也，俗呼爲梁王。」

初冬夜同郝公琰龔散木閒談

雲樹蕭然丈石居，清罍遥夜薦霜蔬。佳言屢似飛香屑，往事真如繹故書。窗外影閒雙睡鶴，燈前手冷一編魚。寒花瘦竹差相得，白首承明夢亦疏。

乙巳元日

湖柳侵街水接門，東風纈纈濇微温。久乘下澤無官韻，乍着紅衫有褶痕。皓首赬顏俱入市，碧芽新鳥又成村。歸來且坐梅花下，倒却鵝黄四五樽。

登華

洗頭盆下擷芝苗，古洞深松話寂寥。仙跡久湮無後輩，遊人逆數即前朝。身輕眼豁腸皆换，月冷煙清夢亦遥。見説乳泉甘似酒，捫蘿親與試雲瓢。

玉井前頭乳穴重，奚兒聊以一甌從。空崖壁冷長留雪，古屋雲昏尚鎖龍。明月自升千尺嶺，道人閒説五株松。瀑簾洞下真官老，占斷林泉是此峰。

袁儀制中道九十一首

中道字小修，中郎之弟也，少於中郎兩歲。十歲餘，著《黄山》、《雪》二賦，五千餘言。長而通輕俠，遊於酒人，以豪傑自命，視妻子如鹿豕之相聚，視鄉里、小兒如牛馬之尾行，而不可與一日居也。泛舟西陵，走馬塞上，窮覽燕、趙、齊、魯、吴、越之地，足迹幾半天下，而詩文亦因以日進。歸而學於李龍湖，有志出世。操觚應舉，懷利刃切泥之嘆。久之，數困鎖院，而兩兄皆膴仕，流離世故，有憂生之嗟。萬曆丙辰始舉進士，授徽州府教授，選國子博士，乞南，得禮部儀制。歷官郎中，旋復乞休，以疾卒，年五十有四。小修嘗自叙《珂雪齋集》，謂其詩文不及古人者有五，欲付之一炬，而名根未忘，不忍棄擲。又謂出世則以超悟讓人，退而修香光之業；用世則以經濟讓人，退而居仕隱之間；修詞則以經國垂世讓人，姑存其緒言，以當過雁之一唳。皆實語也。余嘗語小修：「子之詩文有才多之患，若遊覽諸記，放筆芟薙，去其强半，便可追配古人。」小修曰：「善哉！子能之，我不能也。吾嘗自患决河放溜，發揮有餘，淘煉無功，子能爲我芟薙，序而傳之，無使有後世誰定吾文之感，不亦可乎？」小修之通懷樂善若此。而余逡巡未果，實自愧其言。小修又嘗告余：「杜之《秋興》、白之《長恨歌》、元之《連昌宫詞》，皆千古絶調，文章之元氣也。楚人何知，妄加評竄，吾與子當昌言擊排，點出手眼，無令後生墮彼雲霧。」蓋小修兄弟間師承議論如此。而今之持論者夷公安於竟陵，等而排之，不亦過乎！小修子祈年，字未央，余改字曰田祖，出爲後於伯修，舉鄉書，詩筆有家風，秀而不實，余深痛之。

入城道中

山北山南自隱藏，閒心又逐馬蹄忙。緑禾畦裏流聲細，青草湖邊雨氣香。柳市特來尋萬子，柴車到處指何郎。春深剩有繁華地，處處東風發綀棠。

武昌坐李龍潭邸中

比來三食武昌魚，今日重留静者居。我有弟兄皆慕道，君多任俠獨憐予。尊前鸚鵡人如在，樓上元龍傲不除。芳草封天波似雪，捲簾對雨讀新書。

郢中遊春曲二首

總以堂堂去，何容緩緩歸。隔溪鶯對語，掠水燕雙飛。野草香霑屐，修篁翠濕衣。山花一樹好，遊女采來稀。

春在畫橋頭，殷紅照碧流。幾回看去馬，一笑蕩輕舟。夜月梨花夢，春風燕子愁。願爲原上草，歲歲藉芳遊。

繡林阻風遠望

雨中新柳浄江頭，燕子穿花立釣舟。東去湖湘多大澤，春來天地少安流。南平驛路何時盡，北渚風烟渺自愁。石壁沉沉收落日，一痕漁火動沙洲。

阻風登晴川閣予兩度遊此皆以不第歸

苦向白頭浪裏行，青山也識舊書生。相逢誰勝黄江夏，不死差强禰正平。天外雲山金口驛，雨中楊柳武昌城。漢濱父老今安在，祇合依他隱姓名。

麻城道中二首

天雨乍霽雲乍折，馬首諸山齊獻碧。岑嵂突兀何處峰，淡鴉鮮妍可憐色。長途遥遥無止息，北風夜起轉愁絶。馬鈴當當送殘日，烏鴉千點古墳側。我有新愁寫不得，山骨嶙嶙忽起脊，中間尺餘馬蹄跡。祇道山石碎馬啼，誰知馬啼能穿石。莫言此石太辛苦，南山石闕北邙土。石深一寸土無數，馬上兒郎方笑語。

詠懷四首

大堤有垂楊，鬱鬱垂新緑。北風一以至，蒼然换故木。四時遞推遷，時光亦何速。人生貴適意，胡乃自局促。歡娱極歡娱，聲色窮情欲。寂寞寄寂寞，被髮入空谷。胡爲逐紅塵，泛泛復碌碌。

隴山有佳木，採之以爲船。隆隆若浮屋，軒窗開兩偏。粉壁團扇潔，繡柱水龍蟠。中設棐木几，書史列其間。茶鐺與酒臼，一一皆精姸。歌童四五人，鼓吹一部全。囊中何所有，絲串十萬錢。已饒清美酒，更辦四時鮮。攜我同心友，發自沙市邊。遇山躡芳屐，逢花開綺筵。廣陵玩瓊花，中泠吸清泉。洞庭七十二，處處盡追攀。興盡方移去，否則復留連。無日不歡宴，如此卒餘年。

大運無終盡，細柳不常灼。金樽盛美酒，鬱鬱胡不樂。以手摸頭顱，隆隆一具骨。暫時屬我身，誰知非我物。轉盼忽如電，微軀戢一木。烏鴉鳴其上，青蛙叫其足。白蟻如白粲，行行相蝕駁。

世道交相喪，忠義遞代出。累累矜名子，禍來空嘆息。事機多倚伏，藏身亦何拙。人皆種香蘭，我獨種荆棘。香蘭有人鋤，荆棘老道側。

小竹林贈别傅叔睿

鹿牀深處且從容，吾子風流不易逢。張緒通身如嫩柳，謝郎五字似芙蓉。月來池上花光凈，雨過園林竹露濃。若使前生非大士，如何一見問空宗。

初逢中郎真州

龍子抛殘豆，鴳雛厭故枝。有官君尚棄，失路我何悲。月下詩千首，花前酒一巵。飄零終不恨，同氣足相知。

讀子瞻集書呈中郎

登朝便與禍相粘，塵世功名到底甜。直到海南天盡處，桄榔樹下憶陶潛。

述别爲丘長孺

哀哀一孤鴻，飛急向東逝。傷哉金石交，三載乃相遇。相遇能幾何，一見不復雙。子尚滯西陵，我遂往鑾江。鑾江不忍别，復有攝山行。攝山不忍别，逐子至冶城。冶城不忍别，十日淹江頭。飲子清泠酒，卧子木蘭舟。酸心一夜風，舉目三千路。别矣可奈何，含淚入城去。

贈别梅子馬督木北上

名士安卑官，居然有狂意。入甲豈非龍，何必垂天翅。祝融不受職，朝廷多災異。我上救時策，官不録一字。書生徒苦心，報國恨無地。今爾督木來，勾當公家事。奔走莫云勞，小大皆朝吏。十月茱萸灣，相牽同一醉。官散束縛輕，何妨入酒肆。一傾三百杯，陶然卧壚次。萬里從兹行，天風捲雪至。

美人臨鏡

薤葉依稀印，香繩取次松。睡眸猶少力，酒暈不銷濃。髻就山争出，眉成月又重。若非形與影，未必肯相容。

諸陵月下送潘尚寶二首

野客無名隸奉常，朱藤皂帽踏清光。石橋印月深深雪，松鬣摇風暗暗香。官道馬嘶燈火密，長陵鐘動履聲忙。祠臣誰帶烟霞氣，白髮鬖鬖尚璽郎。

泉聲碎碎鳥關關，并馬林中也自閑。一縷霜光明御道，萬重枝影暗深山。笑譚皆是天人際，交誼寧居季孟間。莫嘆鼎湖龍去久，丹臺君是舊仙班。

暮春長安郊遊二首

暮春春始遍長安，楊柳青青拂水端。若似江南春太早，而今那得嫩條看。

水亭箕坐兩三人，湖面晶晶柳帶新。夜色遠來休道去，忍將白水换紅塵。

得勝門浄業寺看水同黄慎軒兄弟

南人得水便忘憂，兩日三番水際遊。花露霑衣濃似雨，潭風著面冷如秋。拖莎帶荇流何急，擲雁拋梟浪未休。天外畫橋橋上柳，秪疑身在望湖樓。

高梁橋

覓寺休辭遠，逢僧不厭多。一泓春水疾，十里柳風和。香霧迷車騎，花枝耀綺羅。半生塵土胃，滌浣賴清波。

西遊

灣環窮野徑，忽到水中央。唼雨魚兒集，梢波燕子忙。馬來沙耀雪，人坐草粘香。爲愛溪流急，移尊向石梁。

晨起

醉境直連夢，矇朧暗自猜。行階方識雨，訊客始知雷。濕柳數聲滴，泫花一朵開。向人曾乞竹，宜趁此時栽。

長安道上醉歸

天街十里霧濛濛，醉後依稀似夢中，栖樹寒鴉一背月，戀槽歸馬四蹄風。暗檷暗暗藏禪寺，鈴柝沉沉護漢宫。訊罷騶人無一事，流星如火耀晴空。

别顧太史開雍時册封周藩取道回吴

細雨霑長道，垂條濕去旌。時平天使貴，官冷客裝輕。泛月來沙海，踏花渡柳城。風塵還着眼，亦自有侯嬴。

送丘長孺南還二首

文人情性武人裝，鬧帶花衫大羽囊。鬻宅典田重出塞，臂鷹牽犬復還鄉。身穿通邑千人看，馬度秋原百鳥藏。莫向前途久留滯，吴姬釀酒待君嘗。

仗君爲我解愁腸，九夏銷來閃電光。梵寺看花三日雨，射堂蹋月五更霜。譚宵徹曉寧辭倦，醉死重生不計場。今日飄零南北去，夢魂常繞紫遊繮。

西陵别慎軒居士還蜀

霜楓如雨灑征衣，勝侣而今會漸稀。帝子已安仙客去，鶴群無主道人歸。灣灣水學蠶頭法，片片雲呈麈尾機。不是倚門親在舍，西陵那忍遽分飛。

入　村

出郭方知霧，登舟始辨風。水生蝦眼赤，霞過雁翎紅。浣渚喧遊女，蘆洲息釣翁。人家蒼翠裏，鮮艶一枝楓①。

①原注：「漁人云蝦眼赤則水漲。」

篔簹谷暑中即事

只許山僧對此君，柴門久已斷人群。梅花奥裏孤笻至，不是寒灰是冷雲①。

①原注：「二俱高僧。」

七夕同彭長卿中郎

清談閒送可憐宵，竹户斜通宛轉橋。白水青林秋澮澮，好風凉月夜蕭蕭。貧來治客傷時序，老去詩人怨寂寥。鶯鳥不鳴更漏静，如聞銀浦弄輕潮。

别陳孝廉

同是蕭條易水年，兩人幕府共牀眠。山遊且學鄒從事，米價難支白樂天。杯裏楊花胡地雪，夢中芳草錦城煙。陸郎已上班騅去，帶草離離伴鄭玄。

投贈太保蹇令公六首

三朝元老帝長城，胸貯雄邊百萬兵。太尉領軍陪漢相，上公分陜護周京。卿雲不散投戈色，夜雨猶聞洗甲聲。白袷青編無一事，蕭然還是舊書生。

天家鎖鑰重漁陽，親遣元臣鎮塞荒。白羽扇中麾屬國，青油幕底拜降王。鶯花暖送千門雨，介胄寒生六月霜。身事累朝關社稷，中宵私語跪焚香。

寒北重欣借寇君，琵琶曲裏奏功勳。校書百帖高連屋，種柳千行翠入雲。魯國到門諸弟子，漁陽迴席舊將軍。太干銷盡干戈氣，閒却袁家倚馬文①。

早年節鉞便登壇，歷盡羊腸幾百盤。怒擲千金酋長哭，密誅三校悍兵安。梧楸局外吹毛易，劍戟林中任事難。白髮老臣憂世道，艱危未必是呼韓。

戟枝入樹帶春鶯，坐看邊烽雨後清。萬卷每同袁伯業，千杯不讓鄭康成。山程易逐登臨屐，月夜常聞函道聲。止恐三台虛上相，尚書尺一要來迎。屹然全似魯靈光，虎跱龍蟠狐兔藏。處世心同羊叔子，立朝歲比郭汾陽。止將文酒銷戎隙，懶把笙歌貯畫堂。擬報國恩歸未得，夢中常到午橋莊。

①原注：「太保曾督學山東。」

感懷詩五首

步出居庸關，水石響笙竽。北風震土木，吹石走路衢。蹀躞上谷馬，調笑雲中姝。囊中何所有，親筆注《陰符》。馬上何所有，腰帶五石弧。雁門太守賢，琵琶爲客娛。大醉斫案起，一笑捋其鬚。振衣恒山頂，拭眼望匈奴。惟見沙浩浩，群山向海趨。夜過虎風口，馬踏萬松株。我有安邊策，譚笑靖封狐。上書金商門，傍人笑我迂。

輕帆止江涯，家山在煙霧。振衣入郭門，城池已非故。朱門湧清波，長堤亘衢路。手攜門前柳，虧蔽成高樹。道逢小兒子，長揖向阿父。入門眷屬驚，猛犬狺狺怒。昔時攜手人，大半先朝露。感舊有餘悲，嘆逝傷情愫。

山村松樹裏，欲建三層樓。上層以静息，焚香學薰修。中層貯書籍，松風鳴颼颼。右手持净名，左手持莊周。下層貯妓樂，置酒召冶遊。四角散名香，中央發清謳。聞歌心已醉，欲去轄先投。房中有小妓，其名唤莫愁。七盤能妙舞，百囀弄珠喉。平時不見客，驕貴坐上頭。今日樂莫樂，請出彈箜篌。

昔時舊酒人，傾尊定酒帥。一吸百餘盞，酒徒皆羅拜。是夜月如晝，大堤共于邁。狂歌若奔雷，長江吼滂湃。居民不得眠，親黨皆嗔怪。精悍在面顔，零落舊壇會。回首憶當年，咋指以自戒。

鳳神緣戢羽，麝走爲遺香。如何英靈士，耿耿露寒芒。激鍛多大韻，搏黍見顛狂。世路雖險巇，藏身亦乖方。山北與山南，白石可爲糧。流連塵網中，哀哉罹禍殃。回首伍松喬，譚易析毫芒。惟有聰明泉，流水常湯湯。發言潛寶契，一室開蒙莊。書存人已往，撫卷有餘傷。

初秋三首

微凉宿陰林，頓覺煩暑退。登臺對清池，過螢停鶴背。静夜發嘯歌，鄰犬數聲吠。

臺上人正醉，池中鶴正睡。浩露漸深林，鶴驚人亦去。

水氣抱柴扉，林陰夜凛冽。風至如有人，芭蕉一聲裂。暗暗梅花廊，殘月如凝雪。

蔣墅晚發

宿病塵塵滅，新秋漸漸凉。月寒千畝濕，樹暗幾家藏。近岫隨煙没，良苗帶水香。櫓柔渾不住，夢裏道朱方。

九日登中郎沙市宅上三層樓

滿眼傷心處，誰能上此樓。林煙迷蜀道，帆影識吴舟。硯北人何在，江南草又秋。茱萸空到手，欲插淚先流。

别漢陽王章甫

黏天濁浪濺征衣，驚雁那堪兩處飛。君爲友朋真不薄，我亡兄弟欲何依。烏林浦上殷勤别，青草湖頭痛哭歸。皓首相莊無異約，入山同采首陽薇。

由草市至漢口小河舟中雜詠二首

陵谷千年變，川原未可分。長湖百里水，中有楚王墳。

日暮黑雲生，且依龍口住。小舟裙作帆，笑語過湖去。

漢陽感舊

泊天白浪净無塵，惟有孤巒塞去津。芳草偏憐衡處士，桃花不夢息夫人。江頭鼓柑機全息，漢上題襟跡已陳。屈指光陰今二紀，無情痴淚漫霑襟①。

①原注：「志載，漢陽有桃花夫人廟，即息夫人也。」

再遊黄鶴樓

買看山水興猶清，閒逐兒童樓上行。窗外鐘聲大别寺，杯中堞影漢陽城。蜂連建業何曾斷，浪接瀟湘總未平。小艇犯濤如履地，果然水戰利南兵。

襄中懷先兄中郎

五嶽同遊誓未忘，一藤獨往淚千行。青山到處悲王粲，明月曾經照謝莊。蘇嶺雲開濃似黛，湘江春漲沸如湯。尋思舊日經行處，鳥語花飛總斷腸①。

①原注：「王仲宣樓并謝公岩皆此中佳處。」

太和山中雜詠

靈境經年入夢魂，不知何嶽更稱尊。山爲函夏諸丘長，帝是軒轅有道孫。楚澤秦川羅下界，日兄月姊貯天門。晴空萬里塵氛净，一縷卿雲玉座存。

病中漫興八首

家計雖貧未奪糈，近來多病遂閒居。撫琴一室山皆響，吮墨頻年草似書。自散鉢齋供慧鳥，新敷盆藻護文魚。小勞亦是調身法，雨後園蔬手自鋤。

山園十畝半新篁，嫁棗疏葵也似忙。豈以心灰分去住，總緣身病決行藏。空階月灑花枝雪，静夜寒添鶴背霜。歌扇舞裙都委却，那伽妙定一爐香。

青苔泠泠照柴扉，也有閒人伴息機。棗柏先生移錫至，煙波老叟擲綸歸。玄言不怕知音少，碧落從來贋本稀。燕雀相逢堪自得，懶隨黄鵠薄天飛。

艷隕芳銷春又秋，雁王鹿女共夷猶。偶穿竹葉煙中徑，自坐梅花水上樓。冷石煙汀鷗鳥夢，金題玉躞蠹魚遊。亦從藥裹闗心後，閒却湖邊小釣舟。

風篁能笑亦能言，玄對經年静掩門。定裏空書懲往事，老來夢哭念深恩。雄心已逐煙雲散，綺習猶餘筆硯存。春水桃花還有興，一函先達武陵源。

塵事何曾掛笑顰，閒時一杖步花茵。無才永定山中計，有病催成道者身。冒雪出雲朝絮絮，殘霞逗日夜鱗鱗。近來微有安心處，調象如今漸已馴。

緑琴入匣任塵封，老去逃人興轉濃。馬氏由來譏畫虎，葉公原不愛真龍。閒聽谷口懸雷瀑，細數山南破墨峰。知己可憐凋喪盡，盤桓空對一株松。

世緣終淺道情深，况是頭顱老漸侵。白社六時銷晚節，《朱陵四擇》悟良箴。雕沙畫石他生習，點雪消冰近日心。膚骨總宜雙淡漠，不妨皓首寄《珠林》①。

① 原注：「天台家有思公《朱陵四擇》，語重説法也。」

燈下有感

幾同揮麈話無生，青李何妨一寄身。越射隴遊悲世路，南箕北斗嘆交情。衝風中燭花難結，凍雨侵香穗不成。野老看來存古意，丹鷄白犬締新盟。

園居

潦草支塵事，閒僧不用邀。聞山皆欲去，愛雪祇愁消。春近忙移樹，溪平好作橋。詩文三百卷，全似許由瓢。

閒步

舟居翻愛步，三里傍江斜。山雨猶藏樹，溪風忽聚花。穿雲閒揀石，折柳坐書沙。望望夭桃色，層城一片霞。

入村

好似催耕鳥，逢時一度來。煩心隨水息，睡眼得松開。古屋深黄葉，閒窗照紫苔。今年春色晚，池上未舒梅。

别須水部日華還朝

移沙取石貯輕舟，清冷何曾似宦遊。春雪歌成辭郢里，梅花落盡别揚州。東風自護桓公樹，明月誰登庾信樓。兄弟凋殘知己别，枇杷門外淚交流。

訪蘇潛夫於小龍湖賦贈

畚土添花徑，防湖漲柳渠。黄蘆親睡鴨，碧水伴嬉魚。沼墨如臨帖，松鱗驗著書。重追宗炳跡，新築卧遊居①。

① 原注：「宗少文築室三湖。」

居沮漳有懷郡伯吴表海先生

沮漳江上作漁翁，鈴閣猶遲一紙通。白社有心邀范寧，青山無路伴羊公。春風夏雨酣南國，嵐字煙書遍渚宫。試看停車親種柳，於今揺曳大堤東。

三湖泛舟

晚風自送小船行，行過菰蒲乍有聲。共指遠林獵火起，不知月向此中生。

遊山偶與客語成句

逢山即便遊，不必匆忙去。四十餘年忙，所忙成何事。

海淀李戚畹園四首

滿目塵沙塞路蹊，夢魂久已憶山棲。誰知煙水清溪曲，祇在天都紫陌西。鎮日浮舟穿柳澗，有時調馬出花畦。到來賓主紛相失，總似仙源徑易迷。

沉緑殷紅醉曉暉，入林花雨潤羅衣。盤雲祇覺山無蔕，噴雪還疑水有機。遂與江湖争浩淼，可憐原隰總芳菲。何妨攜襆同棲宿，煙月留人詎忍歸。

追隨鷺羽到山阿，梓澤蘭亭未許過。移得好花通柰苑，引來飛瀑似銀河。微風嘯徹捎雲竹，輕雨香添帶露荷。野逸繁華都不礙，才聞灌木又聽歌。

煙雲才見已顛狂，把臂深林趣更長。語鳥自能清熱惱，流泉端的洗塵忙。石無甲乙皆呈怪，花有新陳不斷香。尺五天邊饒洞府，懶隨逸少問金堂。

宋西寧席上作

林樾真無暑，追隨竟夜留。荷花爲麈尾，酒案代遊舟。霞布依城寺，煙縈映水樓。主人多勝韻，才子漢通侯①。

① 原注：「御河不敢用舟，以釀酒者盛水之案，如長盆，可坐十人，名曰酒案。」

渡黄河

如雪寒沙千里平，猛風雖盡浪猶驚。草經青女全無色，雁過黄河別有聲。騎馬久無浮宅夢，倚蓬忽動蕩舟情。可憐廣武山常在，寂寞誰知竪子名。

病餘偶成

身入羶途已二年，銅烏蓄口罷談禪。浮名應作高官障，多病翻成静者緣。風過蔬畦交薤字，雨清石徑盛苔錢。昨宵忽作家園夢，笑上車湖舊釣船。

由蕪湖入新安道上四首

春水平田鷺一群，黄花陌上野香薰。若爲雨霽猶屯霧，總以松多易染雲。洞拂古莎來鹿女，原留新跡過山君。馬蹄間踏蕭森影，夜月朝曦兩不分。

長途一縷蝕山腰，驀至時逢伐木樵。地僻乍存三兩户，溪多何止百千橋。小園處處花相接，遠望重重雪未消。半壁已驚千丈落，登峰猶自路迢迢。

幾回披葉與穿花，于役登臨望已奢。驛路祇隨晴雪去，山程常被晚雲遮。何村不是王官谷，到處堪爲處士家。石骨鱗鱗溪練疾，故將竹筏代遊槎。

春鳥啼來不諳名，桃花叢裏吠尨清。欲登山塔都無路，未見溪河先有聲。棗葉幾何人亦住，𩠐頭直上馬猶行。巉巖滿目餘阡陌，處處樵蘇間耦耕。

舟次宿遷聞遼左信送眷屬南歸示兒子祈年二首

北風吹水撼孤城，送子南歸百感生。白首登朝逢禍亂，黑頭失意過清平。爾衝濤浪還湘浦，我逐干戈走帝京。千古袁家稱大族，祇緣歷代有忠貞。

牽衣念汝拜頻頻，骨肉分飛淚滿巾。家值萍飄須長子，時當板蕩要忠臣。駛波欲逗南歸客，寒雁猶憐北去人。不似大蘇遷謫日，斜川尚得侍昏晨。

附見　雷檢討思霈一十首

思霈字何思，夷陵州人。萬曆辛丑進士，選翰林庶吉士，授檢討。庚戌分考會試，請告歸，卒於家。何思好學問，通禪理，講經世出世之法，其宗指在江陵、内江之間。己酉出典閩試，所撰程策頗見大意，惜其未試而没。庚戌闈中，高陽公得余五策，以示何思，首策訟言江陵社稷之功，而詆諆紹述者。何思曰：「楚人不敢言也，非楚人不能知也。吴士有錢受之者，其人通博，好持大議，得無是乎？」高陽撤棘告余，嘆何思能知人也。何思與袁氏兄弟善，當公安掃除俗學，沿襲其風流，信心放筆，以刊落抹撥爲能事，而不知約之以禮。石首曾可前，字退如，何思之同年也，其詩亦彷佛何思。天啟壬戌，閩人鄭之玄亦入史館，聞楚人之風而悦之，其趨愈下。小修所謂學語效顰、烏焉三寫者，正謂此也。《何思集》，其門生鍾惺所論次。余録其詩附三袁之後，以見公安之末流如此。餘人則盡削不載。

春興二首

信是夷陵春色好，高唐倏盡見虚空。秦灰漢壘千年跡，白糝紅酣兩岸風。天外晴山朝霧裏，城頭水閣夕陽中。畫船直上南津口，釣艇時來西塞東。

消得天厨書幾緘，朝朝騎馬看煙嵐。三年半在香山寺，十月曾探滴水巖。滿井北遊春淡淡，渾河西上石巉巉。松風獨愛陶貞白，官是蓬萊最後銜。

臨懷素墨跡

鷗群鶴侶道人閒，衹住青葱竹柏間。欲買小莊先問水，但逢佳客勸登山。深林不放雲輕出，野艇常邀月共還。家有懷公顛墨在，臨時多染醉毫斑。

和曾退如見懷

入朝歸野不同時，薊北江南總繫思。郭有青山看竹好，門臨流水得魚遲。君遊何處多題句，我到懸崖半寫碑。終日借書兼借畫，莫將秖字讀成癡。

漢宮引

少年宮女那曾愁，相送琵琶學淚流。姊妹大來閒話舊，才人多少怨箜篌。明妃塞上已青冢，我輩宮中也白頭。

青溪龍女洞

欲買青溪溪上田，絶憐龍女住寒泉。須知成佛文殊後，莫更投書柳毅前。嶺外獼猴閒出定，洞中蝙蝠解安禪。茅庵結得經行久，應向人間作水仙。

贈劉七

劉郎讀書王郎館，酒到看花興到詩。無事過余談竟日，竹邊雙雀立多時。

雁至

去燕新辭主，來鴻舊作賓。江空今夜月，家遠隔年身。結伴多依水，將書祗寫人。如何白翎雀，歲歲北山春。

有所思

何用遺君玳瑁簪，雙珠明月照同心。原來得自鮫人室，説到相思淚不禁。

北郊鷹房

遼城金壘古鷹房，羊角風沙接大荒。野窟舊無狐兔跡，小池今有芰荷香。黄鸝獨語遮深柳，粉蝶叢飛戀短墻。千古幽州還禹甸，卜年開統憶先皇。

鍾提學惺二十六首

惺字伯敬，竟陵人。萬曆庚戌進士，授行人，遷南京禮部祠祭主事。歷儀制郎中，以僉事提學福建，丁憂歸，卒於家。伯敬少負才藻，有聲公車間。擢第之後，思别出手眼，另立深幽孤峭之宗，以驅駕古人之上。而同里有譚生元春，爲之應和，海内稱詩者靡然從之，謂之「鍾譚體」。譬之春秋之世，天下無王，桓、文不作，宋襄、徐偃德凉力薄，起而執會盟之柄，天下莫敢以爲非伯也。數年之後，所撰《古今詩歸》盛行於世，承學之士家置一編，奉之如尼丘之删定。而寡陋無稽，錯繆叠出，稍知古學者咸能挾策以攻其短。《詩歸》出而鍾譚之底蘊畢露，溝澮之盈於是乎涸然無餘地矣。當其創獲之初，亦嘗覃思苦心，尋味古人之微言粤旨，少有一知半見，掠影希光，以求絶出於時俗。久之，見日益僻，膽日益粗，舉古人之高文大篇鋪陳排比者，以爲繁蕪熟爛，胥欲掃而刊之，而惟其僻見之是師。其所謂深幽孤峭者，如木客之清吟，如幽獨君之冥語，如夢而入鼠穴，如幻而之鬼國，浸淫三十餘年，風移俗易，滔滔不返。余嘗論近代之詩，抉擿洗削，以凄聲寒魄爲致，此鬼趣也；尖新割剥，以噍音促節爲能，此兵象也。鬼氣幽，兵氣殺，著見於文章，而國運從之。以一二輇才寡學之士衡操斯文之柄，而徵兆國家之盛衰，可勝嘆哉！可勝悼哉！鍾之才固優於譚，江行俳體，其赴公車之作，入蜀諸詩，其初第之作，習氣未深，聲調猶在，余得采而録之。唐天寶之樂章，曲終繁聲，名爲入破。鍾、譚之類，豈亦《五行志》所謂詩妖者乎？余豈忍以蚓竅之音爲《關雎》之亂哉！

九　灣

若非蹈今塗，昨日險亦足。果然備層峻，蛇鬼猶躑躅。兩崖窮登頓，相對不去矚。稍焉歷其巔，許身已平陸。俯仰前後視，乃知多岸谷。足跡信延袤，目境自蹙縮。鴻飛已青冥，背翮猶遭觸。深薄警營魄，幽幻豁心目。

雨發九灣至歸州

亂山無清曉，雲水但稠濁。累日行重嵐，叢密何由豁。安知兹壁外，不有朝暾躍。頹雲初離洞，流出將焉託。嶺半一人家，如鳥巢阿閣。人語向空濛，煙火出冥漠。隔江望秭歸，殘陽見井郭。胡爲既濟後，昏暮猶墟落。

瞿唐

至此始稱峽，岸束江齟齬。江勢有往還，前山幾茹吐。兩崖何所争，終古常相拒。水石日夜戞，無所觸而怒。灔澦根孤危，悍流不能去。立石如堵墻，中劈才一縷。岸迴不見江，舟行無乃迕。舟過其隙中，乃知此其户。還顧始自失，憮然警徒旅。

西陵峽

過此即大江，峽亦終於此。前途豈不夷，未達一間耳。辟入大都城，而門不容軌。虎方錯其牙，黄牛喘未已。舟進却湍中，如狼疐其尾①。當其險夷交，跳伏正相踦。回首黄陵没，此身才出匭。不知何心魂，禁此七百里。夢者入鐵圍，醒猶忘在几。賴兹歷奇奥，得悟垂堂理。

① 原注：「虎牙、狼尾，灘名。」

北固夜歸

遊遲畏晚天，晚際反凄妍。好月下山路，順風歸浦船。雲濤孤棹外，市塢半燈邊。回首蒼蒼處，金焦在亂煙。

寄懷表兄王幼振兼邀枉過

病來疏舊友，老至念周親。五十餘中表，存亡凡幾人。回頭梨栗日，彈指杖輿身。莫悔前時闊，從今相過頻。

沈雨若自常熟過訪 時喜得受之書。

見君疑舊識，不必故人書。所念久離別，欣聞近起居。朋來鴻雁後，雨止菊花初。得問虞山樹，寒紅三月如。

月下新桐喜徐元嘆至

是物多妨月，桐陰殊不然。長如晨露引，不隔晚凉天。緑滿清虚内，光生幽獨邊。懷新君亦爾，到在夕陽先。

墜　蟬 有群蟻共持之，茂之解焉。

神潔誠難辱，居高未免危。又非逢臂怒，遂致折肱悲。吟嘯能無廢，堤防似亦遲。幸災群小急，感遇一身知。命已看如蜕，心猶惜此緌。結纓懷鄙志，捐網荷弘慈。弓餌煩相警，環珠耻見遺。寒宵深抱葉，賤子報恩時。

宿浦口周生池館

江邊事事作山家，復有山齋著水涯。一壑陰晴生草樹，六時喧寂在鶯花。潮尋故步沙頻失，煙疊新痕嶺若加。信宿也知酬對淺，暫將心跡寄幽遐。

花山禮銅殿

一路陰晴屢不分，山中風候易紛紜。村過數日無紅葉，江近雙峰似白雲。蛇虎夜深求懺度，鼓鐘人定示聲聞。可憐世外僧經濟，金火須臾歷刼動。

江行俳體十二首

五載前曾説此遊，問程結伴幾春秋。艱難水陸千餘里，大小關梁六易舟。畏路刺船頻裸體，乘流開柁緩梳頭。順風一日行三日，莫待依灘怨石尤。

虛船也復戒偷關，枉殺西風盡日灣。舟卧夢歸醒見水，江行怨泊快看山。弘羊半自儒生出，餒虎空傳稅使還。近道計臣心轉細，官錢曾未漏魚蠻。

巴舲吴榜簇江干，市儈村倡半倚灘。系籍慣挾鄉閥閲，投單例辦敝衣冠。女兒編竹成長攬，乞子施竿覓剩盤。小釜群炊如候代，奚奴亭午未朝餐。處處葑田催種麥，家家竹瓦代誅茅。岸容霜老菰蒲秃，水氣晴粘江鄉漲後指荒郊，木杪魚罾俯雀巢。處處葑田催種麥，家家竹瓦代誅茅。岸容霜老菰蒲秃，水氣晴粘草樹交。快舫蝕波才寸許，急湍底復怨舟膠。日日移家處處鄰，吴頭楚尾半波臣。罟師嚼米餐烏鬼，舟僕偷錢買白鱗。鴉食肉能謀底事，獺銜魚欲祭何神。黄頭見我詢潮步，笑是潯陽始過人。羞從狐鼠叙行踪，隨例輸錢買印封。半月員程過一月，杪冬孤艇發初冬。持符官卒尊於吏，附船儒生賤似傭。估客孝廉陽不問，胡牀指顧太從容。村煙城樹遠依依，解指青溪與翠微。風送白魚争入市，江過黄鵠漸多磯。家從久念方驚别，地喜初來也似歸。近日江南新澇後，稻蝦難比往年肥。小聚星晨屢斷連，山椒一縷露人煙。土音偏不移鷄犬，市暨通行雜鈔錢。澤國火耕兼水耨，霜林棗地接楓天。時艱夜禁明書楔，撥刺更更響釣船。土風何異竟陵城，水代平田網代耕。放去鷖鳧偏認主，教成馴獺聽呼名。狂書鳥過沙留譜，囈語烏眠夜作聲。奴子入吴學細唾，儂音傖舌字全生。千門市火亂漁燈，銜尾官艘也繫罾。崖屋乍隨春漲徙，灘舟專候早潮升。清時閭左衣形綬，儉歲江東米價增。從客諱言新入洛，自稱前度到金陵。潮褪金焦岸稍巉，斷虹嵌壁劍雙椷。嵐堆積翠深藏壑，雨隔殘紅半露巖。近海蜃晴朝列市，乘風魚背畫張帆。新荷香遍吴江水，思製瀟湘隱士衫。嗚榔打鼓暮乘潮，借得官舟勝客船。奴子暫時聊意氣，朋從此日也逍遥。公然鷁首横銀牓，無數漁罾避畫橈。睡醒却詢瓜步岸，長年前指廣陵橋。

忠州霧泊

漁艇官舟曉泊同，蜀江愁霧不愁風。煙生野聚汀寒外，雲滿山城水氣中。曲岸川迴翻似盡，遥天峰没却如空。依稀往日丹楓路，稍見霜前遠近紅。

秋　曉

清秋但覺曉猶清，起趁空明繞砌行。在竹露霑星下影，出林鵶帶夜來聲。煙隨歷亂孤光去，人語稀微衆動生。高枕倒衣皆此際，紛然喧静各爲情。

秋夜集俞伯彭園池

閒園無意作衰天，水氣花陰事事然。霜後芙蓉猶有露，冬前楊柳暫爲煙。魚龍夜惜殘秋去，烏鵲寒驚片月遷。四序棲尋吾欲遍，愛君不獨在林泉。

附見　譚解元元春五首

元春字友夏，竟陵人。舉於鄉，爲第一人。再上公車，殁於旅店。與鍾伯敬共定《詩歸》，世所稱鍾、譚者也。鍾、譚之疵病，如上所陳，亦已略見一斑。譚之才力薄於鍾，其學殖尤淺，謭劣彌甚，以俚率爲清真，以僻澀爲幽峭。作似了不了之語以爲意表之言，不知求深而彌淺；寫可解不解之景以爲物外之象，不知求新而轉陳。無字不啞，無句不謎，無一篇章不破碎斷落。一言之内，意義違反，如隔燕、吴；數行之中，詞旨蒙晦，莫辨阡陌。原其初，豈無一知半解，遊光掠影，居然謂文外獨絶，妙處不傳，不自知其識之墮於魔，而趣之沈於鬼也。已而名日盛，遊日廣，識下而心粗，膽張而筆放，遂欲秤量古今，牢籠宇宙。《詩歸》之作，金根繆解，魯魚訛傳，兎園老學究皆能指其疵陋，而舉世傳習奉爲金科玉條，不亦悲乎！世之論者曰：「鍾、譚一出，海内始知性靈二字。」然則鍾、譚未出，海内之文人才士皆石人木偶乎？曰極七子之才致，不過爲宋之陸放翁，自南渡以迄隆、萬，將五百年，亦皆石人木偶，而性靈獨掊發於鍾、譚乎？彼自是其一隅之見，於古人之學，所謂渾涵汪茫千匯萬狀者，未嘗過而問焉。而承學之徒莫不喜其尖新，樂其率易，相與糊心眯目，拍肩而從之。以一言蔽其病，曰不學而已。亦以一言蔽從之者之病，曰便於不説學而已。天喪斯文，餘分閏位，竟陵之詩與西國之教、三峰之禪，旁午發作，並爲孽於斯世，後有傳洪範五行者，固將大書特書著其事應，豈過論哉！伯敬爲余同年進士，又介友夏以交於余，皆相好也。吴中少俊，多訾謷鍾、譚，余深爲護惜，虚心評騭，往復良久，不得已而昌言擊排。吾友程孟陽之言曰：「詩之學，自何、李而變，務於摸擬聲調，所謂以矜氣作之者也。自鍾、譚而晦，競於僻澀蒙昧，所謂以昏氣出之者也。」孟陽老於詩學，其言最爲平允。論近代之詩者，衷之於孟陽斯可矣。

洞庭湖

夏淺湖心伏，不分天水非。新帆隨數點，好鳥擇邊飛。日月光難遍，江湘氣盡歸。客舟來此泛，孤似嶽僧扉。

瓶梅

入瓶過十日，愁落幸開遲。不借春風發，全無夜雨欺。香來清净裏，韻在寂寥時。絶勝山中樹，遊人或未知。

鄰舟詩贈鄒孟陽李緇仲

内外湖争碧，朝昏時覺遐。友朋非一處，山水作鄰家。偶逐葑船散，同隨漁火斜。頻呼免相失，橋隔是天涯。

同李長蘅尋聞子將龍井山齋二首

楓色紅難已，黄從翠處分。偶然亂葉下，風雨似同聞。谷鳥臨寒路，籬花開遠雲。逢幽無一語，心眼自氤氲。

十里蒼蒼路，非深亦覺遐。陰晴澹山氣，鷄犬静人家。閣迥生溪水，坪香過莽花。紅黄光莫艷，群動豈無涯。

友夏詩，貧也，非寒也；薄也，非瘦也；僻也，非幽也；凡也，非近也；昧也，非深也；斷也，非掉也；亂也，非變也。蕪詞累句，略舉一二。如擬《讀曲歌》云：「庬是儂家庬，日啖儂家粥。昔昔不吠歡，儂私今啖肉。」《夏夜古意》云：「明月皎皎照羅幃，羅花一一影香肌。郎來諛妾肌生花，取衣覆肌花在衣。」何其淫哇卑賤也。《隋大業鏤歌》云：「鏤兮鏤兮，不復鏤兮。以之爇香，大損沈水。」何其俚也。《聽青羊澗》云：「太始有真意，欽哉非雨聲。」用經義何其繆也。「歲添新事送，月放衆生肥」、「三吴士女俗，萬古雨晴天」、「眼光非亂射，散作萬山紅」、「萬葉一色紅易終，我愛黄邊緑邊紅」，何其鄙而倍也。吴、越、楚、閩沿習成風，如生人戴假面，如白晝作鬼語。而閩人有蔡復一字敬夫者，宦遊楚中，召友夏致門下，盡棄所學而學焉。其詩云「花心猶怯怯，鶯語乍生生」、「未見胡然夢，其占曰得書」、「以日爲昏旦，其雲無古今」、「居之僧尚髮，來者客能琴」，其若逐字安排，欽肅澹静，連章鋪比。鍾、譚之體，家户傳習，泝人以「餓山吞日憨」爲清詞，吴士以「花騎蝶過墻」爲麗句，滔滔不返，不至於横流陸沉，不但已也。録詩及此，庸以別裁末流，垂戒後學，作易者其有憂患乎？世之君子，亦可以諒我矣。金陵張文寺曰：「伯敬入中郎之室，而思别出奇，斤斤字句之間，欲闡古人之秘，以其道易天下，多見其不知量也。友夏别立蹊徑，特爲雕刻，要其才情不奇，故失之纖，學問不厚，故失之陋，性靈不貴，故失之鬼，風雅不道，故失之鄙，一言以蔽之，總之不讀書之病也。」吴門朱隗曰：「伯敬詩『桃花少人事』，詆之者曰：『李花獨當終日忙乎？』友夏詩『秋聲半夜真』，則甲夜、乙夜秋聲尚假乎？」雲子本推服鍾、譚，而其言如此。

王僉事思任一首

思任字季重，山陰人。萬曆乙未進士，知興平、當塗、青浦三縣，袁州推官。所至皆被鐫降，稍遷刑、工二部，出爲九江僉事。罷歸，卒。季重有俊才，居官通脱自放，不事名檢。性好謔浪，居恒與狎客縱酒，談笑大噱。遇達官大吏，疏放絶倒，不能自禁。好以詼諧爲文，仿大明律製《弈律》，吾以爲必傳，枚皋、郭舍人之流也。亂後，踉蹌避兵，猶負一棋局以往，遂死於山中。季重爲詩，才情爛熳，無復持擇，入鬼入魔，惡道岔出。如《天長道中》云：「地懶無文草，天愚多暗雲。」《雨泊》云：「春霖篷翁蝶，江浪柁餐猪。」《快雨》云：「荷静香催噠，樓疏氣破籠。」又如《口占》云：「烏紗實負青紗債，腰痛何如脚痛輕。」《陳眉公壽詩》云：「帝欲見公公不見，蒙方求我我何求。」《中秋示兒》云：「餅缺先誰嚙，瓜圓是我期。」《美人鬬草圖》云：「大姨誇十錦，小妹賽三鮮。打臂輕還褪，羞頤罵復前。」《有所思》云：「儻得身相近，應憐玉臂多。」此皆胡餃飣、張打油之所不爲也。季重頗負時名，自建旗鼓，鍾、譚之外又一旁派也。余痛加芟薙，仍標舉之如此。

宿天界寺

古寺白門邊，寒風逗石煙。松篁無俗徑，鐘磬有諸天。歲晚難爲客，官閒易入禪。燈殘僧别去，清夢竹相憐。

列朝詩集丁集第十三之上

松圓詩老程嘉燧二百一十五首

嘉燧字孟陽，休寧人，僑居嘉定。少學制科不成，去學擊劍，又不成，乃折節讀書。刻意爲歌詩，三十而詩大就。孟陽之學詩也，以謂學古人之詩不當但學其詩，知古人之爲人而後其詩可得而學也。其志潔，其行芳，温柔而敦厚，色不淫而怨不亂，此古人之人，而古人之所以爲詩也。知古人之所以爲詩，然後取古人之清詞麗句，涵泳吟諷，深思而自得之。久之，於意言音節之間，往往若與其人遇者，而後可以言詩。蓋孟陽之詩成，而其爲人已邈然追古人于千載之上矣。其爲詩主於陶冶性情，耗磨塊壘，每遇知己，口吟手揮，纚纚不少休。若應酬牽率，肒骳説衆之作，則薄而不爲。諳曉音律，分刌合度。老師歌叟，一曲動人，燈殘月落，必傳其點拍而後已。善畫山水，兼工寫生，酒闌歌罷，興酣落筆，尺蹄便面，筆墨飛動。或貽書致幣鄭重請乞，摩挲瑟縮，經歲不能就一紙。嗜古書畫器物，一當意輒解衣傾橐。或以贗售，有相惎者則持之益堅。有子驕稚，不事生産，經營拮據，以供其求，左絃右壺，緣手散去，孟陽顧益喜，以爲好事好客稱其家兒，坐是益重困。然而介特益甚，語及飾竿牘學干謁，頭面發赤，掉臂而去。太倉王冏伯常謂孟陽：「世無嚴武，誰識少陵？當今能客孟陽者，海陽顧益聊耳。」爲治裝遣行。渡江寓古寺，與一二酒人酣飲三日夜，賦詠古五章，不見益卿而返。在里中，兄事唐叔達、婁子柔，肩隨後行，不失跬步。與人交，婉孌曲折，臨分執手，口語刺刺。至其責備行誼，引經據古，死生患難，慷慨敦篤，古節士無以過也。萬曆戊午，故人方方叔令長治，要之入潞。居三年，從方叔入燕，諸公争物色，孟陽皆避不與見。祥符王損仲博雅名士，時時過余邸舍，就孟陽談，孟陽未嘗一往也。崇禎中，余罷官里居，構耦耕堂於拂水，要與偕隱，晨夕遊處，修鹿門、南村之樂。後先十年，辛巳春，孟陽將歸新安，余先遊黄山，訪松圓故居，題詩屋壁。歸舟抵桐江，推篷夜語，泫然而别。又明年，癸未十二月，孟陽卒於新安，年七十有九。卒之前一月，爲余序《初學集》，蓋絶筆也。逾年而有甲申三月之事，銘旌大書曰明處士某，豈不幸哉！孟陽讀書不務博涉，精研簡練，採掇菁英，晚尤深《老》、《莊》、《荀》、《列》、《楞嚴》諸書，鈎纂穿穴，以爲能得其用。其詩以唐人爲宗，熟精李、杜二家，深悟剽賊比擬之繆。七言今體約而之隨州，七言古詩放而之眉山，此其大略也。晚年學益進，識益高，盡覽中州、遺山、道園及國朝青田、海叟、西涯之詩，老眼無花，炤見古人心髓。於汗青漫漶丹粉凋殘之後，爲之抉擿其所繇來，發明其所以合轍古人，而迥别於近代之俗學者。於是乎王、李之雲霧盡掃，後生之心眼一開，其功於斯道甚大，而世或未之知也。孟陽好論古人之詩，疏通其微言，搜爬其妙義，深而不鑿，新而不巧，洗眉刮目，鈎營致魂，若將親炙古人而面得其指授，聽之者心花怒生，背汗交浹，快矣哉，古未有也。二三朋儕，各有諷詠，孟陽攬筆長吟，喜動顔色，一字未妥，一韻未穩，胸中鶻突，如凸出紙上，横目而捷得之，審諦推敲，必匠意而後止。如病人遇大醫師，洞見臟腑癥結，雖有堅悍之夫，不能不首服也。元裕之論溪南詩老云：「敬之業專而心通，敢以是非黑白自任。每讀諸人之詩，必爲之探源委，發凡例，解脉絡，審音節，辨清濁，權輕重，片善不掩，微纇必指，如老吏斷獄，文峻網密，絲毫不相貸，如衲僧得正法，徵詰開示，幾於截斷衆流。朋輩中有公鑒而無姑息者，必以敬之爲稱者。」敬之之所鑒者，今人之詩而已，而孟陽則能上鑒古人，斯又難矣。遺山題《中州集》後云：「愛殺溪南辛老子，相從何止十年遲。」世無裕之，又誰知余之論孟陽非阿私所好者哉！余故援中州之例，謚之曰松圓詩老，庶幾千百世而下，有知吾孟陽如裕之者。

《浪淘集》自序曰：「余弱冠好唐人詩，學之三十年，輒緣手散去，友人或勸之存其本，余弗遑也。然酒間值所知，口吟手揮，即纚纚不能休。唐子叔達，高閒士也。一日從旁笑謂余曰：『吾憂若詩牢錮藏識，奈何？』余爲矍然。子柔又嘗欲採余律詩俊句，爲作佳書，傳示同好，余自愧謝勿以爲。壬子二月，武昌回，與瞿起田同舟，江行苦風浪，半月而至九江，簸蕩掀圻之中，摇神滌藏，時時以酒澆之。半酣，起田輒濡筆伸紙，請吟余詩，隨手書之，頽然之餘，聊爲爾爾。風不止，起田亦不倦。至南京，則余詩幾盡，凡七百餘篇，李長蘅、汪無際各傳寫之。錢受之與好事尤亟稱之，多有其本，余固不得藏已。在上黨無事，因合書爲一集，增定計千餘篇。題曰浪淘者，以余宿習舊質已在憶忘之間，似沉沙然，偶爲驚濤激浪所淘汰而出之者耳，非僭引昔賢赤壁詞語也。萬曆戊午冬日，程嘉燧書。」

青樓曲

細雨春風花落時，金華臘酒解酴醾。當壚少婦知留客，不動朱唇動翠眉。

山居秋懷

涼風四起秋雲急，門巷蕭森鳥雀飛。黄葉年年驚歲晚，滄江日日待人歸。經時茅屋淹行李，一繫扁舟换客衣。回首昔曾悲故國，於今臨眺意多違。

四明徐滙陽莊太峰余泰靈秋盡先後言别

相逢多别酒，歸路欲何之。江水曹娥廟，湖山賀監祠。鄉愁兼雨重，旅望入秋悲。倘憶江東侣，論文復幾時。

雨中太倉津亭别子柔泊舟崑山

海近雨冥冥，分攜愴驛亭。朋情春更覺，酒氣别能醒。潮滿炊煙白，山移睥睨青。還鄉無限意，寂寞向郊坰①。

① 原注：「同李茂實表叔還鄉展墓。」

水上倡樓

水樹風帆隱伎樓，微明遠岸濁河流。也知一望堪腸斷，暮雨無人在上頭。

江上送超宗弟遊海門

人生良會難再遇，常將骨肉等行路。昔居山中無世情，汝未勝冠余未娶。誰知衣食旋相驅，坐令流落那能顧。頻冬嶺北厭冰雪，長歲江東足煙霧①。去日艱難真可惜，後來離别知無數。相逢且暫同遨遊，狂波對酒升高樓。江邊女弟留十日，風雨賦詩殊未休。汝更請爲離别吟，試聽長歌足哀音，余愁一歌傷汝心。汝今又向海門去，能識江流深不深。

① 原注：「弟嘗客章贛。」

自茶磨入治平寺

日昃山路閒，林木紛如結。環溝引湖流，經橋見曲折。路枉寺門出，高榆對森列。連岡亘城堤，玦斷宛當闌。斜日射山翠，玲瓏映松徹。香氣行客聞，心閒忘分别。

入殿左僧舍下遵曲徑仰見崖端高軒絶可舒矚

僧房高下居，閉門秋色閒。陽樹挺幽徑，陰崖仰層闗。周垣若澗底，疏翠當窗間。窗中如有人，聞聲杳難攀。遥知縱目處，樹杪見前灣。白日山後没，好月湖中還。念此來何時，使我舒心顔。

經紫微村

荒村何所有，枵腹但古樹。小艇緣港入，疏春閉門度。港窮見山徑，接近引閒步。青蒼正相射，山照亘斜雨。平生未經過，一覽似再遇。

富陽桐廬道中早春即目柬吴中朋舊

暮倚城樓江日曛，曉過山縣市煙分。回峰凍雨皆成雪，出霧危巒半是雲。沙際年光催鳥囀，冰閒寒溜動鷗群。吴江越嶠千餘里，春賞何由早寄聞。

虎丘

風散桐花松月開，上方樓殿踏歌來。攜將蘆管新調曲，吹向生公舊講臺。

雨中過伎家飲書贈陳翠

紅樓細雨燕飛斜，玉面珠簾相映遮。三月江南春色盡，却行江北見梅花。

蓬户

蓬户居然晝不開，消憂佳客數能來。水晶鹽盡調冰屑，新醞缸傾雜舊醅。雄辯滿筵才五斗①，揮毫落紙更三杯②。人生莫論無多屐，相見何妨日幾回。

① 原注：「張茂仁丈多高談妙論。」

② 原注：「子柔時時草聖。」

夜泛 同丘五、張二丈、孫二兄。

水關新漲曲通溝，力疾邀人夜弄舟。暗竹背城思嶺月，平畦裛露憶湖秋。行隨老伴添衣出，迴觸歌場趁曲留。遠吹更聞無奈返，微風小櫓不勝愁。

瓜洲渡頭風雪欲回南岸不得

平分南北是江流，南岸相期北岸留。惟有寒風吹向北，爲君留客醉瓜洲。

金閶曲

金閶潭水寫金波，畫燭紅樓歌吹多。長夜牽愁無遠近，山塘一望似秋河。

寄方伯雨

村邊廢宅少人居，聞道生徒共掃除。書札浮沉三月後，交遊顯晦廿年餘。小巖原上歸僧遠，長石岡頭旅騎疏。知爾含情望天末，蒼煙落日幾躊躇。

子柔將歸憶別漫賦

巷南秋雨過君家，獨掩閒門幾日斜。無那別來偏皎月，即看歸到負黄花。春江在眼新安郭，暮雪驚心梁苑沙。欲去念君仍未決，窮愁相見莫相嗟。

孫履正履和北上予同舟送之入郡艤舟白蓮橋信宿臨別題贈長句

涼風一杯酒，明月萬里心。雙帆飛度吴苑樹，澄江遠掛秋河陰。君過三山向京闕，楊子津樓秋漲没。廣陵豪士邀醉君，期我不來意超忽。君不見梁園歸弄黄河舠，驚沙刮地哀鴻高。又不見吴郡走馬來觀試，霜葉覆階鵶滿寺。壯心簸蕩功心疏，劍歌蕭條風雨至。逐君兄弟歲月深，寸心匪石千黄金。脱衣貰酒君酌斟，君胡不飲心沉吟。沉吟欲言向余久，舊時好事還能否。黄羅峰頭搔首問青天，逸句驚人落杯酒。此中二月梨花明，緑莎錦湍飛羽觥。千林皚皚雪照夜，踏冰響屧空巖聲。玉屏門西初罷射，揮鞭半醉歸侵夜。將軍開閤遮馬迎，琉璃燭晃金盤炙。别來耕商甘隱淪，此日感嘆傷精魂。令弟胸懷萬人略，結束弓矢干金門。仲今落魄向侯邸，食魚有無那可論。送君江邊天迢迢，月明青天生夜潮。我醉仍眠爲君侶，起看日暮陽山雨。朝來移艇遊村南，碧梧蒼翠藏精藍。龍鱗古木不見日，菱花演漾開風潭。捲帷散髮蔭深樾，此時賦詩思清發。忽然二子就我來，手指月出浮雲開。谿橋石路皎霜雪，顧影踏月心徘徊。徘徊不眠欲至曙，預愁明日還歸去。白蓮橋西題贈君，千載知余送君處。

空齋行

空齋愁雨壁四懸，囊中十日無一錢。北城貧生老好事，出須憑輿走且顛。南鄰兩脚差快健，傴僂待試同拘牽。張翁愛酒慣索飲，經年海船松門邊。春前南橋和歌者，半月歸耜東林田。洞簫拍板置無用，短簦雙屐閒可憐。心憶風流故司馬，見雪期放尋花船。今年春雪不到地，梅開已盈東窗前。貰酒苦遊恐不樂，袖手欲歇心茫然。獨夜展轉耿難寐，嬌兒懶慢仍穩眠。不見丘翁茅屋朝來破欲葺，雨雪入户寒無煙。

過孫履正東林莊居　同方民表丈。

出郭春流十里賒，故人田舍即吾家。風情缸面清明酒，節物山頭穀雨茶。忽見遠交渾是夢，難期世事總如花。尋常歡笑休輕別，若計浮生信有涯。

因舍弟歸東山中親知

故人相望眇天涯，久客傷心憶歲華。城上雪聲遊子屐，縣南風色酒人家。郵筒近隔錢塘路，歸纜遥牽歙浦沙。鄉國清明正愁絶，憑將雙淚濕梨花。

宿牛首

城南遍蘭若，兹山何穹窿。鞍馬上幾盤，迫察勢猶雄。崖昃日半傾，光射東南峰。闌干倚峻壁，毫末紛玲瓏。路迴見塔寺，到門羅杉松。積翠扶層階，暝色帶遠江。高殿夜突兀，古木枝龍嵸。尚駭仰睇賒，未覺俯歷崇。細路繞殿角，欲上聞鳴鐘。捫蘿踏深影，林幽徑難通。悄然心神凄，却顧來掠風。下歸白雲梯，微月光朣朧。明當上絶頂，冥搜恣所窮。興劇耿無寐，清宵殊未終。

東林寺雨中張次孫丈話舊

憶昨南徐官舍東，江心遥夜與君同。重看焦嶺終宵月，却話松寥徹曉風。病眼向梅空脈脈，旅愁兼雪太匆匆。可憐襆被尋君處，暝雨寒煙野寺中。

送李茂修還山省母

男兒遠圖幾年志未得，引領彎弧向屬國。秋風辭家今始歸，顏狀慘淡氣抑塞。憶昨薦士尚書郎①，知爾善射聞四方。中丞側耳識名字，轅門長揖生輝光。西秦猛士產靈夏②，長弓大刀仍善馬。今與較射叢萬人，齊聲共呼出君下。來趨幕府何逡巡，報國無階自致身。里中輕薄休相笑，陶母厨間正苦辛。

① 原注：「殷職方公。」

② 原注：「杜生少年，大刀五十斤。」

題張仲復西康草堂

我愛城西張仲居，天寒鳥雀下階除。彈琴響動遊山帖，隱几風開種樹書。留客添燈嘗蜜酒，呼兒吸水煮河魚。尋常自愛吾廬好，若到君家愧不如。

過虎丘尋君實爾常夜歸憶前月同伯美於此送客

吴洲四月尚春衣，日暮停舟轉翠微。又喜清輝山頂見，不妨疏雨樹頭飛。黄鸝入寺渾相識，白月當門恰送歸。灌木陰陰萍沼緑，重遊心念故人違。

瓜洲東郭訪王隱士同方平仲

安穩茅齋水郭東，沙圍曲映緑楊中。餘寒出浦三春酒，片雨横江五月風。遠意幾因高士發，清遊難得故人同。斜陽醉眼憐歸路，野翠煙嵐半彩虹。

早春同茂修過東林莊居

斜日輕舟遠背城，野中一見一含情。乍過門巷多相似，遥識衣冠已出迎。岸岸水生芳草緑，家家梅向晚天清。頻來自覓題詩處，繞檻巡簷仔細行。

聽曲贈趙五老四首 太倉人。名淮，字長源，號瞻雲。善醫，能詩。

菊花閣裏殷勤唱①，芍藥園中仔細聞②。此後但逢歌曲伴，何曾聽罷不言君。

① 原注：「王冏伯家。」

② 原注：「相公南園。」

好友相邀不用催，况聞君到我須陪。茶香酒辣渾閒事，且趁朝凉聽一回①。

① 原注：「過子魚家。」

紛紛酒事少心情，祇辦停杯鬬耳明。翻恨聽時心太切，歸來摹得不多聲。

逐調安排見典刑，緣情巧妙是心靈。寄言度曲紅顔子，白却髭鬚始解聽。

戲效長慶律體即事與高文倩

蛾眉蟾月兩嬋娟，憶遇如花勝會仙。近逐歌喉須闖席，遥開笑靨待過船。燈前墜馬妝仍好，酒後驚鴻態更偏。才調直欺文字飲，風騷横逞士夫筵。閒偎釧跡圓留面，戲劇鞋痕曲印肩。並背銀釭和影坐，對攏香袖熨寒眠。曾教狂客宵撾鼓，愛着妖童夜鵾絃。笑語偷分鸚舌巧，齒牙明鬬貝光鮮。隨車每及霜垂地，送棹何辭雨滿天。累月朱門添酒宴，連朝彩筆廢詩篇。邀來便覺歡無價，憶却方知會有緣。斷送半生心似鐵，被君賺作有情顛。

風　雨　王冏伯欲余謁顧司馬，臨發風雨不寐。

風雨鷄鳴百感縈，披衣起坐到天明。饑寒未保心腸慣①，干謁先愁項領成。漫論田園方樂志，細思溝壑亦虚名。來朝客路休看鏡，白髮羞從一夜生。

①原注:「白樂天詩:『饑寒心慣不憂貧。』」

走筆答贈胡京儒 名拱極。

丈夫身無羽翰長逼側,江水滔滔阻相識。白首逢君大道間,一笑寒灰吐顔色。五山低昂波浪高,扁舟掀舞同秋毫。截江破浪赴知己,侯門噂沓譏徒勞。世人豪舉皆如此,朱絃半絶心欲死。顔厚難教伺貴人,舌存未遣憂妻子。城中泥淖十尺深,多君款曲投知音。寧須百錢一斗酒,自有片語千黄金。男兒感激會下淚,莫緣失路霑衣襟。

醉中走筆送茂修赴留京督府幕

少年好文兼愛武,一朝破産誰比數。得君昂藏未可輕,不用人看尚如虎。矍然材氣凌萬夫,安能低頭自拜趨。舊京公侯擁貔虎,食舍歌魚知有無。書生衮衮登樞要,時清衹合容常調。何由頓使一軍驚,且須先與群兒笑。如吾萬事無可爲,饑來也忍賢妻誚。

寒月獨歸題松寥壁 時湛公在西湖。

寺外風江斷去津,峰頭木脱月相親。僧齋歸處窗如燭,始覺寒風是主人。

贈張翁茂仁二丈

達士志匡時，經緯隨弛張。小儒競枝葉，雕繪攻詞章。張翁磊落人，所思濟時康。上下數千年，抵掌如傾囊。治亂本代興，史乘記多方。搜羅到根源，補苴見周防。賈生著《過秦》，荀卿法後王。河汾述元經，斟酌唯行藏。惜哉時命違，白首徒栖遑。材大不謀身，僅飽核與糠。伊余爲童兒，見翁吾師旁①。開口據上坐，大聲論興亡。斯豈古人歟，自分不得當。何圖卅年間，折節夷輩行。扣門來相求，令我神揚揚。謂余可與言，勖之以自强。云堪託子孫，懷此何能忘。蕭蕭伯通廡，峨峨德公牀。過從風雪晨，斗酒激中腸。相彼歲寒松，摧頹閲冰霜。孰知巖壑姿，可以棟明堂。

① 原注：「年十四，與唐叔達同受經徐師門下。」

載伎重遊王潭馬砦巖

疏松歷落映層臺，緑字巖間覆錦苔。誰掃青天屏障出，獨摇紅粉酒船來。歌移灘下凉風入，詩借峰頭暮雨催。此日川光容易夕，相呼秉燭莫言回。

送春同子柔作二首

吟君詩送春歸日，我正顛狂欲濕衣。燭滅清歌高閣罷，酒醒疏雨小船歸。慵拈雪鏡愁邊照，判遣風花醉裏飛。預恐老添情轉劇，明年春到興先違。

中酒閒眠日掩扉，弄寒窗雨故霏霏。花憐經眼關情劇，遊憶同心見面稀。江上一番仍節换，天涯何處不春歸。遥知弱女千山裏，乍改羅裳定濕衣。

友人餉粟書感

年去貧來不自由，暗傷顔面向交遊。他鄉且闘孤身健，此日徒懸西壁愁。紙裹已空難愛惜，瓶儲欲罄未知謀。何緣忽致監河粟，莫是枯鱗尚有求。

歲暮懷孫履和李茂修

故人不見歲將窮，臨别風煙在眼中。嶽院夜眠春澗雨，浦樓寒醉雪山風。谿南郵使明朝發，江北來帆二月通。廿載東橋歌酒伴，他鄉殘臘夢應同。

寄莊將軍

僧榻書廊卧夕曛，興來吟嘯每過君。梅殘燭燼疏窗雨，雪洹香濃小閣雲。茶作松風先破睡，墨添山氣待微醺。自從一别蓮花府，月下笳簫憶共聞。

石岡園雜詩二首

出郭不知遠，沿林新筍成。柳橋塵乍染，枳徑雪初明。客到山雲起，魚跳春水生。巖扉對軒敞，遥識讀書聲。

雨餘來谷口，春草被山長。不識澗花落，惟聞潭水香。聽鶯遷密樹，憎鵲踏新篁。欲就豁山閣，明燈掃一牀。

張魯生遣馬迎過郊居話别

昨夜南橋有報書，侵晨騎馬過郊居。江村月出風陰後，花木凉生宿雨餘。新句意多難較穩，故人情在亦從疏。清秋不淺茅齋興，摇蕩浮雲信所如。

曲中聽黄問琴歌分韻八首

夜掃歌樓集鈿車，白頭占曲點紅牙。梁間三日餘音在，偷得新腔遍狹邪。牙字。

初學鶯簧響露梢，還疑鳳吹拂雲旓。金屏笑劇如花女，紅豆憑將記曲抛。抛字。

莫論歌難聽亦稀，坐中有客欲霑衣。不看天上行雲駐，試辨林端木葉飛。飛字。

曾憐古調背同時，廿載心期老曲師。爲是唱情聽不得，鬢邊先着幾莖絲。絲字。

歌郎酒客盡知名，畫燭紅妝作隊迎。簷竹蕭蕭香閣裏，花叢十月坐流鶯。鶯字。

緩節安歌妙入神，玉盤鈴走串珠勻。小姬情事防人覺，挽着雙蛾不肯顰。顰字。

輕染鴉黄拂鬌鬟，鶯雛巧笑鬭雙彎。不知《水調》聲能苦，蹙損横波一寸山。彎字。

十分飛盞任君銜，四座無聲罷酒監。更請白頭歌一曲，不須看舞越羅衫。監字。

春暮與鮑谿父言懷

江上楊花覆白蘋，對君猶喜見殘春。雲山家在難乘興，風月閒來自愴神。旁舍盤飧留客共，向人懷抱好誰親。山中秖是空相憶，漫道天涯即比鄰。

憶金陵二首 雜題畫扇。

秋陰殢客思騰騰，木末荒臺盡日登。誰信到家翻遠憶，雨齋含墨畫金陵。

最憶西風長板橋，笛牀禪閣雨瀟瀟。秖今畫裏猶知處，一抹寒煙似六朝。

崑山響梵閣懷季常上人遊九峰二首

袈裟相伴踏清秋，健即閒行懶即休。記得罷琴吹笛夜，雨聲茅屋小如舟。

九峰幾點小窗間，知爾遥臨泖上山。同是愛山須盡興，閒雲且莫自飛還。

崑山題畫

江月酣林水透霜，水精禪院舊繩牀。鄰房僧起啼鴉散，塔裏殘燈颭曉光。

寄孫三廬江

自從君去少經過，霖雨柴門有嘯歌。懷袖尺書三歲在，江關蕭瑟暮年多。過淮落木空明月，到海青山祇白波。聞道兒郎轉聰慧，比來樽酒興如何。

清明拜張二丈墓 同子柔作。

去年寒食杏花新，扶杖猶同過北鄰。酒熟欲澆中聖客，花紅來哭下泉人。白楊但種看成柱，蒲柳雖存合作塵。更有傷心無可道，空山一別六回春。

題江月圖贈建昌梅子庾 名慶生。

弄月燕子磯，江水明見底。歸客中夜分，櫓盡鐘邐迤。至今白玉光，眼花時欻起。醉吟秋鐘詩，此圖聊借耳①。心開恍月皎，客好如酒美。畫師隔前身，習氣現彈指。眉宇何微茫，兀傲乃似子。坐客急捋鬚，此處不凡矣。放筆亦自笑，一戲復爾爾。平生澹蕩人，饑餓僅免死。樽罍遥可呼，瓶罌先見耻。天公憐寂寞，突兀來快士。破垣行寶彝，空庖出干胏。歌仍落金石，管欲迷宮徵。不辭笑脱頤，應防怒切齒。此語久欲吞，憑君吐終始。

① 原注：「曹能始送子庾：『明月自佳色，秋鐘多遠聲。』」

過唐正叔郊居漫題索和

小塘潮落碧氤氳，畫舫青絲繫緑筠。野老襟期同夜雨，故人詩態似春雲。忘形飲痛披衣慣，捉鼻歌輕擁被聞。如此風流俱合寫，不吟舉白便浮君。

閶門訪舊作

悵望吴閶百里餘，故園兄弟日應疏。多年華鬢絲相似，三月春愁水不如。歌扇舊分桃葉渡，釣船今傍藕花居。掃眉才子何由見，一訊橋邊女較書。

送李長蘅北上二首

送子復行役，前期登北固。焦嶺宜終宵，江光洗月露。挹彼萬里流，話此兩歧路。郡郭未可越，圓景已盈度。虎山亦清絶，心賞諧遠慕。離從自少歡，陳跡況多故。昔遊矜紅顔，雙領俄被素。悠悠百年間，徒爲俗所誤。

援毫心常慵，臨訣意彌永。吾所欲贈子，不語各自領。間兹南北居，誰能不怲怲。夸人毗榮名，達士勸深省。鑿方吾自量，輹壯子當騁。康路方多虞，窘步亦思整。與子尚有心，胡能置形影。

正月四日張次公先生過遇琴館留宿對雪即事

野翁猶自愛貧家，一笑柴門起暮鴉。柏葉細傾元日榼，松蘿頻潑小春茶。沉沉帶雨簷花落，淅淅無風徑竹斜。破榻尚堪留十日，墻頭濁酒未須賒。

病中送履和兼懷李茂修

江楓落後見君遲，欲雪前林又別時。多病酒杯難共醉，獨行歸路更相思。家人望遠愁腰帶，舊侣逢春問鬢絲。身世飄蓬何日定，楚雲淮水各凄其。

郊遊歸答朱丈見訊次韻

青鞋白髮好禁春，乘興時爲獨往人。江上梅花殘雪後，竹間茅屋臘醅新。風林待月閒眠晚，野墅燒燈中酒頻。歸卧空牀把詩卷，經旬出飲一傷神。

過長蘅畫柳嘆别

當時相送向京華，同見秋楊起嘆嗟。君自客回儂又客，漫天春恨似楊花。

再過杭州訪許成之同鮑谿父話舊

湖頭城角雨如麻，宿酒殘歌夜鬭茶。自笑經過無此客，欲尋好事更誰家。留連别夢猶芳杜，早晚歸帆已楝花。人事年光應共惜，相逢爛醉是生涯。

許徵韋白下寄丙午所畫秦淮秋雨索題

六年光景未題詩，畫得如塵似夢時。斷雨濕雲休細看，看來容易鬢成絲。

西湖雜題二首

不上漸江又過春，家山雲水想難真。米顛墨法休相較，一段荒寒自損神。

風堤霧塔欲分明，閣雨縈陰兩未成。我試畫君團扇上，船窗含墨信風行。

同聞上人作

旬月擬來此，同遊亦偶然。經行適多暇，喧寂自俱禪。出寺半峰雨，歸房終夜泉。獨慚心住著，仍是愛幽偏。

同聞師兄鮑谿父登北高峰宿絶頂僧舍即事

雙峰徑轉石林蒼，攜客捫蘿宿上方。澗飲斷虹明積翠，湖飛片雨亂斜陽。東來島嶼吞江郭，西去雲山指故鄉。夜久禪心同寂歷，松風諸嶺一何長。

七夕懷平仲揚州

江邊一别兩悠悠，湖上想思且滯留。千里星河同此夜，廿橋明月自三秋。無由結伴還鄉國，况欲因人作遠遊。潦倒更于何地會，見君空已雪盈頭。

十月二日親朋挐舟追餞有同至崑山者時谿父卧病寺中

郭外西風片雨晴，燈前倚棹百壺清。纖纖初月生寒細，淅淅殘潮到曉平。旅病衹懸遥夕夢，送歸還上小山行。共知别後嵇康懶，况隔衡陽少雁聲。

十六夜登瓜洲城看月懷舊寄所親

十年曾宿焦山寺，浪急天寒少客行。明日片帆仍遠道，一時雙眼復孤城。暮山欲盡離尊歇，黄葉全稀白髮生。别後故人無限憶，隔江同見月初盈。

李洋河舟中戲爲俚體遣意

半似春還半似秋，不成估舶不成遊。幸無冰雪傷離思，且有雲山遮客愁。遠雁如塵飛水面，亂帆疑葉下吴頭。明年更鼓瀟湘柁，老淚憑添萬里流。

秋後戲柬吴中親知二首

莫論楚客易悲哀，况值經秋信始回。抱影不知江上住，連宵微覺浪聲來。鏡中白髮千梳雪，屋裏烏皮一寸埃。若問身心調伏否，相將都是不燃灰。

虚舟早已逐萍蓬，環堵依然半畝宫。勛業不勞看鏡裏，生涯聊復閉門中。攜來茗飲仍吴餉，隔絶人煙斷楚風。譬是在家禪丈室，多時未與故交通。

登　樓

少小聽歌怕唱愁，一聲楚尾與吴頭。如今身在傷心地，但見春光莫上樓。

次韻寄子柔兄兼柬所親

東林還往近如何①，客裏春寒忽忽過。望遠不堪芳草遍，開書應對落花多。天邊帆影揚州路，雪後江聲灧澦波。爲報心情蕭颯盡，相逢無復舊悲歌。

① 原注：「前見懷詩，有『思君時一到東林』。」

感春

少小兹晨喜欲狂，相邀結束踏春場。暗思豪興隨年减，空愧浮生向老忙。遊隊懶追依酒伴，歌棚嫌鬧憩僧房。明年祗有還山約，願醉松傍與竹傍。

清明舟中

清明寒食山頭哭，到處猶傳舊風俗。無家自愧百年身，有情共傷千里目。漢陽渡口柳依依，江風作花雪打衣。經旬始過道士洑，五日未離黄鶴磯。吴王廟前烏銜肉，又攬崩江作銀屋。叉魚艇子不敢行，畫傍官船愁水宿。春光忽開三月三，紅桃寫鏡江拖藍。煙花才下兩孤北，松楸正在九華南。蟂磯亭亭落日孤，春原盡處是蕪湖。青煙白道人歸去，紙錢掛樹啼鳶烏。

雨中同茂初閑孟過子薪村居即事

朝寒霢霢蕩舟行，渚柳江花白浪生。客到杯香憐閤小，興移墨漫愛窗明。簷前樹缺春山出，橋外天低野寺平。共道主人能下榻，不愁風雨斷柴荆。

仲夏偶過長蘅水檻即事

輕舟出郭信風揚，過雨陂塘五月凉。山檻水添平入户，野亭樹密遠生香。村中客少過逢簡，醉後情深笑語長。頻到不須仍載酒，自煎花乳閒黄粱。

雨中過張魯生清夜聽曲

新賞由來興不違，忍逢高唱獨言歸。共穿疏雨牽花艇，自載清樽款竹扉。紅蠟淚多時見跋，嬌鶯聲斷一霑衣。已拌白髮從今盡，莫放梁塵到曉飛。

春盡感懷

一年春盡送春時，萬事傷心獨詠詩。夢裏楚江昏似墨，畫中湖雨白於絲。空煩兒女啼書札，應有親朋覆酒巵。明日夏雲徒極目，斷魂摇曳各天涯。

毛錐行

茅生輕舟如畫閣，自嫌浮家不得泊。我棲一樓如凍蠅，跬步出遊還不能。安得逐子東西去，載酒千斛長如澠。買斷烏程與顧渚，松醪松風瀉花乳。興酣貰我千兎毫，亂掃谿藤落風雨。隨手瀾翻乞與人，自豪快意無所取。茅生叩門肝膽露，知我平生重毫素。衹今十指如懸槌，生花吐穎將何爲。牀頭大劍且無用，愧爾徒贈雙毛錐。

題扇送客懷長蘅湖上

送客西樓落木風，鬢絲吹斷酒巾空。危廊千尺雲居寺，霜葉仍欺二月紅。約看西湖十月紅，掉頭歸計又成空。年光如水心如夢，人在西樓暮雨中。

墊巾樓中宋比玉對雪鼓琴余戲作圖便面漫題時過婁江因訂後期

閩客不見雪，流霰在鳴琴。茲晨何飄瞥，快作崩山音。七絃正凝結，萬象回幽陰。南思九仙遠，北望三湘深。江水縈後期，春氣動前林。毋令招隱曲，荒塗空古今。

春　盡

老惜光陰併日遊，及看春盡恨悠悠。已拌濃艷隨黄土，轉覺歡娱惱白頭。蘭葉醉痕霑舊扇，燭花紅淚在空樓。不因千里傷春目，領斷江南一味愁。

五月一日雨中過東林軒惜别

寺門橋下獨徘徊，谿樹籠煙黯不開。月出可忘攜策到，泥深曾幾泛舟回。冬青香滿花堆雪，苦楝風多徑糝苔。從此經時蹤跡斷，更誰衝雨亦能來。

孫士徵甘露僧房話舊

雪中分手地，亦在暮江邊。栖泊長如此，心期共渺然。落帆千步柳，到寺一聲蟬。爲掃清谿石，還家與醉眠。

次宋大韻即事與梁五二絶句

來禽半嚙手分嘗，風裏脣脂對口香。教就魏郎零落譜，瓊花臺下漫《霓裳》。

莫論肉響勝絲絃，含態含嬌剩客憐。打嗓一聲堪叫絶，須知妙處不關傳。

伍相廢祠

百花洲上有元人鄭元祐碑，偶同不了長老過此。

吴宫舊事滿陳荄，伍相殘碑剔蘚苔。碧血未隨荒沼没，素車空駕怒潮來。但聞楚水猶金瀨，莫問秦庭已炬灰。落日寒鴉倍惆悵，百花原上一僧回。

元日同唐孟先塾巾樓晏坐

不知殘臘即春朝，時見村翁過野橋。欲訪寒梅愁信遠，稀聞爆竹覺人遥。自開畫幅閒尋壑，共對銅瓶晚聽潮。釋子詩朋相間信，莫嫌還往日蕭條。

正月十八夜宿長蘅家感舊和前次醉閣詩韻

山樓梅萼垂垂夜，把燭低迴小倚櫳。坐久心情元約略，酒闌頭鬢太冬烘。流年燈罷殘更月，舊事庭前半樹風。却喜故人今未貴，依然蕭寂類禪公。

書去年臨别畫疏林暮鴉與季康

荒林幾點隔江山，猶是離心落照間。從此邗溝自明月，寒鴉無數夜飛還。

雨夜懷比玉

經時魂夢暫周旋，徙倚樓中望去船。凍雨濕雲憐潑墨，長更疏點認鳴絃。羣留甕面同開酒，瓶貯山頭共汲泉。更有一般慚獨享，紙窗燈火近殘年。

同方季康棲虎丘鐵佛房即事

山中客到栖山寺，時有蘭舟載酒迎。豐草卧來元似鹿，春花飛盡衹啼鶯。水邊人簇新圖見，月出歌殘舊恨生。閒夜泬寥清磬後，荒螢野沼自縱横。

聞等慈師在拂水有寄

經年不見東林遠，聞住峰頭看瀑飛。古寺正如昏壁畫，層湖都作水田衣。相逢不厭陶潛飲，細倒松肪貌翠微。

雨中别等慈師拂水山房寄懷一首

遠尋禪老叩林霏，松栝藏門盡十圍。好事衹餘投白社，娱人况復自清暉。帆前雨重憐峰去，寺杪湍驚想瀑飛。休夏再來曾有約，何時心跡兩皈依。

八月中秋示鮑甥將赴揚州

是時鮑甥母喪，孫石甫正奔父喪，而余春前哭妹，情見乎辭。

子行無復倚門親，相見何堪涕泗頻。歧路殘春長斷信，一家圓月正傷神。還山已荷埋身鍤，隱閣仍危墊角巾。寄語江邊楊柳樹，自今愁作渡江人。

題扇

影事蘭皋斷水前，孤鴻落照尚依然。凄凉舊曲逢人唱，一段風情惱少年。

東庵夜歸作霜月寒林

煙蘿一徑入僧寮，誰冒寒風共寂寥。柏子滿庭鋪柳葉，月明人影在空條。

書去春晝鍾陵霽雪

帝城燈罷雪嵯峨，二月風光峭未和。馳道殘霙猶駭馬，龍池新柳已如鵝。蔣山出霧春羅薄，秦水含星曉鏡多。日暮歌鐘何處發，五侯門館夜經過。

正月八日亡妹忌日感述

兼程風雪赴江天，一木音容已隔泉。歸到食貧長併日，看來死别又經年。更誰同氣知余拙，忍復含凄話汝賢。心欲營齋腸迸斷，春光雙淚寺門前。

將之吴門李茂初詩邀看梅止余樓中次韻酬答

皋橋流水帶城闉，廡下何由見隱淪。逢世生涯無奈老，浪游心事況禁春。誰堪去去因人熱，已覺拘拘損我神。莫對梅花説樵悴，君來開即口佳辰。

題　畫　題帕二絶。

清溪百叠遠含風，樵路漁源望欲通。一段鄉愁何處着，傷春無味夕陽中。

客路無媒類轉逢，人間薄命是丹楓。胭脂縱似桃花色，難挽春光二月紅①。

① 原注：「比玉畫《霜葉紅於二月花》，索詩與伎。」

三月三日泊虞山下步尋等慈師不遇

草堂寂歷自禪居，山下春光正祓除。鄰犬人歸纖月後，木魚風落妙香初。蕭疏遠岫雲林畫，映帶清流内史書①。乘興尋師相賞處，筆牀經案獨躊躇②。

① 原注：「余攜倪迂《霜林遠岫》及定武帖，皆師所賞愛。」

② 原注：「甲寅八月，在見源禪房同焚香展玩累日。」

閶門廡隱居題畫

老去何辭嫌我真，疏簾元不隔紅塵。春山染出還如笑，莫爲棲棲也笑人。

重過虞山塔院蘭公話舊

湖邊春草憶佳期，重放扁舟夏木滋。遊戲自來通繪事，安禪久已廢吟詩。半江塔影迎帆遠，曲巷經聲出院遲。曾訪本師乘野月，舊房空老碧梧枝。

和比玉賦游魚唼花影

無數輕鯈蓮葉東，泳芳吹沫競浮空。疑追戲蝶來天上，誤餌遊絲没鏡中。點額冷光如吸露，濯鱗香陣微飧風。相忘樂事江湖外，捉影還看嚼蠟同。

九日次比玉韻

年來漁父已無家，長負籬間九日花。偶共輕舟尋窈窕，尚憐行步趁攲斜。人歸月下仍逢酒，病起風前祇嗅茶。寥落孤雲無住着，愛君天末自朱霞。

除夕

來往扁舟歲聿除，流年風雨一蕭疏。衆山未去殘縑在，四壁雖存丈室虚。短氣生涯新鬻硯，靦顔歸路老傭書。祇餘雪後萱叢好，巢燕相將識舊居。

雨中宿受之館惜别

别館風花急，停舟問數移。莫辭經夜宿，已值暮春時。身遠歸難定，家貧出每遲。消魂南浦上，不覺淚如絲。

雪後立春酬茂初見訪

去年梅發話匆匆，短燭殘杯矮閣中。能得幾回還夜雪，相看一笑又春風。值君暖眼寒偏好，知我疏狂老更窮。明日雪消頭併白，莫將閒悶惹青銅。

感道傍枯柳

婆娑枯柳尚毿毿，白髮青驪淚滿衫。一路殘花仍汴水，十年春夢落江潭。黄河岸徙孤蓬直，明月巢空越鳥南。舊侣重來余半死，敢論生意嘆何堪。

汪僑孫酒間道故燈下有作依韻口號

生死論交二十年，他鄉消息總茫然。新詩刻燭還成淚，老興將灰未滅煙。今夕樽前拌玉倒，別時衣上有珠懸。衙齋天與閒人作①，好辦饑飡和困眠。

① 原注：「去。」

潞安元夕

迷方到處即爲家，元夕山城罷放衙。身槁欲灰逢火樹，眼昏生暈亂銀花。願看遼水烽狼凈，喜見并州竹馬嘩。佳節太平難際遇，傳柑燈宴説京華。

客愁

客心降盡轉悠悠，見月聞歌已不愁。當日絳脣空寂寞，何時雪頂共依投。衰年自照猶殘燭，長夏行吟衹敝裘。送遠可能忘故國，浮雲西北有高樓。

九月既望次瑞卿惜別詩

逢君春向暮，相送忽深秋。長夏無蟬噪，高天極鳥投。閒階松葉碧，空院菊花留。曉月臨山驛，寒風滿縣樓。人行落木戍，馬識渡河愁。不謂平生淚，還因别思流。

冬至月下即事

去秋寒早天多雪，今夕冬暄月似春。淡境味長堪送老，醉鄉户小恰容身。客中兩度逢南至，酒後終宵向北辰。莫笑杞人憂國淚，時看雲物一霑巾。

懷拂水故居 聞等慈師已化去。

曾同學士碧山居，疏栝深房響石渠。邀客種蓮通載酒，尋僧看竹度籃輿。支公好事時調鶴，長者前生是救魚。筆冢草荒門限冷，篋中空鐍永和書。

夢後懷塾巾樓

移居無復塾巾樓，歸夢依然在上頭。元與江湖豪士卧，似聞風雪故人投。窗間塔影池邊小，寺外村光雨後收。仿佛昔時同舍客，月明闌檻並船遊。

桃樹下作

殘春已過八十日，桃樹初開三五枝。瞥眼紅顔剛一笑，舉頭纖月正如眉。未緣悟道空身老，寧復還家讀面衰。聞説城邊新買得，隔花流水一茅茨。

時命

少小曾嗟時命違，不才敢齒宦情微。半生空長蓬三徑，幾死真成樗十圍。馬骨豈須酬美價，虎頭終亦悔雄飛。殘年莫計無歸着，處處春山滿蕨薇。

畫枯木怪石次比玉除夕詩韻

當年餞臘有秋茶，添却庭梅點歲華。争喜小兒仍愛客，衹嫌老子不歸家。池塘無夢傷春草，門巷多時厭雪花。貧病亦知難慰意，漫圖枯木向君誇。

揚州方季康館同張伯美諸人惜别 戊午四月。

别路江南已數程，清樽細雨復江城。殘魂如夢聞鶯斷，舊恨隨潮立馬生。皈佛一心憐伴在，驅人十口悔身輕。臨歧共有霑衣淚，却使衰羸暗撫纓。

過易水懷古

層冰積雪漫嵯嵯，易水流澌自湧波。遷史至今疏劍術，酒人從此送荆軻。羽聲變後寒風急，虹影消來白日過。千古暮雲京闕下，吴傭且莫浪悲歌。

除夕

久客懷人百事慵，春歸幾日是殘冬。長安雪後無來往，報國門前獨看松。

七夕同受之坐雨偶吮墨作中峰夜雨因憶拂水山居舊事漫書口號二首

漱壑淘林殷户雷，冥冥松際失崔嵬。山窗五月寒如水，知是湖橋暮雨來。

山郭拏舟夜别師，竹房松閣總幽期。影堂月落泉嗚咽，無復疏簾看弈棋。

答江似孫謝遺錦衾 疊用「寒」字。

曾無文綺贈交歡，聊爾同裯戀一寒。長枕正思裁十幅，高眠盡可擁三竿。休嫌吟苦蒙時污，應笑書癡畫處刓。博得新詩酬錦段，衙齋傳比練裙看。

故衾何意託交歡，得共高人寤寐寬。不分秋風破茅屋，從教夜雪滿長安。空牀獨枕琴三尺，遠札相遺綺一端。早晚平津誰與報，布衣思庇九州寒。

仲冬同周虞卿葛震甫郭聖胎恒光牧隱二上人石鐙庵話别用三字

都門殘臘忽經三，集别圍爐話小庵。六載歸程猶澤潞，幾人鄉國並東南。天涯涕淚遥難忍，塞外風沙老詎堪。即日遂良鬚盡白，還家彌勒與同龕。

姑孰道中見梅花

燕南薊北限春光，瞥見江梅劇斷腸。花被雪禁猶黯淡，影遭風横正郎當。斜臨官道窺郵騎，開傍旗亭撲酒香。才是玉門關外客，莫憑羌苗訴昏黄。

正月十八日同仲和侯園看梅因期同出西郭即事

八年遠客一歸來，又見江南兩度梅。舊曲偶隨新侣唱，歡顔猶逐故人回。燒燈院落俄殘月，繞樹池亭已半苔。更約拏舟同出郭，商量嫩蕊莫齊開。

十月十日汪九颯哉宅中聞歌作

送客留髡飲正忺，江城清夜月如鐮。雙樓海燕巢金屋，十月流鶯隔畫簾。香澤微聞塵裊裊，星河欲墮漏厭厭。老夫忽憶西園事，衫袖龍鍾已半淹。

《耦耕堂集序》曰：「天啟乙丑五月，由新安至嘉定，居香浮閣，宋比玉庚申度歲於此梅花時所題也。庚午四月，攜琴書至拂水，比玉適偕錢受之屬末作八分書『耦耕堂』，自爲之記。壬申春，二子移居西城，余偶歸而唐兄叔達適至，因取杜詩『相逢成二老，來往亦風流』之句顔西齋，曰『成老亭』。先是辛未冬妻兄物故，已不及見移居。甲戌冬，余展閔氏妹墓於京口五州山下，過江，還則已遍除，因感老成之無幾，相見遂留此。日夕與唐兄尋花問柳，東鄰西圃，如是者二年而唐兄亦仙去。丁丑，受之以誣奏逮繫，予待之湖上。戊寅秋放歸，廬居丙舍，館於東偏之花信樓，復相從者二年。庚辰春，主人移居入城，余將歸新安。仲冬過半，野堂方有文酒之燕，留連惜别，欣慨交集，且約偕遊黄山，而余適後期。辛巳春，受之過松圓山居，題詩壁上，歸舟相值於桐江，篝燈永夕，泫然而别。余既歸山中，暇日追録遺忘，輯數年來詩文爲二帙。會虞山刻《初學集》將就，書來索序甚亟，自念衰病不復能東下，就見終老，遂以是編寓之，而略序數年踪跡於卷端，使故人見之，庶可當一夕面談，而因以見余老年轉徙愁寂，筆墨之零落如此，或爲之慨然而太息也。崇禎癸未冬十月，偈菴老人書。

山居夜雨遲比玉不至惜别

命駕論文復幾時，孤懷愴别願春遲。君豪視昔長中酒，我老于前併廢詩。晚節風塵那可傍，舊遊花月若爲思。扁舟十日東城曲，辜負西窗話雨期。

答朱子暇見訪同牧齋次韻三首　庚午春。

幽棲元不厭山深，把臂何人共入林。樹下凉風中散客，窗間白日上皇心。青苔果落空庭得，流水花香別澗尋。但恐鶴書知處所，不容高卧祇如今。

招得無家一布袍，留連酒聖狎詩豪。林端水聒歸潭静，雲裏峰來跂石高。曉案晴光研竹露，夜瓢明月煮松濤。山中入夏先凉冷，便約湖心弄小舠。

乘興停舟草岸時，落帆高樹鳥先知。茶神句裏看雲過，草聖行間識露垂。洗硯池香縈墨細，解巾松月逗眠遲。夫君不淺中林意，流水空山待子期。

八月十二夜次牧齋韻　秋水閣初成，共憑闌作。

湖山風月屬新收，一片高寒百尺頭。試手步簷曾不夜，振衣風磴已知秋。平疑素魄來窺髮，直上青天可溯流。何處鵲飛還繞樹，八年看我走三州。

十三夜叠前韻

雲軿月駕要人收，合着亭臺在上頭。曳影軒窗含遠瀑，行空阿閣俯高秋。招延風物争人勝，攬駐湖山放月流。何得更言官醖美，世間應笑鶴揚州。

十四夜和招友人

水邊林外夕陽樓，已分殘年伴送秋。誰謂孤雲亡住著，自吟叢桂可淹留。剩添風月閒家具，憑占煙波小釣舟。君肯放忙相料理，不妨斜日到林丘。

十五夜無月和韻

節物陰晴總不愁，思家時復一低頭。空勞拄杖中宵待，未遣傾罍向月羞。放客惺惺歸别院，任他晻晻下西樓。嫦娥亦是人間意，想像含顰耐九秋。

庚午除夕

湖山斯夕與斯晨，不覺園梅又放春。蜂似解衣延畫史，泉來穿户款茶神。寧須守歲過咸舍，何用辭年惱比鄰。深愧皇天私老眼，東家貰我作閒人。

辛未人日即事

望入山腰古寺晨，坐深藍尾一家春。且娱燈燭喧兒女，不用哀絲動鬼神。梅試寒香移北澗，池添新水出西鄰。風光合度陽阿曲，自覺尊前少和人。

錢純中輓詩

誰憐地下老明經，宿草墳頭又化螢。朽骨尚應思駕馭，朱顔終自惜娉婷。一生辛苦爲玄白，何處流傳付殺青。獨有中郎銘不没，斷虹斜日貫幽扃①。

① 原注：「牧翁爲墓誌，故云。」

夜雨傷妻兄兼懷拂水山居

千古傷心爲絶絃，老人流淚過殘年。春寒澒洞風牀殷，夜火青熒雨屋燃。亂落暗泉虚榻畔，繁枝晴昊豁崖前。扁舟欲往愁花事，白晝昏昏閉閤眠。

壬申春初返山莊得吴巽之書疊前韻

心境難調緩急絃，住山空度一年年。逐時蔓草徒勞鏟，去日寒灰莫更然。北里笙歌傳水上，西湖書記到花前。尋常憶得除禪語，次第無過省醉眠。

雨後東皋宴集

花溪雨過有樵風，出郭琴尊會瀼東。萬柳晴熏黄曲動，半篙雲破緑醅融。醉吟正好追池上，嘯傲何嫌入竹中。此地春遊多樂事，新知難值故交同。

和牧齋觀劇四首次韻

山中還往亦無期，行樂何緣不暫隨。顧曲那禁窮相眼，狂言容迮破顔時。一群嬌鳥花相逐，四壁寒蠅凍似癡。少小也諳曹植舞，燈前長袖自倭遲。

徵歌排日鬭妝新，買笑留歡不計旬。傾國總矜堂上艷，逢場曾作坐中人。玲瓏争勸尚書醉，啄木誰言學士貧。省識春風向來面，殢人宜喜復宜瞋。

遊絲無力罥春長，急盞從揮白日忙。燭下邀來偏巧笑，曲終不見祇顛狂。迷花未散嘗侵曉，和雪難教更引商。浣處似聞遺石在，相逢或恐是同鄉。

萬金一曲藝偏殊，誰效工顰學步趨。水上盈盈逢洛女，桑間冉冉見羅敷。腰肢結束元難有，楊柳風流得似無。瞥眼繁華易惆悵，何如丈室對蔬蕪。

和牧齋題沈石田溪川八景圖歌

侍郎載歌溪川圖，後人諷歌如按圖。詩成相示勸之和，才盡氣索其如吾。枯腸無沈難飲墨，但恣夕歡還朝餔。迫來長句誰子敵，况當述祖詩格殊。世家文彩剩粉繪，列聖德澤餘張鋪。侯王忠孝遺第宅，江海碩大田泥塗。明堂梓材老勿剪，連城寶玉韞莫沽。身當承平俗殷富，絃歌耕鑿遊康衢。一川東下百谷應，偉哉二惠鍾菰蘆。風流冠蓋四走集，淵深木茂相招呼。柳森溪堂讀書處，種竹萬个中盤紆。摩挲商周出彝鼎，嘯詠日夕傾觴壺。是時景泰富才子，畫師劍客兼博徒。爲梁置驛動成市，百貨輯集杭與蘇。茅茨曉驅推書犢，瓜鋤晚帶巢冠烏。清門孫枝見隆棟，白雲宰樹皆連趺。畫走那知六丁索，圖出定有神明扶。石田先生上仙久，飄然八景來坐隅。焚香盥手再拂拭，襲以錦段紅氍毹。薦陳家廟侑盞斝，誇燕宗鄙繁笙竽。傳家信有萬金産，識字不獨分之無。他年會是大手筆，簪橐侍從仍操觚。抱看睆視細指點，對客問事時挽鬚。蠅頭卷尾複書罷，舉手向我重嗟吁。天吳耐可補褐綴，寶繪忍復殘膏污。强歌形穢恍自失，何當白璧鄰砥砆。咄哉無鹽漫刻畫，人言東里顰女恐爾愚，胡然東里顰女恐爾愚。

周敏仲同客過拂水莊阻風山厨蕭寂戲作

烈風振山石欲落，亭午高眠縮雙脚。髯郎叩門二客俱，好事經耳宛如昨。青春豪絲醉白髮，綠水華燈蕩朱閣。米家船從何處來，但說東皋好林薄。朱門如山酒肉待，却犯顛風抵窮壑。纜舟盡日不得去，白浪喧豗斷煙郭。自巡寒庖有濕葦，走問東家無郭索。樵蘇清淡亦恒事，倚壁呻吟如可怍。老夫猶云幸免俗，且未燒琴思煮鶴。

贈徐君圖按曲圖歌

徐君神宇和且清，翩翩濁世稱達生。但持一杯蟹螯足，能揮萬事鴻毛輕。自言百年在行樂，千金買歌恣歡謔。尊傍二豪與七貴，醉後五白兼六博。寧藉疏家有賜金，那識洛陽亡負郭。烏雀門中結駟來，蛟龍壁上纏頭作。少小當筵喚奈何，年來老盡怕聞歌。君家歌兒動心魄，半出已覺魂傞傞。暗思沉吟還絶倒，恰似看花被花惱。空惹顛狂氣味存，難遣歌詞風格老。九齡十齡解音律，本事家門俱第一。黄口天教與擅場，白頭自嘆曾入室。金陵洞房今老大，柘湖歌臺久蕭瑟①。憑誰寫向丹青裏，如畫天魔嬈居士。仿佛花間按曲時，恍欲揚蛾發皓齒。便上九天歌一聲，不惜此聲無此耳。

① 原注：「秦淮汪景純、雲間何柘湖家並有女樂。」

周家清明植梨花六月盛開邀客賦詩

清明院落夜溶溶，寵柳嬌花讓雪叢。亂攪三眠飛絮白，浪攙百子石榴紅。燒殘高燭東風後，掩却重門細雨中。聞向花間歌法曲，應憐江海白頭翁。

題詰溪郁振公梅花草堂二首

竹寒沙碧堂成處，移得官梅繞屋栽。未到花時留客坐，恰當人日寄詩來。出郊路熟香偏早，傍舍春生水正迴。湖畔垂垂天欲雪，鄉愁驛信兩相催。何人曾送草堂貲，幾首巡簷索笑詩。東閣去逢春動候，西溪邀宿月明時。山空翠袖禁寒薄，雪緊青燈放焰遲。煙角霜鐘斷消息，窗前一夜爲相思。

甲戌元日聞鷄警悟一首

風雨山棲鷄喔然，一聲中夜感流年。春生柏子心枯後，香到梅花鬢雪邊①。赴壑蛇難遮尾駐，脱池魚好救頭燃。心空唯有龐居士，解得饑飧與困眠。

①原注：「頷聯夢中得句。」

張翁攜酒見過用前韻

西郭端居已嗒然，野人爭席不知年。遠梅晴昊移笻外，斜日林丘到水邊。池面薙苔連土氣，松頭爇酒帶花燃。興闌纖月沿歸艇，正值陶公醉欲眠。

送侯豫瞻謁選

十見家園春草芳，才看通籍謁明光。驊騮道路爭年少，烏鳥庭幃戀日長。衣上不勞慈母綫，禁中猶憚直臣章。欲知世美承顔在，圖史從來許范滂。

花朝譚生載酒看梅

仙侶移舟晚更邀，興來東閣是今朝。竹間老樹苔花活，池上繁枝雨點消。薄暝酒香延澒洞，嫩寒雲白護巖嶢。回船秉燭何愁遠，拂水崖當第五橋。

和韻酬黄藴生二首

柴荆宴起客來初，偏慰衰容久索居。盡日長吟才子句，多時勝讀古人書。墻頭新竹延高柳，門外清流映污渠。更約相從見披豁，衹應扶曳掃庭除。

移家門向竹林中，小院時聞松柏風。來往每思同長老，見知真愧自兒童①。汪陂洵合稱顔子，樗散何由比鄭公②。久欲净袪詩酒污，遠師龐藴了諸空。

① 原注：「少嘗侍徐宗伯公、丘五丈於此。」

② 原注：「來詩謬獎三絶。」

朝雲詩五首

買斷鉛紅爲送春，殷勤料理白頭人。薔薇開遍東山下，芍藥遺將南浦津。香澤暗菲羅袂解，歌梁聲揭翠眉顰。顛狂真被尋花惱，出飲空牀動涉旬。

城頭片雨浥朝霞，一徑茅堂四面花。十日西園無忌約，千金南曲莫愁家。林藏紅藥香留蝶，門對垂楊暮洗鴉。揀得露芽纖手瀹，懸知愛酒不嫌茶。

林風却立小樓邊，紅燭邀迎暮雨前。潦倒玉山人似月，低迷金縷黛如煙。歡心酒面元相合，笑靨歌顰各自憐。數日共尋花底約，曉霞初旭看新蓮。

邀得佳人秉燭同，清冰寒映玉壺空。春心省識千金夜，皓齒看生四座風。送喜觥船飛錯落，助清絃管鬬玲瓏。天魔似欲窺禪悦，亂散諸華丈室中。

城晚舟迴一水香，被花惱徹祇顛狂。蘭膏初上修蛾緑，粉汗微消半額黄。主客琅玕情爛熳，神仙冰雪戲迷藏。誰能載妓隨波去，長醉佳人錦瑟傍。

秋雨端居有懷

百日全家藥裹間，不論風雨不開關。籬邊秋水愁中路，郭外春湖夢裏山。時倚瓶花滋起色，漫懸梁月見衰顔。南村剩客如相憶，好就茅齋一宿還。

重過拂水山居經宿遂撤新樓開窪域主人復申墓田耦耕之約有述

隔歲寒梅壓路横，過年風檻紙窗鳴。巖扉静掩涓涓户，山閣俄開鬱鬱城。新表佇歸華鶴語，生芻與悵白駒行。松堂丙舍仍招隱，投老看君誓墓情。

丙子立春和爾宗春宴即事

歸舫夜發促春盤，少長隨肩各盡歡。花鳥裝春迎宿雨，天雲釀雪作朝寒。何嫌趨走同兒戲，便許風流比畫看。暈碧裁紅古來事，醉痕狼藉任闌干。

宿南屏柬城中朋舊

南屏雲木晚蒼蒼，潦倒交情未可忘。藥裹春攜停楚帆，山經秋寫屬吴裝。寒燈正字風驅葉，輕簟斜題雨漏牀。林月池凉廿年地，肯來隨意宿僧房。

題畫贈戚四丈八十

尊中有酒曾不留，囊中無錢能不憂。莫言八十漸衰老，叱咤可走千貔貅。相逢掀髯但一笑，意氣尚欲横九州。少君十年慕禪寂，吟詩北窗嘆何益。老手猶堪戲貌君，碧瞳爛爛霜髯戟。

緪雲詩八首次韻

緑雲一散寂無聲，此際何人太瘦生。香縱返魂應斷續，花曾解語欠分明。白團畫識春風在，紅燭歌殘夕淚争。從此朝朝仍暮暮，可能空逐夢中行。

抹月塗風畫有聲，等閒人見也愁生。聽鶯橋下波仍緑，走馬臺邊月又明。芳草路多人去遠，梅花春近鳥銜爭。殘更亡寐難同夢，爲雨爲雲祇自行。

朝簷天外鵲來聲，夜燭花前太喜生。棽尾宴收燈放節，掃眉人到月添明。香塵澒洞歌梅合，釵影差池宿燕爭。等待揭天絲管沸，綵雲緪定不教行。

梅飄妝粉聽無聲，柳着鵝黄看漸生。雷茁玉尖梳底出，雪堆煤黛畫中明。不嫌晝漏三眠促，方信春宵一刻爭。背立東風意何限，裓腰珠壓麗人行。

十夕閒窗歌笑聲，緑苔行跡見塵生。亂飛花片渾無賴，微露清光猶爲明。艷曲傳來還共和，新圖看去不多爭。遥知一水盈盈際，獨怨春風隔送行。

昨夜風前柔櫓聲，無情南浦緑波生。飛花自帶歸潮急，殘月猶懸宿舸明。泖色曉分婁苑盡，人煙暗雜語溪爭。春雲倏忽隨春夢，難卜燈花問遠行。

夜半空階細雨聲，曉寒池面緑萍生。悠悠春思長如夢，耿耿閒愁欲到明。三月天涯芳草歇，一番風信落花爭。茫茫麥秀西郊道，不見香車陌上行。

閒坊歸處有鶯聲，白髮傷春淚暗生。無計和膠粘日駐，枉拚不睡泥天明。千場緑酒雙丸瀉，一朵紅妝百鎰爭。不見等閒歌舞散，風前化作綵雲行。

同李茂初沈彦深郊遊次韻

貯得瑶華桃李時，尋花舍此復何之。陶情供具衰年樂，送老生涯畫史癡。地僻扶擕窺粉黛，林深枕藉共糟醨。秖傳吹角城頭早，秉燭留歡恨每遲。

二月上浣同雲娃踏青歸雨宴達曙用佳字

客來蘭氣滿幽齋，少住春遊興亦佳。霞引穠桃褰步障，天黏碧草度弓鞋。煙花徑裊嬋娟入，山水亭孤竹肉諧。醉愛雨聲籠笑語，不知何事怨空階。

六月鴛湖飲朱子暇夜歸與雲娃惜別

尋得伊人在水湄，移舟同載復同移。心隨湖草閒偏亂，愁似横波遠不知。病起尚憐妝黛淺，情來頗覺笑顔遲。一樽且就新知樂，莫道明朝有别離。

久留湖上昭慶慈受僧舍得牧齋歲暮見懷詩次韻

自古蛾眉嘆入宫，也多失馬塞垣翁。人間歲月私蟠木，天上雷霆宥爨桐。抱葉蟬吟圜室雨，倚空鸞嘯半巖風。屋粱月落疑顔色，時見殘缸幾穗紅。

張卿子湯稚舍泛舟看荷花

主客琅玕爛熳同，快哉誰爲乞天公。低昂霞綺船頭浪，狼藉玻璃碗面風。觸暑可忘吹大小，析酲聊復辨雌雄。飛花度水來何處，折盡西陂勸酒筒。

西湖逢曹莘野二首　丁卯在金陵汪景純舊館，教歌妓。

廢苑荒臺楊柳生，曾將艷曲教傾城。畫衫鈿扇今誰在，無限西園坐客情。

樽前猶見古秦青，傳似韓娥舊典型。千載傷心事何限，長流哀怨入青冥。

戊寅除夜拂水山莊和牧齋韻二首

舊識園梅與徑蓬，新泉照眼後堂中。松明澗道餘寒雪，草色筵開上日風。顔面過年梁月白，歡娱今夕燭花紅。它時守歲招呼近，衹在藤蘿水石東。

聚首何嗟兩鬢蓬，開懷且付百壺中。辭寒未要封條雪，占稔先宜夾囤風①。守歲銀花飛水白，朝玄籠燭殷山紅。去年今夕殘缸裏，百煉相思寄浙東。

① 原注：「方言：除夕占年。」

和李孟芳山中話舊

嘗言數見便成親，十載相憐病與貧。拈出清詞同諷詠，寄來白酒饋比鄰。山中古櫟看爲社，谷口閒雲喜似人。殘臘檐梅初放蕚，尚堪索笑兩三巡。

己卯元旦和牧翁韻

不嫌朱户有蒿蓬，且喜陽和轉谷中。人語半空山殿曉，佛香匝地洞門風。酒隨天意留青縹，詩與春光鬭碧紅。况值朋來好乘興，肯因瀼滑限西東①。

① 原注：「時伯玉居西園，季公復從南京來。」

和時聖昭兼酬劉原博

勞生真厭老來忙，但喜殘年相見長。禁火風光春斷酒，浴蠶時月夜春糧。陶公日没思燔燭，仲子辰佳可命觴。獨愛幽栖身懶動，敢將衰病學嵇康。

八月十三夜同考子弟作有懷拂水

相看轉覺此生浮，風月佳時不敢愁。烏鵲星河千里夜，暗蛩涼宇一年秋。書回故國無黄耳，家遠清宵總白頭。還憶闌干秋水闊，謝公無客自登樓。

己卯除夕和牧齋韻

又看花信小樓前，水態山容媚早年。守歲正當宵秉燭，徂春猶愛陸居船①。風光梅菜俄今夕，鄉井椒花自遠天。筋力故山嗟已盡，不須營到杖頭錢。

① 原注：「去年同舍弟汪公孫姚玄之樓船中度歲。」

庚辰元日和叔翁韻

日嗟筋力不如前，飽飯相隨得幾年。紗帽鬢絲棼尾席，玉簫金管兩頭船。已拖拂水來新築，更插繁花向遠天。若問揚州舊風月，也曾騎鶴貫腰錢。

拂水值黄藴生清明歸省感懷一首

山莊水步傍春華，忽送歸舟起嘆嗟。唐老舍前三月路，沈郎闌畔一年花。近來句好看餘子，數去杯寬尚幾家。寂寂林塘寒食過，紙錢枯柳亂啼鴉。

次韻和牧齋移居六首

城坳水轉見山窮，一壑平分置此翁。粉堞丹崖排闥上，朱闌緑浪到門中。言公巷北春泉黑，老子祠西夕氣紅。認取主人巢屋去，不知城市與新豐。

舊館森然松栝宫，耦耕今在墓田東。鶯遷北郭求時鳥，鯤徙南溟語夏蟲。鳥鵲不勞三匝繞，鷦鷯仍占一枝同。君家突兀千間厦，大庇歡顔在此中。

出郊市女曉闐然，入宅圖書晚尚遷。塵暗流蘇晴散曲，花明馳道月生弦。新收巧婦先當户，久放胎禽自上船。藥臼丹爐連巷陌，移家端合有神仙。

出户褰裳攬子裾，絶甘分少肯留餘。未煩馬汗曾充棟，不及牛腰免借車。包裹舊氈懷半硯，籠藏退筆挈中書。年來種豆南山下，草長苗稀計已疏。

烏皮幾在十年閒，虚閣松聲鎖舊山。南巷豈須推大宅，東頭祇合借三間。未甘灑掃專除室，不作侏儒笑抱關。却愧此身同社燕，銜泥來往傍人寰。

百年一宿總蘧廬，憔悴何堪倚卜居。秋水濠間問園吏，桃花源上狎秦漁。卧遊四壁神仙畫，行把殘編老易書。屋上青山依舊色，新泉泠洌味何如。

庚辰十二月二日虞山舟次值河東君用韻輒贈

翩然水上見驚鴻，把燭聽詩訝許同。何意病夫焚硯後，却憐才子掃眉中。菖蒲花發公卿夢，芍藥春懷士女風。此夕樽前相料理，故應惱徹白頭翁。

又次老牧泛舟韻

早聞南國翠娥愁，曾見書飛故國樓。遠客寒天須剪燭，美人清夜恰同舟。玉臺傳得争千首，金管吹來坐兩頭。從此煙波好乘興，萬山春雪五湖流。

感別半野堂疊前韻

何處珠簾擁莫愁，笛牀歌席近書樓。金爐銀燭平原酒，遠浦寒星剡曲舟。望裏青山仍北郭，行時溝水向東頭。老懷不爲生離苦，雙淚無端祇自流。

同牧老韻再贈河東君用柳原韻

居然林下有家風，誰謂千金一笑同。杯近仙源花瀲瀲①，雲來神峽雨濛濛。彈絲吹竹吟偏好，抉石錐沙書更雄②。詩酒已無驅使分，熏爐茗碗得相從。

①原注：「舟泊近桃源嶺，用劉、阮事。」

②原注：「柳楷法瘦勁。」

辛巳三月廿四日未至桐廬廿里老錢在官舫揚帆順流東下余喚小漁艇絶流從之同宿新店示黄山新詩且聞曾至余家有題壁詩次韻一首

千里論文慚裹糧，二僮一馬出相望。未緣竟日留佳客，猶帶春星問草堂。烏雀荒庭無灑掃，龍蛇素壁有篇章。吾廬不厭秋風破，屋漏新痕已滿行。

和牧翁宿方給諫舊館有懷孟陽

歸來錦里夜留賓，小築南漪狎所親。冢上仙人但冥漠①，燈前兄弟半埃塵。河山邈邈生芻闊，風雨綿綿別淚頻。青眼新知今白首，經過何事不傷神。

①原注：「昔煉師孫小庵寓此，己卯化於虞山。」

曹季野余掄仲招集古巖寺洗泉即事

結伴攜壺集小亭，砂瓶活火試中泠。乳浮甌面雪花白，石現潭心天骨青。遠出俗塵堪洗耳，閒窺容髮悔勞形。當歌尚喜清狂在，免使群賢笑獨醒。

十一月十二再赴洗泉即事

再約提壺坐翠微，偶緣情話逗林霏。已煩社老持觴待，先喜家童負水歸。倒載接䍦乘好月，聞鐘籃輿戀清暉。自憐抱病支離叟，猶喜重來興不違。

題畫雪景送炤師歸黄山喝石居 去年除夕，師以余疾出山，兹感舊作歌。

蓮花峰腰三丈雪，飛鳥無聲人跡絶。山僧冒寒晨出山，觸踏層冰跗坼裂。遠來問疾剛一笑，寒缸結花如吐屑。紙窗竹屋歲聿除，駒隙光陰催電掣。故人遊山恨不俱，愁我無緣上巖業①。八十衰翁老亡力，賈勇扳躋强得得。前推後挽賴炤師，擐肘牽裾抱腰襋。穿崛渡壑捫確犖，十步回頭五步息。忽然坐我天門間，自怪憑空生羽翼。此時日下千崖赤，相去牛鳴望喝石。崖松龍拏互相引，林石人形如欲沫。庵前矮垣齊及肩，道上清泉才没跖。仰頭天都五千仞，俯瞰蓮溝十萬尺。疃疃簷松樹羽蓋，冪冪楓林排畫壁。廿年茅齋落夢境，方丈香厨共禪席。牀下地爐火長活，龕裏燈明磬方寂。八月山寒苦風雨，有客夜投同軟語。山芋煨來手自剥，秋芽焙出還親煮。老人擁衾日僵卧，小師《蓮經》晨夕課。開門忽報下方晴，喈喈空中靈鵲過。

① 原注：「海虞公曾語炤師云云。」

唐處士時升一百七首

時升字叔達，嘉定人。少有異才，未三十謝去舉子業，讀書汲古。通達世務，居恒笑張空拳、開横口者，如木騮泥龍，不適於用。酒酣耳熱，往往捋鬚大言曰：「當世有用我者，決勝千里之外，吾其爲李文饒乎！」太原公執政，叔達偕其子辰玉讀書邸中。天下漸多事，上言利病者紛如。叔達私議某得某失、兵農錢穀，具言其始終沿革，若數一二。東西構兵，萬里外羽書旁午，獨逆斷其情形虚實，將帥成敗，已而果然。辰玉問：「子何以知之？」叔達曰：「吾觀古人事固有類此者，竊意之耳。」先帝即位，余以詹事召還，叔達爲文贈余，備陳有生以來所見聞兵革之事，謂：「今日聚四方之武勇，轉九州之税斂，與一縣之衆角，已十年而不得其要領。國初所以收群策群力定亂略致太平，公之所詳也，其可爲明主盡言乎？或謂廣厦細旃非論兵之地，則漢之賈誼、唐之李泌、陸贄、李絳，獨何人哉？」余未幾罪廢，不克副其望，而叔達之窮老憂國爲何如也。叔達爲人，志大而論高，平居意思豁然，獨好古人奇節偉行，與夫古今謀臣策士之略。討論成敗興亡之故，神氣揚揚，若身在其間。家貧，好施予，鋤舍後兩畦地，剪韭種菘。晚年時閉門止酒，味莊、列之微言，以養生盡年。語及國事，盱衡抵掌，所謂精悍之色猶著見於眉間也。詩皆放筆而成，語不加點，用方寸紙雜寫如塗鴉，旋即棄去。遇其得意，才情飆發，雖苦吟腐毫之士無以加也。叔達之父欽訓，爲歸熙甫之執友，而嘉定之老生宿儒多出熙甫之門，故熙甫之流風遺論，叔達與程孟陽、婁子柔皆能傳道之，以有聞於世。而叔達之文，從横踔厲，尤爲通人所稱。少遊琅琊、太原二王之間，元美極賞識之，引以講析疑義，而叔達自仞其師承南豐，一瓣香實在太僕，元美心知之，而不能强也。叔達深惡艱深塗澤之文，自命其集曰《三易四明》。謝三賓爲令，合孟陽、子柔、長蘅之詩文鏤版行世，曰《嘉定四先生集》，而余爲之序。

園中十首

秋高寒露至，旭日猶融融。蟣蠓出阡陌，彌漫百步中。或盤旋如碓，或下上如舂。舂者天將雨，碓者天將風。嗟彼旦暮間，安知造物工。春氣感鳴禽，秋至動陰蟲。時來不自由，物理將無同。所以達士心，委運以固窮。

自爲灌園子，職在耒耜間。秋來耕耨罷，獨往仍獨還。河水清且漣，紫蓼被其灣。躊躇落日下，聊用娱心顔。瓠葉黄以萎，其下生茅菅。遂恐穿堤岸，嘉蔬受扳援。丁寧戒僮僕，耰鋤當宿閒。晏安不可爲，古稱稼穡艱。

鸜鵒出林莽，羽翮半摧殘。於人兩無猜，終朝自盤桓。仰若有所語，俯若有所干。日暮相隨歸，彳亍繞簷端。朝鳴隨所止，夜宿隨所安。本非雲霄姿，不必慕高騫。永無鷹鸇患，勿羞鷄鶩餐。

居貧不學儉，居卑不學恭。末流多憂患，如在枳棘叢。我生何不辰，少小遘閔凶。家貧自力作，歲入方下農。豈無當世志，鳳鳥不可逢。溝壑常在念，自比冶家傭。里中諸故舊，不厭相過從。朝歡或列鼎，夕宴時鳴鐘。心知非其分，臨樂獨冲冲。常恐諸子輩，耳目艷纖醲。忘其貧且賤，放志以雍容。勉思庶人職，聊用蔽寒宗。

鬱鬱千尺松，所憂斧與斨。離離三寸草，所患年與羊。聖賢逢濁世，處身復何當。高明畏摧折，忠信虞毁傷。禍福誠無門，天道寧有常。幸逢小豐歲，既飽無太康。謹身以節用，暇則談先王。爲善實良圖，敢謂有餘慶。

昔我遊京華，達者日晤言。著書三公第，開宴七貴園。中心既無營，澹若蓬蓽門。歸來始環堵，無計以自温。批葱疏平圃，種薤滿高原。不辭筋力盡，所苦人事繁。雖有方丈食，不如一壺飧。非力不自食，大哉此道尊。

南國有遺老，被服蕙與蘅。駕言和鑾諧，行有玉珮鳴。當晝經康衢，猘狗忽喤喤。歸來獨深念，中心久怦怦。老氏有遺訓，含德比于嬰。鷙鳥不能搏，猛獸不能攖。吾有異心乎，何以得此聲。君子慎終始，爲善無近名。苟能保玄德，萬物莫與争。幸無以一眚，造次易平生。

鶴鳴在林樾，山谷有遺音。置之闤闠間，三載如病瘖。禽鳥自有適，人亦自有心。嗟余實鄙夫，翰墨非所任。廢書動旬月，篇籍皆凝塵。唯於場圃内，時時發長吟。澹如酌玄酒，鏘若調素琴。爲語二三子，幽賞宜共尋。

魯國有嫠婦，太息有餘悲。豈惟憂宗國，我愛我園葵。憶昨三韓外，六載懸王師。太倉三百萬，輦送滄海湄。今聞五將軍，肆伐西南夷。狐兔戀窟穴，此豈關安危。傳聞中朝議，何當恤瘡痍。戎車久不駕，今且數驅馳。六軍百戰後，四夷不能支。旨哉誠高策，但恐中土疲。吾聞聖人言，佳兵不可爲。梅實須五春，橘實須六秋。人命須臾間，敢保數載謀。鄰叟笑謂余，君言亦何偷。苟非勤封殖，白首見無由。繁英媚雪下，美實隨霜收。昔在包山麓，終日長夷猶。既無買山資，曷不營故丘。森森尋丈材，散布林塘幽。愛兹歲寒質，增我暘雨憂。倘保黄髮期，會見蔭平疇。叮嚀語稚子，籬落須綢繆。

對酒懷里中諸同好四首

濟之沈淪者，家有常稔田。不能治生産，朝夕長燕閒。甘泉貯屋後，美蔭交堂前。茶香至日夕，圍棋自窮年。客來輒呼酒，五木鏘鏘然。所貴志意愜，何必致肥鮮。東風捲海水，震蕩婁江壖。玉粒入洪濤，所憂粥與饘。亦知性好客，何以得酒錢。咫尺行遊地，欲往還迍邅。

伯咸意落落，賓客常滿堂。通達曉萬事，要言不可忘。肅焉老成人，而亦好壺觴。晉楚争盟主，申韓制令章。我時在其間，得雋神揚揚。烈士惜暮年，讀書城南莊。出門蔭榆柳，臨沼出鯈魴。田廬信可樂，奈此道路長。憶昔酩酊飲，一月八九場。今此不十一，餘日多凄凉。

伯隅人如玉，文質爛有餘。縱令樵蘇絶，豈與芝蘭疏。况乃陳鼎食，文窗夾綺疏。石闌凉風至，山閣霽雪初。樹色依幾席，花香媚衣裾。應門謝高蓋，入座多比廬。易水清且瀉，薏苡動盈車。北人善釀法，吴越不能如。安得共一醉，以洗久鬱紆。亭雲西北征，佇立以躊躇。

孺穀本清真，瀟灑意遺俗。翩翩謝紈綺，啞啞親醽醁。室中治書郎，美者顔如玉。素手行深杯，朱唇度麗曲。春寒同衾調，夜半唤炬燭。一朝人事非，七尺如濕束。寧辭案牘煩，幸免縲紲辱。憶昔過從時，光景何由贖。豈不思同憂，事勢多躑躅。縱有酒如泉，悒悒何能沃。

送殷無美先生之南都三首

憶昔事臨洮，夫子主謀議。密圖虜山川，手疏賢王系。置傳授方略，明鐙上封事。單于願守邊，閼氏私自媚。王庭去幕南，塞下消烽燧。孤心諒不渝，翻覆生睚眦。

睚眦將何如，讒口多囁嚅。白璧點青蠅，一擲在路隅。拂衣辭文陛，行行至南都。孤臣譬老馬，甞歷萬里途。鑾車方警路，曷不備先驅。所慮駸駟間，道遠將爲瘏。寄言百有位，日中不須臾。毋令漆室女，太息長嘻吁。

嘻吁不能忘，夜坐觀天狼。天狼何嘩嘩，弧矢不可張。幸逢明盛世，悠悠以徜徉。還顧我園葵，無乃躪蹂傷。悲歌送行役，亹亹連篇章。豈惜千里遠，含愁迫中腸。若人尚棄置，短褐徒遑遑。黄頭趣刺船，努力前途長。

贈丘子成先生

大道未喪世，朝廟何雍容。兩階陳玉帛，東序懸鐘鏞。揖讓俎豆間，四海穆清風。皇圖日鹵莽，小儒襲章縫。前經委蔓草，弄筆誇雕蟲。何知藿食者，六藝羅胸中。九成明神降，三獻遠祖通。先聖遞文質，後王更異同。禮樂如有興，問此黄髪翁。河圖與鳳鳥，嘆息何由逢。

和歸田園居六首幽居鮮人事日涉舍後池上有作録三首

士方不遇時，意氣常鞅鞅。野鶴在鷄棲，能無雲際想。羽毛正離披，九霄安得往。君看園中蔬，亦因膏雨長。人生何不爲，達者貴道廣。衡門且棲遲，世人正鹵莽。

人生無豐約，素位皆可娱。君看公侯第，轉眼爲丘墟。當時土木麗，焕若天神居。寧知不再世，榛櫪生根株。却羡茅茨下，父子得晏如。怡怡灌園者，勤事五畝餘。齋蔬供朝夕，罍罍幸不虚。月明招鄰叟，暫能相就無。

修竹臨清池，平疇帶城曲。微風發新凉，時雨方霑足。隔水無人聲，琤琤響棋局。宿鳥還故巢，飛蛾越明燭。晚霞掛林端，明旦知晴旭。

和飲酒二十首初夏天氣微熱方不欲飲偶龔仲和邀看園中新緑出所藏名酒意甚樂之次日捉筆和淵明先生飲酒詩數篇與索一樽獨酌會雨窗無事遂盡和其韻録十五首

我本磊落人，憂患纏綿之。唯逢酣飲處，亦有開眉時。暮年學恬淡，意復不在兹。昨宵遇名酒，曠然散群疑。滯雨苦寥落，一杯思自持。

日夕擁群籍，里巷如空山。偶逢會心處，思與古人言。古人去已遠，近者乃千年。不如營一醉，妙理默已傳。

碌碌徇世務，笑語非中情。貪夫營刀錐，烈士徇聲名。生人誰不死，愚者慕長生。何如飲醇酒，寵辱可不驚。豈云合大道，免使塊壘成。

黄鵠奮六翮，萬里恣高飛。風飆忽震蕩，時念故巢悲。啾啾田野雀，禾黍相因依。朝來不自慎，竟逐虞羅歸。吾道將安從，矧已齒髮衰。聖人不數數，莫與賢人違。

昔在少年塲，終夜歌呼喧。相將酩酊去，月落城西偏。風流雲散後，酒壚邈河山。君家素愛客，朝往常暮還。良醖倘可分，獨酌當晤言。

詞客相誇大，子虚與亡是。雲夢今蕭條，上林竟殘毁。寓言誠無當，世事亦復爾。所以鹿裘翁，無心羡紈綺。

清和惟首夏，百卉揚菁英。有酒不自醉，無乃非人情。丹霞映四野，白日將西傾。中庭細草中，蟈蛄相應鳴。微月堪徘徊，蚊蚋猶未生。

東海有貧士，本非希世姿。獨立龍門桐，百尺無旁枝。中含宫徵音，其外則無奇。棄置溝瀆中，屈辱無不爲。猶然自偃蹇，麒麟安可羈。

閒居唯恐卧，展卷常心開，府仰千載間，萬感集中懷。古之英雄人，亦苦時命乖。吾謀適不用，蓬累何栖栖。神龍豈無翼，有時蟠深泥。遭逢一語合，意若金石諧。當其不遇日，鬱鬱寧非迷。達人貴委順，天命不可回。

避焚於水涘，避溺於山隅。此計未必然，憂患實多途。前爲榮貴引，後有貧賤驅。所以達者心，止足不願餘。仲蔚今何歸，吾欲從之居。

貧賤難久居，固窮亦有道。有酒且爲歡，居常以待老。朝華既夕萎，春榮亦秋槁。造物於群生，安能盡美好。回視靈臺中，中有不貪寶。孰知被褐徒，光輝照四表。

文若王佐略，奮身出匡時。中散學養生，禍起危言辭。二子豈不賢，殺身良在兹。吉凶非人謀，信矣不復疑。莊生言鞭後，此語亦我欺。唯當酌斗酒，陶然任所之。

人生歡樂趣，不必求異境。三杯恍然醉，一枕憬然醒。此意不能言，當時心自領。春雨麥成粒，秋風黍垂穎。計我終歲需，誰能與五秉。

鳩能知天雨，鵲能知天風。嗟哉此微禽，託命風雨中。用志久不分，遂與造物通。吾亦晚有聞，天道猶張弓。

小儒各標榜，百僞無一真。聖人雖復起，難使醨酒醇。竺乾天人師，日月萬古新。法像自東漢，翻譯盛西秦。晶晶第二月，擾擾虚空塵。當時廣長舌，論說亦已勤。衆生日蚩蚩，苦樂從冤親。彼海亦有岸，何人獨知津。從來解義趣，涕泣常霑巾。醉中逃禪客，恐非三乘人。

和擬古九首從京師歸以篇籍自娱有感輒賦録三首

昔我登泰山，長嘯望八荒。上爲仙人宅，下有王者堂。宇宙定廣狹，目極唯蒼茫。皇王疆理跡，英雄戰争場。神魂赴東嶽，體魄歸北邙。成毁既反覆，是非隨低昂。歸來長太息，無意營四方。幽居誠寂寞，亦幸無感傷。

茫茫宇宙内，美者長不完。玄豹裁爲裘，紫貂製爲冠。豈以文采姿，助人爲容顔。所以養志者，蓬累甘抱關。胸中俶儻意，微見於毫端。趙璧寧肯獻，隋珠詎輕彈。尚父維鷹揚，不如鍛羽鸞。編茅茹木實，聊以禦饑寒。

高山不可至，景行良在兹。彬彬七十子，乃幸生同時。大道若河漢，微言辨澠淄。安得遊其間，北面質所疑。循循善誘人，豈在多言辭。末世騁私辯，徒令亂人思。小言必破義，愚者長受欺。一唱復百和，亂絲更棼之。遂遺無窮禍，烈火及書詩。

和雜詩十一首雨潦不歇獨居一室多憂生之嗟録七首

大海一浮漚，世界一微塵。何異六合間，置此七尺身。百年若一夢，戀戀此六親。正如逆旅中，殷勤會四鄰。離合難爲常，匪夕唯伊晨。愚者勿復道，嗟彼英雄人。

建節清三邊，揚旗定五嶺。百代誇功勳，朝夕戀光景。萬再争春晴，誰免秋露冷。榮枯各有時，晝短苦夜永。達人當分華，無異鏡中影。饑虎不令怒，狂象不令騁。擾擾黄埃中，翛然虚室静。天道誠邃遠，智者胡可量。五行主災異，至今數京房。明知水泉涌，道人禍未央。淹速有常限，如寒暑陰陽。安用術數爲，先事迫中腸。

熙熙二百年，朝野當豐豫。鳳鸞方頡頏，群雀亦争翥。黄鶴生林中，躊躇獨不去。豈敢思乘軒，兼懷矰繳慮。芃芃禾黍秋，鷄鶩俱晏如。六翮將安施，長依蓬蒿住。風飆起無時，未審安巢處。莫作九皋鳴，有生實多懼。

稼穡須乘時，今已日月迫。漬體泥塗中，束手眺阡陌。所望二麥黄，敢希粳糧白。鼠入牛角中，漸覺生計窄。回頭視室家，惘惘如過客。勿爲造次謀，猶當守田宅。

人生百年内，憂樂千萬端。念念不相襲，長與歲月遷。暮年壯心歇，欲入名山巔。緝草爲冬裘，拾穗充朝餐。未盡生滅相，且斷恩愛緣。俗儒難與語，三復西來篇。

東南神仙宅，靈異唯會稽。神禹治水畢，玉書藏中崖。何當有朱雀，銜以置我懷。百神各就役，九州再縫彌。雖苦淫潦事，父子不相離。支祁欲躑躅，俯首重受羈。三農各飽飯，兩税亦不虧。

和形影神三首陶蘇皆言日月燈影余兼言水鏡影

匆匆百年内，美好能幾時。容華日消歇，我與爾共之。今既異疇昔，後當異今兹。百川東赴海，寧有西歸期？烈士云徇名，千載令人思。死者已冥漠，生者空漣洏。身名孰親疏，此語不復疑。舉酒相對盡，奚待勸酬辭。

形贈影

遭遇有窮通，希世有巧拙。念子實勞生，我于兹事絶。蹙額寧有憂，開顔亦非悦。萬變紛在前，何嘗起分别。諸佛説無心，我已久寂滅。試置水火間，了不知濡熱。豈若形與神，太用有敝竭。子歆我頹然，唯此意劣劣。

影答形

我居四大中，正如衣中著。我豈好往來，衣當有新故。道家貴久生，謂當長相附。竺乾大導師，廣説無生語。亦知海有岸，不識津梁處。遂與二子偕，萬劫每同住。如在百戲場，好醜安可數。賢愚貴賤間，頭面無不具。工拙我爲之，令子蒙毁譽。毁譽亦非真，會當隨子去。苟悟萬緣空，夫何憂何懼。一醉能幾時，何以消百慮。

神釋

和庚子歲五月中從都還阻風規林二首北城新構佛廬余於月夜數過之見城中霧氣彌漫渺然如江湖中獨高樹浮水面耳録一首

北城鮮人事，頗稱幽人居。四鄰各無營，出入相于于。近有學佛子，築室於城隅。我來人定後，寒月滿廣途。白雲起闤闠，浩然若平湖。林莽不復辨，高楊獨蕭疏。垣壁半未具，講誦已有餘。鐘磬發清響，晏坐良如如。

秋雨過徐爾常園再宿海曙樓三首

面北層軒敞，擕尊對斷涯。暮雲棲睥睨，秋水没蒹葭。迴道傳鯖鮓，迴屏隱琵琶。自誇能辨曲，移榻傍人斜。

老入歡娱地，誰能讓少年。向來辭急盞，今夕趁繁絃。坐密宫商切，情忘笑語顛。酒酣佯潦倒，雙倚侍兒肩。

晶晶波煙闊，陰陰竹樹寒。庖人扇鮭脯，小史篋衣冠。欲别頻爲約，斯遊豈意闌。秋風吹早桂，未覺後期難。

過鄧尉山下

桑枯陰陰徑，蠶眠晝掩門。薄雲含古寺，微雨入前村。曲澗通秧水，疏籬護果園。隔林方問路，無奈鳥聲喧。

太原公東園二首

累日厭人事，殘春憐物華。壺觴來别墅，菜麥散晴沙。鳥語對橋竹，魚銜臨水花。老思棲隱處，真欲問東家。

冉冉野花落，悠悠溪水香。古藤緣樹立，新竹共人長。宿燕驚棋去，遊蜂趁酒忙。流連待明月，清露濕衣裳。

再過東園二首

春暮意無賴，轉憐新緑叢。竹陰長欲雨，花氣不因風。卧看營巢鳥，行逢結網蟲。櫻桃三月盡，滴滴欲舒紅。

知是午潮落，小溪嗚咽流。緑蘿留薄暮，紅葉報深秋。新月遠林角，夕陽高樹頭。平生丘壑意，一到一消憂。

漁　陽

住久漁陽郡，朝朝望白檀。朔雲秋色早，邊月夕光寒。館伴能胡語，降夷學漢冠。人傳魏武帝，於此破烏丸。

秋日與吴東美盧君一過時聖昭

榆柳陰陰處，中藏五畝園。白蘋生廢沼，黄葉覆衡門。卧犬憑人過，鳴禽亂客言。幽居太寥寂，宜且置琴尊。

顯靈宫

玄都五府傍彤闈，碧落三宫象紫微。法鼓近連宫漏響，爐煙遥接御香飛。西山返照明金榜，北闕祥雲護玉衣。更喜仙人樓閣迥，長安車馬客來稀。

過陶真人故居

世皇中歲好神仙，方士承恩玉几前。特賜珠宫開甲第，頻分寶膳供經筵。馬肝食後留精舍，牛腹書存剗墓田。寂寞鼎湖松檜色，經過此地一潸然。

項幼輿期同程仲貞登顯靈閣望西山積雪以路滑不果因過敝止小飲賦得陽字

西山積雪尚輝光，有約登樓眺夕陽。愁傍滑泥回步屧，却開環堵對飛觴。簷牙喜鵲如談笑，殿角歸鴉任頡頏。爐火正紅杯正緑，莫虚園柳報年芳。

鮑谿甫話舊

慈竹蕭森已夢中，相逢草草去匆匆。玉機欲問精微義，珠貫還思律吕工。家在萬山黄葉晚，路經千里白蘋風。人間聚散尋常事，莫恨淒凉繐帳空。

九日海曙樓觀練士戲柬同遊諸子

最陳樓下瞰屯營，九日韓門赤羽明。綺席遥翻弓劍影，清淡雜入鼓鼙聲。昨看虎帳心猶壯，曾學龍韜已世平。却笑壯夫投筆意，時清寧作一書生。

觀妓戲作

庭院陰濃起暮煙，畫屏銀燭照嬋娟。壺觴錯落酬良夜，履舄交加任少年。自詫獨經投果後，相逢同在破瓜前。園林春晚增顔色，只爲新花一樹鮮。

和受之宫詹悼鶴詩二首時將赴朝命

城郭人民故宛然，欲棲珠樹去翩翩。初疑帶箭還山早，正值銜書赴隴年。蕙帳寂寥零夜露，松巢摇落冷朝煙。竟無别語留華表，魂斷衡陽紫蓋前。

碧山學士近巖居，聞説周旋爲簡書。忽訝九皋聲久寂，方知千歲語還虚。華陽瘞處遥爲伴，緱嶺歸期倘告余。惆悵蒼苔留足跡，群梟乘雁總紛如。

和沈公路除夕元旦詩六首

己未除夕

家家守歲共歡然，明日相過又問年。金剪夜深猶綴綵，布衾春暖欲除綿。兒童置祭酬詩稿，店舍攜燈索酒錢。寄語閉關高卧客，陽和入骨病應痊。

庚申元旦

漫説東郊物候新，江城冬半已陽春。旌旄合隊争穿市，粉黛生香欲染人。日暖游魚蘋葉舞，煙藏語鳥柳條勾。遥知玄晏先生坐，百軸縑緗正繞身。

辛酉元旦

長安十丈馬頭塵，曾向朱門隱逸民。歲月屢遷空有舌，風流凋謝若亡唇。重陰尚遠芳菲節，淑氣先憑麯米春。暗憶當年車馬客，祇今同作白頭人。

辛酉除夕二首

雨中街鼓不聞聲，屢望東方尚未明。此夜已知陽道長，頻年難見泰階平。相逢父老憂加賦，欲遣兒曹出踐更。豺虎縱横愁道路，東南處處急徵兵。

水暖池塘荇藻浮，鸕鷀曬羽立灘頭。營巢喜鵲群相護，墐户陰蟲尚自囚。野雀入簾將子至，遊蜂聞酒傍人求。春來五日韶光動，梅柳芳菲媚小樓。

壬戌元旦

休嗟身世久相暌，且喜兒曹笑語齊。魚負斷冰生暗浪，烏啼當户啄空泥。平胡自昔陳三策，避亂還須付一犁。此日紫宸朝賀客，寧知漆女嘆中閨。

和沈石田先生詠落花二首

三月風煙到處新，漸愁佳麗化爲塵。重遮去路如留客，轉入中堂亂打人。簾外翩躚呈妙舞，枕邊宛轉學横陳。爲君憔悴君應恨，何不爲歡及早春。

絶代佳人奈老何，千紅萬紫盡婆娑。好天良夜三通角，寒食清明一擲梭。羅袖幾回承不着，繡鞋頻避踏還多。春光摇蕩江南北，淚落長秋月下歌。

詠雁字二十四首録七首

客從秣陵來者，云楚中諸才士近爲雁字詩，吴中亦有繼作者，俱未之見也。仲秋乃見郡人林若撫所賦十首，諷詠久之，清婉流麗，姿態横生，飄飄有凌雲之思，然亦未嘗有意爲之也。已而木落天空，躊躇隴首，日睹來賓之侣遲速應節，疏密成文，有感於中，遂成二十四首。如春蠶吐絲，必窮其緒；時鳥弄音，屢變其聲。非有意纏綿，苟爲啁哳，蓋中心養養不能自止焉耳。時壬子孟冬也。

蒹葭白露早紛紛，上下參差意象分。朔漠南來應累譯，衡陽北望盡同文。方思坐卧觀三日，又見紆迴作五雲。一一總成龍鳳質，可教容易换鵝群。

一行迢遞映清秋，真似雲煙落紙流。俄作蜂腰俄鶴膝，亦爲蠆尾亦蠶頭。來傳塞北征夫恨，去寫城南少婦愁。聞説書成天雨粟，應無歲暮稻粱謀。

一夜風霜過洞庭，莫徭惆悵羡冥冥。蘆洲掩映成飛白，竹塢回翔欲殺青。右轉正如秦代璽，横行疑寫梵王經。君歸直向燕然去，且爲皇家好勒銘。

翩翩六融破寒煙，初月纖纖列宿運。雨後模糊濃淡墨，風前斷續短長篇。彩霞浄拭紅絲硯，銀漢平鋪白地箋。自罷結繩書契起，憐君長在網羅邊。

黄昏風雨黯東西，何事皇皇不肯棲。共指漂鸞兼泊鳳，難分野鶩與家鷄。影過平嶂如書壁，聲落前汀似印泥。誰把文章移北斗，君家兄弟羽毛齊。

漠北湖南萬里通，年年爲客任長風。飲時渴驥奔泉上，棲處驚蛇入草中。空裏作書皆咄咄，日來多暇不匆匆。張芝自有凌雲意，莫比藏真老秃翁。

遠拂殘霞攬斷雲，始知筆陣掃千軍。元常法備皆三折，阿買詩成寫八分。賦客近爲離合體，經生能辨古今文。危峰阻日君須記，隴首群飛背夕曛。

紫筠居三首

晝永竹陰入户，春深花事滿城。尋常幸無酒債，夢覺猶有書聲。

幸有棋中敵手，曾無鏡裏愁顔。案上《南華》《秋水》，屏間北苑曉山。

花間舊開三徑，竹下新構一亭。故人頻從對弈，兒輩以次傳經。

題娱暉亭四首

負郭家家水竹，殘春處處煙花。開尊欲棲鳥雀，舉網頻得魚蝦。

春霽耰鋤札札，晝長棋局登登。行就南鄰酒伴，立談北寺歸僧。

風拗藤絲脱樹，雨餘柳絮爲萍。閑居莫來莫往，小酌半醉半醒。

鵲喜攜尊新客，魚迎散食小僮。岡腰暮靄凝碧，水面殘陽漾紅。

侯豫瞻東園二首

鵲巢傍簷古木，魚啼臨水長條。暮靄横拖匹練，春冰薄似輕綃。

深林已生宿霧，遠樹猶帶斜暉。犬吠鄰家社散，鷄棲學舍兒歸。

夏氏池亭六首

出郭平分浦溆，開門别有山川。日高竹露猶滴，風定茶煙翳然。

長鑱雷後尋笋，短笠雨餘種瓜。乳雀欲棲畫竹，遊蜂頻采瓶花。

俠客中宵豪飲，高人暇日晤言。竹留前度題字，苔有舊遊履痕。

垂楊頻卧頻起，落果乍浮乍沉。游魚攪翻竹影，倦鳥投入藤陰。

阮氏家居道北，龐公冢在村西。入林每聞鵲噪，歸路長及鷄棲。

竹蔭巧藏三伏，茶香分入四鄰。波間先辨來客，石畔長眠醉人。

田家即事四首

江村女兒喜行舟，江上人家吉貝秋。緣岸荻花三四里，石橋南去見城頭。

楝花蔌蔌柳毵毵，犬吠西鄰餉麥蠶。雨過木綿齊放葉，相邀作社到城南。

新成燕麥欲相扶，風急高楊落乳烏。社酒醒來人寂寂，扎桐花下數鷄雛。
橫塘潮急進船遲，菱荇纏綿罥釣絲。荷葉覆魚先入市，青楓渡口曬鸕鷀。

婁貢士堅 四十一首

字子柔，嘉定人。經明行修，學者推爲大師。五十貢於春官，不仕而歸。其師友皆出震川之門，傳道其流風遺書，以教授學者，師承議論，在元和、慶曆之間，箴砭俗學，抉擿踳駁，從容更僕，具有條理。衣冠修然，容止整暇。書法妙天下。風日晴美，筆墨精良，方欣然染翰，不受促迫。與唐叔達、程孟陽爲練川三老。暇日整巾，拂撰杖屨，連袂笑談，風流弘長，與之遊處者咸以爲先民故老，不知其爲今人也。晚而學佛，長齋持戒，間與余輩當歌命酒，亦留連不忍去。子復聞，生於暮年，教以古學，叮嚀告戒，勿染指時流。子柔没，漸有聞矣。亂後死於兵，遂無嗣，傷哉！

贈張二丈 應武。

鄙夫仕四方，所謀止其身。達人偃一室，所急在斯人。先生少耽學，晚歲力彌勤。論世必觀變，推陳自知新。苟爲不識時，害與蟊賊均。二帝三皇來，墳典垂聖真。李斯雖禍秦，後王多所因。趙宋既代周，弭亂咨元臣。自云悉考鏡，可以豫經綸。惜哉世莫知，獨與吾黨親。邇來文章敝，剽竊無根源。及乎施之用，羹塗而飯塵。絶學儻可紹，豈不在逸民。六十未云老，我願從討論。庶幾俟來哲，無令大道湮。

還自廬州呈孟祥用卿三首

巢湖亦云險，曠焉豁心胸。於時雪初霽，山高玉巃嵸。衆山亦邐迤，拱揖互爲容。風帆頃刻過，我目不得窮。但見連檣來，橫亘若垣墉。緬懷草昧初，舟師滙元戎。至今趙與俞，廟食崇元功。奈何濡須塢，紛紛鬬梟雄。非無爪牙士，所攀非真龍。信知聖人作，萬象開晦蒙。

湖水縮猶悍，江勢高更危。舟師晨濟江，蹴浪殊險巇。如溯八節灘，咫尺不得離。日出杳靄中，風定乃少夷。朝過博望山，暮宿瓜步湄。計程到江南，看雲慰我思。歸心長淹泊，卧聽江流澌。吾生如老嫗，少即閉深閨。亦思來長風，年往氣漸衰。量己頗已審，通人勿見嗤。

一踏江南地，歡如釋重負。籃輿入寒山，雲物明可睹。蒼鱗飄修髯，葱翠引余步。試問雨雪無，此中未寒沍。攝衣上層巔，風恬得春煦。金焦時出没，對時若牙互。空江捲波濤，遥聞勢彌怒。其陽列衆山，雄秀競奔注。瞿生抱微痾，犖確行不顧。語我平生遊，必躋最高處。不然隔培塿，茫然墮雲霧。此語絶可思，頗愜遊觀趣。及當未衰年，從子窮山路。

秋日赴友人席修微有作同賦

移舟漾漣漪，得凉乍如沐。所愛前溪風，清音度修竹。一見意已消，少焉神更穆。譬如珠在淵，自是鸞之族。我友具壺飧，相邀曳綃縠。揮杯逗輕颸，灑翰低華燭。欲别徐裴裒，深心寄眉目。歲月倏已賒，詩篇寄幽馥。吾猶愧良媒，子其慎穆卜。毋以軀千金，等之棋一局。

秦淮贈孫士徵

别君群從後，每憶半酣時。曲折拈新令，輕狂贈小詞。垂楊紅蓼間，淺黛玉顔宜。復已三年别，能無感鬢絲。

介公柱贈有答

山中逢掛錫，江介喜浮杯。面復十年皺，心應一寸灰。忘言通《老》《易》，結契託宗雷。别去黄梅雨，期余熟後來。

仲和水亭遣興

水亭春欲暮，衰懶向來同。照眼梨花雪，吹衣楊柳風。獨殘紅颭颭，尚浮碧叢叢。檻外方塘漲，游魚自鏡中。

思歸

家居不事事，暫客已思歸。稚子能無戀，芳蘭每易腓。累心應未盡，於道或無違。樂此終吾世，人生亦自稀。

伴老

豈謂平生意，才消一領衫。道心長自照，世味總無饞。省己中何競，逢人口欲緘。唯應方丈室，伴老獨經函。

課子二首

鏡裏顔添老，塵中慮漸輕。青袍寧再誤，緑酒尚關情。抱甕慵朝汲，荷蓑難自耕。詩書仍課子，吾計且儒生。

世已無如假，余猶頗識真。最憐惟稚子，難使學時人。誦即先經傳，文須蹈雅馴。縱令竽瑟誤，爲玉不爲珉。

答葛實甫

雨雪度春分，罏香寂自焚。衡泥來好客，促膝把新文。霜橘留餘緑，晴湖蹴鈿紋。清音箇中得，但許解人聞。

歲暮雜題示兒復聞十首 萬曆末年作。

官府何由一，當緣畫接頻。貞邪呈水鏡，高下入陶甄。有煬終難蔽，無媒已自親。聖明方久道，豈少腹心臣。

最是台衡地，尋常莫浪躋。安危堪借箸，獻替始通閨。欲遇能無巷，不言還有蹊。一辭輕倒屣，誰復問雲泥。

中臺遣重臣，仗鉞撫齊民。東壓滄波漲，西通楚塞輪。風清驅黯盡，澤普活枯匀。不是尋常寄，威棱即撫循。

從來驄馬使，案牘不勝煩。今日聞清暇，移時對篡飧。所由堪倚辦，一覽可平反。却笑埋輪者，如何有戴盆。

肅皇曾赫怒，授戟爪牙臣。籌策無衡敵，艱危不顧身。飲流收衆捷，行間散多猜。借問今戎吏，誰堪與等倫。

決策先皇日，於兹五十秋。和戎誠有利，謀國漸成偷。西挫榆林塞，東摧遼水朝。不知今制閫，誰是范韓儔。昔猶援屬國，今豈乏餘皇。勢欲成恇怯，人誰與激昂。邑無經月備，歲奪累年穰。獨可號風伯，東驅海若藏。徒傳文屢變，未省學通經。呈卷猶顔赤，持衡自眼青。雕龍矜健筆，振鷺誤充庭。世道終何賴，難分楹與莛。不覺催吾老，其如望爾成。所嗟文愈敝，難據理爲衡。從此士流濁，轉於世道輕。等閒誰可仗，祇是戀朝榮。俗學非吾願，將爲田父乎。耕深長盡瘁，斂急更朘膚。天遠誠難問，人窮豈易蘇。不知瀕海邑，得保室廬無。

寄孟陽二首

炎蒸客路子如何，秋入庭蘭阻嘯歌。京口列營看射戟，石頭荒刹共捫蘿。畫圖層嶺青嵐出，詩句長江白浪多。縱道山川殊快意，不將離索飽經過。

君家庖饌出須臾，能使吾曹興不孤。若待兼珍才下箸，何如斗酒便呼盧。清歌徐點當筵拍，半醉還開掛壁弧。如此風流人在遠，料儂應得好懷無。

過孟陽有懷叔達

莫思騰踏嘆蹉跎，達者相逢且嘯歌。高論總於流俗迕，深情自向友朋多。酒才中聖無勞勸，筆到顛狂有少訛。忽憶灌畦隨老圃，此生機事合消磨。

孟陽以詩招雪後泛舟同殷丈唐兄次韻

饒君酒會競新年，難得江頭白滿天。未是野梅催出郭，好留岸雪待迴船。窗迎斜日明棋局，棹轉東風拂杖筵。坐待紅裙惟縱酒，勿云文字有人憐。

再呈殷丈

祓禊風流自昔年，勝遊行及暮春天。梅村屢策高人杖，桃岸頻牽漁父船。念我暫辭中聖會，丐君留作解齋筵。詩才酒事俱非敵，倚得疏狂每見憐。

孟陽長蘅遊西山又到虞山遥有此寄

春遊處處屐堪攜，看遍青山暮靄低。高興又聞尋覆釜，傷心應不到藤溪①。梅花綻盡香猶遠，柳葉開遲色未齊。我怯輕寒身懶動，時傳客至問幽棲。

①原注：「時顧明仲方没。」

歲暮寄孟陽武昌

瓜步金陵一日程，遥聞半月阻西征。清吟浪颭天涯枕，醉墨雲横江上城。望里蒹葭秋旋老，到時梅柳歲將更。新知自可寬羈旅，書札無忘慰友生。

壽錢太史母顧太孺人六十

旭日深閨侍宴温，如雲上客頌璵璠。十年不負丸熊意，三歲長懷化鶴魂。廣被早容寒士接，闔門時共族人言。他年相業歸田稷，古道由來壽母敦。

寄沈公路

我貧君病未須顰，但可逍遥莫損神。唤作馬牛能便應，夢爲魚鳥定誰真。白公不要全强健，榮叟偏矜老賤貧。若個匏肥羅鼎食，忙中多暇少緇磷。

聞禽閣絶句爲顧學憲賦二首

小閣深深曲徑開，竹光長送午陰來。主暫人遣清商歇，別有幽禽勸酒杯。

鳥啼何處最關情，不是啼時分外清。酒醒閣中聞唤起，爲驚殘月半窗明。

婁塘里桃蹊即事三首

迎潮小艇漉魚蝦，臨水居人引釣車。不怕桃源迷處所，潮回應帶樹頭花。

雨洗燕脂風捲霞，醒來零落醉時花。殘尊好爲輕陰盡，一片澄波隔絳紗。

無數亂紅看不足，碧潭還對一枝斜。春光欲去誰留得，水面浮來幾落花。

伏枕有懷口占四首

亦知難怪鬢毛斑，愛染由來意不慳。簡點一身猶未會，更慚開口論人間。

閒將舊史看興衰，轍覆舟翻或可回。不願鳳麟爲世瑞，且須鷹犬亦無才。

近遇西來盲講師，世間文字未曾知。瀾翻十偈縱横説，愧殺窗前弄筆兒。

眼底何人不售欺，自衿才力竟誰私。才争一著終難强，獨有人間國手棋。

列朝詩集丁集第十三之下

李先輩流芳四十一首

流芳字長蘅，嘉定人。萬曆丙午，與余同舉南畿，再上公車不第。天啟壬戌，抵近郊聞警，賦詩而返，遂絶意進取，誓畢其餘年讀書養母，刳心學道，以求正定之法。年五十有五。病咯血而卒。長蘅爲人孝友誠信，和樂易直，外通而中介，少怪而寡可。與人交，落落穆穆，不爲翕翕熱。磨切過失，周旋患難，傾身瀝腎，無所鯁避。家貧，資脩脯以養母，稍贏則以分窮交寒士。視世之豎立岸崖，重自表襮者，不啻欲唾棄之。性好佳山水，中歲於西湖尤數，詩酒筆墨，淋漓揮灑，山僧榜人相與款曲軟語，間持絹素請乞，欣然應之。自以世受國恩，身雖屏退，不忘國恤。丑寅之交，閹人披猖，往往中夜屏營，嘆息欷泣。崇禎初，聞余以枚卜被放，撫枕浩嘆曰：「不可爲矣！」病劇，遂不起。嗚呼，其可悲也！長蘅書法規模東坡，畫出入元人，尤好吴仲圭。其於詩，信筆輸寫，天真爛然，其持擇在斜川、香山之間，而所心師者，孟陽一人而已。居恒語余：「精舍輕舟，晴窗净几，看孟陽吟詩作畫，此吾生平第一快事。」余笑曰：「吾却有二快，兼看兄與孟陽耳。」晚尤遜志古人，草書杜、白、劉、蘇諸家詩至數十巨册，故於詩律益細。孟陽亦嘆其《皋亭》、《南歸》諸篇，以爲非今人可及也。長蘅兄諸生元芳，字茂初，能爲七言長句。次兄庶吉士名芳，字茂才，有詩集，孟陽爲序。有才子曰杭之，字僧筏，畫筆酷似其父，乙酉歲死於亂兵，遺孤藐然，今育於從兄宜之家。長蘅居南翔里，其讀書處曰檀園，水木清華，市囂不至，一樹一石，皆長蘅父子手自位置。琴書蕭閒，香茗鬱列，客過之者，恍如身在圖畫中。喪亂之後，化爲劫灰，獨其遺文在耳，而忍使其無傳也哉。

過皋亭龍居灣宿永慶禪院同一濂澄心恒可諸上人步月二首

歸裝出西湖，間道向黄鶴①。屢愆桐塢期，偶遂龍居諾②。輕舟凌晨風，遥山滿晴郭。丹林尚可數，寒條紛無託。披松指微徑，聽水捫暗壑。新構争遠勢，平臺攬摇落。霜餘山容淺，天清海氣薄。暫歇塵勞心，始知寂滅樂。

每多方外遊，見僧即如故。燈明一龕下，夜長愜深晤。不知山月上，千林已流素。山門尋舊溪，愛踏松影路。氣和空宇澄，寒魄如春露。去寺不數武，回矚驚莽互。幽泉洗我心，微鐘杳然度。

① 原注：「黄鶴峰爲皋亭最高處。」

② 原注：「桐塢爲慧文法師結廬處，在皋亭之西。屢期予過彼，竟不果。」

南歸詩十八首

天道有晝夜，動息兩不爭。喜晝而悲夜，無乃非人情。嗟余嬰此患，何以處死生。衾裯既已温，管簟有餘清。人皆樂睡鄉，胡我獨惺惺。自從出門來，十卧九不寧。夜則揺其精，晝復勞其形。常恐大命至，奄忽道無成。公卿是何物，性命乃可輕。

學道三十年，此心猶未安。輾轉一夕間，擾擾千萬端。病以愛爲本，憂怖乃相干。物生每徇性，夙習不可刊。順或忘其源，逆則攖其湍。心跡既以違，調伏良亦難。逝將放吾意，俯仰得所歡。真際未可期，庶以澄内觀。

右不寐二首。

不眠苦夜永，待旦情徬徨。傳聞虜渡河，羽書達明光。前鋒已陷敵，大將墮馬亡。健卒三萬人，一朝化犬羊。孤城若累卵，覆車懲遼陽。天子爲動色，郡議紛蜩螗。司馬出守邊，元戎將啟行。當時晝戰守，經撫何參商。曾聞右戰者，未戰已仆僵。至今廟堂間，莫知誰否臧。嗟余孱書生，國耻豈敢忘。十年策不售，何由叫閶闔。委贄未分明，幸可商行藏。一命亦致身，將母或不遑。促裝招吾友，歸耕煙水鄉。

右聞警。

驅車出郭門，行行愬逆旅。童僕相爲言，有客馳馬去。云追南行者，昨已奉嚴旨。聞之一驚嘆，我罪以何抵。全遼奄然喪，謀國者誰子。舍彼逋逃臣，苛此章句士。士固各有志，進退綽然耳。不聞盛明朝，羅士以鞭棰。吾觀長安中，縱横曳朱紫。雲臺逞高議，意氣一何侈。但恃虜不來，來亦竟無恃。吾儕藜藿人，敢云肉食鄙。進既不求榮，退則如脱屣。會當翔冥冥，何乃嚇腐鼠。

右出都。

我本疏狂人，不適於用世。當其少壯時，筋力尚可試。摧頽廿年餘，業已甘放廢。黽勉作此來，未免爲貧計。出門即不怡，行止屢跋疐。禄養或可圖，世難偶相值。未能爲親歡，遺之以大慮。絶裾者何人，殆或非吾類。高車易傾覆，况復丁此季。縱令爲身謀，亦豈徒泄泄。寄謝金門友，出處各有爲。同車既好我，周道瞻如醉。疇昔偕兹役，維予暨汪子。我從中道還，子亦廢然止。汪子行煢煢，念之心欲死。重來復同歸，依然吾與爾。汪子功名人，微尚不在此。去留皆灑然，更覺歸可喜。舉世急功名，吾爾衆所訾。曰此無遠圖，區區效兒女。兩人相視笑，吾乃徇譽毁。古來耕釣徒，亦各有其侣。得子已不孤，悠悠何足齒。我年未四十，已懷退隱圖。俯仰又十年，何爲尚躊躇。經過怯往迹，魂魄識畏途。去來廿年間，道里三萬餘。車裝敝屢更，何况此微軀。所以不自決，豈徒爲饑驅。富貴亦復佳，歲月待我乎。婚嫁幸已畢，餘口亦易糊。故山臯亭下，桃李滿村墟。深塢秀泉石，近築静者廬。新梢想出籬，疏泉行繞渠。雙髦指天目，一勺見西湖。言之病已蘇，况當長久居。息黥補吾劓，造物豈區區。

右途中示子將三首。

朱雲子曰：「『富貴亦復佳，歲月待我乎』，較樂天『欲留年少待富貴，富貴不來年少去』二語，婉折多少。」

北地行欲盡，始覺春萌芽。村柳色已新，藹藹煙中斜。渡河指齊郊，河邊見歸槎。淮徐行在眼，吴會亦匪賒。道路空苦辛，分定勿復嗟。生不愛京華，不如早還家。還家春未暮，及見桃梨花。

右德州道中。

曉起占天色，青天無纖滓。占者忌早晴，暫晴亦可喜。曈曨日未舒，同雲復彌彌。須臾密雪布，咫尺如萬里。但見雲濤來，茫然失涯涘。去住無所憑，始識汗漫理。天公作此戲，聊戲吾與汝。

右遇雪戲示子將。

日暮雪色深，曠野絶行踪。輿人惑四方，東西視天風。忽然見新月，冉冉來雲中。雪亦能照夜，得月光始通。度彼九曲坂，賴此兩索容。不知城郭近，杳爾聞微鐘。我從天末來，已覺下界空。

右雪夜至恩縣作。

客舍東城隅，西山眺望閒。朝見積雪斑，暮見落日殷。平生愛山心，對之了不關。今朝穀城下，春水始一灣。麥畦緑照眼，上有青螺鬟。忽如逢故人，一笑開襟顔。山水只如此，值我歸興閒。歸亦有何好，試問此青山。

右東阿道中。

春光無次第，雪後景已暄。愛此沙路平，青山壓晴原。下車策蹇行，并轡相笑言。遠峰翠欲滴，近岫勢屢翻。惜未及花時，指點桃梨村。悠然度溪橋，下有碧潺湲。投鞭一盥漱，爲我洗煩冤。

右鄒縣道中。

茲山表徐方，經過屢登眺。偶然尋舊遊，策蹇偕所好。荒亭何蕭瑟，落日春風峭。河山挾霸氣，四顧雄懷抱。嗟此古戰場，豈容隱者傲。緬緬放鶴人，無乃非高蹈。不見山下湖，清如眉眼照。河勢欲吞山，湖能益山貌。此中豈有意，河怒湖則笑。

右登雲龍山。

江淮十日晴，似爲歸人貺。濁河瀾亦霽，顔平容月漾。今朝廣陵路，春氣轉駘蕩。邗溝日已斜，瓜洲潮未漲。滯舟江城邊，朅來江城上。櫻桃淡多姿，楊柳緑無狀。江水媚春曉，開此好圖障。怪我思江南，請君試一望。

右瓜洲曉望。

十年渡揚子，狎此如衽席。今始識風波，呼吸投不測。舉世皆駭機，避就本無益。不死亦偶然，餘生真可惜。不然此春光，遂與成永隔。出險心已夷，聊共子遊息。望中指北固，沿溪花的的。言詣山之陰，仰觀快奇壁。偉哉鐵柱峰，峆岈疑斧劈。傍有衲子居，幽洞秘丹碧。洞中少寒暑，龕燈伴朝夕。嗟余風波民，何由得此適。幸已脱魚腹，復爾耽旦宅。稽首禮大悲，終然度苦厄。

右渡江遭風幾覆，泊潤州閘口，同子將步至北固山後，禮觀音洞，觀石壁。

北固行坦迤，平岡若修塍。江山出兩腋，群物無遁形。顧盼收金焦，迢遥控層城。城中起炊煙，山氣相與凝。日色射遠江，躍冶光晶熒。天水上下同，微波不能興。翻思弄舟好，失我向所驚。下山尋花溪，落日噴朱櫻。花亦愛晚妝，高低衆態生。穿花藉草坐，歸路香冥冥。

右登北固下並甘露港，還舟，夾港多櫻桃園。

吾愛陶彭澤，出處皆草草。動必求其全，俗人自纏擾。吾爾廿年交，知子如余少。愛子無俗情，俗情亦自好。口常説隱淪，身復戀温飽。蹉跎兩不遂，此意各能了。兹遊計百日，日日同傾倒。鼙鼓聲動天，風濤勢翻島。寢食間談諧，賴以忘病惱。不知分手路，只此閶門道。經過雖有期，别懷自悄悄。子歸及桃花，六橋踏清曉。别業在龍泓，泉石真可老。我歸百無歡，燒笋聽春鳥。秋風從子遊，松閣爲我掃。

右吴門别子將。

伯兄性寡營，生理日蕭條。兩弟皆食貧，汲汲度昏朝。爲農力不任，課兒亦無聊。餘潤或望余，自顧無脂膏。今當遂長往，念此中心焦。勉謝諸兄弟，此非人力邀。吾宗自薄祜，先達皆早雕。從兄與仲氏，當年踵登朝。至今同籍人，秉樞冠百僚。逝者倘可留，翩然亦雲霄。大命既有制，電露安可饕。我雖老風塵，壽命較已牢。與其夭斧斤，寧以樗散逃。傷彼泉下人，惻我道路勞。兄弟更相慰，烹蔬傾濁醪。婆娑阿母旁，此樂何陶陶。富貴有此否，何乃爲我驕。天倫豈世情，菀枯同所遭。但當崇令德，慎勿望門高。

右還家。

朱雲子曰：「長蘅五言古詩温厚深婉，爲體中獨絶，律詩乃率爾耳。或問：『子於五古頗去平調，而長蘅不尚奇險，何收之多也？』予謂：『嘉隆間五古，正恨其通套無痛癢，如一副應酬贄禮，牙笏繡補，爀爍滿前，自可假借，不必己出，人亦不堪領受。又如楚、蜀舊俗，以木魚漆鴨宴客，不若菘韭之適口，惡其僞也，惡其襲也，豈恨其平哉？詩到真處必平，平到極處即奇。長蘅之平，正使好奇者無從入手，此奇之至也。』」

南歸戲爲長句自解

人言債多能不愁，我今真作隔夜憂。天生吾舌尚可用，況有薄技供遨遊。但恐饑寒命所注，縱有衣食非人求。一家嗷嗷三十口，老母弱子將焉謀。我欲賣却百畝田，不堪持作三年羞。不然計且無復之，請屏所愛不一留。先賣幾頭子石研，不愛墨花繡澀春雲流。次賣商尊父丁篆，不愛寶色剥落夔龍糾。次賣西山梅花二十畝，不愛春湖草閣臨青浮。最後賣却山雨之飛樓，不愛松風梧月芙蓉秋。如此不足辦吾事，天實爲之吾何尤。人年四十老將至，譬如已死亦即休。

送程孟陽遊楚中

我昨勸君爲楚遊，喜君翻然即掉頭。今日置酒與君別，見君行色我始愁。平生心知兩莫逆，人言君痴我亦癖。村扉城郭嫌疏索，那能别此長爲客。去年送我揚子湄，焦山落日江逶迤。豈意今年復送君，楚雲湘水勞相思。君家書閣秋山中，千山萬山松入風。我亦買山梅花裏，誅茅卜鄰期子同。惜哉此意不得遂，連年飄泊徒西東。人生萬事常相左，饑來驅人欲誰那。君今新得賢主人，相將且拽寒江柁。

江月山花遠趁君，詩囊畫本留貽我。

蓴羹歌

怪我生長居江東，不識江東蓴菜美。今年四月來西湖，西湖蓴生滿湖水。朝朝暮暮來採蓴，西湖城中無一人。西湖蓴菜蕭山賣，千擔萬擔湘湖濱。吾友數人偏好事，時呼輕舠致此味。柔花嫩葉出水新，小摘輕淹雜生氣。微施姜桂猶清真，未下鹽豉已高貴。吾家平頭解烹煮，間出新意殊可喜。一朝能作千里羹，頓使吾徒摇食指。琉璃碗成碧玉光，五味紛錯生馨香。出盤四座已嘆息，舉箸不敢争先嘗。淺斟細嚼意未足，指點杯盤戀餘馥。但知脆滑利齒牙，不覺清虚累口腹。血肉腥臊草木苦，此味超然離品目。京師黄芽軟似酥，家園燕笋白於玉。差堪與汝爲執友，菁根杞苗皆臣僕。君不見區區芋魁亦遭遇，西湖蓴生人不顧。季鷹之後有吾徒，此物千年免沈錮。君爲我飲我作歌，得此十斗不足多。世人耳食不貴近，更須遠挹湖湘波。

袁石公盛稱湘湖蓴菜美，不知湘湖無蓴，皆從西湖採去，以湘湖水浸之耳。蓴菜初摘後，以水浸之，經宿則愈肥。凡泉水湖水皆可浸，不必湘湖水也。今人但知湘湖之蓴，又因石公言謂非湘湖水浸不佳，皆耳食者耳。

六浮閣歌題所畫六浮閣歌圖有序

余買一小丘於鐵山下，登陟不數十武而盡攬湖山之勝，尤於看梅爲宜，蓋踞花之上，千村萬落，一望而收之。久欲作一小閣，名爲六浮，六浮之名遂滿人耳，而閣竟不就。友人鄒孟陽見余嘆息，每欲代爲經營。今日始引孟陽至其地，亦復叫絶不能已。余因爲作《六浮閣圖》，兼題一詩，冀孟陽無忘此盟。時丁巳八月十八日也。

十年山閣不得就，却負青浮日夜浮。故人一見豁雙眼，何日三間銷百憂。冰花琪樹亂檻外，銀山雪屋排簷頭。百年有錢作底用，一朝卜築偕行休。君家西湖我震澤，往經冬夏來春秋。十千到手即可辦，非我求君君自謀。

錫山夜别閑孟子薪彦逸及從子宜之兒子杭之二首

十日追隨意未傾，一朝言别若爲情。只憐對酒成高會，無那挑燈是送行。家累關心難共語，功名垂老不堪評。便應撥棹從東下，十畝閒閒尚可耕。

撩亂鄉愁一夕生，燭殘酒醒奈深更。隔船安穩歸人夢，前路迢遥去客情。江月又催征棹發，寒鷄不待寺鐘鳴。十年分手梁溪路，但覺衰頽負此行。

南歸後六日偕閑孟子薪家茂初無垢集魯生園亭梅花下次家茂初韻

頻年不到此花中，喜見花枝壓路通。近坐繁香如殢酒，當杯落瓣尚禁風。朝光已逐輕陰變，晚氣遥隨積靄空。赢得閒身共歡賞，莫將開謝比飄蓬。

次韻招孟陽出郭看梅

門外春風應候來，扁舟還擬去尋梅。山僧每訝多年别，遊侣方欣久客回。草閣一枝先破蕚，村園數樹已生苔①。只今步屧堪乘興，新醖還期待子開。

① 原注：「余家山雨樓前一樹，花開最早。又西山梅花榦上皆生緑苔，綉澀可愛，此中無此種，獨三老園數樹皆然。」

濠梁道中别子將無際南歸

可惜春光半滯霪，青泥汩汩水涔涔。途經千里歸猶近，病覺三分治未深。欲去尚看童僕面，相留只愧故人心。驚魂怕問前頭路，老馬驅馳已不禁。

小葺檀園初成伯氏有作仲和次韻見投用韻奉答兼訂後期二首

秋入吾廬景物賒，一簾新月半欄花。風迴水葉翻翻白，雨壓簷枝恰恰斜。宅比柴桑多種柳，門通苕霅可浮家。客來隨分能供具，掃籜煨鐺與試茶。

練祁南下水村賒，一路秋風吉貝花。到市鐘聲知寺近，過橋柳色逐門斜。貧能好事無如我，老解求閒有幾家。若肯重來留十日，不辭淡飯與粗茶。

再次前韻柬孟陽仲和

小庭風月近來賒，更築陂陀種雜花。日出梧陰摇几净，霜前柚實壓欄斜。耽書漫學過難字，愛畫終慚對作家。老懶惟思閒伴侣，齋厨自可辦瓜茶。

種花用前韻

爲園數畝未言賒，鑿沼疏泉手灌花。花欲疏疏仍密密，枝須整整復斜斜。漸看節序皆芳候，不放風光到别家。最愛南榮冬日暖，蠟梅一樹映山茶。

秋日卧痾西音以詩枉訊次答

一丘安穩且徘徊，掩耳誰知蟻穴雷。已覺懶隨衰共至，何妨閒與病俱來。難抛舊習惟詩句，可壓新愁是酒杯。鷗鷺欲親鳩鶡笑，行藏遮莫受人猜。

送汪伯昭遊白門伯昭將自京口至棲霞寺因憶舊遊走筆得四絶句

款段橋邊路欲歧，龍潭驛口日將西。揮鞭遥指山如傘，一路江帆亂馬蹄①。

① 原注：「棲霞寺在攝山，又名傘山。」

紫藤峰下麓公房，松户陰陰嶺月涼。若到都門宜曉騎，姚坊廿里稻花香①。

① 原注：「余嘗居棲霞兩月，有蒼麓上人山房，最勝。」

鷄籠山閣舊居停，曲檻迴廊幾度經。最是城陰秋望好，覆舟遥接蔣山青①。

① 原注：「覆舟山在鷄籠之前。」

鼓樓岡下路高低，處處蘿墻映竹畦。記得清涼留宿夜，香燈貝葉雨窗西①。

① 原注：「丙午，余與仲和寓清涼寺，伯昭自鷄籠策蹇相訪，值雨留宿。」

滕縣道中

山欲開雲柳乍風，杜梨花白小桃紅。三年三月官橋路，策蹇經過似夢中。

西湖有長年小許每以小舠載予往來湖中臨行乞畫戲題

常在西湖煙水邊，愛呼小艇破湖天。今朝畫出西泠路，乞與長年作酒錢。

玉岑閒行口占

玉岑山脚水瀠洄，寒日暉暉下稻堆。穿過松岡尋法相，滿空黄葉打頭來。

歸待詔子慕一十五首

子慕字季思，震川先生之季子。萬曆辛卯舉於鄉，一再試不第，不赴公車，屏居江村。其室如蝸殼壺子，圭篳不完，簷溜之外，因樸簌編籬爲圃，布衣蔬食，泊如也。與梁溪高存之、嘉善吴子往講性命之學，過從習静，端坐不語，終日凝然。三人者有所自得，聽然相語，有吟風詠月之思，他人莫之知也。先帝崇禎初有詔搜訪遺逸，廣厲風節，御史祁彪佳以故孝廉子慕應詔，詔追贈翰林院待詔。季思清真静好，五言詩澹雅，似其爲人。兄之子昌世，字文休，風神散朗，有林下風氣，善畫墨竹，能草書，與李長蘅交好，晚作和陶詩，爲程孟陽所稱。

丙申六月過吴子往荻秋庵

蕭瑟湖上廬，六月如清秋。凉雨過柴門，葡萄風飅飅。草閣摇緑楊，欲隨雲水流。水濱一稚子，洋洋何所求。終日無一魚，持竿釣不休。問之向我笑，使我心忘憂。

館城北

妻孥昔居城，我淹江上廬。妻孥來江上，我去城北居。城北何所事，一生喜從余。既愛童子真，且得人事疏。長夏北窗竹，風吹几上書。坐看墻外帆，樹中去徐徐。中情苟無繫，觸物皆有餘。今兹對佳節，秋風秋月初。香稻感我鼻，歸食江上魚。小女解思父，一見當何如。

戊戌秋夜郡邸不寐

中宵寒自撫，窅然思不汩。風開不扃户，牀前瀉明月。明月漸上牀，團團樹中没。惟見蒼莽間，古刹静突兀。昨日同遊人，各各歸偃息。宵旦送往事，古今坐超忽。風吹殿角鈴，不寐到明發。

城北初夏

三見草木榮，棲棲猶未旋。偶與城市遠，因耽此地偏。獨館背清池，一無俗事牽。晨興課書罷，日午蛙聲喧。出門見新秧，微緑映遠田。久晴初得雨，稚子亦欣然。田父説歲占，今兹定有年。物情既如此，予樂復何言。

庚子正月吴子往見過同訪高存之於漆湖

令節思故人，流光懼蹉跎。心在隰桑篇，三復當如何。忽聞叩門聲，良友遠見過。攜我訪同志，詰朝鼓輕艖。情殷無遥路，信宿逾關河。依然漆湖上，春山渺晴波。主人愉愉如，兼以風日和。風和捲簾坐，開尊鳥來歌。忘飲飲更適，不覺芳顔酡。階前山茶花，落英何其多。

期顧德甫兄弟看花不至

脈脈春欲深，遲遲日方午。閒閒溪橋邊，寂寂桃花塢。淺水潮初生，漁舟倒出浦。無奈東風狂，花落不可數。

西窗

梅陰蔭西窗，實繁枝葉低。小鳥時來鳴，向我如棲棲。一鳥鳴未已，一鳥隨和之。鳥聲處處起，高下聲參差。日出聞鳥聲，不覺日已西。池塘小雨過，夕陽鷓鴣啼。

辛丑夏日閒居

閒居不勝娛，何妨抱微疾。長以無事心，當彼攝生術。白日一何長，臨窗坐捫蝨。飯餘弄清琴，卧起展殘帙。孤雲御微風，翩翩獨高出。

對客

默然對客坐，竟坐無一語。亦欲通殷勤，尋思了無取。好言不關情，諒非君所與。坦懷兩相忘。何害我與汝。

移居

冉冉歲雲暮，寒風正淒其。言辭東村宅，去適西村廬。豈無舊巢戀，歡與吾仲居。西村況不遠，相去一里餘。回瞻竹樹間，炊煙出前厨。吾病四十衰，厭厭日不如。憂患易反本，戚戚念友于。安得我叔氏，亦復來於兹。遥望城中山，引領空嗟咨。

閒居寄沈伯和博士 時伯和將之京應貢舉。

蹇劣仍負痾，分定無越想。柴門槿葉疏，卧看人來往。江南寒信遲，十月氣和朗。一夜好雨過，階前菜甲長。念我遠行人，中心悵養養。盤餐有餘滋，高駕何時枉。

春日過荻秋菴

迥絶幽棲處，何當春日過。花開當午足，蜂過短墻多。清世羲皇夢，滄浪孺子歌。同心吾輩在，天壤樂如何。

宿茅齋

孤齋懸清夜，孤枕秋蟲邊。颯颯松林雨，汩汩流暗泉。所思在遠方，攬衣不能眠。山半歌者誰，山僧如哀猿。

過王世周北城幽居二首

溪溪緑樹間紅花，道是桃源是若耶。西近青山東近郭，白雲低處是君家。

野徑無人芳草春，無情獨對野花新。老夫自愛東風立，蝴蝶嬌痴不畏人。

歸秀才昌世八首

和陶雜詩七首

宇宙何茫茫，起滅同一塵。胡爲一日間，各營百年身。華堂與崇丘，去疏來者親。我廬非我有，四顧誰爲鄰。有如遠行客，當夕已戒晨。有懷不勝蹉，舉目皆勞人。

清溪直村塢，修竹帶鄰曲。花明户未開，風暖睡初足。道侶兩三人，開尊傍棋局。永夜雜笑言，留賓方滅燭。柝響間疏鐘，群烏啼朝旭。

晨朝理輕策，日暮脱歸鞅。行行林水間，修然濠濮想。時見行路人，芒芒將焉往。不如播種者，晴雨候消長。野舟横可渡，不復愁河廣。深感田父言，耕耰戒鹵莽。

秋深霜露繁，高原榆柳稀。征途戒舟車，鴻雁天邊歸。徘徊歧路旁，薄寒吹我衣。悠悠自世路，幽獨那可違。

束髮萬里志，終焉老一經。夕秀復朝華，孺子多早成。老少不相及，時事亦變更。隱几静焚香，和墨書《黄庭》。草莽無遠圖，不寐晨鷄鳴。兵食仰東南。愴然傷我情。

春半暖初回，疏雨兼和風。新晴臨曉江，萬象一鏡中。策杖訪僧寮，披榛小徑通。梵音令人静，世事皆楚弓。

雖有鑒物智，不易僞與真。雖有轉世權，不返澆與淳。宇宙窮萬道，日月仍長新。四皓乃翼漢，三户終亡秦。賢聖遞御天，同作空中塵。顧彼溪上農，耰鋤良已勤。酌酒更相呼，自與漁樵親。前有車馬客，停驂來問津。告以行路難，慷慨淚沾巾。長吁歸去來，低回愧斯人。

詠落葉

除却離憂百事慵，重來苔徑舊時踪。江清秋響風催棹，鳥去庭空月照筇。回首獨愁千萬樹，隔林細數兩三峰。茫茫憔悴初冬色，颯沓時聞五夜鐘。

顧先輩雲鴻四首

雲鴻字朗仲，常熟人。起家孤貧，讀書修行，以忠孝名節爲己任，篤於交友，責備行誼，慷慨急難，以古人相期許。中萬曆庚子鄉試，退而卜築虞山之藤溪。嘗謂余曰：「天下多事，丈夫當出而死國。及此介居，留連煙雲泉石間，聊借以瑩心神養氣骨耳。掃除一室，豈吾黨之所有事乎？」丁未鎖院對策，語及於朝政敝窳，天災民隱，淚簌簌下，沾漬畢牘，不能收。下第歸，發病卒。易簀之夕，雒誦《易》象，聲琅琅出席蓐間。朗仲博學深思，研精六籍，一句一義，少有牴牾，穿穴古今訓故，疏通證明而後已。好爲古文辭，筆力雄健，欲與古人馳驅於千載之上。而生當萬曆間，俗學師承，以李、王爲質的，雖其强學好問，苦心鑱礪，亦域於其中而不能出也。朗仲歿十餘年，余始與一二遺老討論唐宋六家之書，漸而求進於古學，而朗仲不可作矣。令朗仲不死，其所就詎止於是。余録其詩僅四首，非藉是以存朗仲，亦使讀其詩者知朗仲之所存如是，爲可惜也。同時邵濂字茂齊，治《毛氏詩》爲大師，善談名理，吴越間學者皆宗之。累舉不中，病消渴死。茂齊意氣豪放，眉宇軒軒，籠蓋人上。小築於北城之麓，雙松表門，老槐架屋，疏泉理石，居然名士風流。信筆爲歌詩，傲兀可喜，今其稿無存者。唐末有詔録名士方干等，賜孤魂及第，余謂當仿此例，追録茂齊諸賢。李長蘅嘆息斯言，以爲德音，故當俟諸百世耳。

雪夜夢與受之登樓境界超遠已覺怳有所得口占紀之

任城臘五夜，雲勢浩方永。擁衾深帷中，照見鬢眉影。神馬挾馮夷，我馭何不騁。遂登白玉樓，俯視方壺頂。秋陽鬱平林，下界亦井井。有美樓居人，含毫發奇穎。拍肩遂共歌，綺思一時冷。談笑聞鄰鐘，冷然得深省。

登拂水巖

一杖入叢篁，春泉處處生。巖侵湖墅近，崖豁海門平。雲徑分樵出，風林帶鳥傾。盤迴千嶂盡，下界一鷄鳴。

還山

柴門一以杜，勝事日相因。移竹聽初雨，披花出故人。石衣行地古，野語隔墻新。忽笑朝來夢，風塵易水濱。

昭君怨

一閉昭陽二十春，纔瞻天表已胡塵。由來錯認君王棄，過眼何曾屈一人。

邵文學濂二首

鄰家植荷盆中高出墻外予於壘頭見之戲題一絕

露珠濯濯曉光新，紅粉初施彩色勻。憔悴自憐非宋玉，東家何事亦窺臣。

梳髮

發白真堪惜，蕭蕭可奈何。西風吹病樹，殘葉苦無多。

鄭秀才胤驥二十首

胤驥字閑孟，嘉定人。與李長蘅偕爲博士弟子，少長於長蘅。博聞强記，爲長蘅所推，而閑孟心服長蘅之才與其爲人，隨肩接席，若形影不相舍。因長蘅以交於余，亦猶是也。性嗜酒，好長夜之飲，每飲輒洒面濡髮，酩酊無所知。試於有司，扶殘醉以往，咯嘔委頓，已而砥筆伸紙，據几疾書，文彩爛然，不自知宿酲之去體也。數踏省門不見收，益縱酒自放。久之得酒病，不復能沾唇，注視杯斝嗚咂而已。竟以此不起，閑孟爲文章雄健，好譚經濟。詩不屑今體，耑爲五言古詩，兀奡排蕩，不規摹韓、蘇而意象近之。德州盧世㴶德水督漕嘉定，訪得其遺文，屬有司刻之，不果，德水至今嘆之。嘉定多讀書汲古之士，余所知者，徐允禄，字汝廉，以經學爲大師，奮髯扼腕，好談天下大計。東事急，余在左坊，三千里寓書，當唱大議，亟勸主上南遷。己巳之役，徐元玉爲忠言至計，而於廷益不幸而中也。其經奇如此。龔方中，字仲和，翩翩佳公子，能詩好事，亦長蘅之友。唐正雅，字正叔，長身玉立，博通經史，好學深思之君子也。諸子詩文皆不傳，惜其氏名將泯泯於斯世也，爲附著焉。

送長蘅偕計北上二首

平生少年時，嬉遊愛冬至。癡兒三五群，狂縱無復忌。爾來漸老大，遂覺情懷異。不惜事業賒，不惜居諸費。但每當良辰，畏債乃不啻。雖頗亦聊浪，發興俱成僞。之子遠行役，離愁紛已熾。復當一陽初，相送發長喟。娓娓所欲言，文序略已備。兹者爲此詩，姑以舒愁思。每羡女妙年，今亦三十二。蹇予慚潦倒，視子又加四。中年易傷離，此不異人意。况僕本恨人，對此更劬勩。進取何所難，子行當試吏。自顧非倫匹，别離從此始。之子性耽奇，兼復愛氣類。京師才賢藪，舊遊亦交臂。知爾不寂寞，徒傷予憔悴。子每從予言，畏途宜遠避。卜築城市間，擾擾終爲累。匪族難可俱，矧乃骨不媚。愧予不能從，交遊頗雜厠。面目良可憎，相對都無致。高言不敢出，鄙辭强擬議。姑云免世患，志意無乃陂。辟如荆棘叢，轉輾因成刺。以此爲子憂，其次莫如醉。當筵輒沉酣，念子能無愧。買山以終隱，此語吾能記。感子珍重意，臨歧聊相質。天寒遠山静，日暮長江駛。泛泛水上影，遥遥征人轡。祖席已傷違，荒城愁復泊。時有南來人，德音須勤寄。

憶予初識子，子方髫而俊。未能與深素，亦以私餘潤。邁往不屑姿，良足驅鄙吝。歲月既已多，肝膽兩能印。因之情好殊，相與遂投分。之子真快士，風標何整峻。學博識有餘，才多體更迅。談達及應諧，妙理醒群聽。得子牙後慧，無復有疑暗。雲披而雨霽，天清以日晙。辟如哀家梨，啖之肌骨沁。亦如善攻者，摧陷無堅陳。吐納縱橫時，孑乎無乃稱。之子與人遊，所疾在美疢。片善苟有合，弘長嘗過甚。一或遇瑕疵，反覆旋規瑱。蓋失而數美，意實不欲徇。交久日日新，等於金石瑩。吾徒二三子，視子以待賑。惟子有深情，使我忘非韻。子今將遠邁，相送能無靳。之子素朗詣，棲寄故不近。顧其才非常，當事聊一奮。乃者既逢時，將功見言信。拱璧先駟馬，此道亦坐進。每於言語間，羨子識力定。子心實寡營，是故惡夫佞。子氣雖突兀，中懷乃周慎。非以長勝人，處長亦自勝。意既不在多，事理復迎刃。臨歧何所言，慷慨仰修磴。君其愛玉體，聊以申貧贈。

别莆田陳君彦質追送不及悵然有作五首

宵行擬送子，惆悵未能曉。起來望闉闍，沈沈但深杳。遥聞棹歌聲，雜然出樹杪。想子遂群動，使我心有栗。昔賢願抱關，此意亦可了①。

①原注：「孟陽曰：『深情奇文，跌宕之極，真得詩人之旨。』」

啓關欲從之，子舟竟何所。剩有水盈盈，亦有葉湑湑。談笑昔時歡，徘徊此時楚。子兮如子何，與我周旋我。

昨日與子別，子已戒葷酒。予爲念衝寒，屏飲未宜久。況復羈旅間，亦須小飲否。子聞忽大笑，此言一何醜。酒徒食肉人，嗷嗷特饞口。不見學道人，終年但飯糗。但問志若爲，酒乎亦何有。一飲不自持，終恐復濡首。子言故自超，使我心獨疚。區區印迹泥，我愧猶株守。

一別或千古，如何不念之。此地一相失，徘徊空爾爲。擾擾行路人，肩摩各東西。當其一投分，誰能無相離。辟如未相識，紛紛復誰思。底須似師冕，而必某在斯。

層雲一何頹，東風一何煦。子舟一何駛，子行一何踽。望望如見之，何當與話雨。

題汪無際茸遊册三首

此日迫長至，嗟予季行役。忽爾來入門，意氣殊奕奕。未及相問勞，懷中出卷册。題曰茸上遊，開緘風兩腋。先之以圖繪，次乃文字襞。新詩數十首，幽響清礫礫。下筆妙言語，肺附生竹石。湖山歲欲暮，誰乃逐無益。一時頗相傳，香紫眈奇客。之子多勝情，同遊意俱劇。遂如投山猿，一一愜所適。巨細得周省，手口能指畫。人事貴勉强，恬安豈有獲。山氣何四時，一任遊者擇，胸中無丘壑，筆底誰能摭。因之想昔遊，夢寐餘芳澤。嗒然無一言，予意徒脈脈。乃今得此卷，使我懊懷釋。微景儐宿逋，舊觀快新辟。人生無勝遊，何必異巾幗。

歲晚夜何長，天寒日苦短。誰與秉燭遊，自是吾季悍。此處故不凡，茸遊庶非但。輸爾胸盤紆，一一筆能管。從遊吾未果，亦嫌緇仲懶。憶昔相過時，予意如匪浣。同行勸買山，土人指町疃。結束足幽棲，地偏人事罕。予時欣欲就，自辟溝中斷。懷之一年餘，此言日以緩。子言乃起我，自愧我言竅。此志不終竟，犬毫馬生卵。

歲窮寒氣驕，況復風雨作。底事須遊觀，而乃得蕭索。此意殊泬漻，餘子故須噱。聊同弋者慕，肯效屠門嚼。人生本坦蕩，誰使攘六鑿。蹇予本畸人，所願每落落。平生蹈百憂，於此愓一諾。乃者實慚子，今悔已難昨。幸子妙點染，使我富磅礴。我有一樽酒，與子共斟酌。子歌我起舞，相對差不惡。仰俯一室間，但見天宇廓。旁觀或嗤之，此言得無謔。予亦笑夫夫，生命如隕籜。何爲苦營營，不見舟藏壑。且子固非魚，亦安知魚樂。寄言沓拖者，意趣由來各。

己酉赴試白下病歸得雜詠五首

清晨理舟楫，白門溯浩瀚。人涉卬獨不，爲復需吾伴。廿年困驅馳，此日路初換。事習巧慧多，老近節縮貫。嶔奇久笑人，自欺亦可嘆。靜斂安新懦，進取悼昔悍。烈士營世業，小人偷自玩。此理夙已區，彼我兩不竄。人世多寒灰，貴賤會須判。貴人盛顏色，賤士從所漫。貴人乘高車，賤士難款段。一一件所欲，非貴孰輸灌。謂吾勿慕此，何爲復此算。心知非其分，聊從性所玩。帝城風物佳，山水環几案。得之衆所遺，多之亦無患。不然兩俱負，真無解顏汗。達人貴天遊，此理非河漢。

弱齡事柔翰，頗亦費尋討。所得能幾何，忽忽欲已老。自無三月資，難適千里道。生世何通屯，貴得展懷抱。不然徒營營，百歲猶爲夭。吾譬好近人，正如被中蚤。姑且快一嚼，性命未須保。但使具旁觀，那堪一絶倒。三十九年非，行矣不復澡。倘今能覺悟，猶得十年早。日嚼後湖藕，飽啖姚坊棗。此行庶不惡，應擧故草草。不得何不可，得之亦復好。

生年不貫病，瘧鬼或見嬲。賴子氣頗王，瘧每亦解嬈。飲啖但如常，遂謂病可藐。乃者試一病，奄然遂如蕈。呻吟千里外，拚飛恨非鳥。撫覲賴友生，今亦漸舒槁。相與共周旋，真如女蘿蔦。孤客親僮僕，此語一何眇。晚來怯遥昔，未寤心有摽。中夜數寢興，窗前明月眺。愛之不能餐，獨與坐清曉。亦知病當惜，其如月皎皎。

於世多不涉，顧獨有酒嗜。亦頗煩簡擇，當意輒沉恣。有時惜人情，濁醪亦復醉。醉後何不有，性命直兒戲。良朋苦申戒，心亦害群忮。當杯那復禁，略與猩猩類。今來病方間，視酒遂如祟。雜坐或命觴，勉釂已顛沛。非我與避酒，酒乃與我避。乃知向來酒，彼自爲我媚。操刀吾未能，病爲息黥劓。鼾聲鬧殷雷，夙昔忝夜寐。病餘成黽息，悠悠但清睡。曩旁舍爲厭，漸可同幞被。痴故不如狂，肥視瘦爲膩。

若爲□瀸澄，因病妍乃致。早知病爾爾，此病良所遲。可謂仁之方，吾能近取譬。

病起猶未王，言歸聿何速。所嘆鷄肋微，猶成道旁築。得失一以分，寧免相刺促。快哉良友言，自計亦已熟。同遊異去住，臨歧更分覆。肩輿晨相送，秋光何澄穆。江流鏡面静，輕雨時霡霂。小艇閒泛泛，約略孤飛鶩。遠山繞前後，使人牽顧復。或削如立壁，或縈如霧縠。或敦如釜覆，或攢如劍矗。或如豹猊奔，或如蛟螭伏。眼喧破孤寂，所恨不能逐。篙師正逢迎，徐行入涔瀆。孤舟倦鴉軋，短縆困更僕。不禁風雨聲，蓬底響謖謖。野水竹間流，垂條檻中緑。舟人嘆艱阻，予意想濠濮。觸境都無言，默稿已在腹。次第詞縱横，揮毫但簇簇。舌存視張子，髀生笑劉牧。文章貴得意，何爲苦鬳牘。妍媸浪隨人，取舍强顔服。試觀彼岑樓，高之可寸木。雖有巨室資，無如匠人斫。昔賢重食力，坎坎思伐輻。吾今亦何爲，考槃矢寤宿。永息漢陰機，不問成都卜。閑居信可樂，非乃爲題日。

芥浮閣二首

結廬翳城市，亦足成隱居。耽寂乃非性，習貫亦晏如。時有素心人，談笑同草蔬。且喜足莞簟，幸不礙圖書。高原湧積翠，好風起庭除。竹景散窗紙，花香浮衣裾。睥睨夜月永，几閣朝雲徐。漫興差筆墨，放步但菑畬。静愛佛龕幽，閒狎老農愚。宇宙豈不廣，閉門徒趑趄。周容空爾爲，中心實難誣。頭顱久冉冉，次第及髭鬚。世味差能薄，何爲復忍濡。與世淡無事，夏屋空渠渠。所以古人言，吾亦愛吾廬。

東風入林間，春事看已馥。鏡裏髮方華，樽中酒初緑。日將蕭灑意，静與良辰逐。最宜簷蕭蕭①，偏憐晝穆穆。撫几攤故書，聽泉到新瀑。高歌偶當窗，什箸或村塾。往來地自偏，俯仰天如沐。畏聞剥喙聲，愁柬問事牘。惟餘二三子，相尋來不速。亦知四壁空，忍使兩峰蹙。聊復安容膝，未省辭脱粟。飽食幸無事，此外百不欲。少游哀大志，老聃戒爲目。每笑學弈人，所思在鴻鵠。斯言差我心，傲名非傲俗。

①原注：「時苦旱。」

次東坡韻懷李三長蘅

丈夫懷當世，真假正相半。淡蕩曾生言，夫子喟然嘆。人生須底事，直爲造物玩。之子真快人，遇輒氛翳散。遥憐不得意，暫有雲泉伴。屈指行當歸，豁如夜將旦。會須窮日夕，何妨没杯案。相爲汗漫遊，且勿言理亂。看子舌尚在，老我耳欲盥。春行暮方急，子歸未宜緩。我貧苦眼熱，子富詫腰貫。須子愈以勤，子聞得無懦。雖然聊戲耳，子歸我能館。子但愁勞薪，詎須憂濕炭。至樂非外奬，人情自宜暖。想此尊明餘，噴飯聊助粲。

長蘅被放有懷

今年春榜新，聲黨多捷中。本謂子不疑，顧乃獨脱空。才名廿年餘，猶復成虚哄。榮名偶然事，兒女浪飛動。貨貴恒不售，材大亦難用。想子能洗然，此理未須諷。乖人易爲感，觸事心更恫。昨年頗驚弓，念子因思痛。羨子胸盤紆，八九吞雲夢。辭畫何淋灕，多能信天縱。造物相逗女，終亦困嘲弄。日日想容輝，時時計飛鞚。市物憎肉食，未闕幽人供。脱粟不論價，蔬筍直如送。底須愁禄養，家園足清俸。三徑久已掃，遲子相過從。秋共牛渚飲，寒同灞橋凍。策杖臨長風，乘舟溯枯葑。子談如倒囷，我飲欲傾瓮。惟知仲長樂，肯作阮生慟。春來物色佳，荏苒遂季仲。已復爲子閏，慎勿妄倥偬。

送程孟陽楚遊

自君有楚役，離念日以旋。今兹遂行邁，那免相迍邅。接歡已成暫，後會方欲慳。前夕把君詩，不覺爲泫然。平生相從樂，轉爲憂所緣。子性快遊覽，杖屨本翩翩。楚中况名勝，山水天下傳。此中亦聊爾，於子良亦便。風景歲欲暮，放舟楓葉寒。遠寒暈晴煩，微霜點秋顛。神閒妙磅礴，筆墨煙霞鮮。胸中芥蔕心，蕩盡爲長川。蹇予久落落，觸途多拘牽。終年縮身首，有似蠶營綿。天地亦大矣，蹩躠步武間。人生欲何爲，寧不亦可憐。何當長相從，披雲老谿巖。願子無他贈，願子安食眠。世路今方難，古心空自鞭。

唐秀才正雅二首

感興

城郭已愁逢鬧處，郊原亦懶恣閒行。細思無事關幽興，還愛空齋放筆聲。

遲友不至

閑齋卓筆賦初成，颯颯西風滿户生。細雨乍來君不至，寂寥把盞對寒檠。

王提學志堅八首

志堅字淑士，初字弱生，崑山人。萬曆庚戌進士，授南京兵部車駕主事。歷郎中，陞僉事，提學貴州，不赴，再起提學湖廣，卒於官。淑士少與李長蘅同研席，爲詩文已知法唐宋名家，而深鄙慶曆間之俗學。通籍以後，多謝病家食，卜居吴門古南園曠遠之地，杜門却掃，肆志讀書。而其讀書最爲有法，先經而後史，先史而後子、集。其讀經，先箋疏而後辯論；讀史，先證據而後發明；讀子則謂唐以後無子，當取説家之有裨經史者，以補子之不足；讀集則定秦、漢以後古文爲五編，尤用意於唐、宋諸家碑誌，援據史傳，摭採小説，以參覈其事之同異，文之純駁。讀佛書，研相而窮性，闡教而閟宗，手寫《華嚴》至再。著《太上感應篇續傳》以輔翼因果之書，其大指在於箴俗學，杜狂禪，欲以實際勝之，而不蘄以辨博樹幟也。淑士有懷長蘅詩曰：「一編餘故簏，字畫麻姑細。仿佛共丹鉛，深夜重門閉。」蓋兩人讀書況味如是，而其人之安和静好亦可以想而知矣。淑士篇章甚富，自定詩纔七十餘首，本其矜慎之意，不多録焉。弟志長，字平仲；志慶，字與游，皆舉鄉薦，讀書好古，而平仲貫穿經學，尤深於《三禮》。孫□，亦能詩。

寄長蘅二首

少小事編摩，謂可操左契。及乎當得失，輒非向所計。年來變態屢，追時殆如謎。屈伸苟不爽，冥冥失權勢。咄哉司衡人，實乃天公隸。一編餘故簏，字畫麻姑細。仿佛共丹船，深夜重門閉。十年夢幻身，感此潸欲涕。

吾觀仕宦人，每每念丘壑。雖復非真實，兹意或間作。譬如酒食困，番思茗飲樂。病苟稍稍去，旋復恣饞嚼。嗟余困折久，甫得離蔬屩。救口猶不遑，何遽厭杯杓。念吾堅頑姿，本自甘濩落。兹遊非得已，黽勉就人爵。人生能幾何，胡爲久薰灼。寧爲沙上鷗，無爲籠中鶴。山靈聞吾言，生平謹然諾。

觀馮生所藏倭王錦袍歌

馮生示我倭錦袍，腥風凜凜寒髮毛。天吳紫鳳恍惚是，水底鮫人親自繅。倭王昔日乘潮入，箕子城頭鬼夜泣。道旁瓦礫青珊瑚，茫茫衰草人膏濕。休徒暫住釜山塢，帳下健兒弄餘武。鼎烹壯士似孤雛，稍掛嬰兒作旋舞。何人東征擁貔貅，前茅初度遼海頭。咄哉奉使竟不效，抱頭竄却臨淮侯。軍中誰復探虎穴，猛士如雲皆縮舌。馮生奮髯決獨往，丈夫生計三尺鐵。當時清正酋中雄，偏師坐擁千旗紅。葛巾直往恣談笑，一言未畢意已通。夷國亦有天，夷人亦有心。對君指心與君語，戴天願如滄海深。

臨别殷勤重回首，西望長途酹杯酒。征袍自解錦雲鮮，贈君剛及西風後。歸來朝事一番變，諱却和戎盡言戰。征夫羽箭各垂腰，東南轉餉車遥遥。兵連海外不可解，從此司農心計勞。馮生趣駕歸田去，盡鑄腰鐮作農具。只今蹩躠長安塵，姓名不上論功疏。茅齋夜静聞寒柝，聽君話舊燈花落。君不見錢將軍，夜半提師斫陣雲。功高不賞人所惜，鼠牙雀角何紛紛。世上難憑伸與屈，勸君且盡杯中物。

河間道中雜興二首

朝求百騎盡如龍，趙女齊兒一隊中。席帽長衫渾不辨，只教銀鐙露雙弓。

驛馬朝餐苜蓿肥，三鬃剪出疾於飛。行人盡望紅塵起，開府差人闕下歸。

讀宋史張浚傳二首

一立彤墀喙便長，有時飽老也當場。富平未起符離又，可悔彈文到李綱。

十萬良家等蟣蠓，符離一夕水流紅。魏公心法由來異，鼻息如雷學寇公①。

① 原注：「四朝史載：符離師潰，浚鼻息如雷。此是心學。」

送陳獻甫之雲棲

寶刀隴上日初沉，壁觀峰前雲正深。四十八聲清夜發，教人失却少年心。

尹提學嘉賓七首

嘉賓字孔昭，江陰人。萬曆己酉解元。庚戌舉進士，除中書舍人。歷兵部郎中，陞湖廣提學副使，卒於官。孔昭少起孤生，編蓬土室，糟糠不厭，縱酒長嘯，意豁如也。既貴，落拓自如，山巔水曲，班荆藉草，歌筵酒席，呼盧縱博，開寫心曲，伸訴契闊，諧噱歡暢，談笑絶倒，雖小夫市兒，咸可以狎而親之。至於談國事，論交誼，激昂蹈厲，藴義生風，舉世之負名節矜圭角者遇之，皆退然自廢也。東事亟，以兵部募兵海上，登蓬萊閣，望醫閭，酹酒高歌，慨然有登白山度黑水之思。出爲學使，非其好也，卒勤其官以死。生平不多讀書，如昔人所謂不甚求解者。文不經思，潦草捉筆，短章斷行，皆有新意。字畫瘦勁，晚更雜篆隷出之。又好爲新説解字，酒後以指畫肚，輒撰説某字云何，或就而詰之，坦腹一笑而已。病革，命其子自道取詩稿悉焚之。余爲揀選，手録數十篇，自道謀刻之，未果而死。問之其家，不可復得矣。録余所臆記者數首。

秋日寄受之太史

屋梁落月思悠悠，清夢依然到虎丘。月滿講臺宵度曲，雲生西嶺晚登樓。林香冉冉流清梵，楓葉蕭蕭下小舟。苦憶風流錢太史，賞心何日續同遊。

寄破山樵者李超無

結隱深隨麋鹿群，上方鐘磬斷知聞。空山歲晚多冰雪，若個峰頭踏凍雲。

江上雜詠三首

河豚雪後春還淺，刀鱭風來水已波。携酒江邊吹笛坐，那山今日出雲多。
君山殘雪點汀洲，黄浦微茫失遠流。猶有幽人徐西望，洞簫一曲出江樓。
杏花淡淡柳絲絲，畫舸春江聽雨時。漸捲鶴洲江色紫，沙鷗睡着不曾知。

前湖詩

前湖何氏七娘子，駡賊不污殉節死。湖上鴛鴦不敢遊，湖中蓮花無並頭。

平原道中見牧豕者

天門室宿鬱如虹，海上蕭條牧豕翁。會得平津開閣意，一竿寒日野田中。

韓國博上桂一十四首

上桂字孟郁，南海人。少攻騷賦，驚才風逸，天官、兵法、壬遁之書，無不通曉。風儀蕭散，悠悠忽忽如山麋野鹿。與之遊處，敦篤友誼，聚首摩腹，藹如也。萬曆甲午舉於鄉，倭人躪朝鮮，詣闕上書，請以奇兵出海道繫關白之頸。數舉不第，天啟初，以學官上公車。蓮賊方熾，朝議欲得儒生知兵者往覘形勢，孟郁奮袂請行。福清在政地頗壯之，而不能用也。稍遷南京國子監博士，扼腕東事，憤盈無所試，而年亦稍長矣。留都舊京，賓朋歙集，户屨填咽，詩酒淋漓，所得俸錢盡付取酒，不給則典衣丐貸，以相娱樂。酒間慷慨歌「老驥伏櫪」之詩，至於涕下，蓋其中有不自得者，而坐客莫能知也。亦竟用是以死。孟郁爲詩賦多倚待急就，方與人縱談大噱，呼號飲博，探題次韻，紙上颯颯然如蠶之食葉，俄而筆騰墨飽，斐然可觀，顧不能爲深沉之思。爛熳放筆，不自顧惜，稿成隨手散去。常問其所就於余，余曰：「孟郁才氣可方吾鄉桑民懌，要是萬曆間嶺南第一才子。」李長蘅嘆之，以爲知言。孟博之才，長於古詩歌行，於今體殊不經意。晚年好填南詞，酒間曼聲長歌，多操粤音。今其刻本亦不傳。

醉卧蘇汝載積翠園晨起放筆呈汝載

偶來辟疆園，遊戲竹林下。雲物遞清新，花水低相亞。野樹蓋中庭，餘陰蔭比舍。礙日構飛楹，攢雲拱朱榭。地僻鳥易馴，澗絶虹仍跨。蓄水灌疏畦，寒流瀠石罅。疏菊晚逾鮮，敗荷久已卸。方冬場圃成，萬室入禾稼。村巷出牛羊，主人屬清暇。樽寬北海情，屣倒中郎迓。本自託石交，况乃藉姻婭。屑語等琳琅，芳詞襲蘭麝。席地竟長筵，臨流洽飛斝。珍饌絡珠盤，竹厨行美炙。諸蔬錯蟹蝦，嘉果有橘蔗。鬱金琥珀濃，寶杓琉璃瀉。博木競梟牟，選隽事壺射。不醉爾無歸，就逋我弗赦。調笑雜優俳，歡囂恣輕罵。側弁轉悠然，屢舞且勿咤。醉客影闌珊，倦僕夢驚訝。歡燕意轉濃，鄰鷄不相借。吐後酒頻呼，主休客未罷。卧我碧雲樓，覆我青羅帕。疏星點翠簾，凍雨消長夜。起視覺蒼茫，宿昔如羽化。吁嗟此夕遊，洵矣美無價。天明起就途，僕夫不肯駕。惡賓兼故人，賤子謹致謝①。

① 原注：「醉中有惡賓故人之謔，故及之。」

得也字戲爲解嘲六言二十八韻示汝載

卿相事業彼哉，簞瓢道味回也。關門仙客騎牛，塞上老翁失馬。夷甫立名非真，偃師構象是假。機性能忘灌畦，忮心不怨飄瓦。愛金折脅蔑污，乘翟錫爵渥赭。鷄肋薄味休尋，蝸角微名須捨。蟠木輪囷離奇，王侯不穀孤寡。西山弱蕨堪餐，東籬黄菊滿把。天清雁隊繳加，水落魚梁網打。三命五命徒然，一丘一壑聊且。陰崖久閟豐茸，古洞乍開豁問。第安墐葦茅簷，不羡布衣蘭若。僻徑柳絲煙迷，幽齋桐葉露寫。花朝鳥語四聞，山午鐘聲幾下。珮結瓊瑶采含，服製芰荷香惹。懶出却步朱門，痛飲攢眉白社。竹罏鼎沸烹茶，石澗泉潆滌斝。雨後小摘瓜蔬，盤中薄蓄葅鮓。種秫百斛供酣，割蕉千葉披灑。淮桂結緣小山，郢雪揚歌大雅。曼倩詰屈陸沈，淳于滑稽炙輠。堯勳舜烈糠秕，周禮孔書土苴。試誦《逍遥》內篇，請植廣莫荒野。卷葹拔心復春，反舌無聲值夏。鸞鳩笑比鵾鵬，樗櫟壽勝梧檟。懸弓影忌照杯，鑄劍金防躍冶。枉教盜鈴作聾，何事吞炭爲啞。但處材不材間，勿問鳴弗鳴者。

秋江月

秋江月月在，秋江如可掇。秦時曾照玉龍堆，漢世常穿金鳳闕。鳳闕清輝映畫樓，風生洲渚錦帆秋。白雲一去迷前浦，江水東迴逐月流。月光一何皎，客愁一何悄。玉盤滅没波盈盈，彩袖飄揺蘇小小。揚子江頭見月光，華堂寶燭奪輝煌。魚龍寂寞金波冷，烏鵲依微玉樹涼。濯濯芙蓉雙蔕斷，怯怯鴛鴦比翼狂。比翼鴛鴦自成匹，獨眠孤婦不勝泣。春去秋來恨幾時，月圓月缺嗟何及。錦帳蕭條可奈秋，惜芳人倚木蘭舟。金閨草閣還同照，紈扇蛾眉一樣愁。幾度霜寒聽暮笳，况堪羌笛《落梅花》。江城大地三千里，江月斜懸四五家。良人幾戍交河北，妾夢空驚海上槎。海上槎，嘆秋月。任爾團團比玉容，胡不雙雙對玄髮？千門萬户竟能爲，七寶三窟望空絶。姮娥既老不嫁人，吴公持斧何時歇。徒有無情桂樹香，不見多心連理結。以兹感嘆減朱妍，誰分輕鬟襯繞蟬。翡翠樓前鉤獨上，珊瑚案上鏡虚懸。

拚無藥物能奔託，拚無服食可神仙。東家流水西家扡，南陌栽花北陌搴。曉漏銅樓鷄欲歇，此時不見秋江月。秋江月落影沉沉，美人一笑千黄金。人生百年難百歲，何處雙心共一心。雙心雙意徒爲爾，願逐流光赴蒙汜。蒙汜雖沉猶有回，獨無故人可重來。思君不見憐秋月，化作朝雲暮雨臺。

御溝水

洛陽城東花草殷，垂楊滿道那可攀。始聞絳氣縈金闕，復道寒煙鎖玉關。玉關對削環丹阯，朱館横連盈帝里。深宫寂寞掩芙蓉，間道斜通御溝水。溝水東流百尺深，絶代佳人但一心。紅顔可照青天麗，粉黛空含緑地陰。緑陰地森不可見，柏梁宫裏陳高宴。謾想輕盈擬阿嬌，更得娉婷似飛燕。飛燕雙翻入華堂，清歌妙舞逼成行。各取嫣妍迴眷戀，何知姊妹借輝煌。逢人祇説烏鴉挽，對月真驚寶鏡妝。寶鏡妝成不自惜，但願君王賜顔色。君心活似劍端環，妾念專期林上翼。林上寒烏棲滿枝，三春歸雁濕征衣。恨不傾身聯比目，那能奮翮趁雙飛。流蘇寶帳塵將滿，承露金莖滴乍稀。此時慘淡玄華耗，此日空臨御溝道。溝道波浮映遠楊，繁絲亂絮結中腸。瀠洄不比東歸水，哽咽難沾五夜觴。觴中酒滿淚亦滿，枝上絲揚情復揚。薜蘿紫結徒懸月，菡萏朱華祇怯霜。沉思此事憐孤寢，溝水溝聲常入枕。黄姑幾度惜填河，織女七襄害成錦。波去波回亦有時，千金賦盡無還期。但看古來溝水地，誰不吞聲恨落絲。

子夜歌

月光欲没花含煙，嶺頭遊客愁不眠。池中小蓮新貼水，林外輕桃帶露鮮。隔墻近在誰家子，婉轉歌聲常入耳。吴趨未下楚姬迎，玉笙初罷文簫起。銀河燭影夜沉沉，寶爇蘭薰香十里。共道千金買醉宵，何知孤客憐春芷。憐春芷，嘆春聲，慘切流鶯暗自驚。關河北去人如夢，衹是相思一路明。

採蓮曲

採蓮復採蓮，採蓮方未已。翠羽拂雲平，輕橈乘浪起。越女嬌嬈世所無，玉環繫腕色甚都。相將結伴尋芳去，但得芙蓉莫浪趨。芙蓉淺淺峽江側，近水輕盈凈如拭。將歸東岸隔西潯，欲往汀南限溪北。汀南溪北一朝花，採蓮誰得似娼家。不憎緑水漸羅袂，但恨鴛鴦占浦沙。浦上鴛鴦兩兩飛，翠莖丹幹自相依。渚口初聞乘月去，隔江猶唱採蓮歸。採蓮曲，歡未足。一路歌聲入彩雲，相看翠袖飄紅玉。思君爲擢藕如船，斷却長絲恨轉連。蒂似妾心空自苦，花當妾貌好誰憐。採蓮秋已暮，歸來月如素。塞外音書杳不聞，江南年少空相慕。摘盡紅蓮悵遠天，回看往路空寒煙。可憐江上如花女，爲採蓮花學刺船。

紫陌行

乙未春，罷對，自長安抵敝廬，時春氣盛敷，遊觀絡繹，而余獨蹇行道中，不勝壹鬱之感，雜以成篇。

聖朝明日麗中天，漢代祥雲接御煙。百二關河開錦繡，三千龍虎護幽燕。幽燕士女多婉孌，洛渭風塵同眷戀。但學吹簫駕碧空，豈惜鳴鑾買歌扇。曉漏銅龍報早春，青陽景物動芳辰。太史書雲呈玉葉，將軍履劍動勾陳。嶺外調風應，衡端淑氣臻。文從星漢轉，治逐斗杓新。斗杓星漢浮蘭氾，象管鸞笙催帝里。羅浮山上月銜梅，上苑林中雲綴李。共道朝來鬬綵春，誰知臘裏偷寒芷。春氣競萌芽，春光照碧沙。枯崖藏翠草，古木發瓊葩。渭水橋邊千萬户，武陵源上兩三家。流風一溯龍城遍，往日關河如自變。水濯黄金條，庭抽青玉綫。江雲黯黯度遊龍，江雪融融濕飛燕。飛燕翩翻上畫梁，游絲雜沓捲垂楊。朱門鎖後誰銜鑰，衡宇開斜亦任香。沉吟報道春將度，俠客妖容滿前路。紫帶珠纓絡玉騮，銀絲鐵網妝瑶輅。照人寶劍遞成行，映日金環移遠步。金環寶劍逼泠泠，牽車策馬未曾停。何處依微開古刹，何處陰深度帝京。龍鞭輕指點，寶勒近丁寧。相看一水隔，並笑百花明。仙郎此去同誰伴，浮英落縷争相半。丹瞿九道接重樓，紫陌千條橫廣漢。磴路複崖雪未稀，銅溝別墅冰將泮。爲尋春色倚嵯峨，誰料春心繫蔦蘿。驅馳豈憚金川水，窈窕還臨寶鏡波。北渚夜來少，南山朝更多。同爲鬬草戲，齊作採蘭歌。相顧紅顔私懊惱，人生安得長美好。去年花比今年饒，今年春比去年早。聞道宫城輦道東，照人丹杏挹春風。江心小李不同白，洞口纖桃一樣紅。荼蘼架上棲雙鳥，楊柳溪頭落並鴻。荷衣新試淺，柏蓋舊成叢。漱水珠花射，敲冰爽氣衝。行行更向曲江滸，兩岸落花急帶雨。青萍碎出日還浮，弱荇微牽風更舞。錦瑟佳人嬌上春，吹笙王子結成鄰。有情飛鳥能相伴，無意遊蜂祇自嗔。雙雙蛺蝶銜須並，匝匝鴛鴦比翼頻。抽手爲郎折江芷，更上一枝春更美。叢棘牽裳步却難，凌波度襪泥防滓。但取嫣妍效妾歡，何辭婉轉爲君死。簫鼓中流發浩音，桂棹輕移傍緑陰。雲鬟鬬出千峰玉，寶靨斜開萬樹金。萬樹霏微但一色，水底龍文涵湜湜。葡萄樽下幾傾紅，竹葉杯中頻送碧。錦帶同心結，香袿連理織。眼前一片歡，別後庸相識。遲遲落日掛春暉，只可貪花滿袖歸。芳潭紫蓴携來重，碧沼朱英恨不違。歸鞍競隘關前轂，冉冉紅塵散金谷。翡翠支持草際深，珊瑚錯落花中蹴。止水猶含旖旎香，竹梢尚繫輕盈縠。寂寞空林野鳥啼，凄涼暮雨玄猿哭。目極蕭然悵遠遊，早春何地不消愁。亦有花間題紈扇，亦有袖裏覓銀鉤。從前已對蟾蜍月，別後新添鳷鵲樓。始信太平多景象，蕙葉蘭文波泱漾。盛年春色住盤龍，滿目風光留户網。獨有經行客子悲，貂裘已破黄金貲。風流不減張京兆，磊落誰嗟向子期。琴心懶奏鳳皇曲，綵筆羞裁芍藥詩。茫茫天地一何大，石澗飛蟲遞鳴籟。輕風不散故鄉愁，細草長縈行野慨。祇有南枝號合歡，謾説忘憂樹北背。塵生萊甑幾憐人，病處牛衣徒自悔。振翮何時入御堤，上林還借一枝棲。手調商鼎鹽梅和，曲應虞絃舞袖低。涸鮒亦思回潤轍，枯楊猶自發榮稊。春風一夕能相識，鷹作鳩聲亦解啼。

舟行惠陽遇雨

江南十月吹天風，水勢直撼蛟龍宫。白晝鯨鯢跋浪立，猿悲狐怒號蒼穹。江心小艇蕩如失，帆摧柁折中流泣。日暮天黄哭鬼神，顧見大魚張口吸。

風定示蘇汝載

呼童且沽酒，沽酒休蹉跎。人生有酒且相樂，昨日駭震今笑歌。六鰲已斷鯨星霣，波濤累日將如何。與君飲酒悲天風，人生去住飛秋蓬。江圻突遷虎豹窟，古岸夕徙黿鼉宫。我無魚龍之鱗甲，又無雕鶚之羽翼。徙然水路爲逼側。水忌瞿塘陸太行，首尾畏縮將安極，旗亭酒香酩酊時，下視溟渤如杯池。江神莫爭子羽璧，負龍蜿蜒何能爲。

蒼鷹贈蔡子毓

蒼鷹白頭人不識，群飛滄海恣猛力。霜毛颯爽滚雪飛，鐵距撑拏倍慘黑。側目愁胡破遠天，軋滚左右憑胸臆。狡兎未保深窟藏，大鵬遂失垂天翼。姿雄往往受衆猜，去傍魚磯掠鱔鯽。鱔鯽鰲没泥滓中，百轉千飛不得食。吁嗟壯士亦如此，高牙大纛張邊鄙。上林羽獵竟何爲，不搏匈奴搏虎兕。

東征歌四首

十萬旌旗閃絳雲，三千龍虎鎮雄軍。師行不用傳刁斗，夜半天鷄徹曉聞。
天兵繚繞下勾陳，玉女飛符指過津。近見蓬萊較清淺，多因車馬蹴成塵。
邊風蕭颯海雲飀，日足森森照彩旄。鴨緑江波渾似酒，犒師何用更投醪。
鷁首朝驚水怪頻，三山宫闕峙如銀。繫來男女知多少，還是秦時採藥人。

宋秀才珏七首

珏字比玉，莆田人。家世仕宦，不屑從鄉里衣冠浮沉徵逐。年三十，負笈入太學，遊金陵，走吴越，遍交其賢士大夫。初從人扇頭見程孟陽《荔枝酒歌》，行求七載，始識孟陽，遂以兄事之。因孟陽以交余。長身玉立，神情軒舉，開顔談笑，不立崖岸，其胸中涇渭井如也。善八分書，規模《夏承碑》，蒼老雄健，骨格斬然。畫出入二米、仲圭、子久，不名一家。又泛愛施易，不自以爲能事。酒酣歌罷，筆騰墨飛，或即席賦詩，或當筵染翰，書窗涴壁，淋漓戲劇。或醒而自謂無以加，又或旦而忘其誰作也。人以是多易而親之。滯淫旅人，默默不自得，客死吴門。其卒也，孟陽撫之，乃瞑而受含。余與孟陽欲留葬虞山，不果。返葬後十餘年，金陵顧夢游入閩哭其墓，乞余爲文，伐石以表之。比玉爲詩，才情爛熳，信腕疾書，不加持擇，詩成亦不留稿。余取得其《荔枝辭》一首，以爲近古人諷諭之遺。今其遺稿刻於金陵者，其里人所掇拾，非比玉意也。

讀金陵俞仲髦荔枝辭戲作五十四韻

愈公晚好事，垂涎及荔支。頗貶楓亭驛，甘作驛丞卑。忘意荔熟日，端坐飽啖之。事有謬不然，傾耳聽我詞。楓亭閩孔道，迎送無停時。漳泉貴宦多，暑行喜夜馳。東迎接不及，南送已嫌遲。炎天夫馬缺，每被豪奴笞。此亦丞常分，受辱其所宜。及至荔支熟，苦情公不知。驛庭只四樹，樹老半枯枝。每歲貢上官，皆派丞往賫。歲有熟不熟，上官循舊規。十萬獻撫按，百萬分三司。四郡大鄉官，例亦有饋遺。張家賒數擔，李家復那移。封緘青籠内，渡江敢辭危。伺候烈日中，暍死敢言疲。門吏急使用，乃得進丹墀。不然香氣變，色味復差池。小則受棰楚，大則冠袍褫。上官幸色喜，歸見妻孥悲。張三昨索價，李四又忙追。門前遞罵呼，簪珥典償伊。衣衫準子錢，反言伊受虧。妻孥交口詈，驛丞兩耳垂。荔支有此苦，誰説甜如飴。公思啖尤物，一事頗燥脾。莆多荔支園，園丁盡可爲。五月六月交，朱實已累累。販子未採摘，園丁不暫離。中搭四柱樓，夜以防偷兒。園丁卧樓中，兩手如懸捶。珊瑚爲我幄，碧玉爲我帷。園林悄無人，惟有涼月窺。伸手即可摘，摘食復奚疑。口吮荔支汁，指剥荔支皮。皮核卸樓下，堆積如城陴。飽即捫腹卧，恬若陳希夷。既不費銀錢，又無人把持。清福如此享，神仙亦妒其。家家亦有園，宋香品最奇。崔亭與咼山，霞墩及東陂。陳紫比毛嫱，江緑匹西施。年年皆遍嘗，題詠壁淋灕。自署茘仙人，不羡加太師。無端客鍾陵，十載滯歸期。茘熟必入夢，醒來空嗟咨。無罪坐自囚，無官反自羈。言梅寧止渴，説餅豈療饑。清福不得享，作計無乃癡。昨爲人寫生，費墨及胭脂。今復弄紙筆，揮汗作此詩。詩以嘲俞公，因之以自嗤。

西湖雜詠二首

雲合雲開樓上下，月升月落榻東西。側身枕畔低回看，身與雷峰塔頂齊。
倦將書卷引閑眠，枕上青山几上煙。午夢似醒醒似夢，濕雲如地水如天。

過燕磯懷孟陽

孤帆落炤在磯頭，風引歌聲喚客留。正欲低回尋往事，紛紛木葉下江流。

將歸白下留題侯豫瞻畫壁

酒中别意畫中花，梅半殘時柳半芽。我欲橋邊添箇客，醉眠芳草不思家。

泊皖城三日懷白下故人

城依碎石岸依沙，行遍城南乏酒家。日暮客愁如白下，蘆花風起似楊花。

湯宣城詩有長橋細月眉相約之句有所懷極賞之惜其全篇不稱春日坐浪樓戲爲足之

寂寂春山一鳥鳴，春江入夜亂春聲。長橋細月眉相約，遠浦微波目共成。歌扇裂餘猶見畫，舞巾題處已無名。那堪一尺天涯路，空對繁星達曙明。

商秀才家梅一十三首

家梅字孟和，閩縣人。萬曆末年，遊金陵，與鍾伯敬交好。伯敬舉進士，從之入燕。馬仲良榷關滸墅，偕仲良之吴門。其交於余也以鍾、馬，而其遊吴中也最數且久。居閩之日，與遊吴相半，則以余故也。孟和少爲詩饒有才調，已而從伯敬遊，一變爲幽閒蕭寂。不多讀書，亦不事汲古，鑱心役腎，取給腹笥。低眉俯躬，目笑手語，坐而書空，睡而夢囈，呻吟咳唾，無往非詩，殆古之詩人所謂苦吟者也。崇禎丙子，自閩入吴。馮爾賡備兵東倉，好其詩而刻之。明年，余被急徵，孟和力不能從，而又不忍余之鋃鐺以行也，幽憂發病，死婁江之逆旅。爾賡庀喪事，返葬焉。余嘗與孟和論詩，舉歐陽子論梅聖俞之言，以爲聖俞之詩，辭非一體，不若唐諸子爲詩人者僻固而狹隘也。夫僻固而狹隘，是可以爲詩人乎？雖然，惟僻固則心思不亂營，神志專一，而可以屏營魂之外遊；惟狹隘則見聞不奢取，聰明陶汰，而可以黜意象之旁誘，今之人不安於僻固狹隘，而哆然自驚，窮大而失其居，博採而不領其要。今之所以不及唐人者，豈非懲歐陽之云而反失之乎？孟和俯而深思，喟然而長嘆曰："「善哉，子之教我也！我今而知所以自處矣。我寧規規封己爲僻固狹隘之唐人，不願爲不僻固不狹隘之今人也。子幸以斯言叙我詩，百世而下有指而目之者，曰此有明之世一僻固狹隘之詩人也，視歐陽子之稱聖俞者，不尤有餘榮矣乎！」余既諾孟和之請，而未及爲。今録其遺詩，追憶平時往復之語，聊舉其緒言，以慰孟和於地下，並以諗于世之知詩者。

留别杜生

樵川旅思久應殘，未去遥知别事難。漸有歲時生遠夢，乍無朝夕共清歡。山鶯勸酒宜深聽，春柳如人不忍看。更盡須臾攜手處，溪流正漲月光寒。

到白門同友夏坐茂之齋頭話别

暫得清言到夜分，逢遲别促思紛紛。庭前一片高梧影，明月來時即似君。

聽同舟人吹簫

有客同舟月正來，閒吹玉管思徘徊。數聲只在霜篷裏，却似江頭寒雁哀。

同伯敬渡漳河

不覺朝從鄴下過，更於薄暮渡漳河。頻詢故跡情難滅，爲記遺文事轉多。枯柳覆村疏有路，寒雲隔水去無波。濺濺俱是千秋恨，銅雀風流可奈何。

題受之津逮軒

雖然城市即山居，才理清齋木石餘。坐卧此中心自遠，月來先照滿牀書。

過何季穆夜坐聽雪

入春難獨夜，今夜坐能深。有雪下疏樹，如風吹隔林。因之聞不睡，亦可共微吟。斟酌閒房裏，清寒到客心。

同王忘機林子丘登雨花臺過弔亡姬楊煙墓薦酒賦詩

雨花臺下樹爲煙，抔土於今已一年。亦有催妝舊時客，同來酹酒晚風前。

自吴門登舟武林二首

來往錢唐路，今朝倍有情。蛾眉過柳色，燕語掠江聲。遠翠如鬟沐，殘花帶笑迎。獨憐一水上，吴越女盈盈。

碧水照多思，舟中餘有春。最憐從岸草，如戀渡江人。煙態變濃樹，歌聲覆緑蘋。浮家達者事，亦未自由身。

至武林邸舍

十載武林路，重來半故鄉。煙青出墻竹，月白過樓霜。歲晚情難住，湖山夢易長。蕭蕭閒坐處，斟酌伴清光。

過灘 示吴姬。

曉發即灘聲，溪山無限情。亦知船不住，笑指石能行。屢惜巖巒去，渾忘波浪驚。從來幽閣裏，夷險未分明。

得家書

忽見平安字，封題是老親。自驚爲客久，不敢述家貧。松菊縱多故，路途惟一身。臨風應不盡，還問寄書人①。

①原注：「吴凝父苦愛此詩。」

送裴二還家

自然畏秋色，豈可視歸人。此際猶家信，何時非客身。淡雲行水次，寒月過江津。囑爾無他事，爲余慰老親。

顧勳衛大猷五首

大猷字所建，江都人。夏國公成之裔孫也。故事：侯家子弟嫡長應襲，以次推一人爲勳衛，帶刀侍從。所建既補勳衛，旋謝病歸。讀書修韋布之行，折節置驛，延請四方賓客，一時聲稱藉甚，以爲四公子復出也。嘗遊秦中，賦詩弔古，留連武功、鄠、杜間，訪問康王遺伎，召置坐中，青衫白髮，歌殘曲，道故事，風流慷慨，長安少年至今傳之。東事告急，用游御史士任薦，募江淮水師勤王。兵甫出，被讒下獄，謫戍，赦還。己巳之役，兵在城下，奮袂詣闕，請獨身赴鬬而死。單車渡淮，聞解嚴乃返。居嘗恨母死身病，國勢日蹙，早夜呼憤，邑邑不得志而卒。余定其私謚曰孝譽先生。所建事母篤孝，撰《鎮遠先獻記》，敘述先人勛績甚備。搜採國朝掌故，條列時政，著書數千卷，盈箱溢帙，秘不以示人。一旦溘逝，無子，遺書放失，靡有存者。世之知所建者，稱道其篤行博聞，咸以孝譽之謚爲無愧焉。

蕪城

日落蕪城門，草没蕪城路。無復鶴歸年，時見烏棲樹。

梅華閣

殘雪映江城，春風度郊郭。不見閣中人，梅花自開落。

初冬社集甘露閣

嚴風動樹轉新寒，繫馬招提木葉乾。鐘鼓還鳴梁殿閣，壺觴雅集晉衣冠。江枯白雁蘆初斷，地古青蓮露已殘。總是空門無去住，賦詩行酒盡餘歡。

春初雨雪新霽過烏龍潭訪謝少連

林竹誰開徑，春江暫繫船。青山君偶借，滄海興應偏。城闕留晴雪，衣裳净夕煙。泠然心賞得，佳處若爲傳。

秋晚客鷄鳴寺

古寺崔嵬俯帝城，攀躋漸覺旅愁輕。樓臺寒入三山色，砧杵秋高萬户聲。向夕張琴依竹坐，有時待月伴僧行。從來禪室多心賞，几席無塵夢亦清。

龔溧水士驤二首

士驤字季良，義烏人。崇禎戊辰進士，知溧水縣，卒官。季良以辛酉舉於鄉，余閲其闈中牘，班駁多奇氣，度衆取之，撤棘知爲奇士，恨相見晚也。季良膂力絶人，能挽百石弓，軀幹丰偉，輿夫爲喘息汗下。跳躍超距，輕蹻少年弗如也。家世烏傷，爲宗汝霖故里，習行陣束伍之法。余方急東事，爲縣官急才，入朝以告董大理崇相，崇相特疏薦之。季良方下第，策馬宵遁。既舉進士，有子領鄉舉被劾，悒悒不得志，之官遂發病，縱酒狂呼，時時拔劍斫地。自負知醫，不肯服藥而死。

塞上曲

星漢盈盈望故鄉，夢驚刁斗在遼陽。誰將一片深閨月，散作長城萬里霜。

西湖曲

六橋羅綺媚晴霞，彩袖風偏一向斜。四百亭臺何處勝，香車未到莫飛花。

茅待詔元儀九首

元儀字止生，歸安人。鹿門先生坤之孫，繕部國縉之子。少爲孤童，雄傑異常兒。年十歲，吴興大祲，太守集議賑荒，群公囁嚅莫敢應，止生垂髫奮袖，請盡傾困廪以賑國人，太守嘆異曰：「魯子敬不是過也！」止生好譚兵，通知古今用兵方略及九邊阨塞要害，口陳手畫，歷歷如指掌。東事急，慕古人毁家紓難，慨然欲以有爲。高陽公督師，以書生辟幕僚，與策兵事，皆得要領，嘗出塞相視紅螺山，七日不火食，從者皆無人色，止生自如也。高陽謝事，止生亦罷歸。先帝即位，經進《武備志》，且上言東西夷情，閩粤疆事及兵食富强大計，先帝命待詔翰林。尋又以人言罷。己巳之役，高陽再出視師，半夜一紙催出東便門，僅隨二十四騎，止生腰刀匹馬以從。四城既復，牒授副總兵，治舟師，略東江。旋以兵嘩下獄，遣戍漳浦。東事益急，再請募死士勤王，權臣惡之，勒還不許，蚤夜呼憤，縱酒而卒。止生自負經奇，恃氣凌人，語多誇大，能知之者惟高陽與余，而止生目中亦無餘子。世所推名流正人，深衷厚貌，修飭邊幅，眼光如豆，寧足與論天下士哉！止生爲詩文，才氣蠭涌，摇筆數千言，倚待立就。而其大志之所存者，則在乎籌進取，論匡復，畫地聚米，決策制勝。集中連篇累牘，灑江傾海，皆是物也。今既已化爲飛煙，蕩爲冷風矣。顧欲刺取一二有韻之言，簸揚而藻飾之，是豈止生之所以自命，而亦豈余之所以知止生者哉？

送錢受之侍郎枚卜罷歸一篇 崇禎元年。

晶晶日月，雨雪忽零，豈無師保，柬此寧人。維桑失繫，朽索弗寧。大木將拔，先剪厥陰。其一矯矯藎臣，夷之斲之。顯顯令人，謫之詠之。言竄江沚，隱斯骩也。自幽私宮，避斯駁也。其二鼎沉而起，星墜而升。如日再中，如月再盈。言巾我車，言濯我纓。闢此皇路，以遲彙征。其三彙征伊何，首論鹽梅。惟和惟一，無待爾枚。田畯盤舞，紅女解頮。翳雲何自，晦此中臺。其四浣布於火，乃愈鮮也。駈金於鑪，乃愈堅也。人亦有言，靡不有天。高高在上，焉用便便。其五言駕言邁，歸我初服。匪曰初服，匪帝疇復。於以御之，我躬粥粥。婦不可媚，豈待詹卜。其六拂水涓而，耕罷可浴。虞山咫而，詠罷可牧。斟之酌之，奚暇枕曲。願言懷人，窮此遐目。其七煌煌帝業，莫或纘而。昭昭先微，莫或亶而。及爾政成，恐或闉而。假此暇日，往者衎而。其八神龍將蟄，並及於蝘。滄流欲竭，禍先於鱒。嗟我何人，亦檻亦圈。願因商風，從子荒遁。其九高后在天，哀此下民。篤生神孫，哲惠且英。襄焉穆穆，終矣明明。惟日之環，匪河之清。其十

潞河與受之侍郎別次見贈韻

崩岸驚濤不可聞，新湍陡處手初分。共聽夜雨還傷我，獨趁秋風却羨君。東閣只贏抄秘本，北山重補未耕雲。明朝淚落蘆溝上，也解隨流逐衛濆。

九日同啓泰石卿諸君登永寧寺臺

此歲登高在此臺，樹籠秋色入深杯。黄花祇爲形霜艷，紅葉多因酬雁來。寒水淺流如漱石，雲山初暝似生苔。一番佳會增惆悵，是到重陽憶幾回。

江村村外有野水一灣就看秋色

江村是處好清秋，倍愛寒塘特地幽。但有白楊晴亦雨，瞥驚霜荻浪生洲。飽看楓色還思影，送盡秋鴻更憶鷗。漫説江南千萬里，只須扶杖便江頭。

赴獄旅中示客

暫脱南冠坐水湄，殘觥瀝盡與君知。時危祇恐英雄老，世亂非憂富貴遲。已見生來同李廣，只須死後傍要離。十年征戰兼羈縶，見慣休猜不慣悲。

江村荷恩放回呈伯順奉常啓泰徵君

追鋒車上雪皚皚，猶似當時特召來。分死只如遼左去，重蘇猶得故人哀。餘生羞過荆軻里，退士何心樂毅臺。但負聖明兼負友，鴻飛天外尚徘徊。

春夜同屠泠玄於該博堂前坐月

杯停花睡正三更，寂寂閒除澹慮生。月洗纖雲天似潤，風摇狂絮柳如酲。乍尋詩味抽春笋，難冷交情炙凍笙。留得一詩存勝日，侵晨又去伴啼鶯。

陸賈不欲數過諸子

和湯臨川諸題，録二首。

新語漢高驚，片言粵佗喜。乍可動帝王，常恐厭兒子。

魏王分香

英雄心膽殊，不惜兒女態。最笑啖名人，含情死後悔。

于秀才鑒之一十六首

鑒之字昭遠，金壇人。吾友贈太僕少卿中甫之子也。中甫於余二十年以長，折輩行與余友，而昭遠與其弟鑒字御君，皆執經事余。中甫没，余再過金沙，昭遠坐我書閣下，琴書分列，香茗鬱然，文采風流，浮動於研席筆墨之間。間出其歌詩，烹金煮玉，追琢其章，知其深思汲古，不爲苟作者也。中甫風義激發，居部黨之首，晚年坐黨論屈抑。昭遠兄弟如二惠之競爽，思一振起之，而皆困於場屋。昭遠邑鬱呼憤，默默不得志，年纔五十，發病而死。始昭遠過虞山，以《雜感》詩示余，余讀之，至「萬事只如芳草暮，一生常比落花時」，徘徊吟咀，以爲獨絶。已而私于孟陽曰：「劉希夷『去年花落』之句，昔人以爲詩讖。昭遠之才之齒皆如春花，而爲秋士凄斷之語，此何祥也？」丁亥冬，訪昭遠遺詩，與御君復理前語，相顧泫然者久之。

雜感十首　崇禎元年。

殘書一榻對松風，卧讀微妨飲酒功。小院心情春暖後，高樓閒暇夕陽中。蟬留舊草驚飛白，蝶去餘花慘夢紅。底處古人須見我，偶然危膝類張融。

人間白晝自繁華，別有玄心託賦家。尺牘殷勤非盛覽，衡門寂歷少侯芭。勞生晦朔觀朝菌，隙地陰晴視昔耶。何處更求巖壑隱，男兒襟氣是煙霞。

卮酒能當萬樹萱，上才寧必醉西園。清時肯護文人行，薄俗難稱長者言。素魄豈愁頻缺輻，蒼穹猶恨類欹軒。微詞竟得留容冶，宋玉何曾似屈原。

楊子幽居五世傳，幸留殘石伴遺編。院藏彌勒依金好，樓望童初想玉賢。底事會心常獨笑，未能排悶且高眠。吟軒何以酬枯臆，禁得廬峰一匹泉。

抱影空廬日月荒，莓苔無事歲青黄。精心自比和香序，雅好誰同服食方。拓落詎能辭尚白，縱横那復著聊蒼。倦懷秋氣尋常有，春葉還驚半石牀。

嫩晴花氣減衣天，静夜燔香月照煙。琴在暗牀聞鼠過，石當虛牖見蟲懸。委形笑我無名屈，宣髮欺人不惑年。安得山林藏下士，風飄閒處即棲禪。

扃門非敢傲鄰比，祇是平生最自知。小賦不須通狗監，微才何用造牛醫。蕁絲乍可牽吴興，蕙服終難釋楚悲。莫訝經年無快接，秋蛾春蝶有鬚眉。

高館涼風日夕吹，幽襟横絶雍門絲。蔡洲古岸移青石，杜里新煙改赤墀。萬事只如芳草暮，一生常比落花時。無聊感慨仍無謂，鄰笛何關向子期。

蘿窗静翳鎮春冬，澹漠偏于節物濃。柚美故堪供禹錫，松高應不受秦封。懸禪醉後矜南阮，畫障薰餘愜小宗。自共古賢風性近，非關人世調難逢。

亦解雕蟲世所輕，丈夫肯自壅情靈。寧從趙曄探詩細，不向王充索《論衡》。俗問蕭疏難竟絶，清談歷落故無成。將歌小已吾誰怨，累牘何妨月露形。

聞警二首　乙亥三月。

群盜因循玩木鵝，忍言陵寢罷誰何。井桓烏集人煙斷，叢構狐鳴夕磷多。酒客狂曾揮蔗杖，書生弱亦弄枝戈。三千精騎誇邢邵，殘墨拚將楯鼻磨。

男兒生豈負頭顱，久事雕蟲愧壯夫。欲問偃妖誅楛矢，誰驚穆御誓桃弧。貉奴白帢頻收繫，蛾賊黄巾未伏辜。今日擁書三萬卷，可堪持作解兵符。

辛巳仲春京口望茅止生輀舟不至感述三首

萬事東流江上船，才名永負勒燕然。吹樓已任蛾眉適，旅櫬空期馬革還。氣滿揮戈違駐日，心傾指囷溯駒年。人間别有男兒淚，欲共春潮挽逝川。

明姝猶少入宮憐，瑰俊曾聞得幾全。北闕籌兵真武庫，西曹篋謗似文淵。八城獸角烽吞塞，千軸魚麗海嚙舷。精已銷亡賒一死，深閨何必異窮邊。中讒寬死即恩綸，瘴雨蠻煙報主身。謫戍未逢除黨籍，勤王端復見孤臣。丁年齒髮從軍敝，甲第膏腴養客貧。聖代國殤天下士，豈伊親舊獨霑巾。

雨後述懷

瓶笙階雨鬨秋堂，委蠟窗邊昨夜長。小技故耽蟲食葉，空居新覺燕辭梁。移時石白相看晚，鎮日松青獨坐涼。又到西風垂九月，半生情味剩思量。

王布衣人鑒七首

人鑒字德操，吴郡人。少學詩於居士貞，居吴門彩雲橋。堂供古佛，一燈熒然。庭前雙檜，可二百年物。凝塵滿席，階下幽花小草，手自灌刈。數世不食葷血，面削而形臞，見者知爲枯禪逸叟也。深爲草衣道人所賞，每得其詩箋，籠置袖中，喜色浮動眉宇，人望而知之。有《知希齋集》二卷，孟陽、雲子評定，余爲之序。

冬日閒居和居士貞丈韻

忽忽寒光早，貧居水上村。病疏當世事，拙負故人恩。黄葉深樵徑，荒煙淡蓽門。憑誰論出處，短褐信乾坤。

夜宿慧山下和俞孺子

山昏溪暝市銷聲，唯有流泉不斷鳴。莫以停舟依酒旆，急須敲火就茶鐺。暗中葉落疑人至，空外雲移似鶴行。細啜微吟過丙夜，冷然疏磬隔煙清。

乙丑除夕

除夜今年暖更晴，不須隨俗爇松明。遭逢如此翻堪笑，聞見於時盡可驚。石罅土凝留臘意，竹間泉韻瀉春聲。漏深暫得銷群動，坐向寒燈見一生。

春寒

林風溪雨弄春陰，古屋凝寒午更深。煙火蕭條人迹斷，自籠雙袖聽新禽。

得草衣道人湖上信

一散菁葱社，松陰路遂分。孤雲堪作我，朗月輒思君。溪暖蘋初動，桐欹露已聞。感離因憶舊，遠望思紛紛。

虞山訪李孟芳

下帆尋舊泊，投瞑識巖扉。徑寂疑爲客，燈明宛似歸。隨風群木響，欲雨一峰微。無計偕君隱，空嗟握手稀。

湖州道中

寒溪曲折帶，桑原人語鷄。鳴又一村破，寂偶然聞梵。唄問程頻爾，誤方言微茫。蘆荻翻黄影，點綴峰巒出。翠痕落日湖，昏行不得孤。篷濁酒亦銷魂。

沈山人璜四首

璜字璧甫，吴人。與王德操、林若撫先後稱詩。璧甫長身赬面，狀貌類河朔間人。重氣任俠，好爲人急難畫策，矢口縱談，盱衡奮臂，雅不欲以吴中纖兒自命。嘗遊遼左，督師汝南公延致幕下，劇論兵事，往往屈其坐客。汝南殁後，痛其罪疑辟重，酒間嘆息，聲淚俱下。卜居虎丘之西，亂後還吴城。兵至，倉皇之虞山，次近郊，飯未畢，白刃及之，夫婦皆遇害。

移家虎丘二首

杜鵑零落柳藏雅，僧有餘閒轉《法華》。山下人家春事了，掃門迎接贛州花。

閒看蜂王放早衙，晚尋酒伴上浮槎。墻東有個詩人老，短簿先生是一家。

庚午孟春聞督師袁公下獄感述二首

纔立方城路未開，前軍報虜踏冰來。聲疑倒峽天關動，勢若傾崖地軸催。七日重圍三里霧，一時烈焰半空雷。髑髏滚滚名王遁，偷掛紅幡夜舉哀。

雜種分標犯錦州，鑽刀誓復往年仇。野無遺粟何能掠，山有重關不敢留。隔水藏兵先斷後，冀城一戰半填溝。裹瘡潛渡西河路，歸到穹廬哭未休。

周秀才永年八首

永年字安期，吴江人。故太宰恭肅公之後。少負才名，制義詩文，倚待立就。才器通敏，風流弘長。禪宫講席，西園北里，參承錯互，詩酒淋漓，莫不分身肆應，獻酬曲中，海内咸以通人目之。晚而扼腕時事，講求掌故，思以桑榆自奮。遭亂坎軻，卜居吴中西山，未幾而没。所著詩累萬首，信筆匠心，不以推敲刻鉥爲能事。余嘗有詩云：「安期下筆無停手，元嘆撚毫正苦心。」人以爲實録。今録其詩，得八首，元嘆所手定也。

禽　言三首

姑惡，姑惡，妾身命薄。借錢買果餌，取得小姑樂。小姑歡喜姑不惡。

婆餅焦，婆意惱，婆惱反言新婦好。小姑有口不曾閒，婆餅焦時食梨棗。

脱布袴，呼老婦，我有一尺布，爲我補破袴。補得且將今歲度，勝如有布無人作。

寄張異度

擁書應不廢生涯，藝圃知堪紀歲華。烏臼遠疑楓染葉，荻蘆猶待雪飛花。但憑高閣收諸勝，莫判鄰園作兩家。我有行藏君信否，半營五畝半三車。

次韻和牧翁題沈啟南溪川八景圖卷

溪川八景不可見，盡情斂取入畫圖。侍郎作歌繫其後，爲索和篇徵及吾。吾得見詩如見畫，當食幾欲忘歠餔。五柳宅邊竹里館，寧與晉唐人物殊。柳眠更起竹乍醉，坐見滿地清陰鋪。青山白雲粉黛深，暝樹寒鴉疑墨塗。讀書有此下酒物，秫田可釀錢可沽。村居惟愁過客少，時教置驛臨通衢。儒林文苑隱逸傳，競誇僑肸生菰蘆。窺園臨水足酬唱，放歌舒嘯隨召呼。記裏桃源境絶異，序中盤谷路復紆。花撫紫荆與常棣，鳥催布穀兼提壺。案陳諸器庋圖籍，無一不與古爲徒。家藏食鼎尌雉羹，俗傳避忌呼落蘇。石田寫景旋寄詠，醉時擊缶歌烏烏。何處閒行過略約，幾人枯坐來跏趺。長林豐草任寂寞，明堂今有一柱扶。此圖久失忽復出，直從秣陵歸海禺。展卷如聞古香動，坐觀不敢卧氍毹。一歌再歌奏金石，豈我細響能濫竽。强憑韻脚當跋尾，不識可稱同調無。春光差喜霧非霧，世事休論觚不觚。故廬指點誰稚子，且欣且慨手捋鬚。先疇舊德等閒在，止合傳玩何嘆吁。王公之先所可薦，蘋蘩筐筥暨潢污。鬚眉忽作翠微緑，耳畔清泉鳴僕夫。丹清能事審若爾，愚公移山真復愚。吁嗟乎！愚公移山真復愚。

又和題一首

聽説圖中風物美，但讀長歌已狂喜。喬木清川數里間，尺幅都收到曲几。前有老杜後大蘇，能以詩章當畫史。二歌三讀轉興懷，少陵眉山相比擬。若道臨溪堪釣璜，尚湖宛在渭川涘。作畫善行縮地法，無數景光縑素裹。春秋以時詠蘭桂，俯仰之間識橋梓。遊多鹿豕想鄰山，食足魚蝦知近市。論成樂志美西園，村港暗通路斜迆。耕鑿衣冠問若何，祇記在家常早起。吾子風流勝昔人，合調每尋程與李①。蘭心未肯雜于蕙，橘性寧教化爲枳。所嗟李子就泉臺，喜得程君就棲止。拂水巖頭飛瀑聲，穿過窗櫺落枕底。堂沿松竹署耦耕，閣敞湖山額秋水。似兹小築近年成，剩許新經著耒耜。山莊對向畫圖看，知他誰儉復誰侈。詞出牛宫見曳犁，客上龍門聞倒屣。嫩蕨有幾亦同採，老酒無多竟先被。長句初驚驟雨過，高歌定遣從風靡。先疇昔日服甽畝，舊德今時食名氏。朝煙夕靄並迷離，山亦有椒江有汜。清齋不免盡園蔬，净肉何至污砧機。宋家劉氏兩先生，號曰公非與公是。從來史學未易通，夏禮能言徵在杞。吴越當年大國王，表忠觀古舟堪艤。四海皆知有羅生，唐使不知亦已矣。子今命我續前篇，未及捉筆先伸紙。《蘭亭叙》曾比金谷，《桃源記》却出栗里。况子詩因述祖興，輞川唱和非徒爾。五行作甘惟稼穡，三農艱辛在耘耔。墨池滌研開良田，此意豈復關餘子。

① 原注：「孟陽、長蘅。」

經漂母祠弔淮陰侯

一市人皆笑，三軍衆盡驚。始知真國士，元不論群情。楚漢關輕重，英雄出戰争。何能辟葅醢，垂釣足平生。

歲除立春

除夕春朝共此辰，强憑迎送説新陳。荒凉寓舍將生草，撩亂殘編不拂塵。柏葉辛盤尋漢臘，桃花流水待秦人。餘年未敢言離俗，聊就禪棲結净因。

錢文學明相六首

明相字希哲，通州人。博文修行，爲諸生祭酒。而深於詩律，穠厚停穩，其言藹如也。與先宫保爲縞紵之交，每偕顧公子懋賢及其徒李生元遇，逾狼五山，渡江過訪，相留判年，猶未忍歸去。謙益幼侍側，見其長身聳肩，儀觀修整，與先宫保酌酒論交，陶陶永夕。先宫保嘗指扇頭詩命謙益曰：「錢伯，淮海之詩人也，汝其識之。」先生殁，無子，先宫保哭之，過時而悲。去今五十餘年矣。戊子秋，金陵客舍閲廣陵詩，得先生詩一卷，燈下展讀，涕淚漬紙，遂手録而存之，庶幾柳子厚石表先友之意，亦以見吾先宫保之知詩不妄爲許可也。

村居二首

閒倚繩牀看落暉，疏林煙靄暮霏微。雲邊丘隴牛羊下，水外蒹葭雁鶩飛。白草亂填村舍路，清霜濃綴野人扉。無端短鬢垂垂老，暫得幽棲願莫歸。

一村茅屋鎖寒煙，瘠鹵原非負郭田。亂後蔬飧聊卒歲，秋來禾黍幸逢年。疏燈夢落蒼松曉，短褐霜寒白雁前。屈指交遊吾獨老，不堪貧病卧江天。

遊洪濟寺

名山高埒大江隈，秀壁奇峰萬疊開。地擁嵐光重遠岫，天垂雲影襯虚臺。磯頭燕欲凌風起，關口龍常跋浪來。勝覽未窮翻弔古，夕陽春草緑成堆。

京口過楊文襄故第

鐵甕城邊甲第崇，門庭蕭瑟相公風。御書題後樓常鎖，法輦過來宅尚空。徑老孤松巢野鶴，臺留片石蔭疏桐。懷賢佇想當年事，花馬誰終築塞功。

白塔河問酒家

夕陽倒影下江洲，野寺河邊暫泊舟。此地傳經曾白塔，誰家從事是青州。風將送暖衣堪典，柳似招人客可投。且貰村醪謀一醉，片帆明日任悠悠。

聞角

嘹喨城頭角吹長，五更聲落戍樓霜。銅符晝戟新開府，白草黄榆舊戰場。萬馬風生朝凜冽，九旗星閃夜輝煌。元知紀律中原勝，未許驕夷敢跳梁。

顧仲子大武五首

大武字武仲，常熟人。從父兄大章字伯欽，大韶字仲恭，俱有名場屋。而仲子權奇倜儻，以古豪傑自命。讀書邑之東塔寺，每射輒中相輪。泅於君山之鵜鼻嘴，絶江流往返如涉洲渚，觀者駭汗，以爲真没人也。酒間奮袂叉手，譚伯王大略，每大言曰：「世有用我，其爲姚元之乎！」金將軍相者，東征有功，不得叙，仇家上變告其陰事，將亡命而難其妻子，金謀之仲子，仲子報書曰：「藏亡匿叛，真吾事也。」舍其孥於道北，逾年而後反。相歸，不往謝，仲子終不知相爲何人也。天啟中，伯欽坐奄禍被急徵，廠衛邏卒如織，仲子傾身入長安職内，槖饘周旋，艱險無所避。一夕，垣中白氣亘北斗，仲子故諳曉星象，指而泣曰：「諸君子其皆不免乎！」已而楊、左六公并命。仲子護伯欽喪以歸，益自放於酒，謂：「天下將亂，吾衰矣，無以自見，生可厭而死可樂也。」崇禎戊寅，余坐黨禍繫獄，仲子病甚，執其友駱生之手而問曰：「虞山之獄解乎？」曰：「解矣。」「同坐者偕免乎？」曰「免矣。」聽然一笑釋手，未幾而没。仲子没後十年，而長樂馮舒得其所著《飛將軍賦》，録而傳之，讀者皆拊膺太息，恨其人之不可作也。其詞曰：「聞東兵之入薊者，爲白烏所嬲，踉蹌出塞，畏之異甚，雖李都尉不過也。余聞而嘆曰：『國家養士三百年，功乃出么麽蟲喙下！』因號曰飛將軍，濡穎而爲之賦曰：『龍集庚午，律届林鐘。常儀晃燿，金精爛空。非非子方散髮坐露，披襟當風，吟《梁父》而摇膝，撫金徽而送鴻。忽若有客，遊戲庭中。入不由户，逾吾高墉。提携巢睫之侣，嘯呼卵翼之蟲。方驚顧而未已，創已及於微躬。始引嘴而錐刺，俄扼吭而戈舂。忽上忽下，自西自東。桓桓攘攘，隆隆洶洶。手不停拊，掌爲殷紅。乃命童子，呼燭龍，方欲薰之焫之，俾無逼處我宫。客乃振羽曲脚，哆口張瞳，向余而嘻曰：「我以子爲可語也，始率屬而相從。豈賓主之不具，而下策之是庸？爾亦知黄龍之北有靺鞨遺封乎？當神皇之末季，釁遺孽而内訌。爰徵兵而命帥，亦束甲而勵鋒。莫不口呿脚縮，車敗馬慵。豈邯鄲之一虱，俄魯國之冬螽。血滔莽兮野赭，尸撐拄兮山崇。孤寡嘷兮聲鼎沸，野鬼嘯兮隱雺霳。淹延四葉，披猖十冬。懷金紆紫之貴客，紉玉佩符之上公，莫不崩角乞命，獻妻求容。余實憤焉，爰奮吾臂，糾吾宗，後焦螟，前蠛蠓，左鶼母，右秋蛬，白鳥後殿，豹脚先鋒。昏兮成市，晝兮伏踪。墮不顧雲臺之高，負不怯太山之穹。或撖其腹，或揕其胸。長刺短吸，左突右衝。浴鐵兮莫御，揮刃兮何從？籍籍兮筋露，踆踆兮足蛩。目彷彿兮不能顧，手卷蝎兮不及縈。乃齰舌而嘆曰：此冥冥蒙蒙，翾翾薨薨者，漢家之飛將軍也。中國長技如是，又何必取履孺子，刻璜釣翁，而後衽席拔百丈之旗，樽俎折千里之衝乎？於是士崩瓦解，鳥散魚喁，望遼雲而狂走，指黑水而潛踪。千里之足猬縮，萬人之帳煙空。天子於是告清廟，奏車攻。文則加官蔭子，武則裂土定封。此皆吾黨蓋代之武略，而薄伐之奇庸也。今子乃欲加我焚如之酷，忘我遏彼之功，又何怪高人之得志於丘首，而烈士之致恨於藏弓也耶？」非非子于是岸幘而起，斂衽致恭：「吾徒知子之不食天駒爲有道，挫精空中爲有德，烏知將軍之力之勇之功之洪如此也乎！」亟開紫綃，坦臥通中，效舍人之却扇，與展勤而共擁。捐我體兮療子饑，而後與子同返於崆峒。」

登廣武岡漢高數項羽處

三尺寒流數仞岡，兩雄曾此話興亡。漢家事業由天幸，十罪空勞數項王。

漫　歌

酒旗招摇西北指，北斗頻傾渴不止。天上有酒飲不足，翻身直下解作人間顧仲子。酒中生，酒中死，糟丘酒池何齷齪，千鍾百觚亦徒爾。堪笑劉伶六尺身，死便埋我須他人。此身血肉豈是我，烏鳶螻蟻誰疏親？四鰓鱸魚千里蓴，有此下酒物，劉季張良焉足論。左携孔北海，右攬李太白。餘杭老姥寄信來，道我新封合歡伯。

渡江風波甚惡

千丈寒濤天半開，片帆横影落江隈。浮生久已同蕉鹿，肯向陽侯一乞哀。

乙丑孟秋下旬四日楊中丞絶命詔獄是夜初昏時有氣如白練起尾箕間掃紫微掩天樞五星時在燕邸目睹感賦二首

滿地萇弘血染衣，補天功業竟安歸。猶餘萬丈長虹氣，此夕驂箕叩紫微。

十葉山河一綫懸，老成隻手欲回天。殺身豈足辭臣責，長繞精誠紫極邊。

何秀才允泓二十四首

允泓字季穆。年十四五，則已厭薄程文熟爛之習，爲詩歌古文累數萬言。長而學問日以成就，自唐、宋以來經世大典，如杜、鄭、馬、丘四氏之書，儒者多不能舉其凡例，而季穆捃摭解剥，窮極指要。凡古今地理、官制、河曹、錢穀，與夫立國之强弱，用兵之利害，上下千餘年，年經月緯，如數一二。間有所舉正辨駁，矯尾厲角，若質古人於窗户之間，而與之抗論也。好談三吴水利，訪問三江古道及夏、周疏浚遺迹，窮鄉沮洳，扁舟往反。嘗遇盗奪幞被，忍凍以歸，家人不知其何所爲也。遼亡之後，論失地喪師之故，每拍案呼憤。或靳之曰：「遼東西是君田舍耶？」相與一笑而止。生平悠悠忽忽，不飾容止，衣垢不浣，履决不紉。其遇人，意有不可，目直上視，不交一言。里人忌而惡之，聞履屐聲，皆揺手避去。常引鏡自笑：「安得渠一夕死，令滿城人開口笑耶！」憂生嘆世，抑鬱不自聊，遂發病不汗以死，年四十有一。余之誌季穆云：「季穆爲詩，才力横騖，馳騁李、何、王、李之間，欲與之上下。久而學殖日富，歷覽宋、元名家之作，悵然知俗學之非，思進而求之古人，而年已不待矣。病革，語其友曰：『悉焚吾所爲詩，無留也。』」鄉里少年拈唇弄筆，皆能呰評季穆。如季穆抑塞磊落，胸有武庫，要爲天下所共嘆息。其詩論亡宋勝國遺事，援古論今，菀結沈痛，由今日思之，尤可爲腹悲也。余録季穆詩，爲千古存此一人，豈惜小子輩哉。季穆從子大成，字君立，負氣忤俗，不容於閭里。避仇出遊黔、楚間，歸益嗜書好古，每聞一異書，徒步訪求，篝燈傳寫，雖寒凍不少休。後季穆數年而卒，士之有志者也，故附著焉。

詠懷吴中先哲贈别受之孝廉七章并序

今天下需文武才甚急，而中外人材何今昔遼絶也。嘗上溯憲、孝朝，下及永陵之季，元老長德，接武殿閣，春坊夕垣，各循厥職。而在外者，或慷慨出塞，或拮據治渠，用能宣力帝室，洪濟時艱。予不佞，志不出閭巷，何知天下士。即吾吳二百年來，鄉先生錯列琬琰，代不乏人，視今日何如也，每與受之扼腕。盛衰之際，不勝昔人九京之嘆。己酉之秋，受之偕計吏上公車，爰有銓述，納諸篋笥，蓋贈處之義備焉。

徐文貞階

具區東南注，結靈在湖泖。吳中六七相，階也强哉矯。弱冠抗高議，遂攖永嘉摽。三年出理刑，再移秉文考。以彼簡貴資，著此循良表。不聞厭摧頹，況乃懷險懆。四十改司經，五十進宫保。屹然砥中朝，癸丑迄丁卯。主上自神武，元臣實凶狡。疇避明旨責，奏對聊草草。疇避蜚語中，模棱亦稍稍。位崇勢益危，局大心彌小。定策裕景間，秉塞洞沉眇。西北無寧塞，東南歲雲擾。密勿策遐荒，窾曲一何憭。遺詔出袖間，四海涕漫浩。一閧齊張吠，眷焉憶鱸茅。進則建宏業，退乃洞微兆。俯仰今昔間，端揆發深悄。勿謂時世易，精誠以爲寶。

王文恪鏊吳文定寬

元良萬國貞，蒙養係坊局。抗法在師儒，啓心須講讀。經筵無蚤暮，況乃輟寒溽。疑丞日以親，閹寺敢相逐。兩公名行敦，兼之經術熟。孝皇六七載，慎簡春宫屬。爾寬與爾鏊，詹端好彈肅。是時青殿中，八黨已潛伏。耆儒朝獻替，小豎夜蹴踘。前星淡靡耀，洊雷聲頗促。吳也率其僚，陳言何諄篤。出講争晷刻，入告必詳復。荀攸善觀則，桓榮時獻牘。惜哉鶴禁規，難救豹房哭。只今宫省内，國海更沈穆。侍從若雲屯，衷腸互傾覆。璇宫冷如冰，閤務一何燠。安車借馳驅，誰念折其軸。君行入木天，昔賢有遺躅。

韓襄毅雍

三吴一虎臣，矯矯韓永熙。韜鈐羅胸臆，威光生頷頤。束髮冠惠文，辨彼浮江尸。三十仗節鉞，開府章江湄。墨吏解組綬，桀王去軍麾。再謫再起家，雲中總佽飛。是時王威寧，陛見相參差。裕陵左右顧，拊髀爲嗟咨。粤寇玩招撫，嶺表連瘡痍。朝廷赫斯怒，徵發十萬師。拜公爲大帥，兩廣專制之。崎嶇斷藤峽，指畫列鬚眉。踏平荔浦寨，飛渡修仁谿。衣履罥菁莽，矢石先偏裨。蠢爾苗獠骨，斬磔高陵坻。一炬照千峽，膽落百種夷。洗戈府江水，勒銘羅山崥。歸開蒼梧府，旁建十丈旗。膝行前夷王，長跪臨監司。手注逆酋血，滿引金屈巵。監事衆錯愕，手戰誰能持。至今海南廣，頳顔戟其髭。盼蠁凜血食，威名怖夜啼。惜哉百戰勛，蔭絶羽林兒。故府倘可問，無爲徒嘆欷。

孔侍郎鏞

滇海鳳酋殘，合浦交夷肆。六詔達兩江，苗黎梗異志。孔公守田州，三日峒獠至。出戰良獨難，嬰城苦無備。公曰有我在，開門輒重閉。群獠望充斥，太守跨單騎。輕身詣蠻峒，揮手却徒隸。躑躅莽菁叢，兩賊控其轡。中宵坐深峒，神明炯如鷙。詰責騰頰舌，撫諭傾唾涕。群獠羅跪拜，感泣矢深誓。公言我苦饑，趣呼薦牢皛。吞啖劇風雨，左右盡徵蔵。酣眠戈戟間，殷雷起鼻齂。亭午始言歸，徐驅復搖曳。歷仕天南陲，威神讋羅施。不畏十萬師，但懾孔君幟。晚起撫貴陽，安彭病心悸。嗤彼清平苗，胡然擁阿刺。下車得要領，斗酒縛於戲。何異犬與鷄，父子一朝殪。疆圉靖談笑，軀命盡勞瘁。守臣職固然，何敢云我勩。緬思孝皇朝，内外真弘治。寄語中執法，嚴按滇廣帥。

徐武功有貞

武功志高詭，其才更飈飄。曉暢兵農事，旁諳占測術。明興治渠者，公勩迥無匹。婉婉金閨彦，忽受中丞節。黄河自天來，出陝勢逾疾。挾彼雍豫流。何知濟汶域。沙灣日撼摇，張秋莽滔泆。行役豈憚煩，源流究纖悉。儀圖萬年利，遑耽八年逸。渠匪廣濟名，聞有通源實。高地堰厥冲，安流疏其隰。堙阿逮曹鄆，沮洳變禾穡。神秘抉水性，專勤念民力。計食五萬錢，核工三百日。卓哉河渠碑，允矣太史筆。惜哉百年來，斯猷遂無述。河臣總金錢，天子念溝洫。水衡一以空，黄流至今汩。漕艘虞咽喉，陵寢郡薄蝕。何當公再生，寬我憂心怞。

陸尚書完朱中丞紈

桓桓陸尚書，滅賊氣雄決。矯矯朱督撫，威棱被閩浙。人生在草莽，誰其辨英傑。陸本落魂生，感觸念空熱。朱也遘家難，伶仃茹荼蘗。一遭毅皇寵，淮海蕩流賊。故鄉開制府，熊貔亘阡陌。一受世廟簡，往静海夷窟。兩省兼鎮巡，一切從軍法。齊劉跳兖豫，中原日流血。番舶藪權貴，根株兩盤結。黠者多觀望，鄙夫共推掣。二公身任之，誓斬朝家孽。當時狼山上，豐碑勢巇嶫。至今閩海頭，清夜鬼浙瀝。驕矜與峭深，谿來豪隽色。一朝壯心遂，遑念他人觖。丹書不議勞，青史有餘責。所以朝廷上，人人避疆埸。

三陳公僉事祚中丞察侍郎瓚

國論倚臺諫，悠悠難具論。昌言風已微，鉤黨日愈新。柱下樹荆棘，夕垣伏戈矜。深宫沉白簡，天語隔紫宸。涇渭既無源，南北各有唇。不復辨真贋，相與隨笑顰。埋輪嚇腐鼠，借劍斬束薪。郵傳候遷拜，取次據要津。職掌任汶汶，頰舌徒齗齗。先朝好臺省，姑蘇有三陳。祚昔五下吏，危言觸宫鄰。察也代楊言，大呼願致身。瓚丁高徐釁，屢蹶氣益震。遺言多卓犖，抗志懷苦辛。江河可回挽，芻蕘貴咨詢。長謠達當路，無謂吴無人。

和受之滸墅夜泊感事次韻四首

棲遲在野半星過，混跡時逢醉尉訶。晝永閒門遊迹少，夜闌警枕淚痕多。誰人共汝聞鷄舞，少日憐余扣角歌。料得横霄黄鵠翅，未須逃死入蜂窠。

承平久不念苞蕭，擁護神京仗度遼。反復臺端猫溷鼠，養成夷孽脛如腰。天街豈畏旄頭逼，閣道奚堪捲舌驕。卅載沉沉仙仗隔，何年前席坐通宵。

静看世變起徐徐，閣夜挑燈檢《七書》。新韻争傳《梁父》似，老謀誰復繞朝如。侵凌漢地吾生後，恢復唐邊午夢餘。雙手絲綸江海夜，不知身本是佃漁。

草澤冥冥祲未除，蛇龍自古宅於菹。鷺臺誰肯翻金史，牛角將無掛漢書。日下金星争刻度，燕中木介象儲胥。全身惟有爲農好，久矣吾師嘆不如。

讀岳忠武傳四首 庚申歲。

傅張不得終經制①，韓岳何勞更枕戈。載主空傳之建業②，行宮漸侈似宣和。班朝清海成三恪③，振旅朱仙泣兩河。惆悵一生吞虜計，止餘遺草泣孫珂。

①原注：「傅亮、張所。」

②原注：「建炎間，時幸平江、建康，亦載木主以行。」

③原注：「金每朝會，以天水郡侯遼天祚劉豫爲一行。」

虜血横吞直指燕，泰垣心腑祲方纏。將軍河上能争地，丞相閨中善格天①。蚤有雕兒貪厚餌②，尚期龍府醉諸賢。張秦總是明經客，何但書生拜馬前。

①原注：「檜誅公，用王夫人策。格天閣，高宗書以賜檜。」

②原注：「軍中呼王貴爲雕兒。」

天造臨安勝雒中，西湖渾似化人宫。兩高黛抹垂簾見，千里香吹合殿通。循國千珍天府並①，劉家雙玉越姬空。也曾回首棲鴉嶺，日暮愁雲接混同。

① 原注：「循王宴高宗，事見野史。」

中原樞管是荆襄，恢復從兹起舊疆。螻蟻也須先斬馘①，麟猊何敢尚披猖。異時得固三年守，兹日先培六郡良②。誰把君侯經畫苦，都堂一問賈平章。

① 原注：「公謂楊么輩爲螻蟻。」

② 原注：「公復漢上六州，南渡得保百年之基，皆藉此。」

讀金元諸公遺集各賦一章凡五首

滄海横流著此身，中原天日照累臣。明昌大定三生夢，欽叔希顔一代人。野史亭中遺汗簡，讀書山下起埃塵。幽蘭灰燼今何在，千載空餘老角巾。

右元遺山。

一朝柴市障風埃，呑炭無由賣炭來。朱鳥味從何處食，冬青花向幾時開。度恭端帝魂難返，甲乙丙人名漫猜。崩角御亭羞萬載，勸君莫更哭蘇臺。

右謝皋羽。

南冠憔悴老鍾儀，大府人傳草檄時。書劍舊參横海幕，鐃歌新詠渡淮師。伯才共惜陳琳老，京國空懷庾信悲。奏罷談洋嘗藥後，劉基何事笑陳基。

劉誠意詩有「誰言碧海剸蛟手，也學臨春井底兒」之句。右陳敬初。

畫省無心久握蘭，西湖花月正叢殘。共傳軍府題詩客，肯作吳藩入幕官。楊柳花時頻縱酒，牡丹開後獨憑闌。最閒園裏徵歌處，江左三人管幼安。

最閒園，王元吉所居。右張光弼。

金粟風流彼一時，塵編猶見虎頭痴。五陵埋骨遺山址，二秀消魂記水湄。南國煙花方旖旎，上都綱紀正迷離。誰將至正天魔樂，省識開元十二詩。

右顧仲瑛。

癸亥春夜泊婁江哭徐子元晦四首

淚瀉婁江不斷流，東倉今日是西州。忽疑清影蛟龍食，瞥見華堂鼠雀遊。壯志未忘酬袴下，豪情常自臥牀頭。崟崎歷落成何事，贏得鄉人笑不休。

一自夷氛起大東，儀圖牖户與家同。犬羊敢蝕金甌限，蟣虱空勞田舍翁。卜式異時真許國，弦高他日豈論功。王師行報收遼海，一醆吾當酹殯宮。

能以風流和友聲，轉於峭獨見交情。即看涕唾千金重，不分頭顱片羽輕。柳市鶯花悲俠少，兔園膏火泣書生。帷堂一哭知多少，誰把深心仔細評。

開尊北海未經旬，聞笛山陽又暮春。客座蠨蛸依網户，影堂燈火照綸巾。素車定感心知友，斗酒還期腹痛人。哭罷那堪重回首，江天一雁嗷離群。

何秀才大成二首

荒　園

夭桃穠李太匆匆，尚遲清陰百尺桐。門外草齊新漲緑，階前花落正翻紅。旋泥粉壁矜新句，乍捲疏簾待好風。此日衰翁有奇事，來朝酹酒祝牛宫。

黔歸憶上真院月窗玉丹二羽士并示其弟子

踏遍三湖五嶺春，歸來還剩一閒身。舍旁亦有無塵地，竹箹松枯换主人。

徐伯子于一十首

于字于王，常熟之甲族。其宗人以田廬衣馬相豪，身又爲貴公子，不問家人生産，食貧如寒素。花晨月夕，詩壇酒社，賓朋談宴，聲伎歙集，典衣鬻珥，供張治具，惟恐繁華富人或得而先之也。歌伎王桂，雅有風情，許嫁于。于家貧，不果娶。桂乃歸嘉禾富人子，悒悒不得志，且死，召于與訣别。于歲掛紙墓下，低回漬淚而去。久之，復與伎徐三善，三亦許嫁于，于盡其貲力爲庀衣妝鏡奩。歸有日矣，于卧病，三忽遣蒼頭持書至，于喜發視之，則詒片紙爲訣絶，蓋已盡竊其貲夜奔武弁矣。于掩其紙置席下，轉面向牀背，遂不復食而死。余爲作《徐娘歌》，叙于死狀，長安俠少皆惜于而恨三，傳寫遍都市。里人傳于事，謂于負桂約，桂呑金死，于死時見桂在側，其語甚繆，亦巧爲三解嘲也。于酷愛晚唐、宋、元詩，多所採輯，嘗集唐人句爲百絶，效李龏《剪綃集》以悼桂，好事者猶傳之。

贈竹深堂鶴　爲牧翁作。

野鶴婆娑舞竹深，疏簾隱几對蕭森。長鳴自吸三危露，獨立孤含萬里心。未許軒墀分氣色，漫隨魚鳥看升沉。可因彈射年來甚，祇是幽棲合在林。

柳絲别意六首

蘇蘇官柳曳輕煙，畫出尊前離恨天。情債欲償拚累劫，柳魂須返只明年。

攬亂春愁是柳枝，銷魂多在送迎時。風絲試舞纔迎到，露葉含啼又别離。

蕩揚晴絲蕩揚魂，不知何處斷愁根。霏霏拂拂凝香雨，糝作青衫别淚痕。

道旁摇漾拂離筵，相顧攀條涕泫然。始信有情無過柳，爲君三起又三眠。

搓絲撚縷玉樓西，倒浸春波碧欲迷。只怕苦風老雨後，不容飛絮不沾泥。

舞罷蘇臺惹恨長，隋家宮怨入吴閶。生憎後夜梢頭月，勾引春魂落女墻。

春日漫興追和六如先生韻二首

不學尋真不坐禪，烏藤白帢且隨緣。有時貰酒呼鄰叟，排日尋花買釣船。鼠迹共依塵榻住，鶯聲欣傍小窗圓。阮生何事窮途哭，但坐茅茨便得仙。

少年生事落吴閶，老大何妨轉放狂。白傅堤邊新酒肆，生公石畔舊詞場。携來雙鬢鴉雛色，舞去單衫鵲腦香。縱有閒吟非澤畔，不勞搔首問巫陽。

素英還吴門别後有憶重賦長句請牧翁同作

觸忤閒腸舊置愁，追憐夜壑早亡舟。情牽嫩柳曾傷李①，選唱新詞絶似劉②。投老餘甘癡自笑，爲花添瘦任人尤。惟憑月落孤衾夢，覓遍虚無更九州。

① 原注：「柳枝。」

② 原注：「采春。」

魏叔子冲二首

冲字叔子，與余同研席，少相優也。生而丰姿玉立，嘗攬鏡自笑曰：「有美如陳平而長貧賤者乎？」爲舉子業，與其兄浣初、仲雪齊名，叔子尤爲雄駿。仲雪舉進士，負時名，叔子尚試童子科，從江上繆西溪遊，西溪以爲當出我上，使其子結姻好焉。年三十餘始舉於鄉，再上公車，貧不能治裝，遇盗奪釜鬲於途，從一二貧交乞貸以往，迄不使其兄知也。藐視里中兒，以爲糞土狗馬，惟不得踐而踏之。蚤夜呼憤，思射策甲科，以發舒志意。崇禎庚辰，復下第，將就教職，引鏡自嘆曰：「如此人戴老廣文紗帽，他時何面目復對此鏡乎！」欷歔慨嘆，發病而卒。同舍王生夢鼎爲視含殮，扶其柩以歸，營吉壤以葬焉。叔子垂髫即能詩，長肆力於時文，不能攻比興，間一命筆，濯濯無俗調，亦不復存稿。余姑録其二詩，以叔子存其詩也。異時將以二詩存叔子矣，可嘆也。

從鄧尉靈巖天池諸山歸治平

落葉千峰黑，籃輿問何處。犬吠知有村，石蹲疑虎踞。童子數相失，前後遥相語。望望漁火生，還歸石湖去。

題孟襄陽畫像

只嘆襄陽不遇時，襄陽初不要人知。不然豈少投機句，偏誦南山北闕詩。

錢秀才謙貞二十八首

謙貞字履之，從祖祖父副使春池公之孫也。幼失祖父，母徐守節自誓。先君宫保公翼而長之，故履之雖從祖弟，猶吾弟也。生而韶令，有雋才，起於孤童，能自鏃礪。早謝舉子業，讀書求志，闢古堂以奉母。簾户靚深，書籤錯列，所與遊惟魏冲叔子、馮舒已蒼，相與論詩度曲，移日永夕，下鍵謝客，意泊如也。中歲攻詩，不屑應酬俗調。友人程孟陽精於論詩，少所許可，獨稱履之之詩，以爲鮮妍和雅，妙得近體之法。年五十餘，遭世亂，坎壈不得志而卒。其孤孫保，能讀父書，捧遺編泣曰：「請附選集之後，以有傳也。」元裕之撰《中州集》，録其兄敏之之詩於末簡，人不以爲私，余不敢以群從私履之，而推孟陽之緒言以存履之，亦履之之志也。

仲雪見示花朝二詩依韻奉和

春色平分已自奢，今朝風物更鮮華。山因緑柳常含雨，天爲紅桃不放霞。芳草齊時看寶馬，好風多處見香車。箋天有事君知否，要乞輕陰爲養花。

花下揮杯對月邀，千金何處買春宵。桃開舊面還如笑，柳長新眉不用描。病後三分應重惜，愁中一片忍輕飄。陽春絶調人間少，莫怪花朝變雪朝。

三月三十日作兼寄懷魏三

傷時惜别兩相參，漸老情懷百不堪。四十今年纔欠四，三春此日只餘三①。身如零落沾泥絮，心似騰騰作繭蠶。遥憶白狼山下客，送春憑夢過江南。

①原注：「四月四日立夏。」

清明後晚出北城至頂山寺登白龍廟作

闌珊春事蚤啼鶯，與客閒行出北城。社鼓冬冬催穀雨，炊煙續續過清明。夕陽古寺歸樵影，流水空山吠犬聲。如繡年光仍在眼，桃花零亂麥田横。

夢

欲辨今亡孔與黄，乃占未卜是何祥。鹿蕉覆處難分鄭，蝴蝶飛來已化莊。樹底君臣浮緑蟻，枕中勳業飯黄粱。唯應一笑希夷叟，塵世茫茫嘆夜長。

幻

閉門何物竄蕭墻，或有憑焉喙甚長。海上結臺空望氣，水中落月漫拈光。赤衣未必能驅豆，白石誰曾見叱羊。窗外莫悲書大草，夜來滅燭似嵇康。

泡

潮打城頭去復還，石尤風緊浪衝船。鐺鳴沸水千珠白，髩浴迴波萬顆圓。茶注玉甌翻細細，雨零春澗激漩漩。江湖起滅渾無定，逐荇飄萍過歲年。

影

風簾花竹弄娟娟，自顧何郎步步妍。孑立只憑形作弔，三人惟有月相憐。揮杯勸爾從籬下，避弩愁余到水邊。擬向韓終乞丹藥，日中何處捕真仙。

喜宗伯兄歸里

聲名官職巧相違，清世何妨暫拂衣。江上青峰餘我在，窗前幽竹待人歸。無心雲爲蒼生出，避色人同倦鳥飛。旦夕轉圜明主意，未容長伴釣魚磯。

懷古堂夏日漫興八首録四

三間五架草堂新，數卷圖書一病身。静似放參居士室，閒如墐户輟耕民。浣花杜叟曾題字，垂柳陶家舊卜鄰。不爲薄今偏愛古，南村已少素心人。

松孤梅冷竹空虚，此地惟堪著老臞。守類宋株從笑拙，幽同齊谷合名愚。烏瞻好屋猶將母，燕賀新堂亦引雛。富貴不來行樂耳，莫嫌三復詠山樞。

捲簾新月倚欄風，看到浮雲世事空。黄壤幾埋青鬢客，丹枝寧上白頭翁。據鞍顧主心徒壯，探筆還人技已窮。何似此間無事坐，細斟春酒摘秋菘。

少不如人老合休，讀書談道我何憂。已看塵世都蕉鹿，真覺浮生付贅疣。風透北窗朝跂脚，嵩遮西日晚科頭。詩篇漫興銷長夏，敢謂能輕萬户侯。

復次漫興前韻八首録四

儒冠掛却白頭新，廿載支離笑此身。天上有星稱處士，人間無父號窮民。閒門客少荒三徑，緑樹陰疏冷四鄰。清磬一聲香一炷，不知名利爲何人。

全袪滓穢長清虚，聞道神仙似我臞。蠶丑謾勞西子笑，力綿休學北公愚。攜鋤劚石栽松子，乞竹編籠養鶴雛。容膝易安能自審，有人蓬户與桑樞。

踏殘花影聽松風，過雨高旻坐碧空。病後襟期失馬叟，老來勳業祝鷄翁。笑他荷鍤還防死，似我關門底哭窮。世味遍嘗無過淡，不將春韭換秋菘。此中無物却休休，有地先埋悄悄憂。忍事漸看生大癭，癡人莫想割懸疣。狂歌一曲張開口，軟飽三杯放倒頭。欲共劉伶比封爵，新銜乞拜醉鄉侯。

舟過梅李弔族祖心閒翁墓 翁故無子，篤老煢獨。墓在梅李塔東野田中。

輕舟漫趁落潮東，爲弔孤墳半畝中。荒草斷邊人種麥，浮圖高處鳥呼風。生多寄迹眠僧院，死合招魂傍梵宮。一束生芻一杯酒，幾人曾酹若敖翁。

程孟陽輓詞二首次夕公韻 孟陽久居練川、虞山之間，辛巳歲歸新安老焉。

故鄉一去四迴春，此別那禁老淚頻。方氏鑒湖曾卜隱①，阮家南巷自忘貧②。白頭粉繪隨長夜，青史才名有故人。最憶酒闌歌板歇，清音無復裊梁塵③。

① 原注：「方于一云，歙人，隱於鑒湖。」

② 原注：「新安程氏多富。」

③ 原注：「孟陽精音律，歌者誤，輒自按拍正之。」

相逢已恨各衰殘，廿載心期共歲寒。不以採葑遺下體，何曾滄海廢觀瀾。長言和比瓊瑶貴，隻字評如衮鉞難①。嘆息斯人不可作，秋風吹面月移闌。

① 原注：「孟陽有和余自叙排韻。又生平不輕許可人，每評詠拙詩，獎借過當。」

寒食夜讀夕公和詩觸事感懷再用前韻

我瞻蹙蹙靡所騁，何處山深好結庵。烽火乍離淮海北，鯨鯢行逼大江南。窮愁似寇來難避，羸老如兵動不堪。節物驚心又寒食，滿天風暈月微曇。

冬日次兒過陳氏墳堂哭亡姊有作次其韻

無子無年未葬身，生輕如葉死如塵。一棺丙舍終其餒，六載宜家似食貧。寒月射窗山鬼泣，西風號木夜蛩呻。劇憐原隰相求意，羸得衰殘淚滿巾。

歲暮書齋即事次夕公韻四首

揮戈無力駐殘冬，有客孤吟百事慵。硯水破堅餘滴瀝，筆花開凍任蓬茸。文心老愧殘江錦，詩律人多好葉龍。卒歲優游差自遣，臘醅缸面漸溶溶。

鬻栗風高北榭闌，卷中丘壑畫中山。衰顏向日薰如醉，弱足凌寒凍欲頑。翻覆炎涼隨歲改，凋零花木逐年删。黄麻紫誥非吾志，十賚新同處士頒。

小葺樓居抵燕巢，不愁風怒捲重茅。梅含椒萼紅將綻，蕉護霜萎緑預包。坐久漸看爐焰伏，研多微覺墨池坳。幸無奇字連投閣，寂寞吾知免客嘲。

永夜行吟伴老蟾，有時索笑一巡簷。已看孤影同梅瘦，真覺香醪類蜜甜。耐冷豈須人作障，却寒何處鳥爲簾。前程似漆君平少，愕夢連宵不用占。

倪學究鉅五首

鉅字偉長，常熟人。以句讀爲童子師，時時依人遠遊，足跡幾遍天下。萬曆丁未，客滇南，遇阿克之亂，間關萬里，獨身得歸。著《滇南紀亂録》。老而益貧，衣冠藍縷，彳亍行里中，足不知避坎窞，終不肯屈折下人。今年過余，余止之飯，放箸而嘆曰：「此中飽糠覈久矣，今日驟享肉味，殆過分也。」病痢數日而卒。勤苦好學，所著有《補韻府群玉》、《廣蒙求》、《經鉏堂》、《結繩》、《蟲仁》等書數百卷，以貧故，輒爲人取去。

避兵　丁未臘月十五日避阿克之亂。

客情鄉思兩相關，况復遭逢兵革間。無罪自投豺虎地，有官難禦白烏蠻。九江源盡雙魚絶，孤騎晨征一劍閒。回首故園歸未得，瘴煙寒雨滿空山。

鬼方道中二首

垂老投荒極，風塵慘獨行。流離遭世難，貧賤得人輕。烽起知兵合，嵐開卜雨晴。敢辭山路險，日暮且孤征。

一雨累經旬，征夫殊苦辛。流沙深没膝，積潦漲浮身。馬失曾行路，橋迷再渡人。兵戈兼歲事，天意豈無因。

鎮遠舟中

一上孤航喜復潸，㵐溪東下水潺湲。難禁有漏諸天雨，不斷無名兩岸山。夷漢此時方犄角，干戈今日遂生還。沅江芷草行堪採，遮莫閒花點鬢斑。

老去

老去花能遣，愁來酒易親。青苔生户牖，白石冷荆榛。總有生平好，誰憐旦暮人。樵蘇卿自爨，稚子學供薪。

胡山人梅五首

梅字白叔，生於闤闠。少警悟能詩，白皙，美鬚眉，口多微詞，翩翩自喜。晚而目眵，家貧無子，賣藥吴門市，自號瞽醫。以餘貲買石建二幢於天池華山，以表歸心。然其於詩結習愈甚，東萊姜如須爲疏募刻之。庚寅冬，病卒。撫其詩屬友人曰：「爲我請於虞山，得數行爲序，死可瞑矣。」徐元嘆憐其意，選其詩十餘首，余録而存之。白叔嘗遊三山，寓曹能始石倉園。能始序其詩曰：「作詩先辨雅俗二字，黄魯直云：『子弟凡病皆可醫，惟俗不可醫，然惟讀書可以勝之。』此即談藝之法也。余與白叔論詩，譬如書者弈者謳者，未有傳授，罕窺古法。而但本一己之聰明，則必趨於邪路，終其身不能精進。世人往往畏難而樂其所易，勢不可挽，祇誤一世耳。白叔之爲詩，避俗套如湯火，驅使己意如石工之硺砧巖，篙師之下灘瀨，所未免者，有釜鑿痕及喧豗聲耳。予故不爲字剖句析，輒用古人諷之，以爲寧舒遲毋急遽，亦古法也。白叔之詩，未能參預格律，而殊有詩意纖妍之語，多從草次輸寫中迸出，亦其性靈流逸，去俗遠而去詩近也。」武塘夏雪子曰：「知白叔者，遠有三山，近有虞山。」三山者，能始也。余故録能始之言，以存白叔，不獨見能始之知白叔，亦以見能始之知詩也。

萬曆己酉秋初遊白下潘景升俞羨長王太古柳陳甫江仲嘉諸社長留結秦淮大社以病辭歸酒半書懷寫置壁間

我家白板扉，覆檐烏桕樹。遠山若畫屏，頗適棲遲趣。每憶七歲時，攤書未能句。偷綫作釣絲，頻遭鄰媪怒。得魚輒放去，倒向萍汀卧。夢一白髯翁，引行松下路。教我學吟詩，茫不知其故。攜手登高壇，失足遂驚寤。此夢宛未散，長漸耽詞賦。自謂口出雲，人譏泥染絮。今秋二十餘，遠遊桃葉渡。遍訪衆騷壇，旗鼓各争竪。結社留小巫，氣索不敢赴。孤舟若病馬，到家歲云暮。相對婦攢眉，瓦瓶沽白墮。醉吟長五言，書之掛蓬户。無佛處稱尊，一笑顔微破。

曉飯小姑山下

兩岸黄蘆霜滿船，推篷曉爨鷺鷥前。小孤山下風初定，江面剛生一寸煙。

遊九曲環珠洞 在鎮東。

異珠有九曲，此洞實堪比。天以洞作珠，人以身作蟻。豈有綫繫腰，從者若銜尾。石怪捫始知，土膩欲粘指。忽漏一罅光，仰面豁然喜。天大等盤盂，日小如桃李。誰知濱海山，奇絶有如此。

山居雜興

支遁長松見者稀，松邊剛試薜蘿衣。隨來獨鶴相依久，幾度開籠不肯飛。

秋夜夢支道林談秋水篇曉入華山聽一雨大師講楞嚴

道人近住支公古松下，夢與支公臂常把。所談惟有《秋水篇》，所見即是當年馬。將醒未醒聞馬嘶，枕席纔離眼復迷。來參法席談奇夢，影亂朝霞衆已齊。天花幾散蓮花頂，師即支公師未省。丹青老手乏神通，難畫松間夢時景。日暮辭歸乏筍輿，松花滿脚路忘迂。負來斗粟施香積，此是貧家明月珠。

列朝詩集丁集第十四

白雲居士石沆 四十首

沆字瀣仲，如皋人。有《白雲居士集》二卷，瀣仲殁後，萬曆庚戌歲，其友人殷之澤所定也。余採詩於白下，從黄仲子得瀣仲詩，讀而異之，不知爲何許人。訪之金陵人，金陵人亦莫知瀣仲爲何人也。其爲詩陶冶性情，蕭閒疏放，雅以寒山擊壤自命，而吾則以爲古之香山，今之江門也。讀其詩，窺見其志意，糠粃世故，尋仙學佛，超然自遠，不可羈紲者也。自叙其《江門》詩曰：「余素苦作詩不能即就，或日一就者有之，或月一就者有之。壬辰前孟春之月，擬香山詩，依平叶爲聲，一晝夜得近體三十、絶句四。」知其非儷花鬭葉，以聲律爲能事者也。大江南北，僅一衣帶，去瀣仲不及三十年，其流風遺書寥寥若此，而余乃旦暮遇之，如見優曇鉢花，得未曾有，豈不快哉！《明廣陵詩》載其詩數首，殊不足觀瀣仲面目，幾爲所掩，以此知識真者之寡，而求子雲於後世良未可幾也。余取瀣仲詩，冠於近代名士之首。鍾記室品陶徵士爲「隱逸詩人之宗」，余於近代，願以推瀣仲，與知者共定之。

觀稻

稻水千區映，村煙幾處斜。泠風低起樹，輕浪細浮花。鳥省深深圃，鳧鷖淺淺沙。社歌聲不絶，於此見年華。

掃張氏婦墓

雲歸巫峽雨陽臺，杜宇聲聲喚不回。惟有春風最憐惜，墓田收拾紙錢灰。

廣陵紀夢

春盡他鄉夢，雲林思杳然。落花溪水上，斜日洞門前。鶴去遊城郭，春來弄管絃。倚闌懷勝事，光細月初弦。

宿城中舊房

從教雁侶失瀟湘，春色年年暗洞房。遺得一枝花影子，夜深隨月轉西廊。

夢中吟

樹老何年寺，山深此夜鐘。一僧眉拄地，教我學南宗。

口號送鄰家米

東鄰雨濕火難吹，斗米田家尚可爲。晚稻未春潮水白，早紅先送救公饑。

題主人壁間樊素小鸞圖

江州司馬兩紅妝，水墨何人畫此堂。得似往年歌意思，却看今日舞衣裳。摸聲漫點櫻珠破，擬態輕拖柳帶長。別有幽情傳筆底，主人狂得且須狂。

擬寒山我見世中人二首

我見世中人，日夜心兵動。布帛不遮寒，齏鹽不塞空。欲求安樂法，錯認逍遥夢。米大一粒珠，分應六門用。

我見世中人，開口便講理。將理與人争，還是不明理。多争理在伊，少争理在你。争人所不争，不争之争矣。

新春雜興

一囊置我琴，一囊置我笛。明月照寒江，扁舟弔采石。

漫興二首

竹影清溪路，花藏白石巖。病偏宜短褐，老不廢長鑱。階水鵝兒浴，池泥燕子銜。盡堪吟弄去，風月兩三函。

窗下兀兀坐，人間事事疏。亂山看過畫，堆案讀殘書。細雨銜杯後，微風隱几餘。不勞漁父問，方寸已空虛。

無題

落日早涼歸，看山倚竹扉。水清仍可鑒，雲薄不成衣。腐草螢低照，疏林鳥亂飛。平生蓑笠意，不在富春磯。

文翼侄草堂

結構離人境，經營到野田。春光鶯語外，秋色雁行邊。室小剛容膝，墻高不過肩。個中些子意，應與會人傳。

去歲中秋

去歲中秋月，江南水上天。剥菱煩伎手，煮茗汲僧泉。即事渾如昨，追歡已隔年。算遲婚嫁了，還弄五湖煙。

夜聽琵琶

娉婷少婦未闞愁，清夜琵琶上小樓。裂帛一聲江月白，碧雲飛起四山秋。

閒中喜慕溪兄見過

瀫鶒滿晴沙，江村好歲華。投竿魚浪細，舉袂燕風斜。林竹初開笋，溪蘋正有花。得君相聚首，沽酒問誰家。

歸來吟

只成無喜亦無憎，隨處看山倚瘦藤。煙雨樓臺渾在寺，水蔬家世半皈僧。一間可敵三公貴，隻眼真傳六祖燈。漫道秋江魚事美，月明空坐板橋罾。

答友人書寄

自笑年來休未休，空勞夢語說虚舟。塵埃未脱饑寒累，稼穡寧忘水旱憂。難道琴書間北牖，也曾風雨事西疇。餘生只不填溝壑，此外分毫無所求。

溪邊

昨夜溪橋上，南畦看稻還。解襟聊濯足，對影暫開顔。群動無時息，幾人如我閒。獨行還獨坐，涼月上東山。

夏日寄懷南逸士

南鄰何異北山居，黄草衣裳白草廬。閒却農桑事吟弄，不教風月著空虚。

秋思

曠野碧雲暮，園林白露秋。水花清瑟瑟，窗竹冷修修。索莫惟禁酒，躊躇欲上樓。相思不相見，多病益多愁。

有懷

遠村幽壑獨徘徊，雲户柴扉雪護苔。盡日溪邊倚枯柳，白鷗何事不飛來。

寄蓮宇上人

憶昔相從春水殘，桃花映竹鳥啼山。半年好景違僧舍，十月西風凋客顔。短褐羞如黄葉舞，方袍定似白雲閒。草堂蓮社天南北，惆悵幽期隔往還。

夜催花

漏鼓無聲清露寒，西樓殘月夜漫漫。飛觴莫訝花催急，世界宜横醉眼看。

與二十二弟

曾騎竹馬妄追風，經世衰榮約略同。俱是賤人牛口下，未離故態雁行中。

新墻門

北屋連江面遠峰，水禽山鹿謾相從。徑因待月還宜曲，門爲藏春再設重。雨暗蘼蕪分緑鎖，天晴楊柳借雲封。攻琴樂酒年來癖，更好垂簾稱懶慵。

寄敏上人

別來多雨更多風，野水蒼茫浸碧空。惆悵數枝憔悴柳，不堪持贈膽瓶中。

客有姑蘇約奉柬

松院袈裟葦岸罾，太湖漁父虎丘僧。因君來約同相訪，月好風清能不能。

飲慕溪所惠酒

是時天氣炎，人事難調攝。飲水過於寒，飲湯過於熱。得君之所惠，清浄如油潔。不用脱巾漉，不用置篘醆。亦不用多人，夫婦西廊月。一盞四肢暢，兩盞百情滅。三盞即醺醺，五藏皆融泄。本不愛貪杯，獨醒難過日。

雜興

飽罷披書便理瓜，閒中誰道没生涯。遣情亦要寬沽酒，醒睡還須窄煮茶。細草籬根侵病菊，古苔階面覆殘花。傍人不解儂家事，只道貪閒不管家。

自詠

我有安樂處，名爲建德鄉。唱于風起籟，虚白月生光。自謂青雲館，何慚緑野堂。傍窗低竹几，臨水小繩牀。居士齋時卧，先生醉後狂。眼前無異物，身外有餘糧。蔬食尋常飯，葷腥間或嘗。净神三遍咒，暖室一爐香。念念歸真境，心心向道場。世間安飽事，一切不思量。

破屋

三間破屋兩間空，廊壁蕭然西復東。慘惻豈宜愁坐客，清虚聊稱病眠翁。敢將道義誇汾水，惟有詩歌抵雒中。客到消閒無一物，竹窗明月柳橋風。

中秋

江村此夕意如何，道是橋平水不波。仿佛空中倚樓閣，分明鏡裏現山河。當筵自對賢人酒，得意閒吟孺子歌。明月若教陪盡夜，只拚清露濕漁蓑。

閏重陽邀衆社集座中又呈一律

兩迴風景惜重陽，倏見秋容變故常。楊柳葉乾前夜雨，芙蓉花老及時霜。極知酒是消愁物，何處臺非戲馬場。拉得相知開口笑，不嫌醉倒菊籬傍。

歲暮不及去城中偶吟

空野平無盜，長河凍絶船。城中未可去，江上正堪眠。飽飯何曾缺，燒柴不費錢。且從俗人語，打夥過殘年。

移居城中柬招溪上兩兄

荆樹江城隔，梅花歲事殘。曾經知别苦，敢道路行難。凍雪銷泥濕，霜風吹面寒。一尊今到手，來爲話辛酸。

途中

冰澗擁流澌，春回萬壑姿。水清魚尾活，泥濘馬蹄遲。城郭來將晚，江村到幾時。欲沽無好店，何日有新詩。

江門擬白三十首録二首

何處春偏勝，江門自好風。酒旗斜路口，花信短墻東。多病一居士，雙鬟二小童。題詩嵩雒去，可是白家翁。

何處春偏勝，江門舊草堂。和風團燕雀，遲日散牛羊。細草當窗緑，殘花隔水香。老狂猶稚子，拍手詠滄浪。

盛太學鳴世二十八首

鳴世字太古，中都人。本富家，入貲爲國子生。能詩攻苦，不苟作。善弈棋，如唐人所謂居第二品。出遊人間，福清相公雅與相善，亦喜其善弈而已。而太古雅自重其詩，借方罫以玩世，不屑以詩名混時流也。居福清邸中，福清將引爲中翰，不果，歸遊金陵，卒於家。有《谷中集》三卷，不甚傳於世。同時爲詩者，皆未之稱也。新安閔生輯明布衣詩，多載其五言今體。余觀其剪刻鮮浄，措置清穩，盡削常調，實爲一時之俊。如「烏啼白門夜，月上一樓霜」，錢郎復生，何以過此。又「就石分泉冷，和鐘杵藥匀」，今人冥搜極索，未易有此佳句也。余初得太古詩，再欲置之燈下翻閱，見「月上一樓霜」之句，如有光芒側出行間，三復始大異之。林茂之嘆曰：「世無知盛太古者矣！」豈非其精華不死，浮動於楮墨之上，迎而相告與？

沈山人

落落尋常路，逴逴二十年。許身吾老矣，干世爾徒然。春日當壚酒，都城賣卜錢。有身堪自足，不必衆人憐。

送泰州李太守

不復關時論，將因與世違。受金廉吏枉，疑璧衆人非。淮海孤舟別，匡山白首歸。天寒江上雁，但恐尺書稀。

贈隱者

只在高霞外，無人識去踪。伴猿棲一室，放鶴下孤峰。丹竈雲中火，青天夜半鐘。平生長往意，相望不相從。

至日

曝背便暄暖，灰心任歲時。衰年聊對酒，至日一題詩。洗藥冰初薄，探梅雪半垂。轉應貧與病，不厭老相隨。

沈水部官署

江水流何急，歸心却似之。已傷爲客久，轉恨別君時。斷雁迷寒渚，吟猿掛冷枝。生涯兼物色，何處不堪悲。

送柯孝廉之巴東兼呈黄廣文

去問巴江水，荆門更向西。掛帆秋葉落，上峽夜猿啼。舊侶傷飄泊，新歡惜解攜。湘潭憔悴地，已恐旅魂迷。

葉汝習病目移住西山戲簡

病懶因憐汝，深山且辟人。佛堂雲共宿，僧語夜相親。就石分泉冷，和鐘杵藥匀。不知天眼裏，何處着微塵。

送臨江蘇太守

五馬夾朱輪，清川不動塵。問山廬嶽近，領郡虎符新。吏冗詩難廢，民稀俗易淳。江花迎路發，十月待行春。

避暑呂叔與園亭因贈

辟暑誰堪適，壺冰若可餐。一聞高士論，六月使人寒。雲起峰陰直，亭孤日氣殘。晚來山更好，不礙隔籬看。

西樓月下送陸長康

分散歡娱地，班騅送陸郎。烏啼白門夜，月上一樓霜。揚子分衣帶，明河接淚行。大刀重有約，團扇莫相忘。

七月八日潞河舟中别長安諸子

天漢龍初返，星橋鵲乍分。隔河收片雨，宿浦有殘雲。復作孤舟别，兼悲一葉聞。相看此時恨，不獨在離群。

寄孫憨生

草色青門外，楊花白雪邊。傷心猶昨日，轉眼向秋天。干世真何意，還家始自憐。蕭條淮水上，誰復問殘年。

重過程孺父

摇落秦淮上，依然見索居。客貧親舊少，家難死生餘。土銼朝煙冷，荒池古木疏。日斜殊未去，狼籍一牀書。

送毛廣文之雲中

歲晏單車去，窮邊不算程。河冰尋馬迹，關月逐鷄聲。野燒雲中戍，春天雪外城。戰場應久定，問業有儒生。

送李雪舟

有客留行迹，令人一解顏。聽鐘尋曉寺，沽酒看春山。老病能相就，禪心許共閒。如何芳草色，又送馬蹄還。

宿麻河

積雨湖田没，居人生事微。白魚休市早，烏鬼載船歸。月黑村春盡，林深岸火稀。緯蕭眠不定，中夜賦《無衣》。

重過華子澄

柳市南頭路，三年此重過。長貧爲客倦，高卧奈君何。嶺背夕陽盡，月明秋水多。徘徊那能去，門外即煙波。

春陰 長安作。

積晦連幽朔，長陰動十旬。六花猶作雪，三月不成春。易白愁中髮，憎寒病裏身。因憐鄒衍後，吹律更何人。

夜過淩方弦山齋

十里到孤村，柴門下夕曛。霜鋪平野月，鐘斷隔溪雲。病骨逢秋健，清言忘夜分。自君多秘術，猿鶴漸成群。

贈曹鳳岡

仙才多玩世，况復幕官閒。鶴養空庭樹，雲棲傍閣山。酒干官長禁，詩乞野人删。爲有延徐榻，相期數往還。

寄懷毗陵孫二

適與饑寒會，重懷旅寓年。通家無仲子，舉世有誰賢。褊性多違俗，權門豈慕膻。芳蘭慚下體，玉樹每齊肩。衣冷分繒絮，囊空乞酒錢。雪深燒燭夜，春遠踏花天。人事零如雨，歡期斷若煙。黄塵三歲别，白日幾回眠。朱顔今何似，華顛漸可憐。終能忘一飯，語報愧茫然。

送王山人

寒原一雁下霜空，短褐蕭蕭犯北風。俱是殘年行路客，傷心不在别離中。

題岳陽酒家

巴陵壓酒洞庭春，楚女當壚勸客頻。莫上高樓望湖水，煙波二月已愁人。

塞上贈友

一望黄雲接虜塵，年年楊柳不知春。解將白髪窺明鏡，縱使封侯也誤人。

江上别柳陳父

滄江落日黯生愁，楓葉蘋花送客舟。莫道酒闌容易别，秋光偏在斷橋頭。

送胡參軍之岷州

寶劍翩翩賦遠遊，東風吹騎出幽州。洮河三月流澌下，人在長城天盡頭。

秦淮月

石頭望月秦淮裏，不知月在秦淮水。銀漢平鋪一色秋，珠閣瓊樓正相似。秦淮女兒十三餘，綃幕半捲坐飛除。霜妾星妃兩不如，雲中雀子那得住。桂樹團團繫舟處，極浦煙波從此去。

送陳獻墀入計

朔氣渡河水生骨，敝巾小車傷遠涉。朅來送客三日程，不盡關山恨重叠。與君相知豈徒然，一片肝膽千秋懸。感恩不忘國士報，許心更受他人憐。君今西去謁人主，五玉諸侯聯佩組。漢家計吏開明堂，黄金璽書誰比數。朝罷從容下玉除，天樂縹紗雲中居。行過閤門問丞相，挽回元化今何如。

吴布衣兆〔一〕一百一十五首

兆字非熊，休寧人。少警敏，喜爲傳奇詞曲，遊少年場，推爲渠帥。萬曆中，游金陵，留連曲中，與新城鄭應尼作《白練裙》雜劇，譏嘲馬湘蘭，青樓人皆指目，有樊川輕薄之名。已而自悔，改絃爲歌詩，模仿初唐，作《秦淮鬬草篇》，新安詩派尸祝大函，肥醲相尚，不解爲何語。臧晋叔、曹能始見而擊節，遂流傳都下。而能始於非熊尤相得，偕遊閩中諸山及武夷、匡廬、九華，復還白下。其爲人率真自放，好窮山林花鳥之致，捉鼻苦吟，貴遊雜坐，竟日諷詠，不知有人。久之，别能始歸新安，作《東歸》詩。已而復出遊，訪故人於嶺南，客死新會。從弟元，以其喪歸。非熊詩，評者謂有二種，早年穠華婉至，中歲清真瀟灑，大要沈酣於六朝、唐人，而傅之以性情，斡之以風調，工力並深，興象兼會。雖與能始同調，剪刻熔鑄，意新理愜，能始似有間焉。能始序其詩，以爲古詩學靈運，沿及盧、駱，近體學岑嘉州，字句少實，固宜其知之而未盡也。新安閔景賢採輯皇朝布衣詩，推茗上吴，允兆爲中興布衣之冠。以予論之，親炙則孟陽，遡聽則非熊，庶無愧於此評，要當與千古共定之爾。

〔一〕「布衣」，原刻卷首目録作「處士」。

秦淮鬭草篇

樂遊苑内花初開，結綺樓前春早來。春色染山還染水，春光銜柳又銜梅。此時芳草萋萋長，秦淮女兒多閒想。閒想玉閨閒，羅衣正試單。芳飆入户吹帷動，巧鳥當窗攪夢殘。因嬌麗日長安道，相戲相要鬭芳草。芳草匝初齊，茸茸没馬蹄。芳草遠如暮，望望迷人步。將緑將黄不辨名，和煙和霧那知數。鳳凰臺上舊時基，燕雀湖邊當日路。結伴踏春春可憐，花氣衣香渾作煙。誰分遲遲獨落後，誰能采采不争前。裊裊桑間路，佳期何暇顧。悠悠淮水湄，遠道不遑思。空生謝客西堂夢，徒怨湘娥南浦離。未鳴鶗鴂先愁歇，乍囀倉庚正及時。正及時，先愁歇。密取畏人窺，疾行防蘚滑。入深翠濕衣，緣高香襲襪。搴若將何爲？束芻欲待誰？茜紅猶勝頰，荑白却慚肌。薜荔裁衣安可被，菖蒲結帶豈堪垂。盈匊盈襜羅衆芳，蛾飛蝶繞滿衣裳。蘭皋藉作争衡地，蕙畹翻爲角敵場。分行花隊逐，對壘葉旗張。花花非一色，葉葉兩相當。君有麻與枲，妾有葛與藟。君有蕭與艾，妾有蘭與芷。君有合歡枝，妾有相思子。君有拔心生，妾有斷腸死。赢歸若個中，輸落阿誰裏。相向無言轉自愁，芳埛過客忽疑秋。别本辭柯何倚托，傾青委緑滿郊丘。雖殘已受妍心惜，縱賤曾經纖手摘。芍藥多情且自留，蘼蕪有恨從教擲。人生寵愛幾能終，人心安得采時同。縈愁結念尋歸徑，接佩連裾趁晚風。情知朽腐隨泥滓，會化流螢入幕中。

詠美人隔墻折花

離離墻影動，謂是東風吹。美人金梯出，纖手摘花枝。釧聲驚起鳥，紛紛落玉墀。稍高攀不及，下望復移時。

送友人遊燕

離筵別棹暮江濱，紅樹青山映白蘋。一過江南風景異，兩行衰柳送行人。

銅雀妓

愁思應無賴，留香但益悲。妾身甘與殉，君蒙自多疑。秋氣生臺榭，涼風入蕙帷。朝朝歌舞作，不似望恩時。

早春行

蕙光初上砌，草色已含晴。日泛釵梁艷，風開裙簡輕。憐雙臨水坐，畏隻映花行。無數梅將柳，羞人蓄笑迎。

古別離

車轔轔，馬特特，路上行人行不息。丈夫一去音信稀，門前凝望是耶非。羅巾掩面羞回顧，翻令小姑笑妾誤。憶妾家中嬌小姿，愛弄玉環阿母隨。只知嬌養無愁苦，常笑他人怨别離。如今小姑年十五，能不憂愁有幾時。

無題

花黯横塘有路通，斷腸笛送畫橋風。鴛鴦祇宿雙生樹，鸞鳳那棲半死桐。楚峽雲歸芳夢散，秦淮月在故樓空。别來聞説新妝束，學得蛾眉幾様工。

旅次書懷

幾年不種漸谿田，覺我疏慵更勝前。嵇阮豈須經世策，巢由何用買山錢。莫愁湖上春携酒，長樂橋邊月泛船。惟有古懷消不得，臺城衰柳白門煙。

正月十三夜同王若觀伎共用來字

倡樓羅薦開，急管促行杯。花氣衣香奪，蟾光燭焰回。舞飛雕砌雪，歌落綺窗梅。不盡横陳態，猶期三五來。

題王野城南居

瓢笠高懸壁，交游久絶踪。門生當徑草，窗度隔城鐘。野老期看竹，山僧就結冬。今朝秋氣爽，户外數晴峰。

送劉休淵歸中都

白下憐君失意頻，濠梁歸路聽鶯新。數家古市低攢樹，十里平蕪遠見人。河上虹分官渡雨，城頭花壓驛樓春。交遊已自隨金散，羸馬蕭蕭獨問津。

上洋道中

帶雨片帆摇，人煙隔浦橋。築圍防海嘯，補屋避江潮。地沃徵徭重，年豐稻蟹饒。時依村市泊，機杼徹寒宵。

寒夜與范汭過黄習遠蕭蕭齋宿得人字

薄暮投君宿，維舟先問鄰。村煙寒結屋，山犬夜欺人。居以違時僻，交因遠至親。蕭蕭松月滿，款客不妨貧。

秋思

蒹葭霜冷雁初還，歸夢如雲只戀山。一夜潺湲西澗雨，夜來秋氣滿人間。

訪沈逸人不遇

閒尋芳草到門遲，雲水無心本不期。枕畔殘書猶自在，主人出户未多時。

宫人斜

没骨埋香却怨誰，化爲黄土出花枝。開時或得君王惜，猶勝深宫未見時。

鶯峰寺寄友人

水漫長橋深復深，寺門花密柳陰陰。尋余只在鶯聲裏，不聽鶯聲何處尋。

過田家

馬蹄樸索客心懶，十里無人煙火斷。僕夫驅馬入田家，老翁出户能相款。草中角角鷄哺雛，房内呱呱兒新誕。舍有餘糧可接荒，陂多積水能防旱。借問客子來何方，炊黍蒸梨羅酒漿。話餘桑柘陰移徑，坐久牛羊走上堂。長男輸租入城裏，傳聞礦税天下起。舟車牛馬皆有租，老夫八十眼所無。我言老翁且莫苦，淮南還有李開府①。

① 原注：「謂淮府李公三才。」

閏九月燕子磯登高用寒字

閏月蕭蕭萬木殘，危磯梟梟壓江湍。却登高處萸重佩，尚有餘秋菊再看。浦口雲深帆影暮，石頭風急雁聲寒。松亭蘿磴閒行遍，正近斜陽莫倚闌。

同曹學佺過宿碧峰寺愚公房得風字

入寺昏煙斂，雙橋竹澗通。僧歸殘磬裏，客夢亂山中。燈暗窗雲雨，枝喧鳥墮風。他鄉寥落夜，語笑喜能同。

春夜有懷姑蘇

潮落秦淮月映沙，金閶有夢在誰家。不堪暮雨楓橋别，無賴春風茂苑花。舟蕩漣漪歌《子夜》，窗臨睥睨聽啼鴉。分明舊事渾如昨，過柳經梅幾歲華。

春遊曲

細雨濕春泥，流鶯幾樹啼。東風淮水曲，落日長干西。夾道看馳馬，圍場下鬥鷄。倡樓今夜醉，月出管絃齊。

雲浪庵看桃花歌呈恩公

白石累累如雪浪，青山叠叠疑屏障。孤庵結處絶人尋，千樹桃花深又深。吾師講散僧徒暇，或行或坐桃花下。悠然花下悟真機，落花偏著定時衣。處處飄來天女散，紛紛銜出佛禽飛。如此春山誰獨往，城中人有山中想。澗户疏鐘出谷遲，石橋流水和雲響。幾曲雲林望不通，惟將流水世人同。徐穿鳥語枝邊路，傳過經聲花裏風。步步留人春不盡，掩映嵐光無遠近。池上數株昨夜開，舊紅幾點逐沿洄。禪關自與仙源異，莫誤漁人不再來。

廢南院看桃花

院廢花猶發，遊人爲此過。荒蹊侵野水，露井冪新莎。開處誰扳折，種時曾綺羅。惟餘聽曲意，誤入鳥聲多。

過林子丘茂之兄弟新居

雖然不出郭，幽僻似郊墟。兄弟無餘業，閉關好讀書。取山開北牖，留月廣前除。賴有曹評事，常過問索居。

送姚鼎梅

寂寞古城陰，孤舟淮水潯。看君不豫色，倦我遠遊心。別路生春草，還山多苦吟。只將疏豁意，歌入浦雲深。

出龍江關遇中州張民表遂與同舟得歸字

河橋纔過雨，關樹又暉殘。郭出忽已遠，逢君竟似歸。蘆邊舟欲發，沙際語相依。且莫乘流去，空江暮靄微。

望亭舟中感懷

水國蠶桑早，春山蕨笋肥。誰憐行路客，着盡離家衣。村犬迎舟吠，田烏繞耜飛。悠然望遠岫，却羨暮雲歸。

送張朔少遊燕

世路難如此，問君何處遊。燕京方逐客，塞上正防秋。沙磧長風急，關門落日愁。將軍油幕裏，誰肯接應劉。

青谿泛舟偶訪友人

青谿有九曲，曲曲見鍾山。山色長如此，水流終不閒。却於日暮發，好趁月明還。之子門臨岸，維舟且扣關。

秋日寺居柬王僧劭

檐樹涼飆急，庭蕪白露溥。登臨爲此始，物候又驚殘。寺静秋吟好，林深夜坐寒。仍多禪侶過，淡語更成歡。

秋夜與俞安期宿烏龍潭吴家水亭

潭光與月色，清徹一園中。陰過臨城樹，涼當隔岸風。窗虚涵若水，亭敞坐如空。幽極不成寐，高懷有客同。

與曹學佺林古度過孔雀庵訪韞輝上人

竹日下清暉，林深一徑微。蕭然瓢室静，可息道人機。汲井鳥銜出，開籬蝶繞飛。復過鄰寺去，留與月明歸。

離夜

白露塗蘭階，秋燈耿離席。風景凄以清，情思紛如積。朧朧庭樹光，送君立門隙。昨夜秦淮月，今照板橋客。

贈于納言文若

還治出西華，春城散曙鴉。俸支常不足，客到竟如家。古思澹流水，閒情賦落花。朝朝垂手版，山色正當衙。

殘臘阻雪雲陽客舍

鐵瓮寒潮凍不流，雲陽風雪旅人愁。客心不與年争急，且緩歸程一日舟。

寄陳使君抑之

海南無雁亦無秋，萬里何人寄遠愁。寂寂孤眠淮上月，憑風吹夢到羅浮。

浦子口作寄吴隱君夢暘

潮滿金陵渚，風高浦子城。煙帆來楚色，霜葉下秋聲。水國開千市，天家駐五兵。旌旗摇列壘，鼓角動連營。海汛防南服，邊烽接北平。壯心空宿昔，逸思尚縱横。幾逐漁樵侣，常投草澤行。撈蝦沙岸淺，牧豕竹坡晴。旅食遊應倦，秋衣授未成。平山獨可眺，眺遠寄離情。

癸卯元夕曹能始席上詠夾紗燈屏得花字

火樹當筵出，燈屏繞席斜。透迤一片影，匼匝九枝華。薄素流明月，層波浸百花。龍膏然作霧，鵠彩散成霞。曉户鶯窺鏡，春窗蝶誤紗。盈盈空内外，瞰客若爲遮。

早春水閣

昨夜秦淮春水生，朝來合岸有波聲。春陰不散餘寒在，雪積鍾山一片明。

與喻應益言別

楊柳河橋日向新，空江無處不通津。留君且過花時去，共泛青谿曲曲春。

春宵曲

嚴城禁苑漏傳稀，戚里侯家啓夜扉。花裏歌聲驚宿鳥，池邊水氣怯春衣。佳人笑語風吹過，公子留連月送歸。翠帳沉沉芳宴散，夢魂應繞碧雲飛。

閩中與吴元翰過馬季聲家酌

多君新釀熟，邀我客中閒。剖橘香生手，銜杯暖泛顔。敗藤縈格下，争雀墮籬間。門巷斜鄰寺，朝昏易往還。

夜夢還家作示林古度

晨光銜北牖，攬衣庭前步。默念戚無歡，心中綴想慕。君問想何爲，夜夢還鄉去。茫茫俄傾間，暫與骨肉遇。我家漸水上，門前蔭古樹。樹下即池塘，塘邊墟落聚。墟落幾遷改，歸夢猶循故。親知異老亡，慊款如平素。小女扶牀戲，弱子緣階鶩。攀枝不及花，牽衣適迎路。山妻飯中厨，含淚復含哺。入户理殘機，行園摘寒瓠。在昔怨貧賤，歸來甘荆布。緒亂語難終，神悖遂驚寤。想像反側際，依稀情景具。愴愴心内酸，歷歷爲君吐。君亦道路人，無語空相顧。

冬至夜集曹能始園亭觀伎

佳候要佳麗，山齋啓暮扉。入園驚荔發，窺瑁見灰飛。梅亂歌中落，春争笑裏歸。橙香寒靧面，桂氣暖熏衣。粉壁釵横影，雕窗燭散輝。不堪絃管歇，殘月尚棲幃。

偶書閩中風土十韻寄金陵知己

風氣南來異，行行歲月賖。梅香逾五嶺，猿響類三巴。時見蠻煙黑，還驚左語嘩。舟中喧水碓，城上出人家。荔子家家種，榕陰處處遮。居民晴着屐，市女晚簪花。短蜮能伺影，蜼魚會噴沙。蠣房經雨吐，石蛣入春華。劍浦龍何在，螺江事可嗟。好遊非向子，録異是王嘉。鄉信難逢雁，歸期易及瓜。吾生從汗漫，世路更無涯。

過曹能始家作

非我頻相過，知君日日閒。家貧能愛客，官冷好遊山。待月時同出，看梅昨共還。斜陽照深巷，又見竹門關。

除夕曹能始宅林茂之弟彦先同賦 癸卯。

今宵愁轉劇，賴子倍情親。聚飲憐家慶，分歡念旅貧。春添鑪氣暖，梅照燭花新。共惜須臾別，明朝隔歲人。

元旦書事 甲辰。

閩中風景麗，元旦百花開。有岸皆縈草，無波不染苔。樹光摇粉堞，雲彩照金罍。濃黛新年點，春衣隔歲裁。夜鑪藏宿火，曉燭剪殘灰。袖裏分餘蕙，釵邊罥落梅。松枝當户插，椒氣拂窗來。正好隨歡笑，那知客思催。

人日立春林民部宅觀伎

雙節值新年，東風裊伎筵。土牛官鼓迓，彩燕内人傳。杏子裁衫薄，梅花點額圓。歌深眉黛蹙，酒重臉紅妍。香霧迷窗鳳，金屏影柱蓮。尚書舊東第，賓客喜重延。

集林光禄新第得花字

到户塵喧遠，開門蕙徑斜。圖雲流礙棟，刻鳥立窺紗。帶笋移鄰竹，裁枝寄别花。殘霞藏宿雨，弱柳墮棲鴉。亭敞分歌伎，池清漾釣槎。誰言光禄第，定是石崇家。

贈妝春者

高臺望若仙，出色異人妍。南市重圍壓，東方千騎聯。衣邊浮日彩，髻上惹春煙。更恃衆憐意，歸嬌女伴前。

武夷小桃源訪劉道人 甲辰暮春，能始、茂之同遊。

峥嶸入陷石，石徑轉逾窄。劃然洞門開，斜光一道白。龍湫流暗穴，鳥篆繡苔額。窮源有古村，二三避世客。避世非避秦，棲心煉精魄。春田自耕刈，衣食無需索。風動棕花落，雨過藥苗摘。鶯啼林木秀，犬吠暮空碧。居然衆山中，遂與衆山隔。坐久恐迷誤，歸路志前石。白雲洞口深，似杜重來迹。

榕城小妓奇奇歌

奇奇十二髮垂肩，婉伸膝上誰不憐。鴉頭髻様望如墜，杏子衫新紅欲然。市門半面窺人慣，門前潮水東西漫。阿爺歡喜阿娘嬌，東家妒殺西家羡。六月南氣荔子紅，斜柯輕立踏如風。八月西風龍眼低，今年攀折與枝齊。年紀雖小齒清歷，漢語吴歌聲的的。劉家碧玉未須論，越客明珠應不惜。借問春來幾樹花，雙抛橋畔是兒家。

登釣龍臺

秋色延高臺，臺荒廟亦冷。兩三樵牧兒，投石試深井。

度嶺作

谷口鐘聲度嶺微，嶺頭嵐氣散朝暉。江山處處通鄉路，只是遊人不得歸。

宿曹能始吴客軒題壁

園亭臨浦口，門巷暝煙深。池岸波新浴，花谿草乍侵。雲來窗上濕，月過樹邊陰。誰謂留吴客，余將起越吟。

歸宗寺

路繞鸞溪去復回，鵝池聞説右軍開。山僧相遇衣裳濕，雙劍峰頭看瀑來。

登五老峰望彭蠡湖歌 甲辰仲夏，梅子庚、喻宣仲、曹能始、林茂之同遊，凡半月。

適度含鄱口，來登五老峰。千盤萬剥無人迹，雨過泥脛見虎踪。一徑孤懸五峰背，煙嵐五點濃如黛。壁面起兮矗相向，石顔叠兮詭萬狀。履觸雲生處，身齊飛鳥上。霞綴屏兮成錦，霧彌谷兮如漲。峰頭霧雨峰下晴，一邊湖樹夕陽明。波聲直撼鄱陽縣，江色遥分湖口城。憶昔揚帆彭蠡左，湖心迴壓看將墮。今來頂上看湖光，湖光射眼白如霜。不知浮蕩蒼翠表，只覺微茫衆山小。林交陰兮青兕啼，草豐茸兮故步迷。遊人今夜何峰宿，遥逐鐘聲度水西。

晚投黄龍寺慧宗上人房

幾處禪林聚似村，嶺頭風雨澗頭昏。千枝燈影僧初放，一派經聲客到門。

師子巖

石罅置檐楹，高低縱復横。臨深暢幽意，極險盡遊情。火照潭心影，經傳洞腹聲。際眉巖電射，繞足澗霓生。潛怪禪能伏，啼鼯狎不驚。欲窮前勝處，無路若爲行。

潯陽張侍御宅詠伎

房櫳花色色，池館月盈盈。古服仍椎髻，新妝忽曼聲。聞香方覺笑，辨佩即知名。上客莫言醉，分歌緩夜情。

送林古度

分手寂無語，殷勤獨此心。夢于遊處得，情向别時深。廬嶽雲初起，湓城日半陰。孤帆即千里，昨夜在東林。

新秋建安王半隱園應教二首

坐望林巒隔，行分島嶼遥。蹊崩横卧柳，岸闊接平橋。微雨驚雷散，輕炎入樹銷。豫遊屏侍從，疏豁似漁樵。

薄暮登臺望，西山翠滿欄。湖雲屯岸宿，松露滴衣寒。萬井炊煙歇，千家市火殘。笙歌引前路，花密出猶難。

晚登九華山

望江亭望晚江晴，颯颯秋兼風水聲。寺隔數峰猶未到，禪燈幾點翠微明。

登天台峰宿 峰離寺二十里，山之最高者。

蘿磴松崖幾百層，猱攀魚貫始徐登。昨朝望處今宵歇，巖下雲埋入定僧。

別九華山二絶

寺前秋浄萬峰閒，正好尋山又別山。谷轉谿迴留不住，水聲相送到人間。

複嶺重巖出路賒，漸看龍口有人家。行行數里猶回首，秋雪滿山蕎麥花。

舟泊石頭城

依舊城邊明月輝，城中蕭索故人稀。南遊日望東歸急，及到金陵不是歸。

西湖春遊詞七首

堤暖百花齊，湖春萬柳低。管絃初沸日，羅綺已空閨。上巳連寒食，車輪間馬蹄。遊人争向處，多在斷橋西。

湖水碧粼粼，還疑洧與溱。褰裳臨翠渚，踏草及芳辰。合岸花薰暖，雙堤柳夾春。今年風景好，直爲遠遊人。

橋外即當壚，樓陰碧樹扶。水筵移岸酌，越女唱吴歈。一徑穿孤嶼，重光帶兩湖。匝波舟楫動，處處起鷗鳧。

越女善拏舟，吴姬解棹謳。尊低芳樹下，人擁古堤頭。香醖尋仙客，靈峰問梵流。花時無遠近，分日出城遊。

晴光上柳條，結伴戲花朝。歌近舟沿岸，人開馬度橋。雷峰看塔迥，葛嶺弄泉遥。日暮争門入，衣香滿路飄。

新堤楊柳斜，遊冶肯還家。珠彈光流月，春衣色勝花。幕遮芳草路，騎並美人車。何處菱歌起，仍憐似若耶。

遊路背湖分，林陬復水濆。年傳秦代石，人拜宋時墳。塔影雙峰見，松聲九里聞。不知天竺近，香氣藹成雲。

過吴門訪沈野范汭攜酒至因賦

皋橋通市外，鴻墓即城隈。芳躅君能繼，衡門客到開。藥香餘石臼，茶緑泛山杯。鄰圃花迎發，東家酒送來。池萍初點絮，階笋欲穿苔。誰復尋行跡，荒蹊不剪萊。

酬何璧

少年爲志在仇恩，老大銷磨百不存。寂寂孤窗風雨夜，因君知我與君言。

寓范汭家過其友卞潤甫新居

緑樹陰相接，過君不出門。少年能淡薄，高卧動寒暄。開徑多鄰客，移家只故園。曉凉聞汲響，鑿井在籬根。

贈王德操居士

家在半塘住，常聽虎寺鐘。持齋坐孤館，禮塔向高峰。姓字能藏市，妻兒相賃舂。寥寥梁孟後，於爾繼芳踪。

遊天池寺

誰家暮道創猶新，便見禪宫跡日陳。寶地也聞歸别主，青山終是屬遊人。殘僧寥落他鄉乞，古佛荒凉野魅鄰。惟有泉聲秋可聽，苔衣漠漠石磷磷。

送方子公

行止因人定，倉皇爲計非。出門雖異路，貧賤自相依。雨濕秋衣薄，風吹病骨微。昨宵曾宿别，鄉夢亦同歸。

舟泊天門山寄金陵故舊

際晚帆投岸，蒼蒼暮靄平。别愁當月滿，鄉夢趁潮生。牛渚今宵客，鳩兹明日程。漸欣江路少，得近故山行。

到　家

渡口尚餘景，喬木故鄉陌。誰云客不歸，今歸轉如客。村犬吠路隅，室人避門隙。入户恍有存，依然舊四壁。始歸人意新，鄰里皆來覿。交讙我何言，誰復閔行役。興念及殤兒，生未諳行迹。夢寐何由通，徒聞人所惜。别時種園樹，過墻盈幾尺。且復息其陰，淚沾衣上碧。

秋日雜詩

新穀望將熟，無田安可希。饑驅兒女去，同拾遺穗歸。烏雀争喧啄，不忍相逐飛。夕舂朝作飯，朝舂夕作糜。賴此保朝夕，我心實傷悲。爰思古之人，貧賤甘如飴。牧豕上林苑，逃耕蒙山陲。道勝聊自慰，欣詠《衡門》詩。

過汪隱君道會

適渡豐谿水，隱隱松明山。松色自幽映，溪聲復潺湲。主人尚高卧，童子啟柴關。眺聽且延佇，落日半林間。

貧　居

釜裏生魚甑裏塵，非關久雨却關貧。牀頭惟有《梁鴻傳》，閒誘荆妻作古人。

閒思寄林古度

一與西湖别，春風兩度來。曾棲山寺裏，日日待花開。

早秋齋居

早晚涼風至，蕭蕭聞竹齋。今年無客思，又有舊遊懷。

喜郭昭自廬山見過

荒村歲暮誰相問，惟有籬花慰索居。遊過山川常在夢，別來朋舊久無書。秋風烏雀喧禾黍，落日牛羊遍里閭。即此蕭條空館夜，與君相對話匡廬。

宿吴公勵石壁山房

山館雨聲秋，秋燈照石樓。興因清景發，宿爲故情留。往事言難盡，凉風吹不休。少年行樂處，多夢秣陵遊。

送劉小小爲尼

羅衣脱却一披緇，却悟紅顔有歇時。學拜纖纖方禮佛，隨班裊裊乍從師。忽驚形影燈前異，猶剩繁華夢裏知。寄語舊家諸姊妹，年年空爲落花悲。

寄曹學佺

幾年山水共閒遊，無日吟詩不唱酬。一卧故園春又暮，楝花零落漸谿頭。

喜雨

沛然時雨來，芃芃禾黍起。我固無所望，亦爲鄰里喜。晚向西軒眠，谿雲滿窗几。明日釣潭側，應深幾尺水。

暮春谿居二絶句

門前梧柳長新團，雨暗空林客到稀。幾欲持竿谿上去，灘頭昨夜没漁磯。
柳岸沙潭風景多，晚晴新緑映春波。漁舠好泊深深處，棹月歸來半夜過。

寄曹能始

聞説官閒心亦閒，馬蹄日出不知還。落葉滿城秋似水，家家樓上有鍾山。

暮春偶過山家

山村處處採新茶，一道春流繞幾家。石徑行來微有迹，不知滿地是松花。

過吴太常山居

只在花深處，恒來亦費尋。書聲間竹色，鶴夢冷松陰。時過鄰僧飯，仍多野客吟。冷然暮空碧，清磬出春林。

月夜自寶應泛舟至秦淮

湖月忽來照，蕭然水樹明。棹沿堤影直，星過浦光横。家遠秋多夢，年豐夜可行。前程何處泊，鷄唱是孟城。

姑蘇曲

寶帶橋邊鵲啄花，金閶門外柳藏鴉。吴娥捲幔看花笑，十日春晴不在家。

春日過馮祭酒孤山别墅

池館青春好，泉臺白日辭。梅香曾賞處，柳發獨攀時。湖舫遊新主，賓階生旅葵。野煙沉酒徑，山月冷歌帷。鄰起山陽笛，庭閒謝傅棋。還聞有遺令，開閤散諸姬。

西湖子夜歌八首

湖女二三月，相將戲水涯。新堤看楊柳，舊堤看桃花。
新着杏紅衫，試騎赭白馬。馬驕堤路窄，急爲扶儂下。
三橋當路半，正好與郎期。湖水原無信，郎來那有時。
南峰望北峰，如歡又如儂。何當雲霧合，兩峰作一重。
渡頭人眼衆，船開不敢要。慣知儂泊處，不過西泠橋。
外湖歌《折柳》，裏湖歌《採蓮》。聞聲不相及，意緒風中傳。
西陵花深處，舊是情人路。湖船不出湖，願歡尋故步。
悔寄孤山梅，悔折斷橋柳。兩地本無情，郎心那得久。

過西湖懷曹大參學佺

每憶同遊處，凄然起舊懷。蘭舟曾泛泛，春鳥正喈喈。幾訪孤山隱，常持净寺齋。苦吟花閣曉，泊月柳橋佳。此別經三載，聞官進兩階。旌驂臨蜀道，賓客散秦淮。出祖龍江日，嗟余不克偕。

將之廣陵過別林古度留小酌

客至摘籬豆，一尊相對吟。山光當户冷，秋色入門深。即此寒燈夜，兼之遠別心。明朝廣陵道，水岸但楓林。

禪智寺李本石宗衍同遊

月明橋畔寺，云是舊隋宫。磬發山堂寂，煙銷輦路空。旅懷深落日，古思入秋風。耐可同遊在，看碑衰草中。

法海寺

野航時可繫，林寺晝猶扃。古木無年歲，清陰滿户庭。客來方禮磬，僧坐但翻經。煙起炊茶竈，聲聞汲井瓶。窗過湖鳥白，簷掛葉蟲青。蔬飯欣然飽，徐徐步遠坰。

吴山人夢暘五十九首

夢暘字允兆，歸安人。生短小，禀性强直，鄉里有不平事，奮袂剖陳，不避權貴，苕上人畏而遠之，薄遊長安，與宋西寧、張聖標爲文酒之交。西寧没，策蹇三千里，經紀其喪，諸公皆多之。好吟詩，詩不就，竟夜不交睫，苦思刻鏤，必得當而後已。知音律，善度曲，晚遊金陵，徵歌顧曲，齒鰯牙落，猶嗚嗚按拍，好事者至今傳之。允兆嚴於論詩，雌黄不少借。常集汪景純家聽歌，與程孟陽限韻爲數絶句，互相嘆賞。又即席送潘景升，約爲短歌，孟陽詩先就，允兆擊節，自取其草碎而齧之。其通懷樂善如此。

和陶飲酒二首

何悔不學劍，豈云不上書。歸來坐凉月，緑水周吾廬。庭草一以新，知是春風初。故人惟故心，獨不謂吾疏。相向宛夙昔，豈不懷舊都。舉目盛雲物，安能無歡娱。

徇名視逐末，錙銖爲重輕。置身等草木，安得無衰榮。華屋歌未闋，白楊聞哭聲。向平果何意，問死仙如生。

和孝若湖上作

浩眇湖之陽，信爲子所止。氛濁一以屏，冲襟浄于水。凉風四面來，暝色從中起。茫茫觸無情，情來莫爲理。寧以終古懷，委之波靡靡。

孝若留飲短歌

蘋洲之上何所爲，向君索酒酒勿遲。今夜不醉今何時，虚檐燭短風雨苦。君屬我歌君可舞，座中無言心各許。主人胡不進樂方，語及喪亂哀國殤，使我罷酒色不揚，更欲片言追大雅，數十年來誰作者，朱絲無聲雙淚下。君不見吴生輕作萬里人，五年三踏長安塵，明朝告别無可陳。我道今人賢，將恐君掩耳，我道古人賢，不知古人死。但願君家有酒吾且止，眼中依依二三子。

暑夜孝若攜伎飲長橋上同諸從踏月歌

明月滿地寒如霜，踏歌出門氣揚揚。登橋仰面天蒼茫，千峰萬峰掛女墻。酒星客星爲低昂，老夫興好君相當。阿渾阿咸底復狂，袒跣大叫呼索郎。長鬚仡仡催行觴，甘瓜碧藕壓酒漿。其時妖冶誰爲將，黄衫宕子青樓倡。絳紗引出差餙妝，氍毹狼籍脂澤薌。嬌歌忽轉《嫵媚娘》，《前溪》《采菱》音旋亡。入宫變徵吾未遑，坐來白露塗衣裳。鬢毛刁騷肌骨凉，烏棲月黑還洞房。博山煙滅燈無光，蟋蟀當户逼人牀。歡樂繼之慨以慷，悄然無寐夜未央，徘徊中庭何所望。

夏玄成邀集中園歌

君胡爲乎衡門下，偃卧中園號桑者。滿牀圖史安得貧，鴨闌鶴柵供蕭灑。比鄰大賈誰過從，柴桑籃輿多從容。生徒散去亦不索，退院老僧方打鐘。我獨來尋一二友，如君悠悠吾且朽。烹葵剥棗饒盤餐，不妨案頭權設酒。有酒便堪酬酒徒，白頭能傍酒家胡。人間何許快意事，大叫一擲成梟盧。清商舊譜新聲續，還唱江南《采菱曲》。曲聲半落風雨邊，人影蹣跚滅華燭。今人之樂樂未央，古人一往誰能將。我懷古人色凋喪，出門空覓江都相。荒丘野蔓誰家宫，玉鉤斜上吹凄風。欲將衰白變美好，八公山上皆青草。何如諸公達者爲，使我一飲成淋漓。客散吾留雨如注，好君正在蕭颯處。還將舊事仔細論，惟有邗江之上潮來去。

同潘景升顧嘿孫集湖上代妓作

妾家白門楊柳下，楊柳當年繫郎馬。又住錢塘楊柳邊，楊柳仍藏烏啞啞。生憎啞啞烏，逐郎郎在湖，聊復爲郎提玉壺。泛月月未起，蕭蕭一湖水。向月人人道有情，未見情人爲情死。君不見白使君蘇使君，一呼小蠻一朝雲。今日妾歌《懊惱》詞，借問使君聞不聞？無端再唱《金陵》樂，若個天涯不流落。好認西湖是妾家，南屏山前多藕花。藕花折郎手，花飄不得藕。心知郎有他，爲郎來勸酒。一訴姊妹知，不如訴郎友。將尋小小過西陵，月落天低江渡口。

送張去華走哭汝陽王胤昌宫庶

君不見南州孺子辟不起，一朝徒步走千里。英雄但可輕浮名，那可無心報知己。張郎心事亦復然，絜酒持將哭泉裏。自言不受他人知，惟有汝陽王庶子。出門滿路吹蒺藜，眼底誰爲此人死。更將肝膽何處明，一片悲風咽汝水。

重過友人花下歌

憶昔曾醉故人家，滿檐春雪吹梨花。花開花落今幾度，爲問客顔得如故。故人老去猶故心，折花憶我相思深。重來看花花益好，可惜看花人盡老。此時花裏春風顛，此時沽酒莫論錢。當杯但畏花欲落，且向花前同醉眠。若過君家能醉殺，便須埋我在花前。

辛丑冬曹能始過客孝若齋中因遍遊吴興諸山歌以美之

君胡爲兮樂吾土，臨水登山吊今古。故鄣城外君回船，詩中不弔陳霸先。關中布衣呼不起，掛瓢堂中君獨倚。悄然憂來不可輟，長謡短詠皆奇絶。凍雲不收天雨雪，雪皎天青照顔色。其時值我不出關，今年相趁控鶴還。勸君入官官復閒，蕭蕭肅肅山水間。嗟嗟！古人骨已折，今人誰與友？心憶臧三夢吴九，不别茅維重攜手。山水風流或在兹，一日遂爲君所有。

相逢行别朱大復比部

請君爲我止，聽我《相逢行》。相逢恍若昧平生，顔色可疑心事明。但云兩人天所成，安能百歲無合併。

眼中不覺鄉國遠，一日攜手長安城。因之齒牙及餘子，臧三無聊董大死。饒他獨好蓬蒿人，復使區區入君耳。與君各抱龍門桐，朱絃九絶非不工。今君將使《大雅》作，吾亦爲君揚《國風》。洋洋入人無上下，君方在朝吾在野。縱君寡合我更窮，忍向悠悠希作者。作者有如君，吾何怨幽獨。即來遺我珠十斛，用之字字荒年穀。無端别擲書一行，我正悲酸不能讀。直從野夫論時事，其間奚止三痛哭。野夫痛哭思上書，憂憤不知臣分疏。君謂斯言胡草草，在君言之猶患早。況乃爾生衣褐衣，眇小誰容言是非。所惜爲郎不賜見，豈其遂忘巨鹿戰。一論往事心膽寒，更無長策求治安。皇華漫詠日出處，鯨鯢晝夜興狂瀾。相沿猶號女主國，叛逆底須勤縣官。及今所恃在天險，慎勿苟且遺三韓。斯言特地向君吐，知君矯矯存忠肝。嗟嗟壯士無由得，瀕海經營湯信國。其時訓誥絶島夷，卓矣高皇先遠識。乾坤全仗開辟功，億載綿綿由帝力。近日曾頒罪己詔，俄頃河山盡增色。明朝送子去朝天，自今更始理必然。人人建白惟恐後，中有幾人如子賢。世上無非子能事，不忍使子名空傳。野夫高枕娱白日，何妨音響相周旋。所思在此勞夢寐，合眼已睹中興年。夢來原識到家路，參差芳草衡門前。

爲鍾清叔題薛五蘭卷

薛五嫁人苦不早，皆知倡家擅技巧。寫生乃是第一技，所見無如此卷好。蕙質蘭心有深寄，葉葉莖莖吐幽思。其餘點綴亦復佳，剡藤數丈披清氣。畫兼題詠頻致余，余亦每呼薛較書。居然獨立脂粉外，鄉澤全抛絃索疏。通國名娃出其下，仍嗟舉世無知者。眼中鍾叔比鍾期，此卷祇應遺叔也。叔也有情情復起，我題情語情如水。枉教夢到湘江頭，湘江水絶蘭枯死。

捕魚詞

錢唐蕭蕭暮潮響，雪片打船天蒼莽。此時江心魚不上，漁郎視魚如在掌。身躍水底勝落網，手擎一尾一尺廣。回身落水水幾丈，俄頃出没魚穰穰。起立船頭髮蔽顙，不着衣裳還打槳。

同周叔隱夜坐

罷酒尚寒色，頽然擁衲衣。洞簫吹雨歇，殘燭映江微。道路人將老，鄉園夢不違。連朝常少睡，支枕問清暉。

東生湛園

道路談丘壑，惟于此地親。了無塵事到，各有土風陳。池集常來鳥，花窺將去人。燭銷仍繾綣，半爲惜殘春。

錢簡棲駕月園

所欣連夕燕，世事不曾論。得與時人遠，常如往者存。異書抽秘府，嘉樹看鄰園。忘却春將半，飛花吹入門。

邀諸友集顧所建湖上水閣

相趁探春去，琴尊一爲携。花繁那辨樹，湖蕩不分堤。老益希新好，閒能補舊題。酒家知在否，煙雨段橋迷。

陸纂甫至

北歸重得見，未暇道相思。國計今如此，吾徒何可爲。暑禁寒雨積，老任落花吹。剩有銜杯興，君還進茗縻。

對客

舉世悠悠者，都非君所從。有人相許可，垂老一從容。小雨披群竹，清霜勁老松。别無相對語，墻角遠聞蛩。

中秋日趙文度過小飲

相逢説牢落，况乃值清秋。滿地已黄葉，他鄉應白頭。酒邊愁較緩，身外老堪休。爲贈青天月，須君盡日留。

姚百雉見訪

一杯緣爾設，心曲直須陳。花下何由老，吟邊那得貧。史無磨鏡事，客有賣漿人。似此誰聞得，惟應向我頻。

送黄貞父北上

期君向所負，今出果何如。明主争爲用，高名善自居。有身須事業，無意即樵漁。朋舊同聞此，長安不寄書。

送胡孟弢邑博之沅江

攜手情無極，茫茫此别何。一官猶俎豆，滿地已干戈。畏路身難定，騷人怨自多。可堪寥落思，木葉洞庭波。

撥悶對翁晋簡義公

莫遣秋來興，陰晴坐鬱蒸。茶鐺虞水竭，書帙盡塵凝。老眼何由放，諸山久不登。因之懷舊好，幾個白頭僧。

都下寄龍君御

及此賜環日，敢遺招隱詩。賈生流涕易，嵇叔入官遲。治粟緣時急，藏書許客知。武陵花不落，恐誤出山期。

得曹能始白門書却寄

務求千古合，寧與一時乖。此語無人道，安能不爾懷。閒情陶顧渚，舊夢怯秦淮。所可遥相慰，春來風日佳。

留贈老僧

聞師日静坐，煩惱静中除。燕子鄰家去，僧雛别院居。嶺雲歸復盡，山果落將疏。猶有相關事，溪頭值老漁。

禮愛師

幾度尋師到，茫然空自回。所聞無一了，安用此重來。江月爲心印，庭花儼手栽。尚勤諸弟子，香火影堂開。

過嚴寅所村居

相期殊有謂，相見且無言。不使錢刀盡，安知意氣存。菰蘆聊四户，燈火自孤村。最好交遊絶，諸山在華門。

同翁晉還自吴門志别

明朝子解去，昨日送茅維。芳草猶在望，素心還自持。旅魂花片片，人影鬢絲絲。近日情如許，那爲萬里悲。

罷讀

殘書且罷讀，兀坐夕陽軒。睡去入松影，醒來通鳥言。身閒衰老骨，事少暮冬村。忽作窗前雨。蒼蒼雲氣屯。

飲翁升小樓同翁晉作

開尊誰是主，但飲不須疑。密坐皆無次，同來似有期。谿山留客易，風雨下樓遲。别後還相憶，梅花悵滿枝。

湖上同晉叔嘿孫作

心賞無過杯酒間，良朋難合復追攀。重尋往事渾如夢，好藉清談一解顔。秋杪細聽將墜葉，月斜猶傍未沉山。請看臨别蕭蕭影，幾度殘鐘拂署還。

楊仲明見訪有贈

材僻相將學課農，猶煩朋舊遠過從。出門覓取誰家酒，隔水聞來何寺鐘。往日姓名疑劍俠，近來鄉曲號書傭。自誇興到還多事，手植荒庭一老松。

甲寅新春對客作

瀉盡流澌春氣温，一溪新漲舊柴門。野僧同住權爲寺，水鳥孤飛不出村。瓦鼎祇應烹臘雪，藜牀最好傍朝暾。過從總在滄江上，安有平生未吐言。

送戚不磷之内黄訪鄧遠遊

野夫元是客中身，復向離堂易損神。鳥哢一聲林已夕，花吹三月路無春。黄河不接黎陽樹，青草偏生楊子津。非爾中年急知己，那能輕作渡江人。

散社後示諸子兼辭酒會

蘇晉長齋列飲中，留連聊與故人同。生憎情劇三眠柳，徒自身輕半死桐。細草忽隨春浪碧，遠山渾入夕陽空。無端覓得桃花枕，一覺悠悠答畫公①。

① 原注：「唐僧畫法師嘗作《桃花石枕歌》，後焚詩于瑶山寺。」

過張孟育話舊

讀書無遇不能休，一話窮途客自留。颯颯枯枝霜滿樹，微微殘臘夜登樓。二三知己皆黄土，幾個生徒又白頭。如許老懷那遣得，到門湖水日悠悠。

過愚公虎丘寺

烹葵剥棗盡相關，坐到昏鐘始下山。弟子可知皆白足，老夫焉得不蒼顔。花飛日日何曾掃，柳長村村只未攀。路黑出門燈肯借，畫船簫鼓幾家還。

己酉新春二首

自擬今春懷抱開，林扉時復掃荒苔。沙頭鷗鳥休飛去，野外梅花許折來。多少誤人空識字，從容留客不銜杯。題書遍問諸名勝，肯入廬山般若臺。

百年何負草堂靈，詎使尋常問客星。不種公田仍減産，尚無饑色喜添丁。人間安用屠龍技，方外曾携相鶴經。空手出門風雨至，也須蓑笠問樵青。

秋草

八月幽并百草黄，還聞一曲奏清商。關河今夜皆寒色，陵寢前朝但夕陽。久客自然迷道路，後時能不畏風霜。吴兒莫説漂零易，未到邊頭古戰場。

别黄伯傳

但作尋常别，不作尋常語。夜深江月來，還疑未别汝。

晚泊

老屋如巢居，亦復禦風雨。中有獨坐人，焉知不可語。

偶成

江上元無暑，涼風暑盡收。鬢毛吹已短，還度幾迴秋。

再遇汪景純

金陵樂府杜秋娘，宛轉新聲隱洞房。林木盡飛江水咽，那教人聽不迴腸。

送吴翁晉之官白下

爾從舍我客東阿，京邑論交長者多。今日草深丞相宅，莫因腸斷不重過。

送茅薦卿之官白下

籌國常存感慨餘，一身牢落鬢蕭疏。官閒勿謂全無事，前歲聞君有諫書。

送翁晉東遊

春風常在故人前，爲折新花媚別筵。惱殺當筵飛片片，可能吹到渡江船。

孝若將入山送之

山中多有好生涯，澗户雲關不苦賒。試覓前朝避兵處，至今猶住幾人家。

送孫子長

國子先生較廣文，高名無地不歸君。長安難得官如水，只合題書寄白雲。

送汪明府擢水部北上

長安誰與説江湖，市上今無舊酒徒。祇是同曹茅水部，問儂曾見令君無。

送錢元英請告還鄉

託病還山意有餘，今人惟讀古人書。若然門外無鄰近，願借溪灘學打魚。

送汪念潭

秋山萬叠赴新安，清淺溪流五百灘。誰向此中深領略，問君何不早辭官。

古道庵望華亭

沿江指遥白雲限，樹底空牀遍緑苔。今夜道人來借宿，前峰先有鶴飛回。

陳山甫邀集楊姬華林館同賦四首

一片清江寫遠憂，新花還覓舊青樓。黄衫謝去諸年少，領略風光幾白頭。

四月探春春已過，他鄉行樂莫蹉跎。詩家文酒娼家會，絃索全抛翰墨多。

煙花四部舊曾題，迭變新聲拍按齊。聽到關情情忽忽，絳紗休妒翠眉低。

諸郎焉肯負尊罍，臨别連呼大白來。問我何曾高興索，滿街明月踏歌回。

王山人野 一十七首

野字太古，歙人。從祖仲房，以稱詩有聞。太古兒時習爲詩，稍長棄博士業，從其兄賈江淮間。兄死，不能歸，入吴，説梁溪土風，家於鴻山之下，與妻子餔糟不厭死。久之，詩益有名，遊於金陵，不輕謁人。貴人慕其名訪之，累數刺始一報謁。蹇驢造門，稱「布衣王野」，投刺徑去。自選刻其詩一卷。晚年詩頗爲竟陵熏染，竟陵極稱之，爲評騭以行世。凡竟陵所極賞者，皆余之所汰也。子僧邵，字顔綸，亦能詩，早卒，有《朏明草》。其佳句如《陳匡左過飲》云「峰冷秋雲白，墻陰晚照殘」、《永慶寺夜坐》云「風輕松韻細，露滴月涼生」、《晚泊江上》云「晚煙生浦澮，秋月出江孤」、《月》云「峰銜形似缺，江動影難安」，人謂得乃翁衣鉢也。

金城禪院

林巒殘雪霽，浄土獨遊頻。鳥似忘機客，山疑入定人。靈花飄不盡，古木自無春。坐悟衣珠在，空經累劫貧。

訪王伯穀

流水方窮處，茅堂空自開。鳥啼春樹緑，花發故人來。白日待將夕，青山去未回。題門吾豈敢，此意寄莓苔。

雨雪曲

大漠雪漫漫，胡風入箭瘢。平明没馬足，半夜折旌竿。聲叠鼓鼙暗，光添劍戟寒。鐵衣三十萬，誰不憶長安。

越中送僧還舊山

折柳插瓶溪水灣，此方緣盡又思還。春花乞食雲門寺，秋葉翻經瓦屋山。雲起珠林封舊迹，月臨寶地憶慈顔。知君身似旃檀樹，已去留香梵宇間。

征夫怨

黄雲白草没燕山，百戰空存兩鬢斑。不識征夫三十萬，幾人生入玉門關。

柳枝詞

江上春深萬萬枝，含枝帶雨盡低垂。不知此物關何事，今古令人怨别離。

寄叔祖仲房

燕趙歸來二十春，重遊吴楚白頭新。如今海内無知己，到處江世哭故人。

宿空相庵

所嗟人世淺，託宿佛庵深。試看新生月，何如初發心。藤垂瓔珞影，松作海潮音。明旦那能别，幽情已滿林。

送洪獻吉還真州

秣陵還泊岸，瓜步又乘潮。離情似新月，明夜勝今宵。

倚樹

偶爾依芳樹，跏趺迹緑苔。身忘群鳥近，坐久一花開。移影高還下，看人去復回。携書空置石，翻動任風來。

庭前坦步偶見岣山延佇以詠

偶憐山在目，淺立意悠然。落落泉舂石，層層樹接天。半峰分夕照，衆壑共秋煙。將謂迷來徑，樵夫已過前。

出郭訪王叟園居

遥想棲託佳，春霽引坦步。鳥深墻外聞，花隔鼻先悟。入門及賓館，宛若下山路。葱蒨清意滿，簡密幾叢樹。衆草冗不芟，存爲蠢動寓。草木遂本性，愛物見平素。人静池出魚，屋衰梁飽蠹。壁苔如畫山，天然臥遊具。園叟齒逾耋，似鶴林間遇。内深冥真寄，外淺備禮數。恍惚異世人，相對心疑懼。雖疑且盤桓，嘯歌日至暮。

山中隱者

野老自童稚，看君只舊容。清猿同嘯月，玄鶴共巢松。靈藥登岸採，神書裂壁逢。相尋不失路，仙鹿有行踪。

江口待友不至

愆期昧所適，江口獨徘徊。看橋屢人度，立岸幾帆開。渺漫秋潮上，飛鳴夕鳥來。坐沙頻畫字，煙樹日輪頹。

重陽前一日李本寧招集寶石山得來字

亂葉翻飛託草萊，衆賓分坐幾亭臺。天低煙樹千重没，雲破江山一半來。皂帽受風先欲落，黄花候日未全開。歲時争在人前好，多把茱萸看一回。

曹南宫學佺八十三首

學佺字能始，侯官人。萬曆乙未進士，除户部主事。量移南大理寺正，凡七年，兩考轉南户部郎，前後十二年，參議於蜀，參政按察使於浙，左遷，又參議副使於廣西。天啟中，除名爲民。崇禎初，復起廣西，疏辭不赴，家居二十餘年，殉節而死，年七十有四。能始美秀而文安，雅有志節。新建相爲座師，以館選待能始，能始弗往。新建罷相，門人故吏莫敢往視，能始爲部郎，追送舟次，爲庀車馬糧糗。言官惡之，故有南評之謫。光宗在東朝，有梃擊之案，能始有所撰述，直書其顛末。逆奄用事，群小立三案鉤黨，指能始所撰爲謗書，除名爲民，詔毁其鏤板。當是時，能始在粤西，大吏争希奄指，覊留以待命，知奄無意殺之而止。能始具勝情，愛名山水，卜築匡山之下，將攜家往居，不果。家有石倉園，水木佳勝，賓友歙集，聲伎雜進，享詩酒談宴之樂，近世所罕有也。著述頗富，如《海内名勝志》、《十二代詩選》，皆盛行於世。嘗謂二氏有藏，吾儒無藏，欲修儒藏與之鼎立，採擷四庫之書十有餘年，而未能卒業也。爲詩以清麗爲宗，程孟陽苦愛其《送梅子庚》「明月自佳色，秋鐘多遠聲」之句。其後，所至各有集。自謂以年而異，其佳境要不出於此。而入蜀以後，判年爲一集者，才力漸放，應酬日煩，率易冗長，都無持擇，并其少年面目取次失之。少陵有言：「晚節漸於詩律細。」有旨哉其言之也。

晦日非熊叔虞茂之同用雪字

艷陽已及時，晦日尚臨雪。草色新未穩，柳條綻仍結。啼鶯閟雕窗，走馬閒金埒。惟有素心人，相過慰愁絶。

送陳德遠吏部

爲郎雖已久，歸家較亦近。陶潛有故居，梅福亦終隱。日戀北堂萱，時觀東窗槿。應知此別長，含淚不堪抆。

隴頭水

隴頭水嗚咽，磨刀易出血。欲斬匈奴歸，不顧刀頭折。男兒封侯多燕頷，此水照人人屢换。豈惟腥膻魂不食，鐵騎過之亦流汗。朝水流兮暮水流，漢人死盡胡人休。

喜茂之至有述

之子秋爲期，八月始余嫁。庭鵲代人言，山猿出相迓。會晤猶在兹，景光乃云謝。波濤一何廣，林柯漸多罅。熟徑任苔生，新亭隨鳥下。露重畏蕭晨，月至惜佳夜。理詠久寂寥，聞蟬日銷化。丘壑喜獨存，簪纓悔遲罷。

高橋行

東西有湖相競白，只隔湖中一片石。石橋湖水照人行，幽意盈盈動日夕。坐來水滿月亦多，月在兩湖誰作波。波香羨殺採蓮曲，却見長江帆影過。

丹榴行 父老傳云：貴溪被難時，樓前榴樹忽僵，後數日仍活。

君不見信州丞相第，十二高樓稱綺麗。雕甍共倚黄金堂，綉柱遥連白玉砌。瓊恩寶澤錫嘉名，睿藻宸題照日明。方圓法式頒儀部，多少金錢給水衡。複道文窗開扇扇，極目欲窮西楚甸。靈山黛色稠叠來，彭蠡湖光微渺見。山川如舊人事非，聖主原施不測威。胥江已見浮鴟去，華表空聞化鶴歸。魂招歸來上不得，寂寂高樓徒嘆息。火燒崇墉落劫灰，塵飛綺棟無顔色。可憐殁後見精忠，青史相傳貫白虹。欲知血淚何時滅，秋老榴花開尚紅。

題胡可復水閣

驅車來往桃葉渡，渡頭歌管喧盈路。金陵惟此行樂地，可惜爲官不得住。我官無事長日閒，之子幽期坐此間。橋上行人俱在水，鏡裏嬌娥别有山。幾行楊柳枝交蔭，門外彎環碧流枕。雲散仍從几席生，潮來半是闌干浸。月明艇子摇雙雙，兩岸人家浮玉缸。有時暗泊疏簾下，見爾科頭坐北窗。

城南古意

白浪隱簾鈎，清風聞棹謳。看人惟看影，同泛不同舟。已出東鄰裏，難逢南陌頭。誰知暮潮水，半作斷腸流。

永慶寺竹園看雪

摇摇林影外，雪滿夕陽前。此地無人到，來看尚宛然。翠深俱在嶺，寒極不生煙。欲問兹心境，惟應一喻禪。

宿范東生池上

白下思千里，吴門到一尋。預知片榻上，緩我故園心。良夜不復寢，清霜時在襟。除將杯酒外，直許是長吟。

臘月朔日聖果寺訪戒山上人

客裏嘉平始，山中歲序殘。樹呈群石巧，花雨一江寒。明月臨禪壑，清霜覆戒壇。應知西向笑，不是爲長安。

過沈從先

幾度過吴苑，情親問所居。相依昔日久，但覺此時疏。踪迹飄蓬外，詩篇脱草餘。自知苦不足，於子意何如。

宿石頭庵

經秋成慘思，入夜始玄言。霜白先微月，鐘清乍嘯猿。澗流應閉葉，山雨未開門。明日疏林外，能禁覽眺繁。

舟夜

欲作題詩别，仍爲命酌留。故人來不斷，淹坐勝於遊。樹暖微蒸雨，星寒盡入流。秣陵何日到，信宿未移舟。

夜登石鐘山

湖口行人曠，山門入樹幽。鐘鳴片石夜，月滿九江秋。洞裏懸漁網，巖前過客舟。醉歌仍未已，清露濕滄洲。

別喻宣仲宣仲之閩

思鄉情有極，送子意無涯。明月看時別，清霜夢後知。江空茅舍静，秋半柳條衰。九派何須問，居然怨兩歧。

泊舟大湘

停棹投漁火，人煙自一區。遠行銜月淺，隔水度營孤。夕露無聲墜，寒猿有淚呼。臨流歸夢促，安得涉江湖。

建州道中寄家

爲客無停況，朝昏惜解攜。山容看兩郡，水色別三溪。遠雁衝雲外，殘蟬泣雨西。征途猶未半，歸信豈堪題。

十六夜步月用輝字

清宵不看月，誰忍負秋輝。林壑欲相亂，江風來甚微。名香生道念，落葉點山衣。池上枝枝鳥，天凉同客歸。

沙溪别東生

幾夜舟中語，沙溪便有程。忍將離别淚，一灑合州城。小雨入江暮，微陽穿樹明。曰歸何不得，歲晚事孤征。

歲暮送鄭知事之蜀二首

暫爾歸仍去，征衣未拭塵。蠶叢行候火，猿峽過沾巾。禄薄奴從懶，官閒吏苦貧。西風吹短鬢，又逐歲華新。

豈不念行樂，重爲王事牽。夕除何店裏，春到故園邊。路更過三峽，人須老一年。凄凉盤嶺夢，正及子規天。

詠墨紗燈 杭州元夕席上作，一時罷唱。

質裂横疑水，光生薄似苔。憑將綵筆畫，認作剪刀裁。鳥向空中度，花叢鏡裏開。細看若無力，不畏曉風催。

送叔度還閩

坐看諸客去，始信一官非。道固憂將喪，時猶不任譏。瘴煙歌站站，雨雪嘆霏霏。那得從商綺，西山賦采薇。

再送宣仲

此時君定發，安得復蹉跎。雁信南來少，鷗群北去多。芳洲雖可涉，寒月竟誰過。餘興乘冬暖，江行踏淺莎。

遊楊氏園

苔深知石古，竹長見墻低。積翠沈波底，斜陽到岸西。搜花成小泛，摘葉任分題。何日漁樵老，能容此地棲。

柯嶼訪陳惟秦宅

馬上迎寒色，梅花歷幾村。所之俱白雪，不識是黄昏。澗水仍前路，人家盡後園。何聞棲隱處，始爲到柴門。

初十夜月

月色輕雲裏，秋聲細雨邊。經旬移節候，灑暝作凉天。烏宿明河斷，蛩吟古塞連。予心耽寂寞，耿耿不成眠。

温江道中

温江離省近，民俗向稱饒。處處是流水，時時當度橋。漚麻成白雪，釀酒比紅蕉。底事歸心發，驚聞估客橈。

寄謝在杭

今年頓豐熟，古迹恣搜尋。玄室有寄字，琴臺無俗音。讀書知夜静，采菊見秋深。粉署多清暇，應知同此心。

修覺寺

漢時修覺寺，唐代上皇題。蒼翠驅津筏，虚空轉石梯。江聲文井外，山色武陽西。寂寞僧房裏，曾容名士棲。

夜泊彭山江口

錦城平日暖，旅泊始知寒。犍蜀中分地，岷峨相向看。岡連三女冢，水疾二郎灘。蘆葦風吹急，蕭蕭漢將壇①。

① 原注：「岑彭遇害此地，有彭亡之稱。」

雙　流

萬里橋方度，雙流徑已存。薄寒成翠色，疏雨點黄昏。竹柏密他樹，水雲平過村。群烏棲欲盡，纔到縣西門。

寄林茂之

與君期入蜀，珍重尺書回。只索詩篇寄，不同朋友來。益州香米熟，官舍菊花開。敵却巴中路，猿聲一段哀。

署中對月

客邸當良夜，觀空在一庭。月爲片水白，雲作斷涯青。砌合叢邊露，墻過竹裏螢。北窗時偃卧，風起自泠泠。

渺軒書懷

園日涉成趣，經時胡不過。鶴迎防踐稻，魚戲欲翻荷。兒輩知余懶，僧寮占處多。連宵無月色，微雨濕煙蘿。

桂林風謡二首

夜坐多蚊母，秋成半芋魁。寄桑傳釀法，文石中碑材。戍餉資橋税，山田仰糞灰。廣南商販到，鹽廠雪盈堆。

徭糧難猝辨，村老未全馴。風俗傳鷄卜，春秋祀馬人。法依山例峻，歌叠浪花新。懶婦田間過，忙將織作陳①。

① 原注：「懶婦，山猪也。食人田禾，以機杼之物陳設則止。」

寄錢受之二首 己卯。

拂水丹房啓，懸崖白羽窺。知君行樂秘，轉自切憂時。豈即携家隱，猶云拜貺遲。蒼蒼煙與霧，已抗俗塵姿。

聖世優閒典，初非前代論。不聞宫觀使，但可賜歸恩。客有時驚座，公無日署門。語侵朝事際，趣令倒芳樽。

送陳民部出守思州 青州人。

言辭粉署重凄凄，道路時聞征馬嘶。日照夢懸鄉樹外，夜郎吟向郡樓西。竹鷄群裏登峨嶺，銅鼓聲中出朗溪。我欲白門扳柳送，相思此夜有烏啼。

金溪道中

滿天煙霧晝冥蒙，狐兔荒阡過幾叢。漠漠白楊遮面雨，蕭蕭黄葉點衣風。孤村斷火三家閉，一水衝橋半渡窮。門巷凄凉衰柳在，不堪繫馬夕陽中。

輓周先生明府四首 能始登第後，走千里哭周君之墓於金溪，其詩爲《掛劍篇》。

魂迴難招屈左徒，傷心忍顧藐諸孤。龍精帶雨長鳴劍，鮫淚臨風盡落珠。八口喪歸扶廣柳，一官甑破見萊蕪。不知寂寞高堂下，尚有青蠅弔客無。

長安聞訃客魂驚，一夜關山挽不成。夙昔但揮離别淚，如何能盡死生情。風前殘燭吹南浦，雪裏孤身慟北平。國士厚恩酬未得，夷門肝膽向誰傾。

泉臺寂寂夜漫漫，永隔音容想像難。遺囑倩人傳訣別，相思託夢接悲歡。花滋憤淚河陽縣，水嚇遊魂黯淡灘。敢問皇天容訴恨，獨排閶闔五雲端。

白馬驅馳楚國陰，西州消息半浮沉。中山篋滿皆飛語，流水絃孤孰賞音。鄰笛一聲聞雁落，墓門千古聽猿吟。餘生不盡酬知己，寧但吳鈎掛隔林。

金陵懷古四首和汪仲嘉

江東列郡領丹陽，鼎足三分此一方。總爲石頭成虎踞，不知巫峽下龍驤。雲生寢廟千秋閟，月照籬門幾夜長。年少風流能顧曲，行人猶自説孫郎。

右吴。

一從荆棘嘆銅駝，五馬爲龍世所歌。晉室山河遺略盡，雒中人物過江多。楊花寂寂新宫出，燕子依依舊宅過。欲向登臨感陳跡，至今天闕尚嵯峨。

右晋。

鍾阜霜飈館已傾，至今哀壑起秋聲。針鏤銀漢含情語，畫屧金蓮逐步生。日落盧龍迷古戍，天寒白馬走空城。不堪重理玄暉詠，極目澄江似練平。

右齊。

齊雲宫觀景陽樓，盡入隋家作蔣州。下若溪寒明月夜，後庭花落隔江秋。疏鐘夢斷猶疑響，紅淚看餘獨不流。何事高情江僕射，攡山泉石恣淹留。

右陳。

謝公墩

謝公墩上日閒行，四野霜天一倍明。亭館已空雲物麗，寺門相近夕鐘清。寒山又傍斜陽路，江水終銷十月聲。載妓如花不同賞，風流應感古今情。

楓亭

長亭山勢倚岧嶢，半壁斜陽散採樵。野燒輕陰遥度水，海門喧市乍歸潮。蘆花古戍生殘角，木葉西風過斷橋。回首不堪仙路遠，馬頭塵夢又今宵。

清源絶頂

重重澗道入雲登，忽接空香最上層。松下輕煙埋斷碣，塔中殘照送歸僧。遠江蛟吹千帆雨，絶壑狐餐一片冰。衣帶天風吹落盡，危闌蕭瑟不堪憑。

八月朔日王元直招集南樓送陳汝翺之東粵王玉生之清漳沈從先還姑蘇徐興公之建溪陳惟秦之聊城蔣之才之廣陵余返白下

西風蕭瑟動離顔，一樹衰楊不剩攀。秋老幾人猶白社，月明無主是青山。征途南北高樓外，客淚縱橫杯酒間。此别紛紛難聚首，天涯那許夢魂閒。

别吴子修

執手依然在路歧，勸余行役不須悲。况當白下閒官日，盡是清尊對客時。回首故山俱惜别，出門新月便相思。片鴻不斷能來往，還爲題書寄所知。

寄題奚川八景詩爲錢受之作

予選明詩嘉靖中，匏庵唱和石田翁。論晴較雨當家話，食葉成文道者風。吴地疏篁堪避俗，錢王荒草滿離宫。書聲一派深更裏，繞過奚川橋子東。

黄元常徐興公見過因遊西湖

兀坐齋頭對此君，閒遊牽爾便爲群。許多煙景隨鶯住，强半春光與客分。久雨乍晴花盡放，易寒成暖酒微醺。墨池何處尋遺迹，大夢山前雜暮雲。

春首社集感懷

社家寥落不成歡，雖是芳春似歲殘。舊雨已將消息斷，新詩那得遞相看。邃中疏冷梅花韻，箸裏酸辛菜甲盤。誰是伐檀有遺詠，空令惆悵在河干。

初四日攜具西園候夏彝仲令君因談時事有感 庚辰。

新潮何日發吳航，屢聽車音到畫廊。階下瑞蓂重對葉，座間仙令有餘香。借籌無計匡時短，秉燭行遊覺夜長。湖海尚存交誼在，嚶鳴端不負春陽。

安藎卿招集蔣弢仲鄭肇中徐興公諸子送春

令節那容心賞違，天涯有客喜相依。似因歲閏遲遲别，不道春光黯黯歸。閣下鈴籤稀報漏，坐中單袷屢更衣。漫言白社凋殘甚，掩掩榴花杏子肥。

林異卿客歸志感

江北山東已戰場，江南憂旱復憂蝗。若歸家裏無多事，漫説閩中只小康。别後山川俱寂寞，眼前朋舊半銷亡。相看惟有西峰叟，凍手抄書日數行。

輓徐興公 壬午冬。

詞場領袖失三山，所恨存亡一水間。獨抱玄真歸洞府，空餘大翮落人寰。平安兩日無書至，慟哭千秋有夢還。老淚可如冬節澗，衹將嗚咽當潺湲。

癸亥除夕

廿年曾注粤參藩，前後趨承站主恩。嶺外民生空杼軸，遼陽兵氣咽關門。私憂國計無歸着，屢到家書亦厭煩。半百已過彈指頃，尚留殘燭照黄昏。

癸未上巳李子素直社城樓即事

豫章諸郡徹胡笳，閩海猶然天一涯。三月風光臨上巳，兩京消息隔中華。登城預想魚麗陣，入幕誰爲燕子家。世味不知如此惡，且將清况試新茶。

金陵雜詩二首

野草傍幽澗，草長澗亦滿。不知水流急，但覺人步緩。

朝出太平堤，逶迤芳草齊。楊花飄作絮，觸面使人迷。

晥口阻風二首

風入天門吹欲開，馬當雖險却奔迴。爰居欲避應何處，猶有飛魚樹上來。

風聲不定在何邊，起視長堤樹影偏。客恨不如風裏樹，一枝吹落向南天①。

① 原注：「能始本集云『枝枝吹落向南天』，余改『枝枝』爲『一枝』，林茂之曰：『佳。』」

留别金陵

微月斜陽影已低，霜風四起夕凄凄。烏生兩翼不飛去，只在白門城上啼。

送鄧汝高之京

問君此去欲何之，江北江南各一涯。南北即從今日别，銷魂不在渡江時。

除夕柬非熊茂之

度嶺穿林境孰如，懷人遥望片雲居。應知寂寞禪關裏，一樹梅花共歲除。

和聞梵

山下層層起暮煙，山中一點佛燈燃。僧家功課如常事，只有朝昏無歲年。

荔枝嘆三首

去年荔熟初誉閣，今歲閣成風雨惡。他處蕭條尚可言，忍向閣中看荔落。
十八娘家粉黛殘，玉肌羅帳淚闌干。楓亭三日無消息，馬上空歌行路難。
嬌羞十五閉房櫳，風雨無端妒守宮。玉鏡臺前倚惆悵，郎家不送荔枝紅①。

① 原注：「閩俗：女子將嫁，男家先一年送荔枝紅。」

夔府竹府詞四首

早看東南暮看西，蜀天只怕上頭低。東邊日出純無用，雲暗上頭三尺泥。
君居北井妾南沱，對面相看隔路多。須趁漁舟過急峽，還隨烏翼上斜波。
今日峰高雲束腰，平平一掌在明朝。朝來出門又如是，儂是好言郎莫焦。
沿江坎上即田疇，滿店燒春酒氣浮。峨眉五月雪消水，剛讓儂家割麥秋。

板橋

兩岸人家傍柳條，玄暉遺迹自蕭蕭。曾爲一夜青山客，未得無情過板橋。

壬午除夕四首

半月之前已立春，春光猶自隔河津。漫言今夜須牢守，放着年光已七旬。
雒陽齊右與襄陽，生事蕭條憶遠方。三大名藩俱蕩盡，有何家計論消亡。
梅花落盡絳桃開，臨老偏宜緩緩來。漏泄春光無次第，不須簫鼓更相催。
閩海誰云易作霖，霧霜三日但陰陰。笑把屠蘇問童稚，何渠水旱不經心。

柳山人應芳三十四首

應芳字陳父，海門人。僑居金陵，住城南之杏花村，近瓦官寺，舊京最僻地也。爲人和雅，美鬚髯，修容止，衡門兩版，非力不食。往還惟曹能始、林茂之三四人，他無所詣。作詩不輕出語，每行街市，低頭沈吟，悠悠忽忽，觸人肩面，不自覺也。嘗語人：「作一律詩，必還魂數十番，方得意愜。」其矜慎如此。無子，以其婿葬。有《柳陳父詩》四卷。廣陵詩人，前輩有盛名推陸無從，沿染「七子」流風，不克自拔，陳父名不及之，篇什亦寡，興會清發，剪刻常言，自可使無從却步。此論實自余發之，而白下談詩者無異議焉。

正月十七夜宴李太保西第

正元望後宴平津，羅綺初筵入早春。盤馬門車纔罷夜，殘燈剩月尚宜人。梅花落到歌前緩，柳葉開經勝裏新。不信金吾仍放禁，歸時看取六街塵。

詠美人梅花對鏡二首

曉起一開鏡，梅花影鏡傍。轉鏡失花處，方知不是妝。

香奩妝欲罷，移照梅花前。徘徊兩孤影，抵死鏡中憐。

人日對雪

人日逢晴勝，不晴雪亦嘉。當由催剪緑，碎却幾梅花。

青溪小姑曲

小姑家住秣陵西，慣聽城頭烏夜啼。向爲無郎嫌出入，不知門外是青溪。

勞勞亭送客

勞勞亭下路東西，翻遣行人到此迷。山鳥似經離别過，至今不敢盡情啼。

古意酬劉明府

侯生七十老監門，皮骨都消意氣存。不是衆中虚左待，當時誰報信陵恩。

王光禄家屏後琵琶短歌

十二金屏逐面遮，雙鬟背倚彈琵琶。六么絃急齊聲按，桃葉桃根舊一家。曲罷屏開但香霧，餘音空繞珊瑚樹。中年魂夢不驚飛，雒月巫雲引歸路。

長安送馬參軍之金陵

去去南遷客，遠送黄金臺。長江臘月春正來，緑冰片片迎船開。問君無事蓮花府，一日看山定幾回。

胡可復水閣短歌

長夏宜人溪上住，短薄疏籬圍水樹，炎蒸不到蕭森處。轉壁迎山閣子開，凉風度雨北窗來，濕花吹集木蘭臺。閤中别貯人如玉，停波静寫修蛾緑，簾下凝妝看不足。畫槳誰家載妓過，倚闌竊聽歡聞歌，盈盈無奈蕩舟何。酒船歸後溪聲静，斜月窺河升半嶺，照見雙棲梁燕影。

予適太原熊惟遠吴求叔還武昌同賦

方舟臨古渡，分路思依依。自是行人衆，非關送客稀。晋山將北向，楚水復西歸。同作離群雁，君還一處飛。

送錢叔達遊閩不遇還吴

太行聞失路，此地亦沾裳。世變窮交畏，年還久客傷。榕城恒霧雨，梨嶺異風霜。歸卧苕溪上，長貧是故鄉。

别車福州

孤舟將北渡，轉轉切歸心。衣積他鄉淚，琴操故土音。山長催日暮，江暗結秋陰。回首閩南路，思君一水深。

題陳藎卿溪上居

晚歲家溪上，蕭然林下風。棲雲山向夕，寫月水承空。岸折長橋落，城臨小市通。看君忘出處，將老一丘中。

秋夜感懷奉寄陳抱一先生

砧杵千家急，偏傷故國情。夜雲輕欲散，涼月皓方生。燭照愁眠影，蟲吟病起聲。載懷今昔感，老愧鄭康成。

題魏少府破屏風

依倚忘年歲，中傷冀爾容。乍通宵案燭，不掩午堂鐘。射雀猶存影，彈蠅已失踪。勿言新可代，官冷若爲供。

十三夜宴馬姬館

芳宴妖姬集，紛如竊月來。回身迎夜燭，連手逐春杯。緩舞盤中柳，新妝屋裏梅。停絃將送態，猶畏上聲催。

戲贈楊二病起

聞卿春病起，閉閤懺醫王。小愈雖憐妾，長顰不怨郎。絃疑新製曲，衣識舊熏香。旦夕猶宜慎，空牀夢亦防。

長干里看迎臘月春

東郊南陌動遊塵，路入長干百戲新。玄籥已吹開歲律，青旂將引隔年春。林藏殘雪先銷柳，河帶流澌欲上蘋。初勝風光常勝地，今朝都占看來人。

正月十五日同盛太古集雨花臺

郭外香臺勝日登，天花曾現六朝僧。宜春猶載屠蘇酒，不夜先觀太乙燈。柳上輕煙吹作雨，梅前殘雪積成冰。舊遊更向新年感，草色青青似杜陵。

和陳伯孺西湖十詠二首

偶向武林遊，曾于天竺住。明日欲離山，晴霞故變雨。

夜半高峰望，微茫海日光。下方未覺曉，應是蔽扶桑。

荔子曲

白玉明肌裹絳囊，中含仙露壓瓊漿。城南多少青絲籠，競取王家十八娘。

送華將軍歸隱

南越東吴有戰功，閒心無那逐冥鴻。只言歸卧青山好，何處青山非世中。

西湖春日戲贈潘景升

武林門外正春華，十里空湖帶淺沙。夾岸樓臺千佛地，隔城簫鼓萬人家。青絲遊騎乘朝日，紅粉回舟映晚霞。莫訝劉郎歸未得，六橋芳樹半桃花。

初聞倭警有感

東夷海外播風煙，回首扶桑氛祲連。白羽插書傳幕府，黄金刻印拜樓船。朝廷欲問來王日，父老曾經入寇年。辛苦折衝胡少保，永陵一詔至今憐。

豫章朱芾斯宗侯逸園雨中宴別屠太初之南海羅敬叔之武昌李林宗之白下孫泰符之劍江歐陽于奇之毗陵予還廣陵

滿堂遊子嘆飄蓬，無數離情細雨中。飛蓋西園因卜夜，掛帆南浦待分風。豈知江海經年別，不見關山去路同。他日相思非一水，尺書何處寄春鴻。

送李臨淮上公出鎮金陵

節旄南建歲將闌，雪落津亭曉未乾。百戰山河重作鎮，三朝劍履獨登壇。營開江障鶯聲早，路出邊城馬色寒。天與宗臣憂不細，金陵千古舊長安。

雨夜觀妓同俞羡長梅子馬陸長康賦

美人雨館夜相迎，燭下微聞笑語聲。纖月不來眉上照，濃雲偏着鬢邊行。生憎灑砌沾羅襪，翻喜飄窗趁玉笙。非霧非煙勞想像，無如密坐看分明。

七夕詠王美人百花畫衣

七夕畫衣裁，一花一色開。當筵翻酒濕，争道渡河來。

真州侯師之席上看梅花

此是還家路，如何不見家。却從他席上，含淚看梅花。

和潁州張進士飛花曲

玉顔昨日一花開，今日飄零野水隈。縱使春風解相惜，何因吹上故枝來。

金陵竹枝詞二首

御前隊子小梨園，長奉千秋萬歲歡。一自武宗巡幸後，可憐跳與外人看。

舊院後門春草新，前門又聽叫官身。盧姬已嫁徐娘老，歌舞行中有幾人。

范太學汭七十四首

汭字東生，烏程人。祭酒應期之弟之子也。祭酒豪舉跌宕，與顧益卿、王承父悲歌慷慨，爲意氣之交。失勢家居，不爲鄉里權豪所容。殁後，人争蹈藉其家。東生起孤生，嶽嶽不爲人下，數困長吏，盡破其家。徙居吴門，鑿池種竹，攻苦讀書，沈酣唐人之詩，諷詠其清詞麗句，苦吟精思，寢食盡廢。引洞庭吴凝父爲同調，務盡刊甘醴肥厚獻酬傭雇之詞，視餘子蔑如也。家貧落魄，出遊八閩、滇南，搜剔名勝，往往垂槖而歸。萬曆之季，操黨議持國論者多出苕霅間，東生好樹頰頦，與之相抵柱。一時詞客不爲東生許可者，希合貴人風旨，群譟東生。東生以此重困，憤懣不得志。輯《全唐詩》千餘卷，胝手瘃足，迄無寧夕，咯血數升以卒，年四十有四。凝父手定其詩四卷而爲之序曰：「方其苦吟時，收視反聽，馳情結思，不傍古，不緣今，不拘律，不適耦，日斲月就，歲以瑑之，迂回而涵特，窈窕而奇幻，一字未安，寸心幾嘔。自簡練以至純粹，苦繡錦未組，不異恒絲，及彩絢之具，針巧之飾，文章炫然，然後知爲神於法者也。」自王、李之派盛行，海内幾於麋爛，相去四十年，而能始起閩，非熊起新安，允兆起苕，東生、凝父起吴，希風抗志，在大曆、元和之間。清新安雅，彬彬相命，進而之古，有其端矣。鍾、譚崛起，鬼怪公行，滔滔江河，流而不返，識者有深恫焉。余列諸賢之詩，都爲一集，使後之觀者有百年世事之悲，不獨論詩而已也。

送顧生仲默

日日好攜手，我閒君亦閒。侵晨出郭門，月落猶未還。云胡輒改途，彳亍車塵間。

送丁長孺禮部

夙昔忤時宰，初衣投故園。孤立逾一紀，不求他人援。仕路日清夷，除書下丘樊。時維冬春交，整此北上贖。臨行將何贈，憤激成片言。天潢無別派，淆亂由楚藩。九重聽彌高，物議徒喧喧。厥事君所司，竦身爲平反。

洗妝樓歌

結樓黄山曲，不礙黄山雲。山雲吹作雨，漠漠復紛紛。紛紛漠漠春何有，洗出梨花隔垂柳。花開花落郎未歸，樓上美人相憶否？

送張孟孺

明時尚文不尚武，屈膝低眉誰比數。祖宗汗馬無乃勞，今日横金視猶土。將軍素多林下風，操觚羞與荷戟同。名高翻遣身難避，幕府喧傳辟書至。欲甘小草多苦辛，白雲堪卧其如貧。生憎朋舊問出處，此意悠悠難告人。

舟次平望懷王子幻

微茫煙水闊，不辨故人家。湖上晚風急，滿天吹雪花。春帆移遠樹，夕鳥啄平沙。獨酌誰爲慰，鄰舟鼓自撾。

訪趙凡夫廬居

無路覓君去，亂峰雲若屯。嵌空巢樹杪，鑿石沼山根。古帖從兒搨，新詩與婦論。閒門鄰拱木，蒼翠自朝昏。

遣悶

空外響清砧，秋風日以深。已知貧次骨，轉覺病關心。薙草疏新徑，扶藤上故林。自吁還自哂，昨日散千金。

清涼庵贈僧

芒鞋定遠近，天路臨蒼蒼。結宇久未了，種松新已長。平池託空影，斷壁飛斜光。欲問吾師法，吾師法已忘。

雨中訪吴允兆

寂寂故鄉路，心知尚有人。那知今是客，猶憶昔時鄰。樹暝煙催夕，花寒雨殢春。青山獨無恙，宛對别來身。

東鄧遠遊

日日何所待，傍人應見猜。油然碧草外，獨上姑蘇臺。西子邈已去，東風空自來。茸茸桃李樹，爲問幾枝開。

琴川夜泊懷孫齊之

野宿次鳧鷺，青青荻笋齊。潮痕隨月落，山勢壓城低。殘夢風前柝，歸心曙後鷄。還知高隱處，只隔水東西。

霽

肅肅池上雨，雨收池更寒。從來通醉理，自此豁幽端。蝃蝀飲方歇，鶬鶊鳴欲闌。褰裳轉溪路，晴瀑少人看。

寄答鄧明府

黄池路遠近，此别遂茫然。顔色既不接，音書空復傳。省耕春草外，退食晚花前。聞道無留事，閒情異往年。

臨安

舍筏愁將夕，墟煙極望平。餘花紅半委，初笋緑叢生。水漫魚登市，山昏鳥入城。心心天目路，衹解向西行。

夜泊虎丘同劉元聲伯仲

翳然一片雨，遠沐脊山青。舉棹興方屬，引觴歌莫停。林鐘去杳杳，川火來熒熒。坐待月輪出，僧寮猶未扃。

過武陵懷龍觀察

去指黔鄉近，回瞻楚甸遥。郡門臨白浪，驛路叠青霄。積雨寒初霽，長煙濕未消。征鞍停不可，無賴是今朝。

平　溪

停驂古城曲，薄暮往來稀。瀨響生官舍，崖寒中客衣。葉雕花簇簇，雷迸雪霏霏。欲寄鄉園信，黔南斷雁飛。

貴筑憩越孝廉别業

結宇數峰間，泓渟一水灣。谷風過午冷，原樹入秋閒。苔動賴鱗戲，花摇翠羽還。誰知于役者，彌日此開顔。

訪葛震父

村村鷗鷺群，寺寺冷斜曛。渡口獨來客，巖中重訪君。鼓聲魚市接，帆影稻畦分。看取前楹竹，新枝礙白雲。

望茅山殘雪

華陽望不極，縷縷晴煙生。斜日半山雪，照人巾舄清。漸融仍合沓，近晦逾空明。强載筍輿去，摇摇人外情。

貽董六遐周

春來春去總無端，别院沉沉獨倚欄。風抑疏花仍怯晚，雨撩纖柳不勝寒。離情泣向緘中訴，怨色偷從鏡裏看。咫尺巫陽峰十二，片雲還往若爲難。

登縹緲峰

天近筍輿如踏空，翻翻巾舄泠泠風。遠尋亂嶂出帆外，近數諸村懸鏡中。沙草微茫似楚澤，澗花凄冷非吴宫。湖西湖東盡堪望，兩地鄉心誰與同。

響屧廊

越艷跡如掃，年年燒痕緑。歸僧踏嶺雲，柘葉聲相觸。

贈楊孝父

清時有隱者，自汲還自耘。翳然茅屋上，一片堯時雲。

游弁山

一峰際蒼蒼，遐矚了無礙。湖色上人顔，崖陰落鳥背。

送彦平游嶺南

九月羅浮道，無衣亦不寒。奇峰三十二，直作夏雲看。

曉　發

春水動微茫，帆前即異鄉。鷄聲殘月墮，人語隔寒塘。

平越道中

晴時十二三，雨時十七八。山鳥何預人，連聲泥滑滑。

秣陵送李茂才

一雨緑千里，楚山如近人。留君君掉首，何處秣陵春。

傷德生兄

昔時君好飲，巵酒不停持。今日墳前土，徒然酹一巵。

哭費元朗

書隨訃音至，半信半相猜。莫謂無期别，猶知有夢來。

絶筆

愁來遣不可，流目今成昔。向夕空館寒，栟櫚風摵摵。

南唐宫詞四首

桃李花開點御溝，翠華經月不曾遊。内庭鵐吻移鵐尾，莫問君王十四州。
女冠鳥爪解方音，識得蓬瀛路淺深。戲搦雪花熔紫磨，漢宫誰數辟寒金。
半簷日影漾罘罳，纔是深宫夢覺時。敕取燒槽彈法曲，聲聲聲訴恨來遲。
苑門深閉柳千條，銀箭聽殘夜寂寥。剗襪下階羞見影，不知斜月弄芭蕉。

王蜀宫詞二首

匼匝渠穿宛轉橋，綺樓香暖月迢迢。海南蜃市渾無異，添得歌聲墮九霄。
玉臉匀朱卸翠冠，宣華池上繞闌干。醉妝邀取君王顧，一任東風料峭寒。

孟蜀宫詞二首

池西别殿署凌波，楊柳風微月漸多。珠箔捲來秋似水，填詞惟教艷娘歌。

猩紅梔子藝成林，復砌勾欄日映深。隔院似聞催羯鼓，先開一朵是同心。

南漢宫詞二首

珊瑚載輦玉裝車，夕醉明蟾曉醉花。南海南邊天漫漫，君臣無夢到中華。
金猊香裊日靡靡，玉陛連朝奏事稀。馴獸近前親射殺，血花吹污侍臣衣。

閩宫詞二首

露華如水蘸宫墻，紅豆花兼荔子香。多少峨眉閒待月，九龍帳底貯歸郎。
四條絃上按新聲，半是先皇手教成。舊事内人誰敢泄，春來燕子不呼名。

吴越宫詞二首

春柳遥遥緑漸濃，秋花間色種芙容。苑中别有西湖水，一縷雲隨不睡龍。
千門斜月四窗星，山近簾衣分外青。侍女夜間眠不穩，御牀圓枕綴金鈴。

板橋曲

板橋斷後無復春，蒲荒柳秃波粼粼。依稀一片昔時月，來照鴛鴦不照人。

滇中詞三首

秀海海邊葭菼秋，滇池池上雲悠悠。人心恰似此中水，一道南流一北流。

鴛鴦浦緑水如苔，鏡裏人家向背開。五目爨僮劖雪去，三冬僰女擔花來。

迤西之西天一涯，四時長有三春花。青帘颭處客沽酒，五歲女郎能數蚆。

送一公還天界寺

江流汩汩樹層層，短笠瓢空去秣陵。依舊青山風雪裏，蓽門深掩一龕燈。

寄吴凝甫兼簡訊公

天遠湖南漁火稀，隔林鐘磬度微微。不知此夕幽人興，月出僧房歸未歸。

荆　溪

亂水聲中繫艇斜，月寒沽酒扣誰家。仙源咫尺不知處，紅葉吹來如落花。

松陵舟中遲錢受之太史

幾家閒夜停機杼，支枕篷窗風許許。吹盡蘋香不見人，繞塘寒月鵁鶄語。

泖上嘲吴凝父

林皋葉脱風凄凄，遠峰森立寒雲齊。滿船離思半江月，未到五更鷄亂啼。

送　僧

採香涇上黄鳥啼，藤梢掠雲笋迸泥。來時即是去時路，師向此中應不迷。

暮春閒居和蓋卿侄

舍南舍北雨聲催，款款閒鷗逐隊來。欲買魚蝦唤江艇，楝花臨水蓽門開。

寄邵隱之

與君握手未經時，一水空懸别後思。心事茫茫誰共語，自持椒酒酹要離。

送茅薦卿水部使還留都

霅溪春水接長干，五日郵程去不難。問寢但留諸弟在，雙魚容易報平安。

春日訊吴允兆

遠樹微波黯不分，闔閭城畔寄孤雲。春來盡有還鄉夢，除却青山便是君。

夜泊梁溪

檣上烏啼月滿灘，月和殘雪耐人看。半爐爇盡沉香火，消受篷窗一夜寒。

泊燕子磯

山影沉沉日乍紅，峭帆人怯剪江風。鷗梟占我曾題石，一半岭岈叠浪中。

寄阮堅之司理二首

訟庭寂寂散春煙，碧海丹山在目前。市得鰕姑堪佐酒，摘來荔子不論錢。

别時江草冷蕭蕭，再見春光上柳條。萬一故人生遠夢，也應先過伯通橋。

仲　冬

仲冬之交氣不齊，桃花李花開滿溪。行人認是二三月，祇少黄鸝枝上啼。

峴山晚歸

近嶂遠空同蔚藍，畫船不繫酒微酣。疏疏燈影出煙際，隱隱人聲在水南。

贈王日常

一月留君興未闌，酒杯無限費春寒。海棠欲卸辛夷盡，取次看花到牡丹。

西　家

蛾眉不掃鬢雲斜，含怨含情未破瓜。背倚曲欄花一樹，春光多少屬西家。

遇俞獻父

與汝垂髫共里閭，别來不省六年餘。情知一見又成别，猶勝逢人數寄書。

送僧入廬山

霜天一衲影蕭蕭，別路無多覺路遥。他日有人來入社，不妨行過虎溪橋。

代茅止生悼亡姬三首

深閣鳥鳴人到稀，柳風吹緑上簾衣。香魂化作彩霞縷，時繞華陽洞口飛。

獨夜寒侵半臂綾，鎖窗花影隔層層。依稀夢裏還尋夢，纔到錢塘又秣陵。

鶯雛出㲉月將四，燕子營巢春已三。看取西陵埋玉處，不生松柏長宜男。

遲吴凝父不至

故人宛何在，坐永芳時別。別時櫻桃花，離離子堪擷。頽雲忽成峰，喧禽將反舌。觸緒悵多違，絲棼焉可絶。

重送戚不磷遊登封

入門復出門，平疇緑如砥。春風吹柳花，隨君日千里。望望緱山雲，心輕別妻子。

吴居士鼎芳八十二首

鼎芳字凝父，吴人，世居西洞庭。爲詩蕭閒簡遠，有出塵之致。與范東生刻意宗唐，刊落凡近，有《披襟倡和集》行世，一時肥皮厚肉取青妃白之倫，望之人人自遠也。嘗與東生及予遊苕溪，泛碧浪湖，入夾山漾，往返二十日，風清月白，苦吟清嘯，僅得七言絶句一首，其矜重自愛如此。後薙染從釋氏法，爲高僧以終。詩别録《閏集》中。凝父與葛震甫稱詩於兩洞庭，皆能祓除俗調，自竪眉目。震甫晚自信不篤，頗折入於鍾、譚，而凝父亭亭落落，迥然塵壒之外。震甫自負才大，以爲入佛入魔，無所不可，竟不免墮修羅藕絲中。凝父修聲聞辟支果，雖復根器小劣，後五百年終不落野狐外道也。

竹枝詞四首

青山是處鎖蛾眉，日日湖邊有别離。却怪煙波三萬頃，扁舟只許載西施。

江南一雪苦非常，湖上空餘橘柚鄉。萬樹千頭零落盡，於今那得洞庭霜。

湖船來往慣風波，尾後黄旗飛虎圖。一夜王程三百里，枇杷明日進留都。

南濠有客寄書還，夫婿黄柑已趁錢。幾日不來湖上棹，休教重上贛州船。

虞美人

營門颯颯驚風雨，一片楚歌中夜起。拔山力盡霸業空，八千子弟淮河水。腰間寶劍無精光，神龍變作魍魅語。美人宛轉其奈何，啼痕盡染征袍紫。請從劍下化香魂，花枝肯傍秋風主。妾心不作青山雲，妾身甘作青山土。君王若肯報妾身，重向江東整師旅。

閨中曲

客歸青海頭，報道單于死。曉起望征人，新妝從此理。

怨詩

華屋春將盡，紗窗日易昏。不知多少恨，相見與君言。

柳枝詞

緑陰如雨萬條斜，啼罷朝鶯又晚鴉。盡日春風無別意，只吹花點過西家。

春遊曲

雨餘芳草緑新齊，亭樹無人繡幕低。忽漫好風傳笑語，流鶯飛過杏花西。

青谿小姑曲

十五盈盈學解愁，珠簾不捲倚箜篌。多情明月無情水，夜夜青溪映酒樓。

雙燕離

雙燕飛，雙飛不隻棲。銜春歸柳巷，弄水出花溪。驚風起，雙燕離，一雄復一雌，一東復一西。含啼悲宛轉，顧影復差池。青天一萬里，遥繫長相思。岧嶢桂嶺不可度，雲軿日暮迷煙霧。秋去春來如可逢，寧辭萬水千山路。

三婦艷

大婦理膏沐，中婦啟房櫳。小婦獨無事，但問落花風。丈夫且安卧，東窗日未紅。

廢墓嘆

廢墓叢荆榛，下有妖狐穴。哀魂泣杜鵑，化作楓林血。頹波聲斷夕陽空，傷心莫向英雄説。恩亦不堪酬，仇亦不堪雪。神仙寂滅天地古，世故茫茫幾銷歇。吴王臺上望胥江，依然冷浸清秋月。

唐嘉會妻

鳳皇失其侶，三年獨彷徨。豈無雲中鶴，矯矯非所當。所居谷水西，乃在淀水陽。楊氏有好女，小字曰雲芳。年甫十一歲，許聘唐家郎。庭前植嘉樹，庭後植垂楊。辛夷爲屋柱，玳瑁爲屋梁。木蘭爲横桷，文桂爲直闌。堂上珊瑚枝，室中五木香。朝日照清池，遊戲雙鴛鴦。鶴鳴南北牖，花發東西廂。頭上何所飾，鬱金爲鳳凰。腰間何所佩，鳴玉雙琅玕。上體紫羅襦，下體緗綺裳。手中著約指，耳後垂明璫。輕盈展素足，秀色修娥揚。言辭若蘭蕙，動静隨安詳。年年藏閨中，鄰里不一見。少小遵姆訓，十三能織絹。十五理中厨，十七通經傳。十九議婚約，婉孌人所羨。天道信倚伏，人事不可限。吉日在須臾，女婿忽染患。儼儼幾何時，一夕朝露變。所聞朝露變，慟絶不復蘇。舉家盡惶怖，事至奈如何。冷水灑其面，心臆生微温。久久魂歸來，氣結聊復言：「實乃妾不幸，慶門罹禍端。願畢所從志，爾輩毋煩喧。」脱我紫羅襦，緗綺不復顧。鳳凰鬱金釵，琅玕鳴玉佩。紛紛非所有，寂寂委諸地。明璫與約指，此類永相棄。矢志同皦日，終天有如此。膏沐不再施，被服但縞素。青絲紅緑絲，兼箱付女弟。父母心則善，内戚生異議。塊焉居歲餘，媒氏來相聞：「村南有貴宅，美好令郎君。雲從多僕御，具足稱田園。郎君年二十，讀書飽經文。門户實相當，便可結婚姻。」雲芳聽此語，掩面生號泣：「無端貝萋錦，無故蠅止棘。我心磨不磷，我心卷匪席。但得從容死，何乃相逼迫。」從此絶勺水，六日不一入。阿母見憐女，哽咽慰相及：「彼徒嘵嘵耳，幸毋傷弱質。吾已峻拒之，還可就飲食。願畢爾所志，勿爲久邑邑。」于中事不成，腴言誤彼宅：「此女如花好，此女如玉立。知書服大義，意向多卓識。爲服盡三年，庶可成家室。」煢煢三年來，兀兀如一日。媒氏復登門，良吉當及時。爲合二姓好，殷勤求結褵。諸姑與伯姊，宛轉勸言辭：「門户有如此，胡乃大迷離。先許得書生，後許得富兒。榮悴若霄壤，安用多狐疑。可惜桃李年，春風徒自持。可惜合歡帳，寂寞守空闈。前路一何邁，爲事當三思。今當就歡慶，往事休煩悲。」飲泣答諸姑：「禮義全不知。古道日已遠，末俗日已隳。婦人從一終，金石亮不渝。乞親五畝田，佐以流黄機。布帛聊禦寒，粗糲聊支饑。長齋事空王，永得相皈依。衆人徒囂囂，安知心所私。穢污及吾耳，即與世間辭。九原如有會，拚此一賤軀。」握拳爪透肉，嚼齒血流頤。珠隕澤不滅，蘭死香不衰。本爲奇一世，反爲世所哀。是時十九日，月令在孟冬。婚家執前約，再遣媒相通。血色紅錦箋，一一共銀封。綵盒多喜氣，玉茗生春風。旋行納采禮，乃在季月中。雲芳忽心動，耳目如有營。案上見彼物，問自來何從。衆中無以對，亮得知此衷。名箋裂萬縷，擗地捶心胸：「天地非不廣，一身胡不容！孤魂去杳杳，我命旦夕終。」悲風起西北，白日何冥蒙。林鳥聲啞啞，山鬼啼墻東。倏忽過七日，已是良辰期。上堂拜父母：「女魂有所歸。女魂有所歸，父母願勿思。夜來有所夢，吾祖髧髦俱。

在世知不久，將欲遊冥冥。生小養嬌痴，不知父母恩。旦夕領清誨，何以報寸心。傷念垂暮景，永別誰相存。」回言囑幼弟：「甚勿墮家聲。高堂逼西日，定省慎晨昏。出外就師訓，詩書須討論。」「阿妹已長大，女紅當自勤。向人作威儀，和顔來六親。」生別豈不苦，死别不復生。父母與弟妹，慰言各殷殷：「志意但由汝，安用懷此心。婿墓亦不遠，相去廿里程。奈爾纖纖步，不堪道上行。」「此實區區懷，第恐不容情。願得死一處，猶勝存一身。」左右聞此語，戚戚皆涕零。明旦啟房櫳，綺窗自梳洗。飲則還舉杯，食則還舉箸。楚楚美容儀，盈盈好舉止。哭泣不復爲，向人作言語。一家内外人，無不生歡喜。今日心已回，固知近好事。晻晻日西下，沉沉結昏霧。承顔暮餐畢，華燈閣中啓。獨自鏡臺前，晚妝還爲理。急使侍兒寢，並不由汝意。縞衣穿上身，素裳備下體。頭上著荆釵，足下具麻履。可憐金跳脱，可惜金約指。一一留篋中，物物不隨己。素琴徒自張，明鏡亦爲翳。四顧無人聲，空隙來陰吹。肌粟凛生寒，不知此何際。仰瞻帷之外，復在牀之裏。我死甘如飴，今宵得其所。白帨絞作繩，正梁堪作繫。引頸入繩中，夜半悠悠逝。忽然聞嘷聲，闔家盡驚起。顛仆奔老母，倉卒呼侍婢。秉燭上閣中，慌忽不得視。競力向後牀，魂魄已飛揚。一時扶掖下，五體如冰僵。顔面即如是，不黑不萎黄。安然得所歸，貞志諒已償。唐家因卜地，乃是澱湖涯。靈輀向曉發，前路行遲遲。道傍千萬人，擁看生嗟咨。流水爲嗚咽，去馬爲酸悲。兩棺合一冢，所葬亦所宜。風聞下旌詔，光彩生鄉閭。煌煌樹綽楔，巍巍建靈祠。青山爲環抱，緑樹爲連枝。上有芙容花，並蒂開奇姿。下有鴛鴦鳥，交頸聲和諧。寄語後來者，愛惜當自知。湖水有時竭，兹冢毋壞之。

靈峰山房夜起

寥寥青蓮宇，出步夜方永。蟬鳴四山秋，鹿飲一潭静。圓月當碧空，孤塔立無影。花落樹猶香，竹深澗亦冷。煙光散如水，明星上高嶺。

齋雨

細雨散清曉，坐深移午時。開簾東風入，香動梅花枝。獨酌亦成醉，不然無所爲。

答松上人過訪不值

孤踪石上雲，飄忽本無住。門外即青山，一瓢向何處。離心寄春草，柔艷欲飛去。引領生白煙，花落祇陀樹。

寒食江上

春波緑浼浼，江南去江北。風生浦口花，蒲帆緩無力。燕子乍歸來，遊絲惱寒食。寒食客思家，殘陽弔容色。

柳浪溪

山青秋雨後，人坐秋風裏。平沙下鷗鷺，簌簌動蘆葦。夜半明月光，漁舟弄空水。

釣魚灣

家住此灣中，不出此灣裏。長日坐魚磯，關心濬無已。白雲起前山，悠悠亦來此。搔首對斜陽，綸竿久不理。

歸湖上

西風吹箬笠，無恙舊江天。白鳥飛破水，青山移近船。晚晴楓葉外，秋冷荻花邊。泊處堪遥指，柴門生野煙。

虎山庵答蔣十

偶坐已夕照，徘徊夜復深。西岑見新月，墮露聞松林。覺有幽人來，隔窗動微吟。

嚴明甫園中

爲園剛一畝，生事已云足。日午聞鷄聲，炊煙起茅屋。石色秀可餐，林香暖盈掬。相見無寒暄，惟言酒新漉。

飯石峰晚步

白鳥不飛處，雲光和水凝。自吟松下路，遥見寺中燈。夕爽山無雨，春寒澗有冰。隔花相問訊，月照荷鋤僧。

前　溪

野風迎白衲，隨步已前溪。落日在流水，遠山青不齊。花寒柳自蟬，鳥倦偶然啼。何處茶煙起，漁舟繫竹西。

松　下

松根酒一瓶，月下人兩個。月落酒瓶空，自枕松根卧。

宿江上

山色下空江，江光動舴艋。霜楓紅不盡，已入暮秋景。來雁忽有聲，歸雲漸無影。醉卧蘆花中，月高夢魂冷。

秋懷

枕上聞擣衣，月白秋繞屋。東家紅淚妾，凄凄滅餘燭。閒階墮橡栗，野鼠走簌簌。風吹斷夢來，竟夕不能續。衰鬢伴寒砧，霜花寫心曲。

泊北固山下

夕陽江色遠，艬棹潮初退。獨客吟清秋，沙鷗冷相對。水氣上城根，風聲隱巖背。漁舟載煙火，撑入菰茭内。

寺夜

林坳動蕭槭，橡葉走檐際。柴門夜忘關，山風自開閉。邑邑如有懷，遥遥轉無寐。佛燈清可依，城柝冷相遞。斜月苦近牀，嚴霜白滿地。

月夜懷東生

雲光吹作水，半在湖中央。遥看胥母樹，葉脱山蒼蒼。美人但高卧，不知今夜長。

天台山中

白雲伴衾宿，開户雲飛去。出户尋白雲，蒼厓濕芒屨。峰頭異域僧，洞口先朝樹。流水帶餘花。從來不知處。

送梁公

一瓶兼一鉢，離思自然輕。野水迎風渡，空山帶雨行。荒村過晚食，破衲任殘更。莫以前途遠，經年住化城。

度嶺

林僧言别去，自憩松下石。紅泉界空翠，巢居叫霜笛。夕光淡西水，千頃成一碧。冷信雁傳來，秋容楓點出。閒雲滿懷袖，邀我過山脊。

過高峰庵

林迴覺路枉，路枉亦自適。光風不作寒，吹煙半晴濕。澗春多異芳，嶺月少行迹。犬吠空山雲，山僧杖藜出。

採香涇

柔風吹斷靡蕪死，歲歲春芳付流水。西巖尤剩昔時雲，斜陽照出行宫址。香魂去不還，野鳥愁空山。輕羅繡作苔，花斑苔花斑。空山冷夜深，露泣西施井。

雨後登虎峰送張七

山雨飛纔歇，山雲散已齊。林香清一寺，草緑過重溪。氣暖梅初熟，紅殘鳥不啼。夕陽催客去，湖口掛帆低。

寄趙凡夫

十里寒山路，香風正採茶。偶隨樵客去，一到隱君家。細語生清月，閒心託片霞。别來湖水闊，秋色上蘋花。

飛樓曲戲柬茅止生

飛樓宛轉芙容簇，對列鴛鴦三十六。東風著意渡江來，染出蛾眉春水緑。樓頭何處得春先，非霧非煙俱可憐。紅芳雜沓錦茵軟，塵香不上雙行纏。嬋娟花月曾無價，只向嫦娥乞長夜。夜長夜短那得分，鬱金自繞珊瑚雲。青絲玉壺正傾倒，楊柳烏啼白門曉。

清明日泛舟

似晴欲雨養花天，湖中冉冉生白煙。波光夾岸緑無際，買得扁舟春可憐。可憐最是清明節，青青踏處盈盈襪。陌上漸歌桑，渡頭仍弄楫。燕燕正飛來，鶯鶯啼未歇。幾樹啼鶯歇更啼，幾家芳草緑初齊。橋迴野渡還官渡，路接山溪又水溪。山邊水邊春風起，松花柳花飛不已。春風摇蕩棹歌前，花香撩亂蓬窗底。棹擊空明濺酒衣，中流容與澹忘歸。西林落日東林暝，隔水漁燈映遠扉。

泛石湖同篠園居士

放棹秋光遠，殘陽湖水西。樹團漁户小，山截寺門低。野渡一僧立，汀花數鳥啼。且沽橋外酒，同宿越來溪。

尋王德操不遇

生公臺畔石，秋月漸盈盈。買棹獨乘興，尋君不入城。橋邊殘日下，巷口孤煙生。爲説西湖去，行裝似水清。

寺夜看瓶菊

分取東籬色，磁瓶晚更宜。香生攜伎處，艷冷著燈時。夜久僧還對，秋深蝶不知。若教歡賞地，風露正凄其。

寄陸明生

爲别每愁予，予歸只寺居。坪香風獵草，阪緑雨粘蔬。未足一春夢，常無百里書。夕陽臨水久，煙渚下春鋤。

沈端伯陸仲飛攜酒過碧雲庵

秋色前山好，雙扉盡日開。卧雲禪侣寂，曳竹酒人來。空響生黄葉，清陰覆碧苔。城中同是月，不及此遲回。

西湖夜泛

疏雨洗空翠，來看湖上山。斷橋芳柳外，小艇白鷗間。月在美人遠，春忙流水閒。西陵猶喚酒，燈影出花關。

泛西湖同清照彦叔觀公

新語報黄鸝，捎花坐柳枝。山晴意自好，湖晚醉相宜。風起水香處，月來煙滅時。同舟貪夜寂，移傍白公堤。

夜到漁家

漁家近秋水，水上槿扉開。地寂月初到，溪寒潮不來。村沽惟白杜，野坐只青苔。爲説芙容好，明朝未可回。

金閶夜别費元朗

交從他處定，路自故鄉分。有夢難成夜，無言可贈君。一燈殘細雨，孤橐向寒雲。未曉林中葉，蕭蕭已厭聞。

雪中過彌勒寺

雪中尋寺遠，先得一僧逢。無數梅花裏，亭亭出古松。濕煙穿破壁，野水寂寒春。不待前山去，風林報晚鐘。

暮投上方寺

暝色投荒寺，行盤翠幾層。澗花分積雪，橋月遞流冰。一宿同僧被，孤吟借佛燈。曉看山下路，濕氣滿霜藤。

西湖曉起

殘鐘湖上月，杳杳落層岑。曉色散爲水，秋聲聚作林。閒來曾不慣，幽處每相尋。叢桂南山下，晴香一徑深。

和靖祠前晚坐

山翠出村杪，祠前芳杜洲。孤煙生後暝，雙鳥去邊秋。燈影參差水，歌聲遠近舟。梅花無復主，曾有暗香浮。

同遠士夜坐蘇堤

爐熏兼茗碗，清夜只夫君。漁艇出無緒，僧鐘遞不分。次花臨水月，先鳥近巖雲。坐冷忘歸去，荷衣半蘚文。

小　院

小院曾行處，今來不忍行。是花皆黯淡，有月未分明。轉覺非前事，終憐負此生。遥波春一片，流恨復流情。

懷東生卧病

引領限湖水，别離常有餘。始知三月病，那得一行書。已落牀頭葉，空懷池上居。扁舟相見日，雙鬢欲何如。

兩渡横涇懷孫惟化

東風作冷石湖船，節届清明倍可憐。一日客程偏遇雨，幾家茅屋不生煙。野田水緑迷楊柳，古廟花深出杜鵑。寂寞横塘人去後，吴姬歌舞自年年。

輓黄伯傳

清霜怨入百花洲，衰草斜陽送白頭。只尺有家歸不得，一抔無土葬何由。飄零舊酒南湖月，檢點來書下驛秋。多謝春風江國燕，相逢猶是話窮愁。

古意貽董六遐周

透迤香閣繞離魂，新舊羅巾總淚痕。拔後萎蕤心不死，折來楊柳眼空存。青苔夜雨淹抛枕，黄鳥春風伴掩門。五十絃中渾是怨，腰肢禁得幾朝昏。

柳陳父墓

古道盤迴向遠岑，荒墳凄楚帶長林。浮雲已斷還家夢，衰草空餘住世心。海色隔城邀暮晷，江聲挾雨送秋陰。青蓮後事何堪問，幾處騷壇淚滿襟。

寒食日登莫釐峰望縹緲峰弔陸纂甫

林中當百五，屐齒泛晴光。綴暖榆錢小，縈春蕙帶香。兩峰看迤邐，片水悵微茫。節届魂俱冷，時移夢轉長。土應平傲骨，泉已澀吟腸。有子荒新冢，無煙禁一鄉。雨花滋舊蘚，風葉沸新楊。淚盡鶯啼處，褰裳去夕陽。

秋夜同朱十四懷令弟十六

秋色帶檐楹，空山薜荔情。爲歡翻憶别，因弟轉憐兄。雨葉晴猶濕，霜階水共明。經年書一紙，曾到石頭城。

聞簫聲

洞簫如縷到尊前，明月高樓夜可憐。何處一聲凄易斷，千家花柳障晴煙。

破山寺

巉岏隨石轉，迤邐踏花行。古壁龍蛇氣，空巖風雨聲。佛香清渡水，鳥路白過城。絶頂遥觀海，蒼茫曉霧生。

寄李本寧

南楚文章伯，西秦斧鉞臣。名香堪殉死，宦拙只留貧。酒態生長夜，花情送早春。芙蓉空自採，煙月隔江津。

哭吴健父

寒日沉沉下遠村，空堂寂寂閉黄昏。文章命薄誰知己，山水情多即故園。一壑荒煙收病骨，三更冷雨送愁魂。傷心莫問王孫草，幾日春風緑燒痕。

林屋山石上遲謝去非不至

曾記林中别，相期石上遊。亂山空欲暮，殘葉已無秋。岸白雲初斷，江空月自流。行踪煙水闊，何處問沙鷗。

秋日聞蟬

蟬聲嗚咽處，時序變衰中。玉鏡妝初冷，冰絃調已空。亂山凄夕照，疏柳怨西風。獨有悲秋客，相憐寂寞同。

王二丈輓詞 伯穀。

驚雷百里聲摩空，江南日夕奔蛟龍。濕雲墮地水波立，兩山不辨青芙容。金閶城頭夜吹笛，金閶城下王孫泣。笛聲寥亮凄欲斷，反恨當年一相識。何人彩筆能生花，何人赤手握靈蛇。金罍美酒浮琥珀，與誰同醉黄公家。有酒須澆墓上土，有劍須掛墳前樹。世情反覆那得知，柳花一夜飛新主。哀歌不盡《薤露》篇，離絃轉託箜篌語。生平只合狹斜行，紛紛安用栽桃李。鄧尉山空日暮時，招魂惟有古松枝。分明咫尺眼中路，及至出門忘所之。

宿虎跑寺

濕煙鬱結亂山横，敲斷鐘聲火自明。野寺冰霜經晚歲，石林風雨坐殘更。十年一夢浮雲冷，四海孤身落葉輕。願得皈依清净海，蓮花香裏證無生。

人日雨中上方寺看梅

人日初開社，香風拂寺門。梅花殊耐雨，一白自成村。濕氣蒸初艷，春聲散冷魂。鐘殘僧出定，留語坐黄昏。

無　題

綺疏微透曉光寒，欲貼鴉黄展鏡鸞。錯怪桃花似儂面，一番風雨便春殘。

壬子元日

流光去無著，倐焉歲云除。東風動畎畝，朝日生蓬廬。琴書委空壁，菽麥食無餘。即事已如此，前路復何如。

寄　情

殘山如黛月痕斜，子夜青鞋踏淺沙。十里紅橋東畔路，梅花多處是君家。

梅下送客

花間啼鳥唤遊頻，花下離歌動早春。斷送香魂征袖雪，飄殘素艶馬啼塵。疏枝帶月牽幽夢，長蕊含烟悵别神。明日重過今日地，爲憐歧路獨醒人。

燈　下

野寺十年心，無言坐燈下。夜半風雨來，蕭蕭打破瓦。

蕉雪齋庭下送鄒舜五

幾點蕭疏雨，新陰閉户生。美人來冉冉，相鬭緑盈盈。似雪山齋冷，無風水篁清。離魂淒入夜，葉葉起秋聲。

夜宿三山寺望茗上懷吴允兆

只此堪乘興，秋風一放船。天清皆在水，樹冷不生煙。静後轉忘寐，望窮殊可憐。書來同所願，池内有青蓮。

月　夜

昨夜因看月，清光動旅思。今宵宜早睡，莫待月明時。

寄懷王元直

月照蘋花冷，秦淮蕩酒船。還家同一日，爲别易三年。海樹含青雨，江鴻帶白煙。西風又飄泊，衰草自生憐。

紀興

道人贏得半生閒，枕上清泉座上山。猶有半生閒不得，娑欏影裏扣禪關。

柴門

柴門涼氣入，風動白綸巾。秋色孤雲外，斜光映水濱。貧惟甘薄命。病亦任閒身。累月尊中禁，還來載酒人。

虎丘僧房尋郭聖僕乘月登山

長堤沿短棹，轉入翠微灣。酒伴秋相集，僧房夕不關。布袍先受月，竹杖早過山。何處歌聲起，悠悠林木間。

空齋

空齋原寂寂，落葉更蕭蕭。片月閒相照。牀頭掛一瓢。

沈布衣野 一十九首

野字從先，吴人。爲人孤癖寡合，不能治生，僦廡吴市傍，教授里中，下簾賣藥，雖甚饑寒，人不可得而衣食之也。曹能始見其詩，激賞之，延致石倉園，題其所居之室曰「吴客軒」。好飲，每夜半大呼索酒。矜重其詩，徘徊吟賞，自能始、徐興公兄弟外，不輕示一人。能始常嘲之曰：「半夜號呶常索酒，一生甿髭自圈詩。」亦可想其風致也。有《卧雪》、《閉户》、《燃枝》、《榕城》諸集，王伯穀、徐惟和及能始爲叙。

子夜歌

門有車馬客，姊妹易衣裳。儂有好顔色，那在紅粉妝。

寄書曲

行人促家信，把筆倚前軒。書札經姑手，閒情不敢言。

採蓮曲

解道芙容勝妾容，故來江上採芙蓉。檀郎何事偏無賴，不看芙蓉却看儂。

懷王澄伯卧病

落紅寒食漸紛紛，强自攜尊對夕曛。春到馬卿偏卧病，徑開羊仲正離群。林風幾處邀歌扇，花雨千家撲舞裙。何事與君俱伏枕，鶯聲唤友不堪聞。

春日小齋

社日方過花正肥，閒庭亦自長苔衣。柴扉暫啟元無事，恐有梁間燕子歸。

汪長文張成叔北上便道見訪

烏皮几浄映莓苔，卧病柴扉晝不開。庭樹葉齊花盡落，屋梁塵動燕初回。黄金散後青山在，三徑荒時二仲來。借問一尊留茂苑，何如並馬向燕臺？

邊詞

塞上風高獵馬稀，天山六月雪花飛。閨人不解征人苦，直到隆冬始寄衣。

秋日田家

爲愛田家樂，看禾到野頻。不關人共棄，自覺此堪親。暮雨溪魚長，秋風樹果新。主人村釀好，長嘯倒綸巾。

寄陳履吉

故人閩海結茅堂，海上相思更渺茫。地氣未春先見草，山風迎臘不飛霜。林深採藥窺猿嘯，田熟開書覺稻香。我欲移家同避世，可能白髮老滄浪。

斜塘招星甫

新芋肥鷄菊正黄，君來定擬醉千觴。田家村巷都相似，須識門前兩緑楊。

冬日田家

臘月江村霜雪凝，蓬蒿零落繞垂藤。牀頭濁酒迎寒盡，屋後高丘候日登。古岸人喧看野燒，小橋船發打河冰。少年結束將何事，共向東皋賭放鷹。

寒食

驚心芳草上河橋，雨後推窗見柳條。厨下從來煙火少，不知寒食是今朝。

短歌行

推絃拂柱，歌我浩曲。浩曲未歌，腸中躑躅。青青前溪，可鑒光儀。他心自喜，我心自悲。河中有船，不載客還。尊中有酒，不令客歡。棲棲何者，歸以爲期。絺衣生虱，鞋襪多泥。世人結交，安得常好。他鄉寄食，安得常飽。主人良賢，客興愁嘆。報恩雖易，受恩實難。野鷄喔喔，夜長不曉。披衣庭除，月没樹杪。士貧者賤，客久者貧。不如歸去，可以葆真。

秋日寄豫誠

芙容漸摇落，之子曠佳期。日暮孤鴻度，天寒促織悲。黄糧舂北舍，紅葉繞東籬。正是登高候，無由共酒巵。

團扇郎

皎皎合歡扇，郎持贈所歡。本欲圖親近，翻掩桃花顔。

古詩

東家善枕席，西家供織作。東家喜月上，西家憂日落。日月同在天，憂喜一何殊。借問東家女，妾有何不如。

東李茂才

風雨朝來罷灌園。東籬散髮望郊原。林深如在青山裏，忘却君家住對門。

寄顧世叔

彈鋏無魚歸未期，他鄉風雨倍淒其。那堪枕上鷄聲起，絶似樓頭話別時。

贈殷山人

鹿門高卧寂無嘩，户外青山郭外斜。婦解綉花君解畫，玉窗閒坐鬭新茶。

贈吴少君

一瓢將一杖，隨地掩柴扉。課僕磨長劍，教兒製短衣。詩留閒寺遍，夢入故鄉稀。邂逅還成别，天寒何處歸。

葛理問一龍 六十八首

一龍字震甫，吴之洞庭人。山中多富室，習爲行賈，而震甫以讀書好古，盡破其産。入貲爲郎，冀得一命以慰其母。久次選人，困於無資地，不能自出。吴橋范質公典選，識其名，異而問之曰：「得非吴下詩人葛震甫，人呼爲葛髯者耶？」召之及階，奮髯聲喏，質公目而笑曰：「是矣。」乃得就選，除雲南布政司理問。及之官，詳視緩步，盤辟爲禮頌，上官皆目笑之。居無何，謝病歸，卒於崇禎庚辰，年七十有四。正、嘉之際，洞庭蔡九逵爲清綺之詞，頗自異於文、祝諸賢，以爲獨絶。震甫聞而説之，刊落剪刻，欲追配之於百年之上。已而年漸長，筆漸放，楚人譚友夏之流相與尊奉之，浸淫徵逐，時時降爲楚調，人謂震甫之咻於楚，猶昌穀之移於秦，可爲一喟也。余録震甫詩，力爲爬剔，祓除其晚年之變調，而震甫之本來面目宛然故在，不獨爲震甫解嘲，亦使吴之後賢知所以自樹云耳。

西湖

黛寫殘山帶郭遥，鏡浮新水不通潮。堤邊紲馬客投寺，花里唱歌船過橋。紅粉年年化香土，春風處處長蘭苕。湖心亭子湖心月，醉與何人度此宵。

九日送客之湘潭

吹帽風初起，那堪吹别離。纔臨放鷁處，已是聽猿時。楚服裁應短，湘山望轉疑。歸期指籬落，莫比菊花遲。

桃花源

一澗入蒼煙，千花繞澗邊。花開與花落，流水送流年。

潯溪對雨

市斷溪聲遠，橋迴野色荒。吹來數點雨，相送一孤航。漲緑平官渡，煙黄拂女桑。隔花僧共語，東去是錢塘。

然諾行

古人之交交以心，一語不出然諾深。今人之交交以面，然諾雖深中易變。古人不可作，今人難重陳。與君相見但飲酒，酒盡俱爲行路人。

送實父弟歸便往嘉定因寄徐女廉龔仲和

風冷夜窗鳴，離愁相對生。海潮黄歇浦，江岸石頭城。窮遇悲孤調，殘秋送獨行。舊歡傾倒日，不減弟兄情。

初晴過孔先生園居得泥字

一雨百憂集，好山空杖藜。偶從樵採去，言訪石林棲。屋角蜘蛛網，簷牙燕子泥。留歡對新旭，不道夕陽西。

靈巖山下尋黄二丈不遇

開門見山如見君，渡湖相問不相聞。籬邊野水淡秋色，屋上老烏啼夕曛。鄰人爲説攜家去，更入青山最深處。溪寒路狹難獨行，短棹空維烏桕樹。

别曲

具區橋下水悠悠，具區橋邊郎發舟。郎舟好載青山去，免使蛾眉相對愁。

曉行

日出已杲杲，西月還相照。農婦餉晨耕，牛衣覆霜草。

舟中九日

九日渡頭人，迎風倚孤棹。江空落日遠，入夜生餘照。無菊亦無侶，開尊自相勞。紅葉點鷗波，青煙出漁竈。

野橋懷郭聖僕

白板斜飛曲岸通，朱欄照見緑波中。故人别處猶堪憶，楊柳西邊蓮葉東。

送范東生之滇南

相念亦已苦，却於離處逢。江聲撼獨往，客路趣殘冬。天盡山忽起，瘴開雲復重。館人蠻語接，計口給新春。

湖上

幽侶過湖上，持醪餉沙渚。對面坐相悦，綢繆以爲語。垂楊團若蓋，濃陰沃如雨。隔浦棹頭人，扁舟亦來艤。

寒園

玄冬浹陰沍，霜風摧灌莽。寓目鮮幽翳，一畝亦云廣。日出茅簷間，雲生泥壁上。偃仰足昕夕，親朋息來往。空林如有人，互答斧冰響。

喜聖僕至

爲約每無憑，今宵喜得朋。片雲波上宅，殘雨夢中鐙。春冷花如病，齋清客當僧。看山不待霽，把臂入煙層。

聖僕宿永福寺同賦空字

蕭然何所有，瓢笠與青童。住可爲山長，來先問石公。梅遲若待客，松嫩已知風。一宿東林社，花龕對雨空。

贈王德操

無日不歡然，客來猶自眠。會當修禊後，詩在永和前。花氣熏爲酒，山光冷壓船。到門幽草遍，一徑踏春煙。

過金德父墓

相送心曾到，言尋路不迷。草齊封鬣起，山趺浪痕低。片石看人拜，孤花奈鳥啼。夜長誰慰藉，應有鹿門妻。

湖中别聖僕

春湖一胡滿，春蒲一胡短。時鳥鳴嚶嚶，新楊緑菀菀。日半帆陰直，風柔浪花暖。相對自生情，將離復誰綰。雙艫忽向背，行行暮煙遠。

過姚珮卿隱居

瀨淺維舟遠，山紆引路徐。相尋恐不見，相見喜何如。積雪村村斷，斜陽樹樹疏。門人供宿酒，中饋炙枯魚。歲事將歸客，衰遲漸及予。松聲動高閣，風葉亂殘書。

夜泊長橋同斗一君熙作

虹梁亘一里，半入溪花叢。縣郭浮居繞，江門照影空。月寒春盡雪，漁集夜無風。語謂同舟客，前年過此中。

徐日方水亭雨酌

結宇蕪煙際，披紗柳浪間。新鶯同客到，微雨絜春還。呼取隔籬酒，看他何處山。重來須蕩槳，荷葉已斑斑。

送陳徵君歸四明

秋風戀徂暑，吹動水煙熱。與子結新歡，孤懷耿將别。言從若耶去，路指鏡湖月。散髮蕩扁舟，荷花櫓前折。

澹如過別湖上

早來湖上棹，莫是散秋暑。呼酒斫霜鱠，樂此菰蒲渚。忽言將遠離，風吹白鷗起。今日與明朝，相去五百里。

秋　陰

西爽忽自晦，不知朝與昏。井上半殘葉，湖中無遠村。桔槔幾日罷，農牧相過存。雲淡一如水，野風吹到門。

寄懷李丸

思君夏之日，日在東園東。泉漱松根下，石摇潭影中。睹棋來木客，司果有徂公。昨夜秋聲起，帷褰栗葉風。

寄雨公

以爾願初畢，一瓢行脚寬。那知出世法，不及避人難。雲月千峰寺，香花五戒壇。微吟雖自好，或得寄余看。

松　墩

甃石亂無次，高高積寒翠。一鶴懶應門，每來松下睡。

送恬公東渡

出山何草草，曾對幾黄昏。落日照行脚，白雲空寺門。拄瓢半死樹，乞食三家村。只在太湖上，水田吹浪痕。

送衲公之彭門兼寄實甫

落葉滿風寺，亂禽號雪園。獨持空鉢去，何處乞朝昏。野甸荒殘燒，河堤積凍痕。倘然逢阿弟，已是到彭門。

鳩峰送萬二之泖上兼寄朗倩明生舜五

特地一抔起，宛然湖中央。與君别於此，對酒情如傷。寒水照荒路，夕風來寺香。平生二三友，相憶在鱸鄉。

可惜

出門即是客，况已渡湖遥。可惜藤蘿月，看人卧寂寥。水西龍渚石，崦上虎山橋。夢去渾無著，秋聲集夜條。

小除夕七里岡店宿

歲杪還行役，投棲野店空。牛衣夫婦時，旅况主人同。爨壓危簷雪，燈吹破壁風。一冬更漏接，都在此宵中。

丹陽作

江流河流決如矢，曲防新築巖巖起。雲連粉蝶兩重城，風裊緑楊三十里。小時行遠不知勞，每向長安過此橋。衰鬢還騎款段馬，春泥滑滑雨飄飄。

煉藥洲與鄭君熙醉題石上

仙翁煉藥處，荒草没爲洲。一點水心緑，客眠如白鷗。今年太湖淺，添却幾弓闊。只恐麻姑來，愁與人烟接。

觀蒔

計户各成區，開塍直到湖。桔槹旋老牸，簞食走童烏。緑自歌邊起，雨爲勞者蘇。穰穰從此日，饑可一年無。

陳志玄輓詞

相失知何地，風吹滿面塵。自騎冀北馬，不見淮南春。脱家百口累，從死一官貧。積雪高新冢，啼烏感夕鄰。鴻泥留迹處，鷄絮涉江人。泉壤無朝日，厭厭得醉民。

東村

曾聞東園公，住此不復出。年年開白花，猶是漢時橘。

毛公壇

此公得道外，山骨何其清。草木日與習，毛羽自然生。

煉藥洲

前山緑片片，飛出雲中花。欲問仙人居，仙人久移家。

寄周公美

溪雲載屋鶯啼晝，溪漲浮花柳著綿。門外小舟如意去，清齋人起卧茶煙。

訒公病自越中歸寄訊

曲曲三溪路，行行不可窮。田方足秧水，帆亦趁苕風。病得歸來後，閒生坐卧中。松陰空丈室，結夏與誰同。

溪南夜泊

秋晦舟中夜，相看獨有燈。隨緣聊寄宿，寧道不如僧。溪對橋雙影，雲低水一層。疏疏風柳外，蟲響亂漁㴬。

秋晚石湖作

豁然十數里，一帆生雨西。蘋花如欲語，日暮不堪攜。漁户偏新郭，僧田帶越溪。依依爲別處，橋畔柳陰低。

雨夜舟中懷實父弟

風急雨聲亂，颯來愁滿天。不知飄泊處，可有故鄉船。歸路闌前夢，殘更榜上年。半生兄弟念，多負看山眠。

得潘昭度新蔡書答訊

故人宰一邑，鳴琴事官守。飛書致予問，可繼牀頭酒。予亦問令君，曾似春風否。春風苦不閒，吹花復吹柳。

束凡夫

石作藩籬樹作鄰，家生春菌與秋蒓。偶遺書法呼兒子，未定詩篇詣孺人。

嚴延甫之楚復留秦淮數日乃別

雪裏看花花裏眠，莫愁飛雪到新年。愁人只有湘山路，漫入寒蘆苦竹煙。

花朝胥江舟次與實父弟別

今日花生日，如何不見花。時禽關別意，歌出柳風斜。曉郭暾相負，春江緑是涯。同來一宿處，臨別指爲家。

越來溪

草煙緑湊柳垂低，橋對斜陽墮影西。聽罷情歌聽啼鳥，吴船摇過越來溪。

雨過茂之新居俱值他出

近遠居新徙，尋求路轉微。詎知連一巷，依舊掩雙扉。傳語經旬出，曾期昨日歸。寒蟬在鄰樹，聲帶夕陽飛。

寄懷葉中秘時奉使出塞初還金陵

無數江南樹，蕭蕭待緑吹。春將歸信及，星比使君遲。夜火明高壘，邊風裂凍旗。問關出塞意，惟有雪鴻知。

雨渡錢塘同公武

山氣鬱生雷，斜風舵後催。岸青秋雨足，天白夜潮回。飄泊同吾友，艱辛一酒杯。錢塘君若問，橘社里中來。

舟夜有懷白石山寒山練川諸舊

積雨溪中黑，秋天試一晴。月來猶半照，寒起近三更。水勢憑魚立，風聲導虎行。夢輕江海闊，來往見潮生。

清　明

今日還留昨日寒，一年春又客中拚。太湖石畔柴門影，魚呷飛花上釣灘。

臘八日懷聖僕

懷君八日語，五見十年中，險阻貧兼病，西南北又東。兩鄉侈各健，一粥喜遥同。木末臨清曉，應披看雪紅。

八月十五盤龍寺

歷歷三年看月愁，燕山楚水白門樓。不知何處明年夜，更憶盤龍寺裏秋。

早過鄒滕

微月隔雲照，行將東曙拂。細細雨光動，霏霏輿夢入。青火不出地，荒鷄纔唱一。殘邑兩三家，陰風哨枯骨。

新豐曉行

土屋暖堪睡，主人燈在門。爰循疲馬路，漸入遠鷄村。山瘠乘霜氣，溝深凍月痕。隔疆兵燹地，一邑幾家存。

煙雨樓

煙雨樓頭春乍晴，鴛鴦湖上鳥嚶嚶。中浮片席空三面，斜抱千家截半城。漁網曬來風柳變，酒船摇出浪花生。夕陽慣照憑欄妓，一抹遠山紅袖明。

哭從弟實父

白下樓中别，東西一夜眠。訊知臨别淚，落盡是生前。

史滄如攜琴過訪

櫻桃花開山雨紅，有客乘舟雲水東，舟空衹餘三尺桐，仙人氣骨林下風，姓名不署神相通。别云訪我若不遇，自彈一曲出門去。

風夜宿塘橋

茫然山北水之東，忽露斜光下飲虹。燒燭坐堪銷夜酒，望家如隔妒津風。不禁是草傷心碧，何處無花薄命紅。惆默一春多半過，每當風雨在舟中。

三月三十日

夕風朝雨送行塵，行未成行過一春。緑酒散爲楊柳怨，紅顔銷得海棠嗔。匆匆馬首還車隙，歷歷山前更水濱。啼鳥數聲三疊唱，明年今日對何人。

送徐巢友還山

吾廬在空山，户牖白雲滿。有樹常謖謖，余花亦纂纂。城市不可居，晝夜一何短。賣藥掛驢背，行歌去人遠。日落深澗中，洗足春泥暖。

今度生日贈之

燕子簷花黄鳥枝，鴛鴦溪水碧天絲。連宵挈酒臨高閣，幾寺分燈看古碑。草聖獨傳章帝法，畫山偏妒漢宫眉。今年閏喜逢新夏，添得春眠一月遲。

許茂勳烏桕閣

地幽霜肅氣珊珊，小閣高臨樹樹斑。東顧不遥寒水渡，西來俱是夕陽山。連雲送客當秋杪，片月争題落酒間。撤去四窗留半榻，盡教棲鶻看人閒。

王居士醇六十六首

醇字先民，揚州人。生而早慧，讀書如夙識。弱冠善辭賦，陸無從、李本寧交相引重，意不屑也。從季父遊長安，日醉市樓，挾妓走馬，人求識面不可得。會麻大將軍大閱將士，先民輕裘快馬馳突演武場，引弓破的，矢矢相屬，掣雙劍飛舞，霎忽如崩雪。大將軍降階執手，欲舉以冠一軍，先民笑謝：「家本書生，聊用遊戲耳。」父母命之室，以羸病辭，爲兩弟納室。遍遊吴越佳山水，參二楞雨法師，受優婆塞戒，歸廣陵之慈雲庵，顔其焚修之室曰「寶蕊棲」。自知時至，結跏匡坐，諸僧環誦佛號而逝。先民以萬曆末年訪余於虞山，葛布白帢，風神朗如也。所與偕遊者，以闒闠干謁，聲跡穢雜，忽忽别去。先民殁後數年，始讀其集，深情孤詣，秀句錯出，知其人澄懷觀道，超然有得，蓋隱逸詩人之詩，而非循聲問景追嗜逐好者也。嘗自叙其詩曰：「客或詰余：『子之詩五變矣。』余曰：『非也。不觀少而壯，壯而老乎？紅顔白皙，是鮐背黄耈之萌也。五變真宰司之，非人也。夫變取諸形骸也，觀夫性靈，千萬億變一而已矣。余初入吴也，訪上人吴凝甫居士媒夫詩，居余以山，偕誦《蓮經》，皈依無上士，是詩之益乎道也。日參内典，詩黜浮漫，漸究性靈，道之益夫詩也。道也詩也，夫孰能二之？折旋俯仰，禮之標也。金石絲竹之音，樂之標也。文字聲律，詩之標也。詩之本，非面壁其孰參之？讀華陽叟之白雲自娱，遂於詩作白雲想，想則山河大地無一而非雲也。興居寤言，無適非氛氲蒼莽也，亦猶水觀童子焉。詩，雲矣，何關世？世人固欲訂雲哉？處兹濁世，毁猶食也，誰能免食自誤？心境一，外無法，斯際孰云詩，孰云我，又安蘄乎人之善之不善之者與？』」觀先民之自序而論其世，當竟陵飆廻霧塞之日，介然自信，不欲與之同流，尤可尚也。而知之者鮮矣，録其詩，爲三嘆焉。

餉饑

畫餅餉饑人，安能克其虚。懸雨在半空，弗肯及涸漁。寧與悍兒處，莫與懦夫居。懦夫信不足，悍兒義有餘。

决絶辭

火滅不復然，泉出不歸源。君心既已死，捐玦向平川。由來負心人，頭上無青天。

日珥録五首

《日珥》，悲時事也。歲仲春五日，日生交暈如連環，左右生戟，氣青赤色，白虹彌天，占曰百殃之本，衆亂之基。且邇年疆内灾異迭見，兆固不止遼塞也。夫遼陽兵務，流弊有年，當事諸公信其滋蔓，用取敗亡之禍，致聖天子宵旰靡寧。興師罕捷，財賦告匱，民不堪命，而緑林、白馬之徒白晝揚旌江海之上，官兵莫敢誰何。吁！全盛之朝一至於此乎！余藿食一丘，杞憂何益，第恐不能安枕白雲，遂擊壤之私耳。昨聞新詔優恤北關餘裔，西虜感恩，大化無外，群醜尚敢奮螳臂乎？共述短歌十余章，觸事成吟，不覺其辭之無序也。

連環雙珥夾晴日，左右生戟氣青赤。豈惟兵甲生外夷，百殃之本衆亂基。前月黄霾泰山側，青龍吐火煙光黑。去年御溝流血波，天鼓滿空擿海鼉。又看彗星掃空百餘丈，徹夜光芒侵斗象。遼東軍民半陷胡，天復示變胡爲乎。

狼煙夜照大安戍，胡兒夜縛將軍去。駿馬默金曉贖歸，正陽門底捷書飛。清水照面不照背，分旄使臣日似醉。番兵時入如向家，杯水詎救薪一車。幕府覃覃隱奸士，受金泄出天朝事。

鐵嶺將軍載輜重，避胡入關妻子共。先議和戎乏遠猷，蠟書暗約殺杜劉。經略潛謀玉帳底，四帥北征撤回李。窮荒深入絶援師，六萬漢軍空戰死。於戲！衆關那及鴉骨關，六師魂返李生還。不知廟堂邇何議，代李者誰是其弟。

戈船健兒不習馬，兵氣無能震屋瓦。羽書調入白狼川，去傷此日歸何年。南人膏血濺北虜，餉金百萬消如土。兵馬空多深未策，封章徒乞内帑金。緋袍昔走金山寺，拳石焉能著多騎。蠻女新兵簇塞雲，成功或在娘子軍。

牛毛寨頭屯虜營，朝鮮請援詣漢京。已喪義軍荒磧裏，難保鴨緑一泓水。危今因我危，死昔因我死。將赫斯怒安遠邦，當爲犄角守鎮江。君不見金臺什前車覆，事到噬臍將安咎。

畢仲明侍御邀集西清館聽文兒歌

平波削玉天倒明，緑綃輕綌凉颸生。芙容千尺迴繡楹，一枝含艷忽有聲。圓珠瀝瀝溜盤走，不斷柔煙醉春柳。點點鳴泉滴暗冰，微啼征婦背紅燈。林間輕籟時能止，斑竹鸞絃幾迴死。蠟花半剪夜色遥，况復霞凝酒暈嬌。欲邀眼笑心先蕩，得近衣香魂已銷。此際心魂餘幾許，不知離却寒塘渚。且向花龕懺有情，高樓睡掩秋山雨。

題馬姬湘蘭所畫蘭竹卷

寒映秋芳數枝玉，冰綃宛是湘江曲。能使湘靈愴別魂，瑶瑟泠泠怨秋緑。霓裳奔月留難住，錦衾紅燭生愁緒。墨花化作秦淮雲，猶向妝樓日來去。

桃花阡

南阡桃花花叢叢，花枝曉動陰蒙蒙。溪西碎錦飄溪東，緑波不緑紅映紅。天擲彩雲墮花下，一抔香泥封艷冶。子規愁春哭春野，血和情淚胭脂瀉。前春醉花金屈巵，桃花羞殺葳蕤枝。金鏡永絶明月姿，花阡無主酹者誰。何須亂眼花如許，遍覓芳魂無處所。陰風拂林狐狸語，傷心歸去桃花雨。

夜同曹野臣宿西清館

夕煙如雨瀚山脚，煙際園林隔層幕。遥燈一點透微紅，正月花枝閃螢爝。路窮石子横塘角，小門輕響迸魚鑰。紙幃絮被重重閣，新詩攪思眠難着。十載清顔夢中索，此宵是夢翻愁覺。

吴門送劉元博遊楚

芹芽相淺江渌深，江南畫船載楚心。因君余夢瓜州渡，期君水宿夢相遇。梁間敝笋江底魚，三年意密見面疏。寫與苦歌伴千里，峽夜啼猿疑在紙。

早秋客舍憶故山

何處非如寄，一山安足云。秋來倚林閣，日看度江雲。客况層苔老，疑心雜響聞。遥知溪墅月，坐少一人分。

新秋夜坐

水煙凉獨夜，坐惜幾家眠。僧閣掩深際，磬聲生悄然。竹歸人意浄，螢漾壁光圓。鄉國方鄰亂，幽心忽易遷。

過月公故廬

又向何塵內，隨緣轉性珠。自非趨寂滅，人妄見空無。野日山房掩，寒聲雨葉枯。昔依松柄處，抆淚一燈孤。

逢病軍人

迴望魂猶亂，歸支病緩行。道傍將掩骨，塞外即前生。店主辭孤宿，軍裝付破城。便令身戰死，序績不知名。

無聞上人許留棲吴門不果送之還山復訂春期

若未曾期住，雖離豈怨深。定知孤寺語，那入向山心。窗燭思前影，江寒念晚陰。成言不可倚，況復望春林。

憶

前期知己絶，猶待碧江濆。往事不可憶，微恩何足云。人寧如舊燕，心忽化浮雲。莫上花西閣，簷間有夕曛。

病

笻影雖離户，無能落近鄰。多眠常廢晝，如醉暗銷春。面改翻疑鏡，衣寬似借人。未從空際得，莫嘆有兹身。

逢黄改之歸自遼難

戰後念彌甚，誰如脱虜塵。兹逢謂非汝，翻問在傍人。測變先群慮，全生又一身。死恩丈夫事，安肯逐降臣。

促織

風露漸凄緊，家家促織聲。墻根童夜伏，草際火低明。入手馴難得，當場怒不平。秋高見餘勇，一憶度遼兵。

曉出田間

香稻欲辭野，村家無整眠。鷄難動高樹，人影亂秋田。殘火猶照屋，清歌時隔煙。東溪舊業廢，凝思在軆轆。

松下

莫言斯坐易，雖我亦來稀。野色不相忌，人顔安可依。鼠驚寒吹落，樵束亂青歸。根下沉眠者，方知生世非。

不出

將買谿西曲，幾家梅樹邊。泛交思可畏，老骨望安眠。白業融詩性，青山迮世緣。弄雲真不出，第未定何年。

客居

斯世盡浮客，一城聊寄身，飲須求似我，炊自不因人。草色閉門老，菰香離水新。幾圓松際月，居此未知鄰。

一秋

一秋宛馳駟，志士感何深。隨事涉虚境，與時銷烈心。行慚窺止水，坐不耐疏林。繫日方無策，仍傷老病侵。

殘漏

層户昨已閉，丁丁何到兹。最難酒醒際，正在燭殘時。斜月不肯落，遠風非與期。東征幾家婦，惜夢有餘思。

城隅

城隅極秋目，瞑色又聞津。無樹不歸鳥，好山皆屬人。遊應似湖冷，詩且送愁新。去土終非策，男兒愧有身。

見落葉

朝來見落葉，因愧向林行。飛鳥不無意，何人非有生。枝容昨夜月，秋減一村聲。轉禁樵童入，留兹長道情。

山中廢宅見古琴

廢宅何遺此，終年掩暗塵。絃殘空抱響，谷冷未逢人。餘趣思纖指，全身總剩薪。轉虞歸俗士，沉没任山春。

道中懷周元修

正悲前度別，茲別更何安。黄葉水西路，晚風驢背寒。出常憐我獨，聚反失冬殘。漸逼他人面，天涯意所難。

舟夜聞絡緯

漸傷空杼軸，爲響亦徒然。汝力雖無惜，客衣曾未全。殘燈孤舫思，秋草半江煙。獨不關心者，篙師正倦眠。

贈林羽仲

業廢歸無定，年衰見屢難。詩名半生過，客舍幾移安。少已深邊策，貧聊就幕官。西風剪江郭，猶有故人寒。

悼星上人

乍逢傷永别，交惜在逢前。肢弱易爲病，心靈翻損年。緣隨一念了，詩到幾鄉傳。孤塔寒花外，鶯聲愁暝煙。

廣陵感事懷張異度

江介煙霜入，孤舟悔泊時。違心不敢説，别汝益相思。世亂生爲誤，身貧病易欺。憂如衣未浣，何以寄將知。

春林欲雨

長林氣忽暗，勢欲奪晴春。愁動初芳色，知先老病身。閒居成短晝，空閣倍寒人。礙我聽鸝出，野醄香漫新。

西村雪中寄程凝之

頻枉相尋屧，能憐客未安。不令笻影獨，翻隔雪花寒。無夢將歡續，何憂比序闌。近情難寄與，君向出遊看。

寄吴社一二三詩僧

花壇仙梵畢，拂石坐秋吟。語到新方止，思於静始沉。江煙寒入寺，野吹夕疏林。此際傷離急，雲山落遠心。

秋林閒坐寄山僧

秋暉蕩夕痕，秋意到林根。坐實有深入，静猶多一言。馳波忽似住，落葉不成喧。野衲可知此，空山應閉門。

季遠贈衲衣

預闗風雪念，贈暖到巖阿。獨匹成繁指，千針捲密波。受因身尚在，曳稱寺頻過。顧影俄臨水，兹時祇髮多。

遼野戰

笳聲先陣至，心慓半無聞。相視絶生色，滿前皆死雲。鋒纔没餘響，鬼誤是殘軍。奏草推元帥，能無悔所云。

秋水開士歸自南海

春洋歸似夢，未見奈思何。險向聞方半，憂非到始多。薄衫寒遠雨。旅色帶餘波。莫叩南詢意，靈山肯漫過。

寒夜宿程彦中山房

計時方一見，一語一情生。孤墅遂成趣，寒山非獨清。衆煙沉夜色，空雨定人聲。眠憶未眠處，夢中攜手行。

昔園

傷心履迹斷，園在主何人。池水將憎影，山花懶倩春。孤眠難語衆，舊客反成新。悵此維鳩意，聊支衰暮身。

慰林羽仲

幾日摇鄉思，孤燈夢海涯。久離驚得信，垂老哭無家。暗恨煩支骨，餘心冷到花。黄昏鄰寺樹，未敢聽慈鴉。

微月照疏雨

月痕雲半覃，窺雨在檐端。疏影成絲辨，微光裹濕看。斜明風乍側，分映露初溥。滅燭山樓夜，幽生幾曲欄。

雨集高君佐園亭同鄧林宗張卿子

妒花無可飛，晴不驗斜暉。新水拓魚界，亂煙層竹衣。病多如醉少，情密覺逢稀。語及貧交外，難窺人意非。

湖園訪王修微

棲寂將疏客，猶令秀句傳。見能深道想，交或在詩緣。湖水別成態，山花休浪妍。凈心何所印，臨鏡緑窗前。

延季居士種花詩

誰能了空意，因示數枝春。色但隨根現，花聊過眼新。護香栽刺遍，界緑季泉勻。豈必來遊者，方爲借玩人。

豐谿逢王靈運話舊

自説握中鏡，日禁繁恨加。頹年且風葉，昔境已冰花。哭子數回病，隔村幾里家。羈棲今不遠，步出巷門斜。

秋夜次栝齋中坐雨

群岫掩朝翠，預知風雨生。雖妨尋寺約，稍減應人行。懶竹沉秋態，遥舂裹夕聲。冷煙飛入户，爲戒客衣輕。

過吴幼時别業

嵐裏人家滿，遠棲人外閒。與君坐芳草，隨意望南山。花氣微風際，魚苗新水間。蒼苔見虎迹，未及夕陽還。

花谿春暮

蒼蒼煙嶼西，掩閣卧花谿。春不邀愁去，鶯來攪夢啼。他鄉三月病，新緑幾枝齊。搗藥茅簷下，空林日又低。

答王亦房病中見送北歸

遠别惜多病，一帆停浦沙。翻令倍含戚，不減昔離家。江路積梅雨，客衣生蘚花。後期淮水曲，莫使怨蒹葭。

秋夜酒家所思

堤館能留醉，當壚艷似花。秋槽分滴酒，夜火映撈蝦。風寂山猶響，江清月自華。所思隔煙水，離恨起蒹葭。

冬日客中送章結父

一日幾相見，歲闌翻遠離。莫將歸客意，説向旅人知。獨雁追寒陣，枯桑語凍枝。板橋春水緑，憶照並行時。

虎丘山後訪張叔維

磴杪見山盡，入迷煙構重。非尋獨棲客，不度一層峰。春望屬閒野，幽心宜遠鐘。還期投宿夜，月出寺門松。

送仰之上人之廣陵

春寒衲一層，片笠掛青藤。相别每憐客，不歸何異僧。津遥投夕雨，波淺暈舟燈。欲倩傳雙淚，柴門到未曾。

贈茅遠士

層閣澹陽景，落花深晏眠。起乘沙溆舸，或蕩寺門煙。續醉夜歸後，遣愁春夢先。時摹玉板帖，買繭作冰箋。

訪屠瑞之

園桑藹霽暉，戴勝貼枝飛。隔水客來少，到門人語稀。趁船時一出，中酒昨方歸。欲見獨棲意，短檐橫翠微。

蘆

昨夜邊鴻棲幾行，練花十里截迴塘。西風橫水自秋色，明月照汀分冷光。遠送繁聲滿江店，時吹亂雪在漁航。南兵正戍遼河畔，捲葉愁聽虜曲長。

哭黄元幹墓

下馬凉風吹墓村，昔離誰謂隔重原。轉因宿草淚猶下，誰種寒松陰漸繁。長夜何年歸遠骨，深山片月主遊魂。可憐香閣啼紅妾，銷盡桃花滿鏡痕。

集嚴道澈雲松巢

園徑蒼蒼煙藹間，畫欄人度板橋灣。簾衣香罥春殘絮，屋角青飛雨後山。松吹暗摇琴曲冷，池波深照客心閒。銜杯不使疏櫺閉，巢濕紅泥乳燕還。

文文起掩關藥圃却寄

短墻傍市鎖煙鬟，孤客凝思罨畫間。飛夢不曾離一郭，傳書翻似隔重山。世塵惱眼聊思凈，花事關心恐未閒。小簟疏窗留醉後，幾虚清月照池灣。

開元寺送朗道人祝髮廬山

芳草萋迷閉曲房，竹牀芸帙一燈光。常悲逝水因除髮，偶看浮雲遂别鄉。煙月待吟開遠岸，江妃聞梵禮孤航。凈心好過東林寺，尋向蓮花印舊香。

寄李達生太守守巨津

郡爲筰國，屬土官，凡郡守皆住省城，不之任。

筰蠻遮在碧煙叢，浪説車間已畫熊。官舍轉離孤郡遠，家書常隔一年通。醬分篔葉香消瘴，布納桐花軟貼風。鄉思偶停時出郭，閒看調象亂山中。

寺居答陸無從先生六韻

還鄉迹是客，棲寺宛如僧。麥飯邀孤磬，花龕懺一燈。夜寒分白氎，月好借青藤。病起惟嫌雨，心清似結冰。所思窮巷隔，相望亂愁凝。幾日東林下，秋風落葉層。

曹山人臣二首

臣字野臣，歙人。崇禎戊寅，余識之於長安，角巾布袍，落落有逸氣。知余有書癖，數爲余訪求古書。後歿於白下，野臣詩冥搜苦索，不由康莊，轉入僻徑，自定其集曰《鬼訂》，以爲非時人所知也。哭友二章，哀怨凄惻，善爲苦語。

郝琰公墓下作

郝之壟，今已矣。憶君棄我已三年，一棺裹骨黄泉裏。我欲呼君君不起，慘柏悲松聲聒耳。幾莖瘦草不成叢，是我頻來淚澆死。亡者不生，生者必亡。前後差期，鬼路茫茫。譬如作客，指此爲鄉。客倦歸來，晚聚一堂。君如有約君莫忘，我謹待君蝴蝶牀。

哭閔子善

前年我作石城客，送君渡江買浮宅。去年我却歸山中，聞君又踏石城石。今年人從石城來，曾説君軀病欲頹。常想天涯瘦軀影，誰知削影投蒿萊。嗟乎！閔生一死無不可，可憐老母家中餓。面皮皺剥疊成文，淚滴欲流兩邊過。自從兒作浪遊子，倚閭望殺廿年矣。尚謂無夫更有兒，有兒更向他鄉死。母乎母乎悲莫啼，四山崩裂風凄凄。山崩風凄母不久，誰當掩兒又掩母。

王遺民鐔九十首

鐔字叔聞，金壇人。恭簡公樵之諸孫也。數踏省門，不得舉，閉門下楗，讀書尚志，欲期古人於千載之上，流俗無知之者。中年薄遊荆、湘，又依其叔有三之長安。國事日非，東西交訌，登臨弔古，憂時嘆世，胸中塊壘發之於詩，往往牢愁結轖，不能盡其百一。歸里，益不自聊，屏居郭外，遊於酒人，日沈飲自放而已。亂後，每摳衣循髮，以不即死爲耻，悲歌流涕，有沈淵立槁之志。一日，從里人飲，大醉，病卧三日，遂不起，丙戌之十月也，年已七十矣。叔聞送人下第詩有「一夕殘秋帶客還」之句，吾友于中甫見而激賞之，命其二子從之遊。中甫二子之能詩，多自叔聞發之。余遊于氏父子間最久，而不知叔聞。丁亥冬，過金壇，得其詩於御君，篝燈疾讀，俯仰太息。當吾世有叔聞而不能知，且叔聞或知余，而余不知叔聞，余之陋則已甚矣！然世之習叔聞而不能知，讀其詩而不能識，又心薄之者，不少也。昔人有言：「親見揚子雲，禄位容貌不能動人。」又況以其爾雅之詞，深婉之致，進於攘遺拾沈東塗西抹者之前，能不盍然而笑乎？然則叔聞生而不見知於人，死而吾黨思之，爲之傍徨追賞，亦未爲不遇也。若夫叔聞之晚節，又當與謝皋羽、鄭所南齊名於千載之後，後之君子頌其詩，論其世，將有如吴立夫、程克勤者，採而録之，余又淺之乎知叔聞矣。

《病餘存草》自叙曰：「癸酉秋七月望日，日中忽嘔血二升，眩瞀仆地，肢骸靡涣，獨此心炯然。念身世無可戀，唯平生吟詠是胸懷所寓，而悉委墮不收，不能無念。既而不死，從此自矢，隻字不遺。每有所得，輒塞一小竹筒中。匝歲幾滿，然皆在爛刺尾、廢牘背。又醒時所作，非醉不書，點畫攲傾壓疊，久之，幾不自别，雖曰不亡，猶不存也。去年八月，向疾復作，幸不致劇，旬日便愈。念幸不可以屢徼，因倒筒出之，净寫一本，幾及百首。適被牽迫，浪遊衡湘，攜在笈中。而是時流賊猖獗，犯陵寢，屠邑聚，道路梗塞，歸棹無期。在祁陽僧舍作詩云：『風波盗賊五千里，況是衰羸近死身。悔帶病餘詩一卷，不將净本付同人。』蓋恐其與此身俱没也。嗚呼！平生自暴棄不收拾者，莫過於余，然每至病流離生死之際，未嘗不拳拳焉。固知翠毛象齒不惜其身，而惜其所惜，有不知其所以然也。因題笈中所攜爲《病餘存草》上卷，而彙楚遊之作爲下卷，倘得歸偃園林，徜徉歲月，或便增卷帙而移甲乙，未可知也。時崇禎乙亥八月朔日，酒後書於衡陽客舍。」

貧賤別

東郊野水湔雲白，萬樹嘶蟬生暝色。弟兄貧賤易飛分，氣愴尊前辭不得。更須貰酒送君行，酒盡須還不計程。細説江頭歧路錯，共眠船底月華明。人生三十行已矣，榮槁存亡本堪擬。一屋同居愧士衡，十年減産知張季。相望行舟一葉飄，孤舟倍覺路迢迢。轉喉有意淚相噎，背櫓無言魂自銷。寂寞歸眠對蔓花，對花獨醉更咨嗟。寄語莫言爲客苦，縱非爲客亦無家。

七月十六

歸眠秋寺鐘，露氣撲晴空。叢翠安圓月，莖朱抗細風。翻翻遷樹鳥，唧唧傍燈蟲。坐想前年夜，清江泊釣篷。

喜張公撫至

南山豆可摘，之子遠相存。痛惜經年別，詳謀達夜樽。砌蟲參客語，園草漏燈痕。新句佳堪味，深杯許細論。

遣悶

懷蓐酒仍凍①，終年人不來。殘燈聽暮雨，孤館見新梅。裹飯誰相問，陳芻我獨哀。奈何兼數事，總付掌中杯。

① 原注：「《淮南子》云：『雖欲豫就酒不懷蓐。』」

于惠生齋中聽妓二首

畫苑夜泱泱，瓊巵下酒香。鵶啼深院月，梅影隔簾霜。箔霧雙鸞出，裾風一燕翔。錦屏圍燭艷，笙鼓改華妝。

捧笑名花綻，宫衣百蝶争。遲來循佩序，被唤應香名。罷舞腰肢在，回歌眼尾傾。峽雲真可賦，宋玉漫多情。

北固山後石壁

北固孱巖背，滄波洗削成。入天翔石勢，積鐵障江聲。壁影蛟龍動，枝風鸛鶴鳴。孫劉千載意，未與暮潮平。

留別白門同病

濩落猶諸子，蕭條更此身。自知行有恨，敢謂至無因。是石吾宜刖，非竽世莫珍。匡衡經易詘，孫寶道難伸。帙冷囊螢燼，門蕪食雀馴。秋期松寺杳，夜遂酒燈頻。瘧苦揶揄鬼，貧甘俯仰人。奏廷書未乙，丐緼紙徒申。洞口投棋局，城陰給釣綸。叩門惟劇孟，斷席共田仁。醉泥寒雲外，行迷夕水濱。自奇雙履迹，誰落一冠塵。山黯浮空髻，江明凸地銀。染村楓色敗，薰畫袖香陳。旅食嗟何賴，鄉醪報已新。扁舟東下疾，煙霧隔沾巾。

過蔡一卿故居

空齋人至鳥飛回，始覺山陽一笛哀。心似去年秋病酒，卧它僧舍未歸來。

題上林賦後

秋風天子阿嬌時，蜀客風流入夢思。携得遠山圖譜在，篇終特與寫長眉。

馮衍

馮衍才華世絶倫，時清主聖不容身。江淹賦裏誰堪恨，獨有關門對孺人。

偶成十八韻

石顯方含憲，匡衡實要樞。甘陳功屢抑，堪猛眷終誅。奏固陰司草，阿新浪結徒。禍胎成唯諾，國柄博睢盱。日月寧無照，風雲亦有衢。大横芒已耀，小畜血仍孚。巾褐無遺壑，旌蒲更滿途。一開鉤黨禁，復録矢忠儒。喜簿初矜寵，哀郎竟戮諛。降妻門莠爛，渴蜆井桐枯。紅朽群窺指，高明魅嘯呼。登壻負子險，據地刎喉愚。受爵一方怨，辭權萬指孤。真人疑冠玉，假鬼詆匏壺。子羽何嫌面，維摩好施鬚。悲歌終日夜，樂酒且須臾。門下誰彈鋏，闉中孰竊符。蔡雍倘相識，定爲一長吁。

讀從兄南安令崇禎太平曲有感

洗眠乾坤正，回頭日月新。百年垂半日，千載中興辰。鳳下輝堪攬，河清頌好陳。真逢擊壤樂，猶欲叩閽申。憶昨衣冠禍，將舒刀鋸嗔。風雲資腐質，霜露落饕唇。蘭錡三宫擬，桐封五等頻。傾儲竊弓玉，空厩賜麒麟。金虎通嚴寢，城狐列要津。貔貅符悉綰，鷹隼翅虚振。對簿陳公老，收貲蕭傅貧。忠肝塗赤石，義骨莽黄塵。獨座生令喜，諸生死效颦。山河青海並，俎豆素王鄰。不愧曹嵩假，寧憂王莽真。遺弓安篝業，憑几密絲綸。光夏傳家吉，從商及弟親。三靈呵璽紱，九廟集吟呻。呼吸皇圖鞏，張弛祖德遵。威弧入手勁，衢酌匠心匀。艾捷三年效，叢收七日神。天恩正稠叠，霆斷不逡巡。豕肆然燈腹，翬經衣寶身。剥膚消積甲，按月輦亡珍。一洗宫庭孽，惟余旃厦寅。山龍蠲澤國，簡蠹課嚴宸。

花静崆峒晝，雲遥雒水春。乙書延偉論，甲第佇勳臣。幽魄含彪炳，明姿出曖埂。望雲同夢寐，吟澤破酸辛。飯甕家家備，酺觴箇箇醇。黄龍神雀降，丹甑白環臻。斯世皆醇粹，吾兄尚隱淪。西川豪傑士，南國放流人。拔薤威誰匹，吟花語絶倫。偷金逢怨口，酌水別遺民。强項違廷簡，冥心愜野莼。聲非《五噫》激，文似《九歌》馴。黼黻皇猷爛，丹青帝德純。如無青史采，定下紫泥詢。樸簌終相倚，浮華蚤見甄。飄零傷物役，衰謝困躬畇。鉏止公畦稜，行窮墅瀆濱。扣舷隨泛泛，持翳入蓁蓁。筒灑時牽鯽，竿投夜揭鯈。龜巢知足雨，鳥食卜盈囷。小賦誇烏柿，遐瞻陟白蘋。時清甪里隱，主聖務光踆。壞室琴聲滿，繩樞轍迹湮。因歌太平曲，停酒拭烏巾。

燈下無酒戲作

垂簾深草映秋釭，上檠秋蟲鼓翼雙。欲採蘋花招遠客，倍因莼菜憶澄江。和煙樹色時沾榻，帶雨鐘聲夕殷窗。畢卓有愁禁獨坐，比鄰白蘗未開缸。

立春一日之夜自戲遣悶

潦倒胸懷吾自笑，支離身世或加哀。豈知蘇子逃禪地，可作周王避債臺。社肉難分思拔劍，春醪裁溢已空杯。夜深吟罷無歸處，醉倚疏梅幾點開。

臥疾秋郊雜詠

自臥幽林白雁來，兩看圓月破蒼苔。美人曉隔葭枝露，村釀宵寒柳瘿杯。山葉摇摇待黄落，溪花冉冉退紅開。愁心正似歸棲鳥，每到斜陽有一回。

輓于中甫比部

秋色招遊絶素書，林亭煙靄正蕭疏。張衡未老玄謀歇，蔡衍纔亡黨禁除。庭露半沾蟲網破，隙光斜逗燕巢虚。可能盡舉平生好，惟有驢鳴送旐車。

京口旅中作

江城月動長潮時，烏鵲驚飛乍著枝。寒截雁書峰影鋭，光翻龍穴斗杓垂。慚無風翼資南徙，喜有霜螯伴右持。可愛主人扉板白，深宵酩酊爲題詩。

西成穫稻數十斛輒分三子一甥二首

九齡文弱驕庭寵，三十清狂恃母憐。常謂優游堪卒歲，不知饑凍逼衰年。孤生馮衍陶潛後，譬死男婚女嫁前。從此折鐺煨粥外，赤髭白足是前緣。

廿載干時十載耕，一朝都罷若遊僧。相如篋底消雲氣，元亮鉏頭翳月明。甽畝已教嬴稚服，瓶罍未免懟妻争。家風似此真堪賀，只少參軍五十荆①。

① 原注：「邑人蔡參軍少貲巨萬，以豪華蕩盡，晚年不能給其諸子，乃各杖而遣之。明日，周侍御往賀，蔡問何賀，曰：『昨聞尊門析産，長君五十，餘三十也。』邑中傳以爲笑。故有次章末句。」

血病後擬寄段季純

唾血貪杯老應之①，病中恃爾鎮危疑。敢言四藏猶堪活，恐對三騶不自持。照水紫薇霞紫處，繞籬黄蝶葉黄時。秋光漸好身將健，涓滴初開欲共誰？

① 原注：「張應之，歐陽公友也。累然唾血，不廢飲酒，而得長年，故擬段。」

賣牛二十韻

搏煤且揑脂，馴健里牛兒。藺栗初收買，薪芻自料支。冥心忘禄爵，親手駕轅犁。骨隱臕新滿，蹄强齒尚差。耕鞭一不下，秣草百皆宜。豎豈煩千頃，傭仍費五皮。語喉應牧唤，戲腦觸童痴。念爾三年力，嗟余十稔饑。兒甥分瘠確，僮僕自耘耔。朝暮誰收放，宫欄合改移。近村聞駿駃，即日具錢資。書券騂髦貴①，離門紫鼻澌。價收仍買劍，恩在爲留縻②。牧豎餘工去，鄰翁乞耜來。紫氛休授道，白石罷干時。僅有田桑興，還同鉛槧辭。買僮猶里巷，放省只樊籬。飼養應逾好，經過會有時。銜恩倘相識，顧主必餘悲。歸去收書卷，長無掛角期。

① 原注：「始黑犢壯而赤也。」

② 原注：「市例以解縻爲決絶。」

絶句六首

曉聒東鄰賒早秫，暮敲西寺寄遲眠。盈圍髻髮今成蒜，鐃爾清狂更幾年。

常思見面人多逝，未得開唇事已休。半世營途成跛鱉，十年問舍得蝸牛。

花朵正憐多鞸鞢①，柳梢偏愛小差池。陶潛狹室誇容膝，庾信低窗訴礙眉。

門延宿鷺藤蹊細，園報高秋栗罅粗。無酒少留醒去客，有箱多貯借來書。

久許來還賒酒債，只言去索作碑錢。自今有物時相抵，已度橋門作釣船。

煙帷瑟怨九秋蟲，霞錦書濃萬里鴻。未得振衣千仞上，直須埋照一杯中。

① 原注：「花相似貌。」

秋日與史子裕沽飲東村次回忽至

店依喬樹鄰官路，路上人多識醉翁。那管脱巾頭共白，只憐對酒葉偏紅。樽邊籬落生凉影，林外風煙積暮空。不是此流南巷客，深村誰肯遠相從。

風寒

林戰飄風霹靂奔，推雲擁霧日西昏。質衣換得行三返，握粟沽來止一尊。呹呹吹窗燈欲滅，蓬蓬衝屋瓦頻翻。明朝陰雪晴霜冷，不是高人也閉門。

謁張睢陽廟

並摧逆虜滁函區，郭李全師公一隅。六矢將軍寧計面，千金愛妾自損軀。荒宫雀鼠兵威在，遺貌鬚髯史傳符①。自笑經生老無意，只思架上試抽書。

① 原注：「史稱公鬚髯若神。」

哭馬甥三絶句

若敖今日魂真餒，殷浩當年愛頗深。如此哀傷豈能久，也知淚灑暫時身。

只恐身由淚結成，一朝澌解了餘生。當年下第都門道，白日荒荒記此情。

汝柩歸墳婦大歸，凄凉一室到人稀。恩深知有遺魂在，閒步庭莎倚落暉。

夜歸即事

繁星簹村門，爛熳如帚把。歸人趁餘光，犬吠盈四野。牽犢發浩歌，篝火高林下。歲徵在恒暘，腴畝獲枯苴。谷礱杵臼間，斯聲聞蓋寡。三冬苦饑餓，横征恣敲打。不聞酒囊枯，增壓裂不舍。幸無巢泚徒，中原已戎馬。誰能採芻蕘，稽首告旃厦。

雪中自詠

破帽遮頭趾印塗，尋梅乞酒一狂夫。那堪授簡供文賦，已自披蓑入畫圖。夜牖有書非少日，曉村無迹是吾廬。虚言耳熱能消却，其奈瓶罍汁滓枯。

日暮

臘底東風絮白雲，爛頭細雨暮紛紛。五花亂上冰魚隊，一綫横過石鴨群①。年譜只憑工部句，生涯難倚斛斯文。可憐痁睫愁長夜，坐滅寒爐待一曛。

① 原注：「水鳥數百爲群，單排横行。」

新春

衰年樂事苦蹉跎，莫到梅花又浪過。霽色園林猶雪霰，晚風池閣已煙波。鱸非張翰家鄉少，虱是嵇康性分多。隨地一尊堪肆志，更圖身外欲如何。

野店

縱横柯榦壓茅茨，新霽明陰合緑池。舞燕故來穿瓮牖，啼鶯不肯出帷枝。家貧延客常過此，村近扶衰佇倩誰。正恃東鄰賒得熟，杖頭未必有錢攜。

將之衡陽阻風京口

繫纜千檣萬索中，蒜山西畔大江東。青松自罩疏寒影，白浪相吞壓叠風。偶爾因人成浪跡，可堪臨老作漂蓬。旁人盡笑無些事，欲訪天南迴雁峰。

九江道中

離鄉已遠斷鄉愁，風物無邊飫浪遊。異壁煙霞常共色，一灣鷗鷺各分洲。青山雜樹陶潛縣，明月孤城庾亮樓。身寄片帆如過鳥，舟人指點屢迴頭。

九江城外二絶句

百花亭畔梅全發，五柳門前草不凋。賈舶分風兩頭去，渡船雙槳一人摇。
水禽踏浪飛還走，澗草銜花臘已春。潮近長沙卑濕地，斜陽萬里起層陰。

匾　山

洪波搜石根，土盡石傾壓。虎豹攀猙獰，瓮盎踏圓滑。雲膩古洞寒，雪浸芳洲苗。不知灘渚寬，妄議波濤狹。尚注湘江三，猶吞雲夢八。羈客纜舟暮，居人收市臘。不辭鄉國遥，直感年華匝。村雨衆鷄鳴，汀煙一鴻發。

湘陰嘆寄次回

衰齡薄俗交相厭，裹足終朝守蓽門。遠出不過三里路，卜居常訪獨家村。溪梅手剪捎雲秀，窗紙親糊貯日温。只擬三冬安偃曝，誰教百舍歷崩奔。長沙卑濕災殃窟，湘岸芳菲涕淚源。駭電愁霖憐我老，握蘭懷芷與誰言。烏衣自昔專篇翰，南巷由來共酒尊。急草移文招隱看，不然便欲費招魂。

薄暮

獻歲南征棹，依依帶夕陽。侵春芳草合，入夜碧雲長。浦月交珠彩，山風送酒香①。幸無遷謫怨，作賦不投湘。

① 原注：「湖上有酒香山。」

湘江雜詩二首

落帆偎草住，違淖上山行。湘北千峰雨，衡陽半壁晴。雲頭埋鄂渚，日脚洞南溟。異境真堪賞，無錢取緑醽。

水際朱陵驛，山顛磴道懸。連峰緑岸外，斷雨白鷗前。巖篠垂還起，江雲濕亦鮮。可知帆席重，那怪路遷延。

衡州旅舍二首

行極天南仍賣文，屠沽鬧裏掩重門。夢過青草連山浪，醉哭蒼梧入廟雲。歸計因人終日誤，鄉音隔賊幾時聞。故園荷葉田田盛，可得霜前製翠裙。

蘭橈何處等閒開，石鼓旃檀迴雁迴。秋蚤三湘蜂瘦出，雨餘百粤漲肥來。過江遠看嬋娟竹，捫字閒桃繡蝕苔。就使殘生歸不得，一茅應傍祝融堆。

寄題南嶽

映林泉落雨濛濛，收得仙書鳥迹空。冰雪千年棱石雜，虎蛇一窟老僧同。聽雷打上才山半，看日歸來可夜中。正似清光漾舟客，不須身到最高峰①。

①原注：「少陵《望嶽》詩云：『渴日絶壁出，漾舟清光旁。』又云：『牽迫阻修途，未暇杖崇岡。』蓋亦望未登者。」

七夕

悠悠湘竹斷娥皇，漠漠巫雲待楚襄。淚盡便成千古别，情深堪待一年長。九枝燈焰侵微月，七孔針囊解暗香。空擬乘槎問消息，黄河無影到衡陽①。

①原注：「衡州不見天河，疑黄河遠也。」

湘江絶句五首

崖石列硆砑，江漲所漱出。豁如無齒口，軒笑不得合。

明峰與芳岸，進退相摩行。兼之白雲天，秋色凡三層。

同舟白衣人，雪色何毿毿。忽有飛來者，方知是鷺群。

日帶東峰影，斷續照西岸。下有江半陰，上有山雜亂。白霧起江面，繚山如平垣。餘飛未盡處，猶作雪漫漫。

湘　潭

湘邑城根與水連，客商南北總停船。秋江浪響罩魚栅，晴野天昏作炭煙。旅楫迴還行萬里，家書斷絶已經年。更堪三老私留滯，指點帆檣不肯前。

暮　山

過盡千峰萬嶺幽，煙蒼霞紫簇深秋。每迎客棹江迴口，都疊漁村樹上頭。缺處輒餘重處補，曉看不及暮看稠。從兹百變陰晴態，送到瓜州與潤州。

蹌風帆

江闊無憂風色横，蹌帆亦得達常程。畫屏峰下流觴過，碧玉波中曲尺行。已有煙霞供秀豁，更兼天日借晴明。眼中便是湘陰郭，取得秋醪定九成。

暮

風急浪聲作，日斜山綯多。偏帆行不駛，輟棹宿如何。古廟叢篁徑，孤村亂石阿。此間宜可住，水鳥上低窠。

是夕聞雁

蕭蕭落木黑波生，燭暗杯空三四聲。蘆作緑花枝尚脆，菰垂白露米先傾。我來賓至飛迴處①，君向人歸厭歷程。燕子輕身真自喜，不堪此際有逢迎。

① 原注：「住衡陽迴雁峰下，久之始歸耳。」

落照

落照秋風一面晴，白鷗群雜浪花明。雲連匡阜常無頂，江到潯陽暫有聲。帆席好風歸范蠡，煙波新月屬袁宏。到家自有清溪釣，不羨滄浪唱濯纓。

淮安城樓

屈注清流作帶圍，高頭三面擁澄暉。蛟龍卧處煙光重，天水分間岸影微。粱帝人民魚鱉是，淮王鷄犬井廬非。憑欄喚得南飛雁，來歲於今伴客歸。

述古二首崇禎初年

聖功既罷相，宋主疑其愁。以是待大臣，立朝皆身謀。錢公用感嘆，拂衣示無求。臣節與君恩，貴有餘地留。五刑秦丞相，一表宋齊丘。視景恐不去，乃祈玉燭休。

秦法如牛毛，鹿馬乃失實。漢弘吞舟網，廉耻觸隱慝。御精馬竊銜，燭張飛蛾集。人情小開通，綱紀則大立。如何旒纊地，燭暗勞日月。小臣伺腹心，兼恐成妖孽。

出　都

淒風驚馬露沾衣，作客經年獨自歸。月側宮城鴉未散，秋高關塞雁初飛。已裝故籍空囊滿，欲問迴程是夢非。枉説長安足波浪，白鷗來去總無機。

凍　醴

傾家五斗米，衝缸三斗水。一夜北風霜，長棱生榨嘴。君勿嫌其薄，洗袋副未已。猶足勝沽來，推恩到奴婢。一笑呵凍硯，援筆賦凍醴。

上巳日園梅始盛開

此日常年桃李開，冰蕤初發見溪梅。也知清好鷺鶿伴，要等風流燕子來。待月閒情但孤颯，下風小立每遲廻。落英正想孤山道，一尺裙腰厚處埋。

跛乘跛

長塗騎驢人，行步何坎軻。豈惟驅不進，跄蹶屢欲墮。經過顧語之，自行何不可。策此且乘危，安得足尚裹。其人指足言，畜疾則如我。君知行者蹇，不知蹇者尯。吾爲笑絶纓，請以小喻大。齊桓中主才，仲父膺衽左。劉禪呆孺子，諸葛延王火。苟能馭騏驥，千里致安坐。君跛無奈何，奈何跛乘跛。

歲盡

緑鱗春水動，紅糝早梅開。蛇尾悲年去，羊皮散曆來。肉消寧有血，心死更無灰。望斷青盲眼，昇平得見迴。

次韻曹汝珍雪後見懷

世局斯須見爛柯，未忘同調有羊何。文承世業波瀾闊，官比閒居感慨多。風翼豈能淹北息，霜顛仍欲事南訛。虚煩雪夜勤招隱，循發空山月罷蘿。

笋生十二韻

何人斬伐到修篁，常憶兵戈一慘傷。一壘鶴飛君子化，九淵蛇蟄哲人藏。風雷馬箠生麟角，曉暮鮫珠上穎芒。蟬腹俄抽青玉劍，虎皮初解緑沉槍。錦綳天分龍兒抱，翠尾風吹鳳子翔。鳥樂巢深枝接葉，鶯啼日静粉飄香。吟哦已有笙竽答，愛惜曾經尺寸量。颸入聲柔千佩緌，月明影立萬夫長。手親拔盡沿根草，眼見參過覆頂楊。清閟一窗堪把卷，寒侵三伏擬移牀。即今深匿從嗔客，依舊濃陰覆野塘。物理細推消復長，但留根柢耐痍瘡。

春盡效東坡

大風捲雲濤，蒸濕尚未除。圓月不得出，閃閃西北軀。固知積陰久，滌蕩非須臾。少康必世後，光武百戰餘。先澤雖在人，制勝勤廟謨。英賢共戮力，坐享乃庸愚。念彼蟣虱甲，慚此魚鳥軀。

遣　懷

懷舊意忡忡，存亡一夢同。西山饑伴失，南巷醉人空。覓賀船徒返，思恢路不通。鶯圓腸轉外，蟬細耳鳴中。林莽紛披翠，溪蓮寂寞紅。烽煙嵐色斷，荆棘水源窮。散櫟社神裏，幽篁山鬼宫。塗泥兼草莽，裹飯有誰從。

雨後

的皪殘陽在樹頭，隔村相喚兩鳴鳩。虹橫複道中天斷，雨打江潮帶月收。開閫螢燈照凉夜，抑揚蟲語鬧先秋。濁醪一酌千愁散，露砌風簷自勸酬。

從子汝紹哀詞有序

汝紹字希高，吾世父徵君濳齋先生之孫也。廉潔忠鯁，不能依回。閉門讀書，不交一人，不問一事。布袍蔬食，行年五十而有嬰兒之色。燕京破，哭三日，目盡腫。留都之變，時時泣語其老奴欲死，奴曰：「郎君幼。」希高曰：「人有一半天，吾安能顧渠？」一日，幞被入莊收麥，因斂鎖鑰付家人曰：「有急，可沉井中。」希高平生未嘗一宿於外者也，家人疑之，又怪其語而不敢問。去年莊里，所使童子先往，待久之不至，扶路迎之，不得。明日，得尸於僻路淺水中，蓋自沉也。嗚呼！使希高不死，今日之慘，豈忍見之哉！爲賦一章，使千載而下，知吾家有處士而死節者。

犀角詩書種，先生膝下孫。龍雛偏愛惜，犧畫自傳翻。棗栗分恒寡，球鏞語不繁。家風十畝足，素業百城尊。冰雪真人好，風流薄俗敦。修詞精曲折，論史究株根。門巷舊池穴，衣冠花水源。誰知碎珠玉，遽見變乾坤。天柱凶顛折，滄溟劫火燔。腥膻裂俎豆，樵採犯陵園。吾子何能見，無人可與論。由來一棺土，俄逝九霄鵷。忠義由天性，君親墮地恩。彼哉國士報，陋矣賈人言。處士吾家蠋，累囚楚客原。汶篁移植返，郢樹繫心存。踏海孤英魄，登山隻餓魂。撫孤齡過隙，懷舊涕連痕。短什留家譜，遺芬定可捫。

炎劉

炎劉遺澤自汪洋，拔起階無一旅强。東洛驟開銅馬帝，西秦先遜寶鷄王。雲臺宿拱山河謐，鈎瀨星連太紫光。遂閉玉關休遠馭，醴泉野穀養痍瘡。

歲盡二首

三年淚灑犬羊天，歲籥渾如劫後看。奉祀豈諳新蠟臘，飾終猶睹漢衣冠。燒殤火傍低星滅，賽社鉦隨戍鼓殘。明日屠蘇敢辭醉，青陽不禁朔風寒。

失歲何須守，頹齡祇自憐。此生幾除夜，即席是明年。力怯藏山澤，心驚變海田。春王有正月，流俗妄相傳。

讀文信公集二首

傾厦誰能一木支，科名雖蚤幸權遲。兩山雅構方投老，萬死餘身更出師。羆虎從風奔羽檄，蛟螭挾水逐牙旗。蘆花燕子金陵道，長有啼鵑血翅垂。

小儒炎午未知公，留虜依稀測此胸。但有殘生能震動，非關一死要從容。玉琳未没猶梁曆，有鬲雖微繫夏宗。欲救虬鬚那可得，犬羊愓息鎖蛟龍。

金陵三首

三輔江山穴出虎，六朝形勝勢蟠龍。皇基易紹因遷鼎，家痛難忘異舉烽。夜半誰知越州駕，平明自失景陽鐘。白頭揮日慚無力，西望酣歌淚濕胸。

舊客疲驢澀澗陰，橋山春樹獨行吟。翠微寒日熊羆肅，紫昊晴煙松柏深。共看配天修巨典，誰教陸地作平沉。興亡百變無如此，馬趙偏安也笑今。

白頭充賦爲長饑，也幸東周豐鎬齊。濟上忽傳千騎入，襄城已逐七臣迷。雨荒晉闕銅駝没，風撼昭陵鐵馬嘶。蹭蹬歸來慚復笑，脱刳閒尾又塗泥。

近感絶句

開平飛取舊江山，高帝經營必世間。若許輕捐便輕得，古來創業豈云艱。

亂後

二虎貪饕震鼓鼙，一門殺掠到旄倪。秦膺金策天何醉，晉覓花源地已迷。野蓼軒窗楊柳暗，夕陽村巷鷓鴣啼。誰言久旱秋方熟，禾黍能將生棘齊。

生日自開小瓻二首

昔歲曾爲客，生辰每憶鄉。如今松菊徑，已傍虎豺場。七十復餘幾，耕桑不可望。寂寥弧矢恨，方與蓋棺長。

遲暮嗟何及，艱危酒暫忘。風枝高處折，雨葉暗中黄。是物關兵氣，吾身屬醉鄉。開瓻今夜忝，明日爲重陽。

吾族

此遺民絶筆詩也。

吾族在宋代，輪翮稱名門。頗執仕韓節，終元無顯人。大明既中天，稍稍登縉紳。迨兹三百年，奕葉被國恩。小子最不才，暮忝覲國賓。迨兹祚中絶，空傷嫠婦魂。五人下農禄，四葉太平民。祈死非吾分，偷生愧此身。悠悠蓋棺意，欲與楚龔論。